Os corruptores

Os corruptores

Jorge Zepeda Patterson

Tradução
Sandra Martha Dolinsky

Planeta

Título original: Los corruptores
Preparação: Vivian Miwa Matsushita
Diagramação: Juliana Ida
Revisão: Marcia Menin
Capa: Departamento de Arte e Design, Área Editorial Grupo Planeta
Ilustração de capa: © A&M / Costume 3 Pièces

CIP-BRASIL. CATALOGAÇÃO NA PUBLICAÇÃO
SINDICATO NACIONAL DOS EDITORES DE LIVROS, RJ

P597c

Patterson, Jorge Zepeda
Os corruptores / Jorge Zepeda Patterson ; tradução Sandra Martha Dolinsky. - 1. ed. - Brasil : Planeta, 2014.
il.

Tradução de: Los corruptores
ISBN 978-85-422-0329-5

1. Ficção mexicana. I. Dolinsky, Sandra Martha. II. Título.

14-10463

CDD: 868.99213
CDU: 821.134.2(72)-3

2014

Editora Planeta do Brasil Ltda.
Avenida Francisco Matarazzo, 1500 – 3º andar – conj. 32B
Edifício New York
05001-100
www.editoraplaneta.com.br
atendimento@editoraplaneta.com.br

Para Clara, Sergio e Camila

Terça-feira, 19 de novembro, 17 horas.

Pamela

Seu primeiro reflexo foi ajeitar a saia que estava arregaçada à altura dos quadris. Deteve o movimento ao sentir as cordas em seus punhos; a dor adormecida da mandíbula a fez lembrar onde estava. O gordo que havia batido nela para calá-la e amordaçá-la continuava ali, ajeitando as ferramentas em cima da cômoda. Pamela chegou a ver uma manta grossa, um martelo chato e uma espécie de bastão curto de metal. Preferiu desviar o olhar.

Dobrou as pernas até o limite que suas amarras permitiam, para oferecer o melhor ângulo possível a suas famosas coxas. Com seus 43 anos, ainda era considerada uma das mulheres mais desejadas do país. Seus críticos costumavam dizer que essas pernas a haviam levado ao topo da indústria cinematográfica nacional. "Tomara que também me tirem desta", pensou, apegando-se à ideia de uma sedução *in extremis.* Impedida de falar pela mordaça, era tudo o que podia fazer.

O homem parecia concentrado em suas coisas, absolutamente indiferente à mulher. Ia da maleta à cômoda com movimentos precisos, sem pressa nem pausas, como o vendedor que prepara seu balcão para mais um dia de atividades. Pamela começou a tomar consciência de que o sujeito não estava nem aí para sua pose sugestiva. Não ia violentá-la. Uma boa notícia estava se transformando, de maneira acelerada, em outra terrível. A dor no plexo anunciou o pânico que pouco a pouco inundou seu corpo. Perguntou a si mesma se o sujeito teria sido enviado para lhe arrancar informações. Desesperada, repassou o muito que sabia, os segredos de Estado que havia guardado ao longo de seu agitado passado. Seu carrasco, quem quer que fosse, poderia não se interessar por seu corpo, mas não podia ser indiferente a seus segredos, pensou Pamela. Inventariou as informações que tinha para oferecer: o avião, os vídeos, o acordo.

Toda esperança a abandonou quando o gordo se voltou vestindo um avental de couro e segurando uma marreta. Olhou-a sem interesse, sem nenhuma intenção de lhe tirar a mordaça para interrogá-la; simplesmente com o olhar de quem calcula a melhor maneira de concluir uma tarefa pendente.

Pamela abaixou as coxas e ajeitou a saia como pôde. Fechou os olhos.

Segunda-feira, 25 de novembro, 10h30.

Tomás

Britney Spears o olhava com cobiça do púbis onde apoiava o queixo, com a vantagem, pensou Tomás, de que se tratava de seu púbis. Estavam em seu quarto entre os lençóis encardidos de uma cama em cuja cabeceira estavam penduradas as camisas usadas na última semana. Um prato de cascas de edamame exalava um cheiro insalubre no criado-mudo. Nada disso parecia importar a Britney, a julgar pelo olhar de arroubo que lhe dirigia. Ele olhou para o teto quando ela baixou o rosto para se divertir na virilha dele. Tomás se perdeu na primeira onda de prazer enquanto divagava sobre a profunda garganta que teria uma cantora profissional. Subitamente, o gozo deu lugar à consternação quando escutou os estranhos ruídos que procediam da boca de Britney; os agudos chiados intermitentes o faziam supor que algo terrível estava prestes a acontecer com a anatomia dela.

Acordou encolhido e transpirando, com ambas as mãos segurando o pênis ainda ereto. Alguém estava pendurado na campainha da porta sem compaixão. Tomás pegou um roupão, saiu do quarto e cruzou a pequena sala que o separava da porta. Mario irrompeu com o rosto suado e excitado.

– Que foi? Você me acordou. Eu estava quase pegando a Britney Spears! – reclamou Tomás ao abrir a porta, incomodado e confuso por conta do sonho abortado.

– Com ou sem camisinha?

– Ninguém transa com camisinha em sonhos.

– Então pode ter certeza de que o salvei de uma gonorreia – respondeu Mario.

Ainda com vontade de voltar à pele leitosa de Britney, Tomás se consolou com a ideia de que nos sonhos ninguém pega infecções. Mas Mario tinha razão: "Meu subconsciente poderia ser mais seletivo".

– Estou ligando há horas, não ouviu? – perguntou Mario, angustiado, percorrendo o quarto com o olhar, em busca do celular do amigo.

– O que aconteceu, caralho, o que é que está pegando fogo?

"O problema com Mario", pensou Tomás, "é que sempre exagera sua preocupação com os outros, e comigo em particular. Não tem vida própria."

– Ainda não sei muito bem, mas foi você quem pôs fogo.

– Explique, porque já me assustou.

Na verdade, Tomás achava que Mario era incapaz de assustar alguém, mas tinha verdadeiro talento para tirar as pessoas do sério.

– Os noticiários da manhã não fazem mais que falar de seu artigo. O procurador disse que se trata de uma fanfarronice de sua parte, mas alguém do PRD afirmou no noticiário de Carmen Aristegui que pedirão uma investigação sobre o ministro do Interior.

Tomás não havia despertado o suficiente para se lembrar do que havia escrito no dia anterior; contudo, a menção ao procurador e ao poderoso ministro do Interior disparou seus alarmes e afastou a última bruma que restava de Britney. Pouco a pouco surgiram em sua mente algumas linhas dos parágrafos apressados que enviara na tarde anterior ao jornal.

– E Los Pinos não disse nada? Que horas são? – perguntou Tomás com o olhar na janela.

O tênue fio de sol que entrava pelas cortinas só deixava ver o pó que flutuava no quarto; nenhum indício de quão avançado estava o dia no qual, segundo Mario, havia incendiado a pradaria. Tentava recordar o que havia escrito na véspera, mas a ressaca não colaborava. O jornalista se orgulhava de seu saudável costume de deixar para trás toda consideração sobre um texto no qual houvesse colocado ponto-final; fazia muito tempo que havia deixado de se atormentar com o resultado de seus escritos. Mas as notícias que Mario lhe dava antecipavam que esse artigo não seguiria o rápido caminho rumo ao esquecimento que suas colaborações costumavam percorrer. Enquanto Tomás fuçava seu cérebro em busca de respostas e ligava o computador, Mario fazia sua parte abrindo as cortinas e batendo as portas da despensa em busca de café.

A primeira olhada na tela confirmou seus piores temores. Normalmente escrevia sobre política, nunca sobre crimes, mas dessa vez havia decidido aproveitar dois dados exclusivos de pouco valor sobre a descoberta do corpo de Pamela Dosantos cinco dias antes. Na tarde anterior resumira o que se sabia do caso e introduzira algumas banalidades para chegar às novecentas palavras que exigia o editor das páginas de opinião do jornal. Era um artigo apressado, como muitos ultimamente, dessa vez por conta da perspectiva de um encontro com um grupo de amigos em La Nueva Flor del Son, seu lugar favorito para dançar salsa.

Mario tornou a interromper suas distrações com outra pedrada.

– Vá tomar um banho e pôr uma gravata, porque os jornalistas vão ficar atrás de você o dia todo.

A advertência o distraiu com uma preocupação menor ao recordar o estado calamitoso das quatro gravatas que nunca usava.

– De onde você tirou essa informação? – insistiu Mario.

– Que informação? Ainda não entendi por que tanto alvoroço. Simplesmente resumi o caso de Dosantos, do qual todos falam – defendeu-se Tomás e começou a ler em voz alta diretamente da tela do computador:

> *Os noticiários informaram que Alfonso Estrada, pedreiro de profissão, e Ricarda Pereda, empregada doméstica, entraram no terreno baldio da rua Filadélfia, no bairro de Nápoles, para ter alguma intimidade. Um volumoso rolo de tapete oculto, que não se via da calçada, jogado no meio do mato lhes pareceu atraente para seus fins: "conversar", segundo Ricarda, "enroscar as pernas", segundo Alfonso. O que quer que estivessem fazendo foi interrompido quando notaram o pé que se destacava em uma ponta do tapete.*

– No resto do artigo só descrevo a trajetória profissional de Dosantos, sua célebre carreira interpretando "Rainhas do Sul" e amantes de grandes potentados e homens de poder. Digo que abriu recentemente um restaurante de grande sucesso no bairro Polanco e sugiro a necessidade de investigar sua morte entre os empresários e políticos que fizeram da mesa dessa mulher a tertúlia da moda na cidade. Mas não publiquei nenhum nome – concluiu Tomás, exausto depois de sua longa defesa.

– Não precisava citar nomes – respondeu Mario –, já que publicou a ficha batismal do responsável.

E então Tomás recordou o dado. No artigo, afirmava que a polícia sabia que o corpo tinha sido depositado no terreno baldio, já que a ausência de sangue fazia supor que Dosantos fora agredida e assassinada em outro lugar. E acrescentava que as autoridades haviam voltado sua atenção para o casarão de número 18 da mesma rua Filadélfia, a quarenta metros de onde a vítima foi encontrada.

Tomás reconheceu que qualquer outro jornalista teria investigado a propriedade citada antes de mencioná-la; ele mesmo teria feito isso uns anos antes. Não obstante, já fazia tempo que estava desanimado com uma coluna que ninguém parecia ler, exceto Mario e uma dúzia de conhecidos, nem todos com boas intenções.

Começou a sentir crescer a pontada incômoda que já havia experimentado na tarde anterior, quando mencionara o domicílio sem ter ideia de quem poderia morar ali. Tinha ainda escrúpulos suficientes para saber quando estava violando os códigos jornalísticos, mas cinismo demais para evitá-lo; de qualquer forma, as pontadas de remorso já não entravam em seu corretor de estilo. Tomás recordou que no mesmo artigo teve outra delas quando escrevera: "Ninguém se surpreenderia se no final dessa investigação descobríssemos que, mais uma vez, a vida imita a arte". Não só o horroroso clichê o carcomia, mas também a insinuação de que os filmes de Dosantos tinham alguma coisa a ver com arte. Contudo, a frase ficou no texto entregue.

– De quem é a casa? – perguntou, agora, sim, inquieto.

– Não sabe mesmo? – respondeu Mario, mais uma vez disposto a pôr à prova a paciência de seu amigo.

– Quem mora lá? – insistiu Tomás, incomodado com a demora.

– Como passou pela sua cabeça publicar um endereço sem investigar a quem pertence? – disse Mario, se vingando das humilhações de tantos anos atuando como escudeiro.

Contrariado, e antes de se dar conta do que estava fazendo, Tomás cravou os olhos na perna deficiente de Mario, da qual nunca se falava. Quando voltou a olhar para o rosto do amigo, o olhar deste era outra vez fugidio.

Deu-lhe os detalhes, dessa vez em rápida sucessão.

– Acontece que o casarão é o escritório alternativo que o ministro do Interior vem usando há pouco tempo. Você praticamente incriminou Salazar.

Tomás sentiu o golpe. Augusto Salazar era o homem mais temível do novo governo. O PRI havia voltado a Los Pinos, residência presidencial oficial do México, depois de doze anos de administrações fracas e ineficientes do PAN. A margem de votos recebidos pelo agora presidente Alonso Prida mostrava, na opinião de muitos, que o país precisava do retorno de um presidencialismo forte. A oposição e muitos analistas acreditavam que Salazar, braço direito do presidente, estava decidido a transformar essa aspiração popular em pretexto para instalar um regime autoritário e garantir a permanência do PRI no poder por vários mandatos.

Tomás deu um tapa no ombro de Mario e desabou na poltrona. Agora precisava mais do amigo do que de um esgrimista verbal. Não entendia qual poderia ser o vínculo entre Salazar e o assassinato de Dosantos, mas estava claro que ao relacionar um com o outro havia se metido em um buraco profundo.

– Talvez eu devesse sair do país enquanto tudo se ajeita – disse Tomás com pouca convicção.

Sabia que os oitocentos dólares que tinha guardados não lhe permitiriam chegar muito longe.

– Não se precipite – respondeu Mario. – Se fugir, sendo você o único a ter informação sobre o local do crime, a polícia poderia presumir que está envolvido de alguma maneira. Você se tornaria um fugitivo da polícia.

– Não brinque, não tenho nada a ver com isso. Um amigo me passou a informação no sábado e não aguentei a tentação de usá-la, só isso – defendeu-se Tomás.

– E quem é esse "amigo"? – inquiriu Mario, fazendo aspas com os dedos.

– Ninguém que você conheça – respondeu o jornalista em tom sombrio.

Mas, ao se lembrar de seu informante, Tomás percebeu que o buraco onde se metera estava se transformando em abismo.

– Você caiu numa armadilha. Temos que falar com Amélia e Jaime.

1984

Os três revoavam em volta de Amélia com o nervosismo dos hormônios incendiados pela adolescência. Desde o ensino fundamental ela era líder do grupo de quatro crianças que os outros alunos chamavam de Os Azuis, por conta da cor da capa dos cadernos franceses que o pai de Jaime trazia para eles quando voltava de suas viagens. Tomás e o próprio Jaime tentaram disputar com ela a liderança, mas a língua afiada de Amélia não tinha rival à altura. Jaime tinha a seu favor a riqueza do pai, a piscina de sua casa e a novidade dos brinquedos importados. Tomás contava com uma doçura involuntária que seduzia e desarmava. Mario não tinha mais virtudes que ser amigo solícito dos outros três, sempre disposto a se transformar em comparsa de qualquer capricho alheio. Contudo, era Amélia quem dava liga ao grupo.

Atravessaram a infância e a adolescência protegidos pelas respostas rápidas e lapidares com que ela mantinha na linha as diversas espécies que habitavam a escola. Sua habilidade de criar apelidos para professores e alunos inspirava medo e respeito universal. Aos catorze anos, Amélia exercia sua autoridade com os renovados argumentos de um corpo que mudava com maior rapidez que o de seus amigos.

Os quatro passavam os meses falando de coitos e excitações, mas também nisso Amélia liderava. Filha de uma médica feminista, havia crescido em um lar onde as crianças falavam de seu pênis ou de sua vagina como outros falavam de uma garganta irritada ou da velocidade com que cresciam as unhas. De início Amélia ficava desconcertada com as reações desconfortáveis e às vezes constrangidas de outros alunos quando ela se referia a esses temas, mas, à medida que se aproximaram da puberdade, notou que o desembaraço e o conhecimento sobre uma área que fascinava os outros lhe dava alguns privilégios. Pontuava, corrigia e intimidava seus colegas, que acabaram considerando-a uma espécie de oráculo acerca do que poderiam esperar das passagens obscuras, incertas e irresistíveis de sua futura vida sexual.

Foi justamente isso que a meteu em problemas. Uma sexta-feira ao meio-dia, no intervalo entre as aulas, os quatro amigos olhavam seus colegas disputando um ardoroso jogo de basquete. Os Azuis viam a si mesmos como os intelectuais da sala; uns meses antes, Tomás os havia convencido, contra a opinião de Jaime, de que praticar esportes era uma prática antinatural. Ele mesmo não tinha habilidades atléticas, mas desenvolvera o gosto pela leitura e chegara à conclusão de que se destacava mais graças a sua conversa informada e provocadora que a suas cestas irregulares.

– Onde já se viu as vacas correndo e transpirando por prazer? O esporte é *contra natura* – disse a eles com uma argumentação que lhe pareceu irrefutável.

– Mas é bom para a saúde – objetou Jaime, o mais atlético dos quatro e aluno exemplar na escola de caratê que frequentava à tarde.

– Claro, até que você torce o tornozelo ou quebra o nariz com uma cabeçada, o que não é lá muito saudável – intercedeu Amélia, que, embora tivesse facilidade para o vôlei, ressentira-se com a crescente desvantagem muscular em relação a seus companheiros de infância.

– O esporte é um meio para que o homem não perca suas habilidades de caçador e de guerreiro e sempre esteja pronto para reagir diante do perigo – defendeu-se Jaime, transmitindo com hesitação algo que escutou seu professor de caratê dizer.

– Imbecil – disse Amélia, que havia descoberto a contundência do epíteto umas semanas antes –, a civilização tem a ver com o desenvolvimento do cérebro, e não dos músculos para ficar subindo em árvores – e com isso encerrou o assunto.

O jogo de basquete começou a atrair a atenção dos Azuis depois de um empurrão que o Zanahorio*, pontualmente batizado por Amélia meses atrás, dera no Nazi, o encrenqueiro da escola. Sabiam que isso não ia ficar assim. O Zanahorio olhava impaciente o relógio pendurado em um muro na extremidade da quadra, desejando que tocasse o sinal salvador de volta às aulas. O Nazi não esperou: no rebote seguinte na tabela, jogou-se em cima de sua vítima e a derrubou com uma cotovelada na cabeça. O garoto desabou e sua cabeça fez um barulho estranho ao rebotar no piso de madeira.

– Imbecil – gritou Amélia.

– Pobre Zanahorio – exclamou Mario, angustiado, mas reprimiu o impulso de correr para ajudá-lo diante da passividade do resto de seus colegas.

– Alguém devia detê-lo – disse Tomás, decidido, mas em voz baixa, fantasiando com a ideia de ter músculos e colhões para enfrentar o Nazi.

Em geral, ele tinha melhores sentimentos que ações.

– Não se preocupe, atrás desses bíceps há uma cabeça fraca. Ele mesmo vai cavar sua cova – afirmou Amélia com desprezo.

Jaime não tinha muita certeza. Em mais de uma ocasião havia invejado as costas largas de Nazi e o domínio que sua presença física exercia entre seus colegas.

– Pois no vestiário não é bem uma cabeça fraca que se vê. Dizem que quando vai ao banheiro, não se sabe se está urinando ou dando água para a cobra – respondeu Jaime.

Os três amigos comemoraram o comentário espirituoso, diante do olhar crítico de Amélia.

– Essa é uma piada velha e ruim. Além do mais, é pura mentira. Pesquisas científicas dizem que, quanto maior for o pênis, maior a possibilidade de que um homem seja homossexual – afirmou ela.

Os três protestaram e afirmaram que ela estava inventando isso, mas Mario pensou que, se fosse verdade, teriam terminado seus temores, alimentados, entre outros motivos, por se considerar portador de um pênis minúsculo.

– Não estou brincando, li isso em um livro da minha mãe – afirmou Amélia com o tom mais contundente que pôde emitir.

---

* *Zanahorio*: bobão.

Não lembrava onde havia visto isso, mas, em todo caso, devia ser verdade. Amélia não era alguém que costumava voltar atrás no que dizia.

Seus amigos continuaram protestando e exigiram provas. Ela afirmou que as tinha e prometeu levá-las no dia seguinte à casa de Jaime, onde iam se encontrar, como todo sábado, para nadar e almoçar. O encontro seria especial porque era o último antes de se separarem por conta das férias de verão. Amélia passaria as semanas seguintes na casa que sua família possuía em Malinalco, a menos de duas horas da Cidade do México. Jaime iria para Miami com sua mãe e sua irmã. Tomás iria com seus primos a Puerto Vallarta. Mario, com menos recursos que seus colegas, ficaria no México, mas tinha dito aos Azuis que um tio o queria levar a uma fazenda de gado em Tamaulipas.

Amélia quis mudar de assunto, com a esperança de que fosse esquecido, mas o sinal de volta às aulas não lhe deu chance.

Jaime acabou com toda possibilidade de fuga:

– Amanhã traga o livro, viu?

– Claro, mas depois vocês vão se arrepender – disse Amélia ainda com aprumo.

Os três riram nervosamente, porém mostraram que não deixariam o assunto para lá.

Nessa tarde Amélia revisou com atenção as ilustrações de alguns livros de sexualidade e anatomia de sua mãe, mas não encontrou algo que embasasse sua teoria. Estava encrencada: não queria fazer papel de mentirosa, menos ainda no último dia antes das férias, sem oportunidade de reafirmar sua credibilidade nas semanas seguintes. Perderia autoridade perante seus amigos justamente na área que dominava a atenção de todos eles nos últimos meses.

Empenhada, a garota procurava uma saída. Lembrou que seu pai também tinha livros de sexualidade. Algum tempo atrás os havia revisado, só que eram mais técnicos, sem ilustrações e cheios de papo freudiano. Naquela ocasião foi mais interessante o esconderijo que o conteúdo. Ao contrário de sua mãe, absolutamente tranquila sobre assuntos do corpo, seu pai abordava essas conversas fazendo um esforço para se mostrar descontraído, mas desde menina Amélia notava que ele costumava se escudar em seu jargão psicanalítico para se desembaraçar rápido desses temas.

Abriu a terceira gaveta da escrivaninha do consultório que seu pai mantinha em casa, embora raras vezes o usasse; preferia as instalações modernas de um edifício em Santa Fé, a chamada "San Diego mexicana". Como na ocasião anterior, retirou as enormes pastas que ocultavam três livros de capa dura, um deles em inglês. Amélia se dispôs a folheá-los com poucas esperanças. Ao pegá-los, percebeu que no fundo da gaveta havia uma cartolina cor de café de superfície irregular e que duas revistas jaziam debaixo da cobertura improvisada. Primeiro com estranheza e depois com fascinação, Amélia começou a folheá-las até que percebeu que se tratava de revistas pornográficas de sexo explícito, com fotos exclusivamente de homens.

Disse a si mesma que talvez se tratasse de material relacionado com algum paciente homossexual, mas sabia que seu pai não costumava levar fichas para casa ou algo que se relacionasse com as sessões terapêuticas. Amélia sentiu uma apreensão crescente enquanto passavam por sua mente imagens antes ignoradas: as camisas muito coloridas que ele usava, seu riso estranhamente agudo quando bebia e a ausência de carícias entre ele e sua mãe.

Amélia desabou na cadeira do consultório. Nunca foi próxima de seu pai; seu caráter rebelde havia ocasionado muitos atritos com um homem que vivia obcecado por ordem e estética. Não era severo em particular, mas nunca deixava passar a oportunidade de censurá-la, suave, mas insistentemente, pelos estragos que sua infância inquieta causava na toalha de mesa ou nos móveis da sala. Ambos chegaram a uma trégua que consistia em se ignorar sem animosidade.

Contudo, era uma revelação embaraçosa. Amélia disse a si mesma que não devia tirar conclusões precipitadas; teria que confirmar o assunto antes de se dar ao trabalho de explorar as consequências emocionais e psicológicas de ser filha de um pai gay. Com rapidez reprimiu o estremecimento provocado pela evocação da imagem de seu pai nu e voltou às revistas. Mas sua investigação havia perdido sentido. Não tinha mais vontade de continuar indagando sobre a relação entre homossexualidade e o tamanho do pênis.

No dia seguinte, Tomás sacrificou sua velha calça jeans para transformá-la em traje de banho improvisado. As pequenas sungas de listras estilizadas que Jaime usava o haviam feito se sentir crescentemente desconfortável com o short antiquado e pesado que utilizava. Colocou uma camiseta folgada do Dallas Cowboys e decidiu que só a tiraria para entrar na água. Por mais que se examinasse no espelho, seus músculos ainda não afloravam nos braços macios, que resistiam a abandonar a infância. Não era o caso de Jaime.

Sempre havia se sentido mais próximo de Amélia que de qualquer outro amigo. Tomás achava que entre eles existia uma cumplicidade baseada na absoluta convicção, compartilhada por ambos, de que eram os mais inteligentes da classe. Não necessariamente os que tinham as melhores notas: ele era preguiçoso demais e Amélia rebelde demais, mas davam um jeito para tirar oito e nove sem muito esforço. No entanto, os dois captavam as coisas mais rápido que seus colegas e faziam as perguntas mais inteligentes, em sala de aula ou fora dela. Mesmo dentro do grupo dos Azuis, Tomás julgava constituir um clube mais exclusivo só com ela. Trocavam olhares para conter os excessos de Jaime, de cóleras rápidas e violentas, ou para relevar as idiotices e os equívocos de Mario sem necessidade de explicitá-los. Ou talvez Tomás a houvesse adotado como alma gêmea por influência de Mercedes, mãe de Amélia, que não escondia que o rapaz era seu favorito entre os amigos da filha.

Contudo, nas últimas semanas Tomás estava começando a ter dúvidas. O corpo de Jaime e de Amélia pareciam ter entrado em um novo estágio, como serpentes que trocam a pele por outra mais colorida. O ventre liso e alongado dela combinava com as costas largas e musculosas dele. As longas sessões de sol aos sábados deixavam neles um tom acobreado brilhante, ao passo que Mario e Tomás acabavam vermelhos e com insolação. Os novos hormônios haviam insuflado uma alquimia diferente em uns e outros: era como se seus amigos flutuassem em uma aura sensual que dotava seus movimentos de elegância natural, ao passo que para ele só tinham trazido um surto de espinhas cada vez mais preocupante e um corpo ainda estacionado na infância.

Quando Tomás chegou à casa de seu amigo, no exclusivo loteamento em Lomas, Ramón, o jardineiro, disse-lhe que os outros já estavam no terraço da piscina.

O quadro perfeito oferecido pelo minúsculo biquíni de Amélia e a sunga de *lycra* listrada de Jaime confirmou seus piores temores. Ambos pareciam perfeitamente confortáveis em sua seminudez, como se a semana inteira houvessem usado roupa por questões antinaturais e só agora assumissem sua verdadeira natureza, ela com absoluta inconsciência, Jaime com orgulho e prazer. Tomás decidiu ficar o dia todo com a camiseta folgada do Dallas Cowboys.

– Richard Burton está muito velho para o papel, mas o filme é muito bom, precisam ver – escutou Jaime dizer enquanto se acomodava em uma espreguiçadeira ao lado de seus amigos.

– Richard Burton ficou mais bonito na velhice – objetou Amélia, sem saber que sua gerontofilia a perseguiria pelo resto da vida.

– Então não viu o filme. Ele é velho e feio.

– Qual filme? – interrompeu Tomás a modo de cumprimento.

– *1984*; assisti no fim de semana passado. É baseado naquele romance de ficção científica – disse Jaime.

– O de George Orwell – especificou Tomás com o rosto iluminado.

Subitamente esqueceu a camiseta folgada e o short cortado. Havia lido *1984* fazia menos de um mês e adorara.

– Esse; mas o filme é melhor – respondeu Jaime.

– Como sabe? Já leu o livro?

– Bom, não, mas o filme é muito bom.

– Não lembra o que disse o professor de literatura quando passou *Romeu e Julieta*? Que os filmes baseados em livros às vezes são bons, mas, quando o livro é uma obra-prima, sempre é melhor – afirmou Tomás, convicto.

– Um filme tem atores e som, o livro não.

– Vejamos: os filmes duram uma hora e meia, mais ou menos, ao passo que ler um livro requer muito mais. Com *1984,* você acaba vivendo nesse mundo do Grande Irmão.

– Você leu? – perguntou Amélia.

– Faz tempo – disse Tomás, desmerecendo o fato, como se fosse um entre milhares.

– E do que se trata?

– Do controle do governo sobre os habitantes; o Grande Irmão é como o presidente e exige adoração. Mas um homem se rebela por amor a uma garota e começa a desorganizar tudo.

– 1984? É o ano? Por quê? – inquiriu Amélia, fascinada.

– Sim – respondeu Tomás. – O autor o escreveu há uns quarenta anos e achou que o futuro, ou seja, hoje, poderia ser assim.

– Bom, nisso seu escritor se enganou – disse Jaime com ironia. – Miguel de la Madrid é chatérrimo, mas não se parece com o Grande Irmão.

– Não era para o México. Acho que se refere aos países comunistas – respondeu Tomás a seus amigos enquanto eles se voltavam para cumprimentar o pai de Jaime.

Carlos Lemus era um homem de 38 anos, atraente e seguro de si; a mesma pele bronzeada de Jaime, os dentes brancos, o bigode aparado segundo a moda e a roupa de corte perfeito. Era oficial-maior da Secretaria da Fazenda, mas era conhecido por ter sob seu controle, desde anos antes, a estrutura de agências da alfândega do país, posição que havia lhe conferido uma fortuna imensa e muitos amigos gratos por seus favores em matéria de licenças de importação.

Aproximou-se para cumprimentá-los e com um olhar discreto apreciou a atraente mulher em que Amélia estava se transformando. Sempre havia gostado da amiga de seu filho. Desde os sete ou oito anos, quando começou a frequentar sua casa, ainda banguela e de sapatos vermelhos arranhados, gostou da irreverência da menina. Mas em trajes de banho parecia ter muito mais que os catorze anos de seus outros amigos.

– Do que estão falando, rapazes? – disse, sentando-se em uma das espreguiçadeiras com a cerveja na mão.

– Do livro de George Orwell, *1984* – respondeu Tomás, orgulhoso de citar o livro pelo autor.

Eles também gostavam do pai de Jaime, mas não da mãe, que, escrava de uma apertada agenda social, preferia ignorá-los. No entanto, sempre agradeciam, especialmente Mario, as bandejas de cachorro-quente ou os sanduíches com limonada que uma empregada fornecia indefinidamente aos sábados na hora do almoço. Carlos gostava de conversar com eles de vez em quando enquanto esperava em casa alguma ligação ou uma visita de negócios; escutava-os e às vezes os provocava para obrigá-los a discutir. Parecia encontrar na adolescência dos amigos de seu filho pretexto para recordar uma infância que se confundia com a biografia política que ele havia inventado para si.

– É o filme que vi no fim de semana – disse Jaime.

Mas seu pai não pareceu escutá-lo. Embora amasse o filho, Jaime fazia tanto esforço para imitá-lo que o pai achava mais estimulantes as variações que ofereciam Amélia, Tomás e até Mario.

– Vocês leram?

– Eu li – respondeu Tomás. – É como uma crítica ao comunismo, não é? – acrescentou, um pouco menos seguro de si na presença do político.

– Mais ou menos – disse Carlos em tom conciliador. – Na realidade, trata-se de uma alegoria sobre a liberdade individual e o Estado autoritário. Orwell escreveu esse livro no fim da Segunda Guerra Mundial, com o fantasma dos regimes fascistas recém-derrotados ainda presente e, sim, com uma pitada de preocupação com o risco representado pelas ditaduras comunistas.

Amélia o escutou com admiração, mas havia ouvido muitos discos de música de protesto de sua mãe para aceitar de maneira passiva uma crítica ao socialismo.

– Se é para questionar um sistema, é mais propaganda política, não?

– A boa literatura, não importa qual seja o tema, nunca é propaganda – respondeu o dono da casa com um sorriso. – Vamos fazer uma coisa – acrescentou. – Vou dar de presente o livro a quem não o tiver, vocês o leem e, quando nos encontrarmos da próxima vez, me dizem se é propaganda. Combinado?

Os quatro assentiram, cientes de que haviam assumido uma tarefa para as férias.

– Vou encomendar o livro. Não vão embora – disse a modo de despedida enquanto se dirigia para dentro da casa.

– Seu velho é legal – afirmou Mario, enquanto Jaime se orgulhava pela enésima vez de seu pai e Tomás lamentava a efemeridade de sua vitória intelectual.

– Nada mal para um político – mencionou Amélia, ainda seguindo-o com o olhar. – O meu é veado – acrescentou em tom indiferente.

Segunda-feira, 25 de novembro, 7 horas.

Amélia

"O que Cristina Kirchner tem que eu não tenho?", perguntava-se Amélia em frente ao espelho enquanto pintava a sobrancelha esquerda. Cada vez lhe tomava mais tempo a cuidadosa rotina que um especialista estabelecera para ela se maquiar de modo que não ficassem rastros visíveis de cremes nem de cosméticos.

Na noite anterior estivera na exclusiva recepção que Los Pinos ofereceu para homenagear a presidente da Argentina, em visita ao México; foi convidada para a mesa central graças à cota de gênero que o Estado-Maior se achou na obrigação de reunir em volta da líder sul-americana. Em sua qualidade de presidente do PRD, principal partido de oposição, Amélia era a mulher de mais destaque na política mexicana, mas isso não significava que fosse convidada para a primeira fila nos eventos presidenciais. Com o PRI, havia voltado ao governo uma renovada misoginia, mas Amélia acreditava que, na verdade, ela nunca tinha ido embora totalmente. Em geral, a cota feminina, quando um evento a requeria, era preenchida pelas esposas dos ministros; a presença de uma presidente estrangeira fez que fosse diferente dessa vez.

A dois lugares de distância, observou a noite inteira a viúva de Kirchner e não pôde evitar fazer comparações mentais. Tinha cargo e dom de comando, mas os alcances de sua conversa e o pobre senso de humor da presidente fizeram Amélia se sentir melhor a respeito dos próprios méritos na política. Pensou em dois apelidos que combinariam com Cristina, mas, no fim, decidiu que o mais adequado era Égua, que já haviam lhe atribuído em seu país. Os quadris muito largos para sua compleição, ou talvez algo equino em seu modo de rir, evocavam a imagem de uma potranca.

"A única coisa que ela tem que eu não tenho é um marido de quem herdou o poder", concluiu Amélia no fim da noite. Sentia-se mais articulada, mais lida e mais versada nas intrigas do público do que a mulher que estava a sua frente. E muito mais bonita.

Foi uma reflexão reconfortante para atenuar a confusão de ter aceitado um papel ativo no partido, um cargo para o qual às vezes se sentia inadequada e a maior parte do tempo frustrada.

No dia seguinte, sem Kirchner à vista, sentia-se ainda menos segura de sua decisão de incursionar na política. Não era o melhor momento para presidir a oposição. O PRI tinha o controle do Congresso e parecia cada vez menos interessado em chegar a acordos com outras forças políticas. Sua vitória havia sido suficientemente ampla para dar a seu partido tudo de que necessitava.

"Eles têm mais medo de um *hashtag* crítico nas redes sociais que do PRD e do PAN juntos", disse Amélia a si mesma ao dar a última pincelada em frente ao espelho. A batalha que viria aflorou em seu rosto um olhar resoluto que havia se transformado em marca profissional desde seus dias de ativista, quando era conhecida por seu espírito indeclinável. O rosto de "menina superpoderosa", como a batizara a imprensa adversa, apelido que ela curtia em segredo.

Com o corpo tenso e ágil, caminhou para seu armário embutido entretida com um novo lema para sua lutadora interior: "Temos que detê-los antes que Salazar faça do presidente um Vladimir Putin em versão mexicana". E isso a fez recordar a notícia sobre o ministro do Interior: por fim parecia ter surgido uma fissura na figura imensa e invulnerável do ministro, algo relacionado com a morte de Dosantos que sua leitura na diagonal havia captado do resumo de notícias que costumava ler na cama ainda antes de se levantar. "Tenho que fazer algumas ligações", disse a si mesma enquanto acabava de se vestir.

– Alicia, encontre Tomás – pediu a sua assistente pelo telefone de seu criado-mudo.

– Tomás Arizmendi, doutora?

– Obviamente – respondeu, irritada.

Para ela não havia outro Tomás senão o amigo com quem compartilhara tantas passagens, algumas delas com consequências que não gostava de recordar. Mas se arrependeu do tom usado com Alicia quando se deu conta de que fazia dois anos que não falava com Tomás.

– Espere, Alicia. É melhor me pôr em contato com Mario Crespo por uma linha segura. A de Tomás já deve estar grampeada.

"Grande Mario", pensou Amélia. Era o único dos quatro Azuis que havia procurado manter a amizade, mas, com os anos, a carreira obsessiva dela e de Jaime acabou afastando-o. Só Tomás o deixou fazer parte de sua vida, mas Amélia supunha que essa relação tinha mais a ver com a indolência muito própria do caráter do jornalista que com o carinho que pudesse professar por seu amigo.

– O celular não atende. Em casa, seu filho Vidal disse que saiu cedo. Quer que preparem o carro? Seu café da manhã com o senador Carmona é daqui a quinze minutos.

– Continue tentando Mario e me passe a ligação assim que conseguir. Saio em dez minutos.

A viagem pelo bairro Roma não teve, dessa vez, o efeito de costume. Normalmente ela agradecia as imagens caóticas que ofereciam as ruas de canteiros arborizados, flanqueados por casarões afrancesados e senhoriais, apertados entre lojinhas e pequenos edifícios de apartamentos de classe média baixa, um fiel reflexo das fortunas e infortúnios que experimentara o bairro desde sua pretensiosa fundação, cem anos atrás. Achava que era uma boa metáfora do país. Mas, mais que as construções, Amélia gostava de ver as pessoas se preparando para enfrentar mais um dia. Não passava uma semana sem que descobrisse um novo ofício sendo oferecido na rua; a imaginação das pessoas para inventar um emprego onde não há um sempre a surpreendia.

Contudo, nesse dia não estava para olhares antropológicos. A recordação de Tomás a inquietava; ela conhecia o ministro Salazar o suficiente para saber que não ficaria de braços cruzados diante do ataque recebido. Precisava falar com o jornalista e avaliar o risco que corria. Mas também sabia que não podia desperdiçar a oportunidade política de um escândalo dessa magnitude. O país inteiro falava da morte de Pamela Dosantos: a comoção podia ser o estopim que estavam esperando, pelo menos para pôr o novo governo na defensiva. Amélia não conseguiu reprimir um sorriso; o café da manhã com Carmona ia ser mais interessante do que achava.

– Senador, obrigada por vir a meu território – disse Amélia a modo de saudação quando um homem elegante e muito ereto, apesar de beirar os setenta anos, se levantou da mesa para recebê-la.

– Para tomar café da manhã com a mais bonita de todos os meus colegas iria até Tombuctú – respondeu Carmona.

Normalmente, Amélia não permitia galanteios. Ao longo de sua carreira, havia jogado uma infinidade de baldes de água fria naqueles que tentavam menosprezá-la ou seduzi-la quando se tratava de assuntos profissionais. Obviamente, sabia que era atraente, e era algo que costumava usar a seu favor: sem trajar roupas provocantes, às vezes realçava sua beleza quando sabia que um interlocutor de olho comprido se intimidaria com sua presença. As negociações, nesses casos, costumavam acabar de modo mais favorável, mas ela preferia que seu corpo atraente ficasse em segundo plano em suas relações de trabalho, e não o terreno no qual se desenvolviam.

Contudo, Ramiro Carmona tinha um porte assexuado. Cerimonioso e gentil em excesso, não era exatamente um poço de sedução erótica; não fazia parte dos políticos que podiam se deslumbrar com um decote, nem dos ainda mais numerosos que passavam do elogio cortês à insinuação. Amélia o apreciava porque sempre a tratara como uma colega e porque sabia escutar com atenção, coisa rara nos homens públicos.

Foi um golpe de sorte para ela que Carmona houvesse sido designado presidente do PAN, o outro grande partido de oposição.

– Com a vantagem de que aqui se come melhor, senador, eu garanto.

– É o que receio, dona Amélia, sou incapaz de resistir ao chocolate e aos pães doces deste lugar.

Estavam no Mario's, um restaurante fora de moda, porém sua cozinha continuava impecável, em particular a confeitaria. Amélia gostava da proximidade do lugar, mas sobretudo dos terraços internos com mesas isoladas que permitiam conversar com privacidade.

– Como vão as coisas no PAN, Ramiro? – inquiriu Amélia depois de pedirem suco de toranja, café e biscoitos.

A pergunta não era retórica: dezoito meses atrás o Partido Ação Nacional, de tendência conservadora, havia perdido a presidência para o PRI. Carmona encabeçava a reação interna contra Felipe Calderón, o ex-presidente derrotado, que transformara seu partido em uma extensão da cadeira presidencial.

– Nada fácil. Achei que Calderón optaria por uma espécie de exílio político voluntário depois da humilhante derrota, como fez Zedillo dentro do PRI quando nos entregou a presidência, em 2000.

Haviam combinado falar com franqueza até onde fosse possível. Era a segunda oportunidade em que se reuniam em particular na qualidade de dirigentes de seus respectivos partidos. Amélia supunha que sua designação para a direção do Partido da Revolução Democrática também era uma boa notícia para Carmona. Em um café da manhã anterior concordaram que o retorno do PRI com uma vitória capaz de lhe dar o controle das câmaras obrigava os dois partidos de oposição a operar em comum acordo até onde suas militâncias e seus programas permitissem.

– Minha tarefa é devolver ao PAN um senso de orgulho por seu partido. Voltar às origens – prosseguiu Carmona.

– Então terá uma boa oportunidade se conseguir convencê-los de que a derrota é mais atribuível a Calderón do que ao PAN.

– Isso está claríssimo, minha querida Amélia. Mas não será fácil o embate contra o calderonismo; vários senadores e governadores nossos são da equipe dele e não permitirão uma caça às bruxas contra o ex-presidente.

Amélia entendia o problema. Os recursos mais importantes dos partidos provinham dos orçamentos e apoios oferecidos pelos governadores de maneira extralegal; agora que o PAN já não tinha o controle do aparato federal, dependia mais que nunca dos poucos governos estatais que ainda conservavam os correligionários de Carmona.

– Diga-me se pudermos ajudar em algo. Como sabe, temos um peso importante no Congresso local em duas das entidades calderonistas, e sempre há nosso movimento rural da serra de Puebla para mover as águas.

– Obrigado, não será necessário – respondeu, seco, Carmona.

A dirigente entendeu que havia se excedido; deixou-se levar pela confidência de Carmona sobre suas desventuras com o ex-presidente. Mas aceitar ajuda de um rival para desestabilizar um governador do próprio partido fugia da noção de *realpolitik* desse velho lutador do PAN.

Amélia havia sido imprudente em seu afã de oferecer algo a Carmona em troca do que ia pedir. Tentou recuperar a confiança levando a conversa para um terreno mais pessoal.

– Tenho certeza de que encontrará um jeito. E digo sinceramente, sua nomeação foi recebida dentro e fora do PAN como a melhor notícia para o partido em muito tempo.

– Agradeço suas palavras, mas devo lhe dizer que minha esposa não concorda em absoluto. Segundo ela, eu já deveria estar escrevendo minhas memórias e mimando os netos.

– Os netos não precisam de tutores para ficar mimados, Ramiro. Ao passo que o país precisa de tutores agora – disse Amélia, pousando a mão no braço do velho que descansava na mesa.

Carmona lhe dirigiu um olhar prolongado e aquoso que Amélia não conseguiu decifrar, mas que a fez se sentir constrangida. Perguntou-se se não teria violado a barreira pessoal que Carmona construíra à base de cortesias e cerimônias ou, pior ainda, se com seu olhar a estava julgando por tentar um elogio demagógico com ele. Subitamente se sentiu frágil diante da força moral do velho. Como lhe dizer que não era uma posição oportunista, que realmente acreditava que o país precisava dele, mas também dela?

Decidiu retomar o diálogo à custa das próprias confissões.

– Para mim também não é fácil, senador. Minha nomeação foi uma solução cesarista, um mero equilíbrio entre as tribos de esquerda, que preferiram nomear uma figura independente a entregar o cargo a um rival político. Mas, na verdade, em meu circo sou mais acrobata que gerente.

– Como está sua relação com López Obrador e seu movimento?

Carmona poderia se sentir ressabiado em relação ao *ex abrupto* de Amélia, mas nunca desperdiçaria uma confidência desse nível. Na política, informação privilegiada é tudo.

– O PRD não é inimigo de Morena, embora pareça que nem os daqui nem os de lá entendem isso. Andrés Manuel e eu temos um relacionamento gentil, mas nunca fomos próximos; contudo, ele prefere a mim nessa posição que algum de seus inimigos. Também devo lhe dizer, e que não saia daqui, que no fundo Peje é um homem rústico: para ele, uma mulher nunca será uma verdadeira líder, seu machismo o impede de me aceitar como dirigente real. A vantagem é que também não me vê como rival; a seus olhos, não tenho estatura suficiente para isso.

Amélia se perguntou se para Carmona uma mulher também não era uma igual política. Na história do PAN nunca existiu uma presidente nacional ou uma governadora. Com alívio, notou que o tom de cumplicidade havia se restabelecido.

– Dizem que ele está deprimido depois dessa segunda derrota.

– Como ficou na primeira. Seu casamento com uma mulher mais nova logo depois de sua viuvez e o novo filho ajudaram a levantar o moral, há seis anos. Mas não era para menos, Ramiro; muitos de nós continuam convictos de que ele ganhou em 2006...

No momento em que pronunciou essas palavras Amélia percebeu que estava perdendo o controle da conversa de novo; fazer alusão à fraude daquele ano era a receita infalível para acabar com o relacionamento com alguém do PAN. A esquerda continuava certa de que havia sido López Obrador, e não Calderón, o verdadeiro vencedor nos comícios.

– Mas Andrés Manuel vai se levantar, tenho certeza – continuou. – Acredita que o PRI não vai ser capaz de atender às altas expectativas que seu retorno gerou. Isso significaria que em 2018 as pessoas vão votar pela alternância, e, dessa vez, inclinando-se para a esquerda. Ele quer estar lá para colher os frutos.

– Do jeito que as coisas andam, acho que prefiro isso a ver a reeleição do PRI por mais setenta anos, e não me convide, por favor – disse Carmona em tom de brincadeira, tomando ele agora o braço de Amélia.

– Era justamente sobre isso que queria falar, senador. Estou cada vez mais preocupada com os passos que Salazar está dando. Querem aproveitar a maioria no Congresso e o medo que a insegurança provoca nas pessoas para assentar as bases de um governo autoritário. Sei que há um grupo de assessores na pasta do Interior preparando leis para outorgar mais poderes à presidência e reduzir o peso das instituições, dos meios de comunicação e da sociedade civil. Se conseguirem, vamos retroceder trinta anos, não acha, Ramiro?

– O país já não suportaria o caudilhismo de antes, Amélia. Mas você tem razão, Salazar é um *Führer* em potencial; como López Obrador, ele também está vendo 2018 para si mesmo. E isso, sim, seria uma calamidade.

Amélia pensou que só um político que usa gravata com estampa de margaridas, como Carmona, era capaz de chamar um rival de *Führer*.

– Concordo plenamente. A pergunta é o que nós vamos fazer. Porque o que a oposição não fizer, ninguém neste país fará para evitar outra ditadura perfeita – respondeu ela, escondendo sua satisfação por ter, finalmente, levado a conversa ao terreno que queria.

Carmona assentiu em silêncio. "Ótimo jogador de pôquer", pensou a líder do PDR. "O velho político espera que eu lhe mostre minhas cartas antes de revelar o que ele tem em mãos."

– O caso de Pamela Dosantos é interessante. Poderia se transformar na primeira grande mácula do novo retorno do PRI – disse ela com ironia.

– Pode ser, mas primeiro teríamos que ver se há algo de sólido na informação da coluna de Arizmendi.

– Com certeza há – apressou-se Amélia a responder, mais por lealdade a seu amigo que por convicção em relação a seus métodos.

Sabia que Tomás era incorruptível, mas não tinha a mesma confiança na solidez de seus hábitos de trabalho.

– Sei que você o conhece há muito tempo.

– Sim, estudamos juntos e de vez em quando nos encontramos. Ele não inventaria uma informação como essa.

– Pois seu amigo pode ficar muito rico ou muito pobre nos próximos dias. A primeira coisa que Salazar fará será tentar comprá-lo, para que se retrate ou diga que houve um erro em sua informação. A segunda será infernizar a vida dele ou coisa pior; Salazar é tão poderoso quanto rancoroso.

– Tomás não vai se dobrar, mas não pode encarar essa batalha sozinho – afirmou Amélia. – Se Salazar está envolvido de alguma maneira na morte de Dosantos, temos que trazer isso à tona.

– E o que sugere? – inquiriu o velho líder do PAN.

– Para que o assunto exploda politicamente, primeiro precisa avançar em dois terrenos: o midiático e o policial. Salazar vai tentar paralisar ambos, para que a investigação não avance, ou criar um bode expiatório, para que ela acabe.

– Concordo – concedeu o senador, finalmente se animando. – Há dois jornais e diretores de rádio que podem manter a notícia viva, mas vão precisar de mais informação pesada sobre a investigação policial. Vocês têm controle da promotoria, não é? – acrescentou Carmona.

Referia-se ao fato de que o governo municipal continuava sendo PRD e a investigação era conduzida pelas autoridades da capital.

– Mais ou menos. Entre a corrupção policial e o jogo de futurismo político dos funcionários médios já não há jeito de saber quem está com quem. Teremos que mergulhar para ver em que gabinete o assunto vai parar, e com certeza nisso também o Interior vai meter a mão. Mas, até um ano, vocês tinham o controle do governo federal; devem restar algumas pessoas leais na inteligência dos aparatos de segurança.

Por fim Amélia havia chegado ao tema que lhe interessava.

Só poucos sabiam que o governo calderonista havia semeado algumas células dentro dos serviços de inteligência do Exército e do Ministério do Interior, para o caso de que chegassem a perder o poder, como de fato aconteceu. Em um de seus estranhos arroubos de sinceridade, Jaime lhe confessou isso quando o projeto era ainda um embrião. Anteriormente lhe parecera uma ideia absurda, mas respeitava muito as habilidades de seu velho amigo para acreditar que fosse uma fanfarronice: durante muitos anos, Jaime havia sido responsável pelas relações extralegais dos serviços de inteligência do México com os dos Estados Unidos. Construíra relações pessoais com sua contraparte norte-americana e era considerado imprescindível pela simples razão de que era o único funcionário de alto nível em quem os serviços de inteligência de outros países confiavam profissionalmente.

Amélia chegou à conclusão de que alguma variante desse projeto devia ter sido instalada; nesse caso, o PAN contaria com material confidencial sobre seus principais rivais, e Salazar seria o primeiro deles. Se houvesse gravações ou imagens que relacionassem o ministro do Interior com a atriz assassinada, o escândalo nacional e internacional seria incontrolável, inclusive para o novo governo.

– Quem dera tivéssemos alguma coisa, Amélia; infelizmente, quem se dedica a essas coisas são mercenários políticos, não há lealdades – disse Carmona, pesaroso.

“Impossível saber se está dizendo a verdade”, pensou Amélia. Era provável que esses temas fossem tratados apenas no círculo íntimo calderonista, mas não descartava a possibilidade de que o político preferisse guardar para os seus essa carta poderosa.

– Teremos que trabalhar com o que tivermos, senador. Você tem acesso a certos meios de comunicação e comentaristas; eu, a outros. Proponho que, quando conseguirmos reunir informações sobre o assunto, as troquemos entre nós para fazê-las circular. O importante é que o assunto não desapareça da agenda.

– É questão de dias. Pode ter certeza de que em menos de uma semana Salazar vai se encarregar de que algum escândalo maior, ou até mesmo uma tragédia nacional, leve o caso Dosantos a segundo plano.

Amélia e Carmona combinaram manter contato para discutir o que houvessem encontrado. Ela saiu um tanto frustrada da reunião; esperava mais generosidade do líder do PAN. Contudo, pensou, havia avançado um pouco. Embora de seu jeito, Carmona se convenceu de atiçar o assunto de Salazar entre os seus.

Já no carro, decidiu que uma reunião com Jaime seria imprescindível. Coisa que temia havia horas.

Segunda-feira, 25 de novembro, 11h30.

Jaime e Tomás

Tomás pegou seu celular para ver se havia mensagens. Sua filha, Jimena, estaria preocupada? Alguém do jornal teria ligado? Mas o aparelho estava sem bateria. Colocou-o para carregar e entrou no chuveiro. Debaixo da água recordou uma frase de Jaime longamente esquecida sobre Pamela Dosantos e não pôde evitar sorrir. "Não chegue perto dela, porque vai arranjar problemas", dissera ele. E, de fato, causou-lhe dificuldades, embora nunca tenha tido nada a ver com ela.

Pouco a pouco recordou a cena da primeira e única ocasião em que vira a atriz, três anos antes. Chegara sozinho ao casamento da filha do dono do jornal e levara um tempo para perceber que Jaime estava presente; contudo, cumprimentaram-se com genuína alegria. Seu amigo estava farto de escanear a sala em busca de peixes gordos para descobrir que, contra o esperado, havia muito poucos. A noiva havia exigido do pai que sua festa não se transformasse em um comedouro político, em uma soma de celebridades fazendo a corte ao empresário da comunicação. Os noivos conseguiram uma festa parcialmente íntima, com apenas 250 convidados; pelo menos tinha sido isso que Jaime escutara.

Encontrara Tomás em posição meditativa em um canto, com um copo de tequila na mão. O jornalista não havia notado a presença de seu amigo; sua atenção estava dividida entre a noiva e um grupo de editores do jornal que mantinham uma estrondosa conversa. Passara alguns minutos com eles; depois, uma sensação de desconforto o levara a se afastar. O problema com os jornalistas em tempo integral é que estão tão imersos no tumulto noticioso de cada dia que suas conversas acabam sendo um universo próprio, um código que expulsa o resto dos mortais.

Embora falassem de política, a referência cruzada ao apelido de um subsecretário ou ao escândalo efêmero de dois dias antes transformava cada brincadeira em uma piada interna. Tomás se afastara depois de duas gargalhadas que soltara para não evidenciar que fazia tempo que estava mais interessado na seção esportiva de seu jornal que nas colunas de exegese das veleidades públicas.

Na realidade, Tomás andava cabisbaixo por causa de Claudia, a noiva. Ninguém sabia, mas eles haviam tido um caso em condições estranhas. Dois anos antes, o pai fora aos Estados Unidos para se encontrar com os donos dos jornais *The Washington Post* e *The New York Times*, uma turnê conseguida depois de enormes intrigas com a embaixada mexicana em Washington e algumas doações aos organismos de apoio ao jornalismo nova-iorquino. Contudo, o dono exigira uma comitiva de três ou quatro pessoas, uma das quais falasse inglês perfeito. Nenhum dos subdiretores atendia integralmente ao requisito, e o diretor, pressionado pela data, acabara estendendo o convite a Tomás, que, tecnicamente, fazia parte do jornal, embora não em tempo integral. O séquito também incluíra Claudia, que, embora nunca houvesse cedido às pretensões de seu pai – que gostaria que a filha se dedicasse ao jornalismo –, e tenha preferido fazer doutorado em História da Arte, não estava disposta a desperdiçar a oportunidade de conhecer Katherine Graham, a lendária proprietária do *Post*. As visitas aos dois jornais se transformaram em seis dias de aberta orgia do grupo, primeiro no hotel Plaza de Nova York e a seguir no Four Seasons de Washington. O pai era generoso e dominava plenamente as duas cidades. Decidido a se tornar guia de seus próprios funcionários, pastoreara por uma intensa agenda entre *shows* na Broadway, visitas protocolares e extensos jantares. Nesse círculo Claudia e Tomás construíram uma cumplicidade imediata, nascida do déficit cultural do resto da trupe: o inglês atropelado do pai – que ninguém se atrevia a corrigir – e os erros abismais do diretor editorial em matéria de arte ou pintura os faziam trocar olhares sarcásticos. No terceiro dia da turnê ela batera na porta do quarto dele: "Vim para que me explique Bacon".

Nas outras noites, escapara para a suíte de Tomás entre mútuas promessas de que não era nada mais que um interlúdio passageiro: ela tinha um noivado estável no México que finalmente a levaria ao casamento, e ele, um panorama emocional instável, mas viciante. Contudo, Tomás não podia deixar de se sentir lisonjeado. Em mais de uma ocasião nessas breves noites, enquanto Claudia dormia se recuperando das noites em claro provocadas por suas escapadas, pensara que depois desses encontros sua vida só retrocederia; chegara a dizer a si mesmo que estava vivendo seus quinze minutos de glória, pelo menos no que dizia respeito à virilidade. Claudia não só era filha única de um dos homens mais poderosos do país, como também uma beldade por direito próprio; mas, acima de tudo, possuía uma alegria contagiosa e genuína que desarmava, um riso pronto, sempre acompanhado de um olhar cheio de inteligência, que fazia dela a interlocutora perfeita. E havia seu *derrière*: suas origens cubanas pelo lado materno a transformavam em alvo de atenção quase voyeurista nos bares e restaurantes nova-iorquinos.

Contudo, ao fim da turnê ambos se separaram com a sensação de que ainda havia algo a dizer. E talvez houvessem dito, se Tomás não tivesse se convencido de que preferia habitar a recordação de Claudia ao longo dessa excepcional semana a fazê-la enfrentar sua decepcionante cotidianidade.

Semanas depois continuara se perguntando se um dia poderia ser o homem seguro de si, inteligente e culto que havia mostrado para Claudia. Durante meses fantasiara com a possibilidade de se transformar, em tempo integral, nesse que havia sido em Nova York, embora depois acabasse convencido de que aquilo era uma máscara temporária, mantida graças à brevidade da viagem e das circunstâncias. Uma parte dele assumia que existia algo ali que poderia ter se tornado um relacionamento sério; não obstante, intimamente aceitava que mais cedo ou mais tarde acabaria decepcionando-a. Fora isso que, duas semanas depois da volta, o levara a não responder a uma mensagem de Claudia em sua secretária eletrônica: um cauteloso "Ligue-me quando puder". Nunca mais se viram. Até onde sabia, ninguém tinha conhecimento do breve *affaire*.

Na noite do casamento, enquanto observava, com saudade, as sardas que seu amplo decote exibia e, com dor, aquele corpo espetacular, Tomás se consolava dizendo a si mesmo que, em vez de se condoer, devia se sentir agradecido; sem dúvida teria sido invejado pela maioria dos homens do salão e por não poucas mulheres.

Fora nesse momento que notara que Jaime estava falando com ele. Alguém a quem não poderia contar sobre Claudia, pensara imediatamente, mas recebera seu amigo com prazer. Embora fizesse muito tempo que haviam deixado de se frequentar, a estima era mútua. Fazia-o lembrar os tempos em que tudo era futuro, quando a vida era repleta de possibilidades infinitas, à espera de que cada um deles potencializasse uma versão otimizada de si mesmo. Ainda que isso não houvesse acontecido, recordava com carinho as primeiras épocas dos Azuis. Entre outras razões, apreciava Jaime pela maneira como ele, diferentemente de si mesmo, havia sido "arquiteto do próprio destino", como costumavam dizer os professores espanhóis do Colégio Madrid.

Fisicamente havia algo contrastante em sua roupa, na atitude e até na maneira de estar na vida. Jaime usava um smoking de coleção e sapatos italianos cujo preço devia equivaler ao salário mensal de Tomás. Seus modos galantes e seu bigode fino e perfeitamente cortado faziam lembrar o típico galã latino da Hollywood dos anos 1950, mas ninguém teria se atrevido a ridicularizá-lo. Jaime tinha uma presença física poderosa, e, como se isso não bastasse para amedrontar, seus olhos costumavam inspirar uma vaga e incômoda sensação de respeito ou medo, apesar do sorriso ensaiado que quase sempre exibia.

Tomás vestia de má vontade um terno preto Hugo Boss que já havia vivido suas melhores épocas, mas continuava sendo a estrela de seu guarda-roupa; contudo, o desalinho do jornalista de alguma forma combinava com o cabelo encaracolado e semigrisalho que coroava sua cabeça. Amélia uma vez dissera que Tomás tinha um olhar líquido, e, embora todos entendessem o que ela queria dizer, cada um tinha a própria interpretação; ele se consolara pensando que se referia à capacidade de comovê-la, mas Jaime considerara aquilo uma alusão ao estado de ânimo aquoso de seu amigo, sempre prestes a desviar o olhar do interlocutor para fixá-lo na ponta dos sapatos ou nas nuvens.

– Não se atreva a se aproximar – dissera Jaime, puxando conversa. – Essa, sim, o meteria em problemas.

– Quem? – respondera Tomás com um sorriso, acostumado à inclinação de seu amigo pelas charadas.

Ao seguir seu olhar, entendera o que ele dizia: a três metros deles estava a atriz Pamela Dosantos, uma morena de corpo chamativo enfiada em uma roupa apertada demais para ser de bom gosto. Não obstante, exibia-a com a dignidade invulnerável de quem se sabe desejada pelos que a cercam.

Jaime fizera dois comentários sobre a agitada vida amorosa da estrela disputada por alguns dos homens mais poderosos do país, mas Tomás dera pouca atenção à conversa, ciente de que se tratava de uma beldade profissional muito longe de seu alcance.

Três anos depois, tentava recordar com desespero a informação que Jaime lhe fornecera sobre a mulher que hoje jazia no necrotério. Contudo, a única coisa daquela noite que voltava a sua memória era o longo olhar irônico que Claudia lhe dirigira antes de desaparecer pela porta a caminho de sua noite de núpcias. "Isso não acabou", dissera Tomás a si mesmo, tentando se agarrar à possibilidade deixada por esse vislumbre e à probabilidade de que outra guinada da vida lhe oferecesse quinze minutos de glória adicionais. Nada disso aconteceu nos três anos seguintes, salvo que finalmente cruzou com o corpo de Dosantos, e isso o havia metido em encrenca.

Quando saiu do chuveiro, seu celular tocava insistentemente. Era uma ligação de um número de telefone que terminava em 2000. Só podia ser o PABX de alguma emissora de rádio; com certeza queriam entrevistá-lo. Ignorou a chamada e checou as mensagens. Só chegou a ouvir duas: a primeira o fez sentir uma pontada na boca do estômago; a segunda, uma palpitação.

Você vai morrer, filho da puta. A mensagem fora enviada do celular de Mario. Ligou imediatamente para o amigo e perguntou se ele lhe mandara alguma mensagem; este negou, e Tomás desligou ainda mais preocupado. Supôs que só alguém com uma tecnologia sofisticada era capaz de enviar mensagens de um telefone alheio.

A segunda mensagem procedia de um número restrito. *O que você tem que fazer com o Dallas Cowboys? Aqui, agora!*

Só podia ser Amélia, pensou. Como sabia que ele nunca esqueceria aquela frase terrível e humilhante de Jaime: "Venha para a piscina, mas tire essa camiseta do Dallas Cowboys e aproveite para mandar lavá-la"?

Apesar de passados quase trinta anos, não teve dificuldade alguma para decifrar o que significava: Amélia o esperava na lavanderia do terraço, uma convocatória que só os dois poderiam ter entendido.

Congratulou-se por ter acabado de tomar banho e vestiu sua melhor roupa de baixo. Podia estar no meio de uma confusão, mas nunca deixaria de fantasiar a possibilidade de um reencontro amoroso com Amélia.

Subiu apressado os quatro andares até chegar ao terraço. Sua amiga havia escolhido bem o lugar: quatro escadas diferentes permitiam o acesso à lavanderia, com outras tantas saídas para a rua; podia se encontrar com ele e sair para qualquer uma das avenidas laterais da quadra. Seu coração batia acelerado quando chegou à enorme área de varais de roupa, deserta por conta do sol, que caía como chumbo sobre o lugar; contudo, seu entusiasmo se congelou quando viu Jaime encostado em uma caixa-d'água esgrimindo seu famoso meio sorriso. Estava fresco e relaxado, como se, em vez de um entorno de lençóis que faziam um último esforço para se desencardir e paredes que não faziam nenhum para evitar desmoronar, estivesse em um terraço do Country Club num domingo de manhã. "Como se lembra sobre a camiseta do Dallas Cowboys?", Tomás se perguntou, decepcionado por não ver Amélia.

– Precisa melhorar sua condição física, o charuto vai matá-lo – o recebeu com expressão divertida.

"Que ironia", pensou Tomás ao perceber que fazia apenas alguns instantes que invocara Jaime a propósito do casamento de Claudia. Não o vira desde então. Recordou vagamente que haviam conversado por telefone duas vezes: uma por ocasião da morte da irmã mais velha do amigo, a cujo funeral Tomás não pôde ir por ter sabido tarde demais. A outra ligação fora feita seis meses antes pelo próprio Jaime, em circunstâncias que para Tomás pareceram estranhas: ligara apenas para perguntar como estava e se precisava de alguma ajuda. Sem falar abertamente, fizera o jornalista prometer que, se precisasse de qualquer coisa – dinheiro, se necessário –, não hesitaria em procurá-lo. A ligação coincidira com a pior fase financeira de Tomás, uma temporada em que seus cartões de crédito estavam estourados.

Reticente, aproximou-se de Jaime. Não seria uma conversa fácil; seu amigo sempre arranjava um jeito de fazê-lo sentir que, não importava sobre que tema falassem, ele tinha informação adicional que reservava para si mesmo.

Um diálogo assimétrico no qual o jornalista jogava em um time e Jaime em três simultâneos. De qualquer forma, não tinha opção: estava disposto a segurar qualquer prego incandescente que fosse, mesmo que tivesse de passar uma hora entre reminiscências adolescentes.

Por sorte, Jaime parecia estar com pressa. Deu-lhe um longo abraço sem palavras e foi direto ao assunto:

– Se você ainda está no país, deve ser porque tem algo mais com que se defender.

– Não faço ideia de por que continuo aqui. O problema é que nem sei o tamanho do problema em que me meti. Tinha esperança de que você me ajudasse a descobrir.

– Você está na merda até o pescoço. Mas, primeiro, diga-me: por que falou do domicílio e quem lhe deu a informação?

Tomás pensou que era típico de Jaime exigir informação antes de oferecer algo em troca; não obstante, seu velho amigo podia ser um apoio inestimável. Em cinco minutos lhe disse o que sabia.

– No sábado, almocei com o advogado Raúl Coronel. Falamos casualmente do escândalo do dia e ele me revelou que uma fonte policial próxima da investigação lhe informara o verdadeiro local onde o corpo havia sido encontrado e a proximidade da casa de onde poderia ter saído. "É exclusividade", disse ele sem dar muita importância. No dia seguinte eu tinha que escrever minha coluna, mas combinei de levar Jimena ao cinema, e você sabe como a mãe dela fica quando vou buscá-la tarde. No fim, redigi a coluna apressado e incluí o dado porque dei por certo que, se era do Coronel, já devia estar circulando entre os repórteres.

Tomás não se atreveu a lhe dizer que a pressa não havia sido motivada por um compromisso com sua filha, e sim por uma farra no La Flor del Son; achou que sua falta já era grave o suficiente.

– Caralho, armaram direitinho para você! – disse Jaime em tom categórico.

– Conte algo novo, pois isso ficou claro desde que o maldito dia começou – respondeu Tomás, incomodado.

– Bom, não sei por que mataram Pamela nem quem fez isso, pelo menos por enquanto. Mas o meio ao qual recorreram para usar você é um ponto de partida: Raúl Coronel está associado a um pessoal do PRI dos mais poderosos do país, mas joga em vários times. Não vai ser tão fácil descobrir a mão que balança o berço. E, como se não bastasse, também está envolvido em vários projetos turísticos em Los Cabos e Puerto Peñasco, desses que incomodam muita gente.

– E o que isso tem a ver com Dosantos?

– Tudo e nada. Veremos.

Na meia hora seguinte avaliaram uma estratégia de reação imediata. Analisaram todos os recursos possíveis; Jaime insistiu que Tomás fosse ao jornal. *El Mundo* continuava sendo a publicação de maior peso entre a classe política.

– É importante que não se dissociem de você – disse. – Qualquer um vai pensar duas vezes se considerar que atacá-lo pode ser interpretado como um embate ao jornal.

Tomás assentiu, indiferente. Havia um novo diretor, Alfonso Palomar, com quem tinha pouca afinidade, mas também não se podia dizer que lhe fosse hostil. Tolerava suas colaborações com mais resignação que entusiasmo. Palomar achava que o colunista contribuía pouco com o jornal, mas supunha que sua saída faria mais mal se emigrasse para um jornal concorrente.

– A melhor estratégia para se proteger é elevar o custo político para qualquer um que queira prejudicá-lo. Salazar é quem menos me preocupa no momento; menos que algum subordinado dele que pense que, ao lhe dar uma surra, estará fazendo um favor a seu chefe.

– Então seria melhor eu desaparecer por alguns dias enquanto a coisa se acalma.

– Ao contrário, ative as amizades importantes, procure outros jornalistas e diretores. Continua amigo de Carmen Aristegui? Faça que o convide ao noticiário dela com algum pretexto. Ainda é a que tem mais audiência de manhã, não é?

– Mas, se eu continuar falando do assunto, aí, sim, vão tentar me silenciar de qualquer jeito. Além do mais, não sei nada sobre o assassinato de Dosantos. Está mesmo relacionado com Salazar?

– A ideia é você não falar mais desse assunto, mas seria muito conveniente que seu próximo artigo fosse uma bomba jornalística, uma revelação interessante; poria você outra vez sob os holofotes da opinião pública. Esta é sua melhor proteção.

Tomás acalentou a ideia de que sua coluna voltasse a ser uma das referências obrigatórias dos círculos policiais no país, como havia conseguido por um breve período uma década atrás. Fazia anos que não tinha um furo decente, salvo esse que agora o havia metido em uma encrenca danada.

– Não se recrimine tanto – disse Jaime, adivinhando a preocupação do amigo. – Era uma informação boa demais para ser ignorada. Eu me encarrego de lhe preparar um bom material para as próximas semanas. Você vai ser o colunista mais lido.

Tomás assentiu, aliviado, mas tinha consciência de que Jaime o usaria para agitar a própria agenda política, cujos alcances ignorava. "Mais uma vez vamos usar um ao outro", pensou Tomás, e uma dolorosa recordação de Amélia cruzou sua mente.

– Vamos descartar sua saída do país, mas eu aconselho que tenha à mão o visto e o passaporte.

Jaime enfiou a mão dentro do casaco e tirou um envelope aberto que continha um volumoso maço de dólares.

– E também não se afaste disto, por via das dúvidas.

Tomás agradeceu o gesto, mas rejeitou a oferta sustentando o olhar de Jaime. Conteve a tentação de adivinhar a quantia que havia no envelope, mesmo não conseguindo impedir a sensação de alívio que percorreu seu corpo só de se imaginar vagabundeando durante meses pelo Mediterrâneo.

Jaime devolveu o dinheiro ao bolso com um sorriso que incomodou seu amigo.

"Posso levar um tiro em poucas horas e aqui estamos, como sempre, desafiando-nos como dois machos alfa", disse Tomás a si mesmo, recordando uma frase típica de Amélia.

– Vamos nos encontrar amanhã à noite. Vou levar algo para sua próxima coluna. Peça a Amélia e Mario que nos acompanhem; até lá já teremos um panorama mais claro sobre como lidar com esse assunto. Dez horas da noite no café do hotel Reina Victoria, em Paseo de la Reforma, ok?

Sem esperar resposta, Jaime lhe deu um abraço e começou a se afastar. Tomás o viu caminhar para uma escada de serviço e subitamente notou a enorme semelhança que tinha com seu pai: movimentos confiantes e descontraídos, uma elegância natural mesmo em repouso. Uma onda de irritação subiu por sua garganta até deixar seu pescoço vermelho.

Segunda-feira, 25 de novembro, 11h30.

Mario

"Devia ter lido menos livros de Paul Auster e Murakami e mais de Tom Clancy e Dan Brown", disse Mario a si mesmo enquanto se afastava do apartamento de Tomás. Por mais que pensasse, não encontrava um jeito de ajudar o amigo; nem sequer tinha elementos para avaliar o risco que corria. Não estariam exagerando? Se o ministro do Interior queria vigiar o jornalista ou, pior, praticar alguma represália, estavam em condições de evitar? Seria tarde demais? Talvez nesse momento já estivesse sendo seguido por algum capanga enquanto caminhava para a estação das ecobikes e se imaginou fugindo de um perseguidor enquanto pedalava furiosamente pelas ruas na contramão. "Será que as lesmas do Ministério têm credencial para ecobike?", Mario se perguntou enquanto olhava por cima do ombro em busca de qualquer figura suspeita em seu rastro.

As pedaladas e o vento fresco que corria pela avenida Amsterdam o acalmaram. De bicicleta não se notava a rigidez de sua perna, seu movimento quase era normal. Quando passeava de ecobike pelo bairro Condesa, Mario não podia evitar se imaginar cidadão holandês; pegar gratuitamente uma bicicleta e deixá-la em um estacionamento público quinze minutos depois lhe parecia uma experiência de Primeiro Mundo. Mas não dessa vez: os cidadãos holandeses não costumavam ser perseguidos pela polícia política, acreditava Mario.

Por sorte, nenhum veículo ou pessoa parecia circular na mesma direção que ele. Disse a si mesmo que devia se assegurar de não ser seguido, para evitar revelar seu domicílio; ou talvez já soubessem. Vivia no mesmo lugar fazia 22 anos. Tivera a sorte de comprar uma casa quase de graça depois de seu casamento, seis anos após o severo abalo sísmico de 1985, que desolara o arborizado bairro Condesa. Naquele momento Mario pensara que, se o casarão tinha resistido a um terremoto de magnitude 8.1 na escala Richter, suportaria qualquer coisa, inclusive a prole que pretendia trazer ao mundo ou o terrível caráter de Olga, a mulher a quem se submetia com mansidão e adoração. Duas décadas depois haviam engendrado um único filho, mas o bairro se transformara no Greenwich Village mexicano e sua propriedade estava avaliada em mais de um milhão de dólares. No entanto, também poderiam ser cinquenta pesos; Mario e Olga nunca venderiam o paraíso em que transformaram sua casa verde na praça Popocatépetl.

– Vidal – disse ao filho ao entrar em casa –, pode dar uma olhada nas redes sociais como anda o assunto de Dosantos, ver se há algo novo?

Aos vinte anos, Vidal não parecia muito consciente de ter atingido a maioridade, pensava Mario. Não tinha muita ideia do que queria fazer da vida nem a mínima pressa para decidir, mas, em matéria de computadores e internet, não havia segredos para ele; pelo menos era o que Mario achava.

– Veja se há alguma coisa que relacione o assunto com Salazar – pediu. Mario entendia o suficiente de redes sociais para saber que as notícias podiam crescer até ficar tumultuosas ou simplesmente passar despercebidas e se diluir na copiosa maré digital.

– O *hashtag* #SalazarDosantos é *trending topic* no Twitter México – informou Vidal, lacônico.

– E isso significa o quê, exatamente?

– Que muitos milhares de pessoas já tuitaram alguma coisa a respeito nas últimas horas.

– Por exemplo?

– *Pobre Susana, primeiro assassinada, agora acusada de mau gosto. Salazar? Eca!* Esse é um tuíte. *Por isso eu gostava de Salazar, pica safada e assassina.* Outro: *Ninguém lhes disse que bastava um não-é-você-sou-eu para terminar? Por que matá-la?.*

Adeus a sua esperança de que o assunto passasse despercebido, pensou Mario enquanto seu filho começava a digitar vertiginosamente.

– Olá, Crespo! Por que voltou tão cedo? – perguntou Olga ao entrar no estúdio.

Mario nunca entendeu a razão pela qual sua mulher sempre se dirigia a ele pelo sobrenome, mas Olga o usava no mesmo tom com que outras mulheres chamavam seus maridos de "amor" ou "querido", com certo carinho e um toque de posse.

– Preferi não ir à faculdade, tenho muitas provas para corrigir – mentiu Mario, para não preocupá-la com os assuntos de Tomás.

– Estão fazendo o assunto de Dosantos/Salazar crescer artificialmente – interrompeu Vidal. – A maior parte dos tuítes provém de avatares ligados à esquerda. Olhe, estão mencionando muito um artigo do tio Tomás. Por isso estava interessado?

– O que está acontecendo, Crespo? – intercedeu Olga em tom severo.

Não era apaixonada por política; contudo, entendia o necessário para disparar seus alarmes quando escutava na mesma frase o nome da atriz assassinada, o do temível Salazar e o do onipresente Tomás.

Mario deu um longo suspiro, indicou uma poltrona e explicou a eles o que sabia.

– Pelo amor de Deus, não se envolva. Uma vez na vida deixe que Tomás resolva seus problemas.

Mario pareceu não ter escutado. Ficou encantado com o estranho "Pelo amor de Deus" utilizado por sua esposa, uma mulher raivosamente ateia. Fez-lhe recordar um locutor de futebol da televisão que costumava proferir o termo de maneira lastimosa quando um jogador chutava mais perto da arquibancada superior do estádio que do gol. "Pelo amor de Deus, Mújica, não peço que seja um Messi, só que chute para o gol."

– Crespo, estou falando com você. Primeiro vem sua família, seu filho. Não nos ponha em risco.

– Não se preocupe, amanhã o assunto vai ter morrido, ninguém vai falar de Tomás.

– Papai, ligaram do escritório da tia Amélia, disseram que era importante.

Olga recriminou Mario com o olhar; se os Azuis estavam se metendo nisso, não haveria poder humano que mantivesse seu marido fora dessa.

Para ela, era o único homem que existia, mas parte dele continuava habitando o universo paralelo de seu grupo. O que para os outros três amigos havia sido uma fase da infância e da juventude para Mario constituía uma parte definidora de seu jeito de estar na vida. Às vezes Olga se perguntava se o Mario marido, pai de família e professor universitário era o real ou uma mera faceta desse que continuava vivendo no mundo peculiar de uma fraternidade adolescente que só existia em sua cabeça.

– Tenho que ir, mulher. Fique calma, tudo vai dar certo – afirmou. – Vidal, continue vigiando o assunto nas redes sociais – disse antes de sair para a rua, muito longe de adivinhar o que essas palavras desencadeariam.

Durante meia hora perambulou pelas ruas em busca de um telefone público do qual ligar para Amélia. Notou, então, que a propagação endêmica de celulares havia transformado as cabines telefônicas em um anacronismo; por fim encontrou uma ao lado dos caixas de um supermercado, mas descobriu que o aparelho só aceitava cartão, sem opção para moedas.

Mario foi até o caixa, onde uma mulher mal-humorada lhe disse que o estabelecimento não vendia cartões telefônicos. Um crachá sobre o peito inflado dizia "Margarita".

"Amargadita", pensou Mario, recordando o apelido que Amélia dera a uma professora de mesmo nome, que, apesar de dar aula de Biologia, corava cada vez que os Azuis lhe perguntavam sobre os órgãos de reprodução sexual.

Levou mais dez minutos para encontrar uma farmácia que vendesse cartões telefônicos. Voltou ao supermercado com o cartão na mão, mas não pôde evitar o olhar debochado de Margarita, que fixou o olhar no celular que ele levava no cinto; uma recriminação calada que Mario interpretou como uma espécie de "Pobre-diabo, não tem dinheiro nem para pôr crédito no celular". "Essa não é 'amargadita'", pensou Mario, "essa é uma verdadeira filha da puta."

Cinco minutos e duas ligações depois, estava falando com Amélia, após ligar para o número de telefone que a secretária lhe dera. "O assunto está ficando cada vez mais clandestino", pensou Mario.

– Como está Tomás? – perguntou Amélia sem nem cumprimentá-lo. – Falou com ele?

– Está preocupado, estive com ele há umas duas horas. Não fazia ideia da confusão em que se meteu; eu mesmo o acordei e lhe contei o escândalo que provocou.

Mario começou a sentir alívio à medida que falava. Dividir o problema com Amélia o tornava coletivo, algo que descansaria nos ombros dos Azuis, e não só nos seus.

– Não sabemos o que fazer – continuou ele. – Convenci Tomás a, antes de qualquer outra coisa, falar com você e com Jaime, para analisar a situação.

– Fez bem. Preciso falar urgentemente com ele sem que ninguém saiba. Se nos virem juntos, o assunto vai se politizar, e poderia ser pior.

– Quando e onde? – disse Mario, olhando de soslaio para a moça do caixa, que não tirava os olhos dele.

– Hoje às 21h30, no bar da Sanborns, em San Ángel. Só ele, e que se certifique de que ninguém o siga. Diga-lhe pessoalmente, não por telefone.

– Está bem – aceitou Mario, decepcionado por ser excluído do encontro.

– Tenho que fazer algumas advertências que não agradarão a ele, sobre a maneira como anda largado ultimamente. Tenho certeza de que Tomás vai preferir escutá-las sozinho, sem companhia – justificou-se Amélia, que não deixou de notar a reprovação disfarçada de seu amigo. – E você, tudo bem? – acrescentou, deixando o tom imperativo para trás.

– Tudo bem – respondeu Mario, que não sabia se a pergunta era trivial e se referia à família ou à crise das últimas horas. Decidiu pelo segundo e, para mostrar que seu papel era maior que o de um simples mensageiro, informou Amélia sobre os achados de seu filho, Vidal.

– Quer dizer, então, que está sendo alimentada nas redes sociais pela esquerda? Interessante – disse Amélia em tom pensativo, mas sabia perfeitamente que era ela quem havia passado a instrução horas antes.

– Vidal vai continuar navegando para ver o que mais descobre.

– É melhor ele não se meter, já fez o suficiente.

– Ele pode ser muito útil – afirmou Mario, orgulhoso. – Faz tempo que você não vê seu sobrinho; é incrível com um teclado e um monitor.

– Mande um beijo para ele e diga-lhe que investigue outra coisa; às vezes as próprias buscas acabam aquecendo o assunto. Mas não o proíba, porque será contraproducente: nisso ele se parece mais comigo que com você. Peça que faça um dossiê sobre a filmografia de Dosantos, diga-lhe que Tomás precisa disso para um artigo.

Mario desligou o telefone e guardou o cartão telefônico na carteira, mas se certificou de que o olhar de Margarita captasse o American Express dourado. Foi para a rua e se dirigiu ao café onde havia combinado de se encontrar com Tomás uma hora depois. Não notou o táxi que o seguia quarenta metros atrás.

Segunda-feira, 25 de novembro, 16h25.

Tomás

Seus olhos estavam vermelhos por conta da extensa sessão de leitura dos jornais do dia na tela do iPad. Caminhou as duas quadras que separavam seu apartamento do Le Pain Quotidien, na rua Amsterdam, onde se encontraria com Mario às cinco da tarde. Seu relógio marcava 16h25; era bom ficar sozinho um tempo e fazer um balanço da situação em que estava. Percebeu que não havia comido nada desde o café da manhã e pediu um chá de hortelã com leite e um sanduíche de salmão. Pegou seu Moleskine preto de capa dura e começou a fazer o resumo do que sabia até o momento.

Patricia Serrano Plascencia, mais tarde conhecida como Pamela Dosantos, tivera uma carreira meteórica, mas sua fama se devia mais à cobertura das revistas de fofocas que às resenhas cinematográficas. Quando foi miss de Sinaloa, em 1991, um chefe militar dedicado ao combate aos cartéis de drogas em Culiacán, terra de origem dos *capos* mexicanos, seduziu-a e a tirou da região antes que fosse vítima de algum cacique local. Com apartamento em seu nome na exclusiva área do bairro Polanco, na Cidade do México, Patricia se tornou a amante troféu do general Aguilar. Dois anos depois, um repentino exílio do militar, que começou a ser investigado por sua "inexplicável" riqueza, deixou a artista sem amarras e na rota perfeita para o sucesso; sua beleza e uma vocação inesgotável para a farra fizeram o resto. Substituiu o brochante "Patricia Serrano" pelo glamoroso "Pamela

Dosantos", e quinze anos depois seu currículo incluía um tórrido romance com o jogador de futebol mais querido do país; atribuíam-lhe um longo caso com o cantor Luis Miguel e outro ainda mais escandaloso com um empresário do ramo dos calçados de Guanajuato, a quem conheceu ao se tornar as pernas da campanha publicitária de suas lojas.

Todos contribuíram com sua acelerada carreira artística: uns graças a suas relações, outros a seus financiamentos. Sua filmografia incluía uma dezena de filmes nacionais desses que não vão para festivais nem ganham Palmas de Ouro, mas incontáveis palmas das mãos de uma legião de adolescentes, pensou Tomás. Nos últimos anos, a vida amorosa de Dosantos se concentrou em políticos de alto nível. Um dos últimos, um governador com aspirações presidenciais, teve que tomar distância pública dela depois de a artista comentar em uma entrevista de rádio que o país bem merecia uma primeira-dama bonita.

Seu coração era genuíno e de amplo discernimento. De acordo com o que Tomás recordava das revistas de fofocas, a atriz parecia invariavelmente estar apaixonada pelo galã da vez. Uma espécie de desamparo natural nela fazia que mostrasse um verdadeiro afeto pelo protetor do momento, sem importar se era jovem ou velho, bonito ou feio. Um deles, ao que parece, foi muito ciumento, pensou Tomás, mas a descrição do estado em que encontraram o corpo parecia fruto de algo mais sinistro que simples ciúmes. "Em que você se meteu para ser retalhada assim, Pamela?", perguntou o jornalista, olhando uma fotografia da diva na primeira página de um jornal depositado na mesa.

"Em que eu me meti", disse Tomás a si mesmo, "para receber ameaças como a de hoje cedo." Subitamente se deu conta de que Jaime não respondera a sua pergunta sobre a relação entre a atriz e Salazar. Seu amigo sabia de alguma coisa? Por que estava escondendo? Mais uma vez instalou-se nele a angústia que seus diálogos com Jaime costumavam deixar.

A ameaça em seu telefone era dura e feroz. Não era a primeira que recebia ao longo de sua vida profissional: nos anos 1990, quando sua coluna influenciava e causava desconforto nos políticos, padeceu algumas e foi inclusive protegido por policiais judiciais durante alguns meses. No fim, decidiu que não havia maneira de evitar um ataque se realmente o quisessem executar, ao passo que viver cercado de policiais de duvidosa confiabilidade era não só incômodo, como perigoso. Desenvolveu um fatalismo prático que tinha mais a ver com negligência que com valentia. Ou como dizia o ditado que Amélia citava – ela dispensava os guardas: "O que tiver de ser, será".

Não obstante, essa provocação parecia diferente. Ele havia bloqueado durante horas a recordação da mensagem intimidadora, embora soubesse que era perigosa; certa vez lera que, quanto mais lacônica e menos discursiva a advertência, mais mortífera podia ser.

A recordação da mensagem o fez perceber que continuava com o celular desligado. Ligou-o para acessar sua caixa postal. As sete primeiras mensagens eram de diretores de outros tantos noticiários, e a oitava, do diretor do jornal. Desligou o aparelho, foi até o caixa e pediu ao atendente permissão para fazer uso do telefone fixo alegando estar sem bateria. Não era cliente assíduo, mas já frequentara o local o suficiente para ser conhecido por Toño, gerente do local. Alfonso Palomar atendeu imediatamente a ligação.

– Parabéns, seu artigo é o mais lido no portal do jornal.

– Houve reações de cima?

– De cima... você quer dizer do governo ou do dono?

– Bom, de qualquer um dos dois de cima.

– Rosendo quer falar com você amanhã ao meio-dia.

– E do governo?

– Esperamos você aqui amanhã, e traga tudo o que tiver sobre o caso. Vou desligar, estou entrando na reunião de capa. Cuide-se.

Todo mundo parecia estar se despedindo dele com um "cuide-se", o que era explicável. No entanto, mas não gostou do tom de Palomar. Não havia nada de ameaçador no jeito como o pronunciara, mais um desdém divertido, como se dissesse: "É isso que dá se meter em casos que não são seus".

Sempre haviam professado uma desconfiança recíproca: o diretor do jornal o considerava um arrivista no meio jornalístico e julgava desmerecida a fama que sua coluna adquirira em anos anteriores. Cada vez que mudavam o layout do jornal, sua coluna era empurrada para páginas menos relevantes, ou pelo menos era isso que Tomás achava. De qualquer forma, a animada versão era bem correspondida. *El Mundo* poderia ter sido um dos grandes jornais do continente se seu diretor houvesse sido menos complacente com os interesses políticos, às vezes caprichosos, do dono, mas entendia que Palomar devia o posto menos a seus méritos profissionais que a sua lealdade cega e incondicional a Rosendo Franco.

O som típico do passo manco de Mario o tirou de seus pensamentos.

– Alguma novidade? – perguntou o amigo ao se sentar.

Tomás decidiu ser cauteloso. A ameaça recebida podia ser inócua, e não havia razão para alarmar Mario desnecessariamente.

– Nada em particular. Acho que agora é a hora dos repórteres criminais e suponho que meu artigo vai ser história velha amanhã. Pelo menos é o que espero.

– Amélia me ligou, muito misteriosa, e disse que você a encontre hoje no bar da Sanborns, em San Ángel, às 21h30; que você se assegure de não ser seguido. Eu tenho um compromisso com Olga, não vou poder acompanhá-los – acrescentou Mario, quase rosnando.

– Tudo bem. Jaime me procurou e me pediu que nos encontrássemos os quatro amanhã à noite no Reina Victoria de Reforma. Mais tarde, quando a vir, aviso Amélia.

– Nós quatro? – disse Mario com o rosto iluminado.

– Se você não pode, tudo bem, com certeza amanhã vamos rir do assunto e Amélia e Jaime vão debochar de minha fama involuntária.

– Claro que vou estar lá; se é para debochar de você, não vou perder essa.

Tomás tentou recordar quando fora a última vez que os Azuis haviam se reunido: cinco ou seis anos atrás, no funeral da mãe de Mario. Na noite depois do enterro os três levaram o amigo para um bar com a intenção de reconfortá-lo, mas os quatro beberam demais, começaram a jogar na cara uns dos outros "verdadaças", como dizia Amélia, e acabaram se machucando com revelações que nunca deveriam ter sido feitas. Na realidade, falaram pouco, mas sentiram muito. Funerais costumam ser maus momentos para se abrir, achava Tomás; os fios emocionais estão desencapados.

– Espero que dessa vez acabe melhor que da última que nos vimos – disse Tomás, pensando em voz alta.

– Com certeza, agora um de nós está em perigo.

Tomás quase debochou do tom "três mosqueteiros" de Mario, mas se conteve. Não havia necessidade de machucar a inocência adolescente de seu amigo, e provavelmente ele tinha razão. Senão, Jaime e Amélia não o teriam procurado no mesmo dia depois de tantos anos.

Essa revelação e o entusiasmo de Mario começaram a contagiá-lo. Afinal de contas, o impacto inesperado de sua coluna não era desafortunado, colocara-o outra vez sob os holofotes, e talvez isso lhe permitisse dar um novo impulso a seu trabalho como colunista. Existiam riscos, sim, mas a pior das ameaças era o estancamento em que estava sua vida pessoal e profissional, um dia após o outro sem esperar nada, com a convicção cada vez mais firme de que havia perdido o trem da vida. Contudo, surgia essa locomotiva imprevista que podia ser sua última esperança, desde que não o atropelasse.

Tomás fantasiou com o jornalista importante e influente em que poderia se transformar. Sempre acreditou ter o talento, mas não a ambição; talvez o instinto de sobrevivência lhe proporcionasse o lítio que faltava na bateria de sua vida. Primeiramente, o jornalista pensou que tinha que endireitar algumas coisas.

Despediu-se de Mario e, ao sair, achou que era sinal de boa sorte encontrar um táxi disponível na porta do café. Deu ao motorista, um homem jovem, o endereço de onde viviam a ex-mulher e a filha. Pensou em ligar para Jimena para avisá-la, mas decidiu não usar o telefone. Ela já devia ter voltado da aula de alemão. Era um enigma para ele as razões que levaram sua filha a gostar de um idioma de tão pouca utilidade no México, mas assim era ela. Parecia filha de Amélia, e não de Teresa, que abandonara anos antes suas longas saias *hippies* da juventude, mas não a atitude relaxada e complacente com que navegava pela vida. Não era o caso de sua Jimena, sempre assertiva e cheia de opiniões contundentes, às vezes rígidas. "Deve ter sido isso que a atraiu para o alemão", pensou Tomás, mas não fazia ideia se a gramática germânica era tão severa quanto o som cortante do idioma.

Caía a tarde e o trânsito na Insurgentes era lento e pesado; as duas pistas pareciam longas serpentes multicoloridas que se arrastavam devagar para o sul. As filas compactas não impediam que os carros mudassem constantemente de faixa. "As únicas coisas que não se perdoam no México são as ofensas à honra e deixar um espaço vazio em uma rua movimentada", pensou Tomás mas do primeiro já não tinha tanta certeza. Contudo, o motorista do táxi não parecia ter pressa; melhor, isso lhe daria tempo para descansar. Reclinou a cabeça no encosto e fechou os olhos.

– Já vai para casa descansar, patrão?

– Ahã – respondeu, seco, Tomás.

Antes, costumava conversar com os taxistas; diziam que eles eram o melhor termômetro do estado de ânimo de uma cidade. No entanto, depois de anos desses papos, Tomás chegou à conclusão de que se tratava de uma lenda urbana alimentada por correspondentes estrangeiros folgados demais para fazer um trabalho de fundo; três viagens de táxi e achavam que já dominavam a metrópole.

Apesar de tudo, sentiu-se na obrigação de conversar, em nome do renovado jornalista em que devia se transformar.

– Como vão as coisas? Bastante trabalho?

– Muito pouco, só para pagar os gastos do carro. Esse negócio das bicicletas está nos tirando clientes.

Tomás achou aquilo um exagero, mas supôs que o jovem devia saber de seu negócio. Olhou-o com simpatia e examinou o táxi. Chamou-lhe a atenção um copo de café do Starbucks no apoio de braço dianteiro: um luxo extremo para a receita de um taxista com problemas financeiros. "As contradições da modernização", pensou. Um detalhe para algum artigo sobre a imposição das modas do Primeiro Mundo nos setores empobrecidos de nossos países.

– E a questão da insegurança? Não é muito perigoso ser motorista de táxi?

– Vou pegar um atalho porque a Insurgentes está muito carregada – disse quando virou para pegar algumas ruas internas. – A gente se cuida, mas, veja só, nem as artistas se livram.

– É mesmo – respondeu Tomás, e amaldiçoou o momento em que teve a ideia de falar sobre insegurança.

– Então, patrão, quem será que fez isso?

O toque do celular o salvou de perguntas que já não tinha vontade de responder. Logo se lembrou de que seu telefone estava desligado. Devia ser o do taxista, que de fato tirou o aparelho de seu bolso e o silenciou. Um BlackBerry que Tomás achou ser de última geração, talvez pela semelhança com o de Jaime, que ele vira de manhã.

Observou o jovem com mais atenção e julgou adivinhar que a roupa era de marca, embora não se considerasse um especialista. Relembrou o momento de abordar o táxi e uma veia pulsou em sua testa quando recordou que o carro estava parado, esperando talvez, do lado de fora do Le Pain Quotidien.

Todo morador da capital conhecia o *modus operandi* dos assaltos em táxis; eram muito menos frequentes agora que nos anos 1990, mas os relatos haviam mudado muito pouco. O carro costumava desviar para ruas pouco transitadas e em algum momento era alcançado por outro, do qual descia um cúmplice para se sentar no banco do passageiro, de onde o ameaçaria com uma pistola: o que se seguia era um longo passeio para esvaziar sua conta bancária em caixas eletrônicos. Não obstante, algo na boa aparência e no porte atlético do jovem o fazia supor que não estava atrás de seu dinheiro.

Tomás passou para a janela da direita, a fim de escapar do perímetro dominado pelo espelho retrovisor do motorista, e girou a cabeça devagar para ver se algum carro os seguia. Notou uma caminhonete branca a meia quadra de distância, com vários passageiros dentro; isso acabou por fazê-lo decidir. Havia algumas semanas escutara que a polícia já não usava caminhonetes pretas por serem muito chamativas; o problema era que o crime organizado já tinha começado a imitá-la.

Discretamente tentou abrir a porta com o propósito de descer quando o carro diminuísse a velocidade, mas não conseguiu. Imaginou que a trava de segurança para crianças estava acionada e só permitia abrir de fora; sem dúvida a porta esquerda também estaria bloqueada.

Duas quadras mais à frente, o taxista virou à esquerda para pegar uma ruela. Na metade da curva, bateu Tomás socou o queixo do motorista com a mão direita, usando toda a força de que foi capaz. A cabeça do jovem bateu contra a janela e um ato reflexo o levou a se agarrar ao volante e prolongar a curva do carro. O táxi colidiu no para-lama dianteiro de uma velha Kombi estacionada na calçada esquerda e parou. O motorista parecia ter perdido os sentidos, mas Tomás não ficou para descobrir; sabia que tinha poucos segundos antes que os homens da caminhonete virassem a esquina e percebessem o que havia acontecido. Passou para o banco do passageiro, abriu a porta e saiu do carro às pressas.

Por instinto, correu para a Kombi, porque era o único automóvel capaz de escondê-lo na longa fileira de carros compactos estacionados de ambos os lados da rua; era um veículo de entrega, sem janelas, atrás do qual Tomás se encolheu no lado da calçada. Alguns instantes depois, ouviu a caminhonete virar e parar subitamente com um movimento rápido para a direita. Agachado e protegido pelos carros estacionados, Tomás se dirigiu à rua pela qual haviam passado antes, chegou à esquina, virou para a direita e saiu correndo em direção à Insurgentes. A caminhonete branca não estava à vista, mas supôs que era questão de segundos para que um de seus ocupantes voltasse uns passos e desse uma olhada na rua. Tinha que alcançar a esquina seguinte para desaparecer.

Dois homens desceram da caminhonete, mas não o motorista, que manteve o motor ligado. Um deles foi até o táxi e fez um gesto negativo em direção à caminhonete. Ela arrancou cantando alto os pneus e seguiu até a esquina seguinte para bloquear uma possível rota de fuga; supuseram que o passageiro havia fugido para a frente, na direção que o táxi seguia. Isso deu alguns minutos de vantagem a Tomás. Os dois sujeitos que haviam descido do veículo se separaram para ir até a esquina, um em cada calçada. Olharam embaixo dos carros e entre as duas longas fileiras que se projetavam até a caminhonete branca. Por sua vez, o motorista desceu e, virando para a direita e a esquerda, começou a caminhar em direção a seus colegas. Um deles parou, olhou para trás, voltou sobre seus passos para examinar a Kombi e continuou caminhando em direção à rua pela qual haviam chegado.

Tomás sentia que seus pulmões iam explodir: a esquina seguinte parecia inalcançável e cada segundo que passava sentia crescer o peso de um olhar cravado em suas costas. "Nunca vou chegar", pensou. Cinco metros adiante, mais por falta de ar que por estratégia, entrou em uma farmácia de genéricos; dois atendentes e um cliente o olharam alarmados.

– Estão tentando me sequestrar – disse Tomás. – Escondam-me, por favor.

Nenhum dos três se mexeu.

– Eu suplico, pode acontecer com qualquer um de vocês.

O mais jovem dos atendentes olhou ao redor e não pareceu muito convencido. Era uma farmácia de bairro, sem depósito nem prateleiras internas; contudo, apontou uma fantasia do Doutor Simi em um canto da farmácia.

– O cara que veste isso não veio – explicou. – Você que sabe.

Tomás pensou que era uma brincadeira, mas ninguém estava rindo. Decidiu que faria qualquer coisa para não voltar para a rua. Os dois atendentes da farmácia começaram a ajudá-lo a entrar na fantasia; o cliente pegou rapidamente a sacola com suas compras e foi para a calçada. Não obstante, antes de desaparecer, disse:

– Depressa, alguém vem aí correndo.

Os dois atendentes mal haviam se afastado do boneco quando viram um homem corpulento e suado passar na frente da farmácia. Tomás tentava recordar o que o Doutor Simi costumava fazer, e lhe veio à cabeça a imagem da fantasia dançando um ritmo tropical e convidando os clientes a entrar no estabelecimento. "Felizmente não tem música", pensou, controlando com dificuldade seus movimentos, sufocados pelo peso da fantasia. Aplaudiu desajeitado com as enormes mãos e foi até a entrada. O homem chegou à esquina e observou o caminho percorrido em busca de alguma explicação para o súbito desaparecimento de sua vítima. A caminhonete branca se juntou a ele depois de dar a volta no quarteirão. Ao que parecia, seus perseguidores deduziram, corretamente, que Tomás voltara para a rua pela qual tinham vindo e tentavam encontrá-lo. Discutiram brevemente aos gritos a apenas dez metros de onde ele estava.

– Esse filho da puta não pode ter chegado à esquina tão rápido, tem que estar neste quarteirão – disse o homem que transpirava.

– Só há três ou quatro lojas aqui, duvido que tenha conseguido entrar em alguma casa. Chequem tudo – ordenou o motorista da caminhonete.

Tomás continuava aplaudindo e começou a se balançar sobre um pé e outro. A farmácia era o primeiro comércio aberto no caminho de volta de seus perseguidores. Agradeceu por a fantasia não lhe permitir falar, pois não teria conseguido: respirava com dificuldade e havia um nó em sua garganta por causa do medo. O homem entrou na farmácia e interrogou os funcionários:

– Viram um homem fugindo por aqui? É um traficante que vende na porta de uma escola. Correu para cá.

– Não, senhor – respondeu o jovem. – Eu estava atendendo ao cliente que acabou de sair, não vi ninguém passar.

– Nem eu, meu comandante. Estava lá atrás tirando remédios das caixas – apressou-se o outro funcionário; o jovem era melhor ator.

O homem se inclinou sobre o balcão, levantou a cortina e confirmou que o pequeno corredor que servia de depósito era insuficiente para esconder alguém.

– E você, viu alguma coisa? – inquiriu ao Doutor Simi.

Tomás ergueu os ombros para indicar que não tinha ideia, mas o homem, que na verdade não era comandante, continuava esperando uma resposta.

O jornalista notou que o movimento de seus ombros não se notava fora da fantasia; então, negou com os braços fazendo amplos movimentos.

O olhar do homem voltou para o atendente mais novo. Olhou-o por alguns instantes e algo em seu semblante delatou que não valia a pena prosseguir o interrogatório. Saiu da farmácia e se dirigiu a um salão de beleza meio quarteirão adiante.

Tomás voltou à porta e viu com alívio as costas que se afastavam; pela calçada da frente o outro homem se dirigia a um depósito de material de construção próximo à esquina oposta. Uma aguda dor de cabeça o fez perceber que estava com a mandíbula travada de tanto cerrar os dentes. Respirou profundamente e disse a si mesmo que tudo havia passado.

Girou o corpo para ver a caminhonete branca. O motorista havia descido e, recostado na frente do veículo, o olhava atentamente. Pareceu se decidir e se encaminhou para Tomás. O jornalista retrocedeu e se perguntou que possibilidades teria de se defender de seu atacante. O homem chegou à farmácia, viu Tomás e lhe disse:

– Calma, Doutor Simi. – Dirigiu-se ao atendente e pediu camisinhas. Pagou com uma nota de cem pesos e voltou à caminhonete.

O motorista esperou mais quinze minutos, que para Tomás pareceram horas, após os quais partiu para pegar seus companheiros e desaparecer. Não sabia se haviam deixado para trás o do táxi ou se também o levaram.

O jornalista esperou escurecer para ter coragem de sair da fantasia. Agradeceu aos atendentes depois de insistir que não era um delinquente; o jovem parecia convencido, o velho nem tanto. Estava claro que nenhum dos dois queria se envolver, nem para ajudá-lo, nem para denunciá-lo.

Passou as horas seguintes perambulando em direção ao local onde se encontraria com Amélia. Sobrava-lhe tempo e faltava-lhe vontade de pegar outro táxi.

Segunda-feira, 25 de novembro, 14h30.

Vidal e Luis

Foi suficiente para o consumo de três dias à razão de um baseado por dia; o preço da maconha havia aumentado nos últimos meses, mas os comprimidos eram cada vez mais baratos. Não obstante, três anos antes Vidal havia jurado a si mesmo nunca mais tomar nada disso depois de se intoxicar feio no fim de uma farra num antro qualquer.

Queria enrolar um nesse momento e fumá-lo no terraço, mas encontrou um cartão no teclado com um recado de seu pai. *Tomás pediu para você lhe dar uma mão fazendo uma busca da filmografia de Dosantos, pode ser?* Vidal sorriu com a ingenuidade do pai. Nas três últimas horas varreu a rede e extraiu praticamente tudo o que existia sobre a atriz; a filmografia levou menos de cinco minutos. Contudo, estava insatisfeito: quase a totalidade da informação se concentrava nos romances da sinaloense, mas sabia quem podia ajudá-lo. Havia algum tempo mandara uma mensagem cifrada para Luis, o melhor *hacker* de sua geração.

Luis era uma lenda desde os catorze anos, quando conseguiu enviar mensagens cifradas por meio de *torrents* que seus amigos baixavam como se fossem arquivos de vídeo. Aos 22 era um internauta absolutamente atípico. Não era o nerd obeso sem vida própria trancado em um mundo virtual: era atleta e leitor voraz, carismático e atraente. Suas sessões em frente ao computador não passavam de quatro ou cinco horas diárias, um nada comparado à média de catorze ou dezesseis horas de qualquer *hacker* que se preze.

O que Luis tinha era uma conexão íntima, pessoal e muito precoce com as diversas linguagens de programação, como se houvesse nascido no país onde se falava esse idioma. Uma espécie de Mozart com a música das esferas na cabeça, bastava-lhe manipular um pouco um novo programa para ter a partitura completa em sua mente.

Vidal costumava pensar que o talento de Luis teria merecido uma vocação maior: uma como a sua. Ficaram amigos justamente porque ele havia realizado o trabalho sujo de uma engenhosa ideia que Luis só mencionara. Vidal dedicara dois dias escrevendo todo o programa e o enviara a seu autor, que vivia em Guadalajara. Agradecido, este lhe pedira que se encontrassem na primeira viagem que fez à Cidade do México. Desde então Vidal tentava ser útil alertando-o sobre novidades do mundo cibernético, e em duas ocasiões o ajudara no desenvolvimento de programas chatos a pedido de Luis. Em ambas fora gratificado generosamente, pois faziam parte do trabalho de assessor que o *tapatío** oferecia a uma firma desenvolvedora de *softwares* em Santa Fé, Novo México.

Vidal nunca havia lhe pedido um favor e sabia que Luis estaria interessado em escrutinar o tema de Dosantos porque esta era sua verdadeira paixão: desenterrar mistérios só pelo prazer. Sempre pensou que, se o WikiLeaks não existisse, muito provavelmente Luis o inventaria. Havia algo de Julian Assange em seu amigo, mas Luis era menos obcecado pelo reconhecimento pessoal que o australiano. Na realidade, era mais *voyeur* da informação que divulgador: entrava em bases de dados confidenciais, fuçava um pouco, encontrava detalhes engraçados ou comprometedores, apagava as marcas de sua entrada e saía sem deixar rastro. Entrava em arquivos herméticos com espírito de colecionador ou como um sedutor de mulheres que perde o interesse assim que as conquista.

O jovem ligou o monitor e viu se havia algum alerta de seu amigo. Descarregar os *torrents* levava alguns minutos, mas continuava sendo o meio mais seguro. Decepcionou-se ao não encontrar nada. Vidal decidiu subir ao terraço, afinal.

---

* *Tapatío*: natural de Guadalajara.

O baseado caiu bem. Sentia que estava fazendo o certo ao abandonar a escola para se dedicar em tempo integral a se divulgar entre os profissionais do ciberespaço. Luis lhe pagara 8 mil dólares pelo primeiro trabalho e 10 mil pelo segundo; queria fechar um terceiro para poder mostrar a seus pais o dinheiro e fazê-los entender que era uma profissão tão digna quanto qualquer outra, e provavelmente mais rentável.

Fantasiava com a possibilidade de vincular as habilidades de Luis com as conexões de Tomás e fazer algo que lhes desse fama e dinheiro; talvez uma revista digital com solidez jornalística e material explosivo ou um programa de televisão com revelações que deixassem o auditório pasmo. Não precisavam ser escândalos políticos; simplesmente informação insuspeitada sobre a vida dos cidadãos comuns, como um adivinho que relata para um surpreso auditório o conteúdo de suas carteiras.

Voltou ao computador pouco depois, quando sentiu que o efeito da maconha se dissipava. Atualizou a página e teve que esperar alguns minutos, porque dessa vez havia, sim, um arquivo pesado. Passou-o para um pen drive, levou-o para seu notebook sem conexão com a internet, apagou o arquivo descarregado no computador principal e começou a lê-lo. Luis o tiraria automaticamente do site de *torrent* agora que Vidal já o baixara.

Encontrou várias pastas. A primeira tinha alguns arquivos sobre a propriedade onde ficava o escritório de Salazar e supostamente haviam matado a atriz: registro predial, croquis da casa, donos atuais e anteriores. A segunda pasta era uma detalhada árvore familiar de Patricia Serrano. A genealogia era uma das paixões de seu amigo. À medida que os registros civis foram sendo digitalizados no país, Luis se divertia desenvolvendo um programa que escaneava e cruzava as bases, comparava, eliminava e construía um gráfico em forma de bosque no qual uma árvore trançava galhos com outra, até oferecer um amplo mapa de qualquer clã familiar. Disse que queria mostrá-lo às Testemunhas de Jeová, uma seita que por alguma razão bíblica achava necessário conhecer os ancestrais dos fiéis; Vidal nunca soube no que deu esse projeto.

Vidal pôde ver que na árvore dos Serrano e dos Plascencia, sobrenomes originais de Dosantos, havia alguns nomes relacionados com o narcotráfico, mas isso não era nada surpreendente em Sinaloa, onde Fonseca, Beltrán e Félix eram sobrenomes comuns e se cruzavam com vários Plascencia, inclusive a mãe da atriz. Teria que analisar aquilo com mais calma e comparar com arquivos policiais, para ver se havia algo ali; provavelmente seu amigo já estava fazendo isso.

A terceira pasta foi a mais inquietante. Eram três imagens de um carro, tiradas, ao que parecia, de câmeras destinadas a fiscalizar o trânsito da Cidade do México. Uma pegava o carro por trás, com a placa à vista. Outra mostrava o mesmo veículo, ou um muito similar, dobrando uma esquina que Vidal não pôde identificar, mas a foto incluía a hora e o lugar: *19 de novembro de 2013, 14h46, cruzamento das ruas Nova York e Insurgentes, Nápoles*. A terceira imagem era a mais borrada; o mesmo carro de uma perspectiva lateral: um motorista na frente e uma mulher de cabelo escuro e comprido no banco ao lado. “Dosantos?”, perguntou-se Vidal, prendendo a respiração.

Segunda-feira, 25 de novembro, 21h30.

Tomás e Amélia

No caminho para se encontrar com Tomás, Amélia pensou que havia sido uma boa ideia marcar no bar da Sanborns. Era semiescuro, o volume não muito elevado da música permitia conversar e havia muitas entradas e saídas para se perder entre a multidão. Mas, quando cruzou as estantes de livros e discos da loja, se perguntou se não teria sido traída por seu subconsciente. Era justamente em uma Sanborns, só que na Zona Rosa, que Tomás e ela costumavam se encontrar quando tinham 24 anos para depois ir a museus ou ao cinema, e havia sido em um bar dessa rede que ela pusera fim a uma relação que tinha passado da fase fraterna a outra que se aproximava perigosamente do incesto; pelo menos era assim que parecera a Amélia naquela época.

Entrou no bar pensando que Tomás devia estar tão mergulhado na voragem de sua crise que com certeza não perceberia a infeliz escolha do lugar. Encontrou-o em uma mesa ao fundo, olhando pensativo para a azeitona que boiava em sua taça.

– Tomei um martíni da última vez que nos vimos em uma Sanborns. Estava me perguntando o que teria sido de nossa vida se aquela conversa houvesse acabado diferente; talvez tivéssemos filhos e uma segunda casa em Valle de Bravo – disse Tomás ao recebê-la, com ironia não isenta de amargura.

– Ou teríamos nos chifrado depois de três anos de casados e hoje nos professaríamos um ódio mortal – respondeu Amélia em tom casual enquanto se aproximava de seu amigo e o estreitava em um demorado abraço.

O cheiro familiar e os braços de Tomás deram-lhe tamanha sensação de volta a casa que ela também se perguntou se não teria se enganado dezoito anos antes ao rejeitá-lo.

– Como você está? Que reações recebeu por conta do lance de Salazar? – perguntou ela ao se sentar, espantando as sensações do passado distante.

– Deixaram uma ameaça na minha secretária eletrônica. E estou há horas andando depois de ter escapado de uma tentativa de sequestro em um táxi pelos capangas desse gorila.

– O quê? Tem certeza de que não se tratava de um roubo comum?

– Acredite, a roupa e os modos eram de agentes ou capangas, não de batedores de carteira.

– Se foi Salazar, o mais provável é que simplesmente tenham querido levá-lo a um lugar confidencial para que você falasse com o próprio ou com algum de seus parceiros.

– Para isso não precisavam me sequestrar, não acha?

– Para eles, seria muito útil que você chegasse assustado a essa conversa. Com certeza agora mesmo Salazar está mais interessado em cooptá-lo e saber de onde recebeu a informação que em fazê-lo desaparecer. Com a informação que você publicou hoje, ele seria o primeiro suspeito se alguma coisa acontecesse a você. A propósito, de onde tirou esse dado sobre a casa de Salazar?

Tomás deu um suspiro e repetiu quase com as mesmas palavras o que havia dito a Jaime sobre seu almoço com o advogado Raúl Coronel; mas, ao escutar o próprio relato, pareceu-lhe ainda mais irresponsável e infantil a maneira como se deixou engambelar. O olhar inquisitivo de Amélia lhe devolvia exatamente a mesma impressão: havia sido um imbecil.

– Eu me convenci de que era uma informação boa demais para deixar passar – acrescentou Tomás ao terminar a explicação.

– Vou tentar indagar mais alguma coisa sobre Coronel; pode ser o fio que nos conduzirá ao fundo de tudo isso – propôs ela.

Tomás não a escutou: a última frase de sua explicação reverberava em seu cérebro. Havia algo ali que chamava sua atenção, mas não conseguia discernir, como um alarme que toca ao longe, de procedência incerta.

O jornalista se recompôs e relatou a Amélia a conversa que havia tido com Jaime.

– Ele não deixa de ter razão, mas não tome literalmente tudo o que Jaime diz. Você sabe que ele não dá ponto sem nó. De qualquer maneira, avalie o material que ele lhe der para publicar. Eu também posso lhe dar algo valioso para uma boa coluna. Há um governador que está por trás das extrações clandestinas dos dutos da Pemex, um negócio de centenas de milhões de dólares ao ano.

– Isso me interessa, passe-me os dados. Com isso posso fazer algumas ligações para dar consistência ao caso. Um membro do sindicato petroleiro me deve alguns favores – disse Tomás, animando-se.

Amélia sorriu; sabia da paixão de seu amigo por escândalos petroleiros. Tomás havia ganhado fama, ainda como repórter, quando tornara pública a verdadeira razão das explosões dos coletores em Guadalajara em 1992. Embora a versão oficial afirmasse que se tratava de um acidente ocorrido por negligência das indústrias *tapatías* que costumavam verter seus dejetos na rede de esgoto, Tomás provara, em uma série de reportagens, que a tragédia representava um crime de proporções imensas. Os responsáveis por uma empresa de armazenamento recebiam muito mais combustível procedente do poliduto de Salamanca do que declaravam, o que lhes permitia colocar no mercado negro enormes quantidades de gasolina e solventes; em 21 de abril de 1992, foram alertados sobre uma provável auditoria e decidiram se desfazer do combustível não declarado jogando-o no esgoto. Eram toneladas.

No dia seguinte, às dez da manhã, uma fagulha fizera que oito quilômetros de ruas voassem pelos ares, deixando centenas de mortos e milhares de casas destruídas. A investigação de Tomás fora divulgada pela imprensa internacional, rendera-lhe dois prêmios de jornalismo e o transformara em colunista do *El Mundo*. Voltar por méritos próprios ao centro do palco e por meio de um escândalo petroleiro arrancaria de vez os últimos anos de sua mediocridade profissional.

A mera possibilidade melhorou o semblante de Tomás; voltou a se ver como o jornalista aclamado e o centro das atenções dos círculos políticos. Perguntou-se, inevitavelmente, se isso lhe daria uma nova oportunidade com Amélia. Vinte anos antes todas as inseguranças o haviam atacado no cortejo daquela jovem que chegara à idade adulta um lustro antes que ele.

Pensou, com alguma satisfação, que em poucos anos as curvas de envelhecimento se inverteriam. Aos 24 anos, ela era uma beldade que atraía a atenção de homens de todas as idades, ao passo que ele era um jovem inseguro mal saído de uma adolescência tardia. Havia sido um *match* desigual. Contudo, à medida que se aproximassem dos quarenta, ele continuaria sendo atraente para mulheres duas décadas mais jovens, ao passo que Amélia ficaria limitada à pequena faixa dos aspirantes à senilidade. Tomás imaginou que em algum momento a cortejaria de novo e com generosidade lhe mostraria que a preferiria acima de mulheres mais jovens.

Esses pensamentos e mais dois martínis o puseram de volta na trilha do otimismo. O único problema era que Amélia não parecia ciente de ter descido degrau algum no *hit parade* dos atrativos físicos: suas coxas firmes e bronzeadas que ela acabava de retesar ao cruzar as pernas não mostravam sinais de complacência com os argumentos de Tomás.

– Vou me abrir com você – anunciou Amélia. – O caso de Dosantos é uma fissura nos planos do novo governo, e não podemos desperdiçá-la: uma fissura que temos que transformar em fratura. Precisamos abri-la e espalhá-la antes que o sistema se feche sobre ela.

Pelo visto, ela estava mais preocupada com a agenda política que com o envelhecimento hormonal ao qual a biologia a condenava.

– Certo – aceitou Tomás, recuperando-se. – Eu gostaria de me aprofundar um pouco mais no assassinato de Dosantos; não para publicar, simplesmente porque precisamos chegar ao fundo do assunto policial para explorá-lo. Afinal, ainda desconhecemos o vínculo de Salazar com ela e os motivos que alguém poderia ter tido para assassiná-la.

– Você tem razão, isso é arriscado – concedeu Amélia, vendo seu amigo com respeito pela primeira vez na noite. – O pior que poder acontecer é que tudo isso não passe de uma grande palhaçada. Temos que conhecer o terreno onde estamos pisando.

– Tenho alguns contatos na polícia da cidade, acho que vou começar por aí. Jaime também vai conseguir alguma coisa, mas não quero depender completamente dele.

Amélia assentiu, pensativa. Tomás a conhecia o suficiente para reconhecer o cenho franzido que, na juventude, precedia uma ideia desaforada, uma frase provocadora ou simplesmente uma brincadeira que no fim costumava metê-los em problemas.

– Será que não estamos escolhendo o Lemus errado? – perguntou finalmente com um sorriso maroto.

– Recorrer a Carlos?

– Por que não? Faz tempo que ele e Jaime não se falam – disse Amélia, omitindo o fato de que ela havia sido o motivo do conflito entre pai e filho. – Carlos tem acesso aos velhos policiais recém-aposentados ou que estão para se aposentar. Para eles, não há segredos na vida dos esgotos da cidade.

Tomás sentiu o golpe da vodca na boca do estômago. Sabia o que havia acontecido entre o pai de Jaime e Amélia, e antes atribuíra a rejeição de sua amiga à atração que ela sentia por homens mais velhos. Perguntou-se se na ocasião em que se afastara dele, dezoito anos antes, teria coincidido com o início da relação entre ela e Carlos.

Mas Amélia não estava para sutilezas. Nunca parecia estar.

– Quer que eu ligue para que você converse com ele?

– Você continua vendo-o? – perguntou Tomás com voz mais aguda do que teria desejado.

– Nunca deixamos de ser amigos – respondeu Amélia em tom neutro.

– Eu o procuro, não se preocupe.

Apesar da desagradável recordação, Tomás teve que admitir que não era má ideia recorrer a Carlos Lemus. Fazia anos que não o via, mas frequentemente o escutava em entrevistas no rádio. Lemus havia se tornado um dos advogados criminalistas mais prestigiados e poderosos do país; primeiro fora designado procurador do Estado do México e mais tarde titular da Procuradoria-Geral da República por um breve período. Após sua bem-sucedida incursão como funcionário da administração federal, sua carreira deu uma guinada para as leis e os tribunais. Uns anos depois só aceitava clientes de grande envergadura e não havia secretário de Estado que recusasse tomar um café em sua companhia.

Tomás sabia das relações de Lemus com os corpos de segurança pública e promotorias nos tribunais. Apesar de ter deixado de ser procurador, nunca perdeu contato com as redes policiais; seu escritório incluía não só uma dúzia de advogados e assistentes, como também ex-policiais a cargo de investigações. Tinha o cuidado de ter em sua folha de pagamento vários membros de diferentes tribunais e delegacias, que costumavam lhe passar documentos e avisos dos casos em que trabalhava.

– E como ele está de saúde? Você o viu ultimamente? – perguntou Tomás, cauteloso.

– Está mais saudável que você e eu.

Amélia mal pôde reprimir um sorriso. Tomás queria saber o *status* de sua relação com ele, mas ela não pretendia dar a ele essa satisfação. Na realidade, fazia mais de um ano que não saía para almoçar com o advogado e mais de dez que deixaram de ser amantes ocasionais; contudo, seus encontros sempre eram calorosos e afetuosos. Mas não queria compartilhar a natureza de uma relação na qual seu amigo só veria um vínculo sexual estranho ou até pervertido.

Despediram-se com um beijo rápido no canto dos lábios e um abraço demorado. Mais uma vez uma corrente quente percorreu ambos os corpos. Amélia a atribuiu à recordação de tantas experiências de vida compartilhadas; Tomás, à promessa das intimidades que os esperavam.

1994

"A culpa foi do tremor", disse Amélia a si mesma ao sair do escritório de Carlos Lemus ainda impactada pelo acontecido. Ela o havia visitado em busca de orientação para escolher o tema da tese que tinha que elaborar para o mestrado recém-iniciado em El Colegio de México.

Nunca haviam se encontrado sozinhos fora do âmbito social e familiar, mas Amélia recordava dezenas de conversas que o pai de seu amigo teve com os Azuis sobre política e história do México. Seu conselho a atraía porque, além de suas vastas leituras sobre esses temas, Carlos era um ator político e um profundo conhecedor da vida por trás dos bastidores da cena pública. Amélia queria fazer uma tese que tivesse valor acadêmico não só para professores e estudantes; desejava também que sua pesquisa pudesse se transformar em um livro de circulação comercial e, assim, fazer uma contribuição mais ampla. A escolha do tema e o tratamento eram a chave para conseguir isso, e o pai de Jaime podia ser muito útil.

Carlos Lemus havia acabado de sair da Procuradoria e estava instalando seu escritório particular em uma elegante sala no décimo segundo andar de um edifício em Paseo de la Reforma. Ali chegou Amélia às oito da noite de uma quarta-feira, dia em que tinha menos carga de leitura no pesado programa da pós-graduação que cursava.

Foi recebida por Esther, a eficiente secretária de Lemus que o acompanhara a vida toda. Amélia a conhecia bem porque Jaime costumava ligar para ela toda vez que precisavam de um motorista para resgatá-los de algum passeio pela cidade quando eram mais jovens; encontraram-se em mais de uma ocasião em reuniões familiares dos Lemus.

– Entre, Amélia. Como você está bonita! Nunca a vi tão arrumada.

– Obrigada, Esther, é que não posso ir às aulas de mestrado no El Colegio de México tão desarrumada como antes – respondeu, mas notou que era a primeira vez que ia para a aula de batom vermelho nos lábios e brincos de tons verdes que combinavam com seus olhos. Também era incomum a saia florida de tecido elástico que realçava seu corpo e que em geral só usava em festas e ocasiões especiais.

– Hoje é aniversário de minha mãe, de modo que terei que deixá-los sozinhos. Há café, refrigerantes e biscoitos na copa. Quer que lhe sirva algo antes de ir? Os outros já foram.

– Não, obrigada, vou esperar o doutor. E boa festa de aniversário.

Ela se instalou na sala de espera decorada com tapetes macios e sofás de couro. Não teve que esperar muito tempo: Carlos a convidou a entrar em seu escritório minutos depois. O advogado já havia se despojado da gravata e desabotoado o primeiro botão da camisa; mostrava o frescor de quem está começando o dia, mas Amélia sabia que isso era uma característica que corria no DNA dos Lemus.

Cumprimentaram-se com um rápido abraço gentil e caloroso, próximo o suficiente para que Amélia percebesse o peculiar aroma que exalava o corpo de Carlos, algo que vagamente lhe fazia recordar tâmaras.

Amélia sempre havia se considerado uma colecionadora de cheiros. Adorava os queijos franceses fortes que repeliam todos os seus amigos, mas podia fugir de um encontro romântico ou de um aparentemente impecável parceiro de dança pela malsã fragrância que exalava o corpo do pretendente, coisa que, ao que parecia, só era perceptível para ela. A estranha habilidade de inventar apelidos geniais que a dotara de fama durante a adolescência procedia, em grande parte, das alegorias que o cheiro de uma pessoa lhe inspirava.

Carlos Lemus era tâmara, mas ela nunca havia dito isso a ninguém. O que sabia, e do que agora ganhava consciência ao checar sua saia e sua roupa sugestiva, era que as tâmaras a fascinavam. A jovem se obrigou a deixar de lado os sinais que seu corpo emitia: o advogado tinha 25 anos a mais que ela, idade suficiente para ser seu pai, além das complicações familiares e pessoais que qualquer tipo de envolvimento provocaria.

A atitude de Lemus favoreceu o trânsito da conversa a um terreno intelectual. Pediu que se sentasse em um sofá e ele ocupou uma poltrona individual a dois metros de distância com uma mesa de centro entre os dois.

– Estava dizendo que está pensando em uma tese sobre o Tratado de Livre Comércio, embora seu mestrado seja em Ciências Políticas, não em Economia, é isso?

– Sim, mas quero abordar as consequências sociais e políticas do TLC, não as econômicas.

– Pode ser interessante – reconheceu Lemus. – Não obstante, vai ser difícil isolá-lo do resto do pacote tecnocrata. Quando analisar a desigualdade social ou o fortalecimento dos monopólios, será complicado discernir que parte se deve às cláusulas do tratado e que parte se deve à maneira como foram feitas as privatizações, para favorecer o grande empresário à custa do médio, por exemplo.

Amélia assentia com atenção enquanto pensava que não era só do aroma de Carlos que gostava. Ele tinha sempre a virtude de flutuar acima dos temas para vê-los de maneira integral e desencadear um comentário pontual e preciso, como uma águia que contempla a campina antes de se precipitar, rápida e voraz, sobre uma presa minúscula.

E, apesar da fascinação que ele lhe inspirava, Amélia não era alguém que se entregasse facilmente ao talento alheio; mais para alimentar as próprias dúvidas sobre Carlos que para favorecer a conversa política, contra-atacou:

– Percebo que você não é salinista, embora pertença ao PRI. Não concordo com o modelo supostamente modernizador de Salinas, mas que opção oferece o PRI em contraposição? Manter o velho regime a todo custo?

Carlos a contemplou, fazendo uma longa pausa, como se a visse pela primeira vez; observou sua saia, notou seus brincos e seus lábios vermelhos. Diferentemente da maioria de seus colegas, ele amava a polêmica e os debates. A observação de Amélia o fez pensar nos motivos da atração que essa jovem lhe inspirava e nas muitas vezes que parara para conversar com os amigos de seu filho simplesmente pelo prazer de provocar suas reações.

– Veja, Amélia, eu fui do PRI porque era a única maneira de participar da esfera política. Durante décadas o partido único foi um mal necessário para obter estabilidade e crescimento: enquanto o resto da América Latina se convulsionava em um ir e vir entre irrupções sociais e ditaduras militares, o México conseguiu sair de seu passado violento. A história do século XIX e a Revolução mostram o risco que corremos de que o país seguisse se esvaindo em sangue indefinidamente. A violência parecia estar nos genes do país; o presidencialismo sem reeleição imposto pelo PRI permitiu cinquenta anos de estabilidade.

Carlos havia assumido um tom formal e monocórdio e falava tanto para ela como consigo mesmo. Parecia ser um tema que já abordara infinitas vezes.

– Contudo, a partir dos anos 1970, o regime começou a ficar anacrônico – continuou. – O projeto de Salinas é uma saída para trás, embora esteja em consonância com as medidas aparentemente modernizadoras do chamado Consenso de Washington: privatização e diminuição do papel do Estado. No fundo, isso é feito em detrimento das políticas sociais.

– O que está me dizendo é que haveria três tipos de adeptos do PRI, então: os tecnocratas neoliberais ao redor de Salinas, os dinossauros da velha guarda, que acreditam que o antigo regime pode continuar indefinidamente, e os reformistas como você?

– Bem, quem dera houvesse três tendências; os que pensam como eu são uma minoria, e não sei mais quão leais ao PRI podemos continuar sendo. Como vê, agora mesmo estou fora do governo – explicou Carlos, indicando com um gesto vago o conteúdo de seu escritório.

– As reformas que Reyes Heroles tentou há doze anos fariam parte dessa tendência de que você fala?

– Vejo que aproveitou suas leituras – disse ele, percorrendo com os olhos a figura completa de Amélia.

Inquieta, ela se remexeu no sofá, ciente do olhar dele e um tanto surpresa com a onda de rubor que seu elogio lhe provocara. Amélia não era alguém que costumava depender da aprovação de terceiros.

– Você tem razão – continuou Carlos. – O presidente Echeverría aprofundou o velho regime até as últimas consequências de 1970 a 1976. Mão dura no campo político e uma expansão do Estado paternalista, mas com todos os defeitos de um modelo exausto: burocracia, esbanjamento, corrupção, negligência, máfias sindicais. Quando López Portillo chegou ao poder em 1976, sabia que algo precisava mudar, mas tinha mais verbo e retórica que ideias claras. Na ambiguidade, optou por explorar dois caminhos diferentes: nomeou Reyes Heroles seu ministro do Interior para tentar uma reforma política de cima, uma espécie de *perestroika* antecipada, e ao mesmo tempo apadrinhou um grupo de economistas com pós-graduação em escolas neoliberais dos Estados Unidos e lhes deu o controle do gabinete econômico.

– Miguel de la Madrid, Salinas, Aspe e companhia – acrescentou Amélia.

– De fato, no final eles venceram. Reyes Heroles só durou dois anos, e, embora algumas das reformas tenham se concretizado, a proposta de conjunto ficou truncada. Na realidade, ele foi derrotado por uma combinação da velha guarda, que se ressentia de qualquer abertura, e pelos jovens tecnocratas, que insistiam que primeiro deviam ser feitas as reformas econômicas e depois as sociais e políticas.

– Mas, então, os dinossauros e tecnocratas modernizadores se tornaram aliados para deter as tendências reformistas?

– Esse é um ponto interessante. É uma relação estranha de aproximação e afastamento entre esses dois grupos; o ex-presidente Carlos Salinas é uma fusão de ambos. Até por conta de sua biografia: filho de um membro da velha guarda, embora ele mesmo saído de Harvard, e profeta do Consenso de Washington. E, como dizem, o que se segue é história. Não obstante, o que aconteceu este ano com o movimento zapatista e o assassinato de Luis Donaldo Colosio mostram que as estruturas sociais não resistirão a um modelo econômico de maior concentração da receita e que marginalize metade dos mexicanos, especialmente nas zonas rurais. Os tecnocratas não entendem que melhorar a economia não pode passar por eliminar os camponeses, a não ser que seja acompanhado de políticas públicas e mudanças estruturais que lhes permitam se reinserir na vida social e política.

Amélia pensou que já tinha o suficiente para repensar o tema de sua tese. Não havia anotado nada, apesar da caderneta aberta sobre suas pernas; contudo, poderia recuperar algumas ideias se sentasse para trabalhar nessa mesma noite. Não queria ir embora, mas sentia que devia processar o que escutara antes de continuar avançando com seu interlocutor.

– Gosto do enfoque do que você disse. Vou fazer um esboço com algumas dessas ideias e montar um possível tema de tese; vou mandar o material para você, e agradeceria muito se pudesse avaliar. Agora, acho que vou indo.

– Claro que o lerei, com prazer. Sempre achei que a melhor parte dos Azuis era a ala feminina.

Amélia sorriu nervosa com o comentário pessoal de Carlos. Guardou em sua bolsa a caderneta, levantou-se e se encaminhou para a saída.

– Eu a acompanho – disse Carlos, tomando-lhe o braço.

Ao chegar à porta que dava para o vestíbulo dos elevadores, ele a deteve.

– Espere, está tremendo.

– Temos que correr para a rua – quase gritou ela, levada pela recordação do terremoto de 1985, no qual vários colegas de escola perderam a vida.

– Amélia, estamos no décimo segundo andar, tudo já terá terminado antes de descermos as escadas. Venha – disse, abraçou-a e a levou, em meio aos tremores que sacudiam o edifício, até uma coluna de seu escritório.

Foram as últimas palavras que trocaram.

Amélia se abraçou a Carlos, encaixou seu nariz na camisa aberta dele e se deixou inundar por seu cheiro. Um instante depois estavam se beijando; não perceberam o momento em que o sismo passou. Voltaram ao sofá no qual Amélia estivera sentada, livraram-se das roupas e compartilharam um longo e intenso orgasmo.

Depois, Amélia abraçou Carlos e recostou a cabeça em seu peito. Não poderia dizer se havia sido o melhor sexo que tivera, mas fora diferente. Aos dezessete anos de idade, com um namorado uma década mais velho que ela, decidira se livrar do que considerava uma virgindade vergonhosa; desde então, havia entrado e saído de relacionamentos de dois ou três anos de duração, sempre com homens mais próximos ou avançados nos trinta, salvo as breves aventuras que havia começado com Tomás uns meses antes.

Contudo, o sexo era invariavelmente um prazer no qual ela se sentia no controle. Não era o caso agora. Nunca fizera amor sem preservativos, graças à influência de sua mãe sexóloga, mas ali nem sequer se lembrou do assunto, apesar de ter duas camisinhas na bolsa. Surpreendia-a especialmente a maneira como ela mesma se perdera na onda de sensações que o encontro com Carlos lhe produzira; o olhar íntimo, profundamente cúmplice e gozoso no qual se detiveram por muito tempo quando ele a penetrara, havia apagado idades e circunstâncias.

Carlos começou a rir assim que recuperou o fôlego, primeiro baixinho e depois mais alto. Ela levantou a cabeça e o olhou, inquisitiva.

– É pura alegria – disse –, não sei desde quando não me sentia assim. Por mim, o tremor pode voltar quando quiser; eu iria embora do mundo grato.

Amélia acabou rindo com ele, mas não tinha nenhuma vontade de ir embora deste mundo ainda. Não obstante, concordava com Carlos sobre a sensação de plenitude que o momento de intimidade compartilhado lhes deixara.

Continuaram se encontrando uma vez por semana, à noite, no escritório dele e em completo sigilo. Falavam da tese dela, mas também de seus anseios, sonhos e preocupações. Bebiam vinho branco e faziam amor sem pressa, explorando-se.

– Saber que temos este espaço às quartas-feiras me permite encarar a semana como se tivesse um milhão de dólares no banco – dizia ele. – Saber que você está ali me dá confiança e um friozinho no estômago cada vez que penso nisso. É como estar no deserto sabendo que há um oásis atrás da próxima duna.

Ela gostava mais da ideia de uma bolha: ambos mantinham suas rotinas de trabalho e familiares cientes de que não existia mais vida afetiva que essa que acontecia nessas três ou quatro horas semanais. Amélia sabia que as bolhas nascem e crescem para estourar inexoravelmente, não importa quanto durem.

Mas a bolha durou mais de oito anos. De início, foi difícil para eles controlar o impulso de se ligar ao longo do dia ou se imaginar em outros cenários; contudo, pouco a pouco aprenderam a valorizar uma relação que não impunha condições, laços nem compromissos além de se dedicarem um ao outro, com plena intensidade, nos confins de seus encontros.

De início, encontravam-se com regularidade semanal; depois, duas ou três vezes ao mês, à medida que as viagens e as agendas foram atrapalhando. Mas a bolha deles nunca deixou de ser íntima e afetuosa. No começo, centrou-se em uma longa exploração da sexualidade dos dois, que, graças à falta de convivência, nunca se tornou monótona; como bons parceiros de dança, passaram a reconhecer tamanhos e distâncias, reentrâncias e protuberâncias, e a entender e tornar seus os movimentos naturais do outro, que logo foram de ambos.

À medida que os meses e anos de encontros se acumularam, Amélia percebeu como a relação havia se tornado importante e quanto equilíbrio emocional lhes propiciava. Ele aprendeu com ela a fumar maconha ocasionalmente e a cozinhar, e para isso ampliaram e transformaram a copa do escritório em um cantinho de *chef*. Graças a Carlos, ela transformou sua habilidade verbal em uma talentosa escrita que a tornou autora de livros e prestigiosa ensaísta. Ambos se apaixonaram por autores anglo-saxões que começaram a ler diretamente em inglês.

Amélia chegou a apreciar os longos diálogos pós-coito a que costumavam se entregar quase tanto quanto ao sexo em si. A absoluta confiança em uma relação que renunciava a toda tentativa de controle ou manipulação lhe permitiu transformar essas sessões em terapias honestas nas quais reconhecia sonhos, frustrações e inseguranças que teria sido incapaz de aceitar em qualquer outro contexto, inclusive perante si mesma.

A relação com Amélia permitiu a Carlos entrar em contato de novo com uma parte de si que julgava perdida: o entusiasmo que ela transmitia ao trocar ideias, mas também ao questioná-las, a exaltação perante os males do mundo ou o arroubo incondicional diante de uma obra de arte ou literária. Acima de tudo, renasceu por conta do que seu corpo experimentava. Ao longo da semana, vivia constantemente excitado com a recordação de Amélia. Nunca teve fraqueza por mulheres jovens, o que fez que recebesse com surpresa o encontro em seu escritório, e mais ainda o poderoso impacto de suas consequências. Algo na vitalidade da pele de pêssego dela, na sensualidade com que o envolvia com suas longas pernas, provocava nele recordações de um desejo adolescente no qual a intimidade real era uma possibilidade absoluta. A avidez física e erótica da jovem, sem mais cálculo emocional que dar asas ao prazer em suas mais infinitas formas, transformou-se no motor de seus dias e noites. Durante reuniões de negócios com clientes chatos, surpreendia-se tecendo desenhos mentais das pintas aprendidas nas costas de Amélia, e se apaixonou, assim como ela, por suas conversas da meia-noite, quando a satisfação dos apetites dava lugar às confidências de suas almas apaziguadas.

Descobriram que em sua bolha podiam ambos conjurar as misérias e infâmias da vida diária desde que pudessem discuti-las juntos à meia-luz, enrolados nas pernas um do outro depois de um encontro amoroso. Às vezes achavam que o universo paralelo não era esse que haviam construído no parêntese do meio da semana, e sim o resto da vida familiar e profissional, que simplesmente existia para oferecer assuntos de conversa a seu refúgio.

Em algum momento ela retomou os relacionamentos afetivos com outros homens, apaixonou-se, desiludiu-se e tornou a se apaixonar, mas nunca sentiu que a bolha com Carlos a atrapalhava; havia se encapsulado de tal maneira que fazia parte de sua vida íntima. De fato, achava que podia se apaixonar de maneira mais saudável, menos desesperada, graças à segurança emocional que essa relação lhe oferecia. Só quando decidiu viver com Héctor em tempo integral, oito anos depois, achou prudente suspender suas visitas ao advogado, não porque a confundissem emocionalmente, e sim para evitar a invenção de desculpas e mentiras a que a obrigaria um relacionamento oculto no contexto da convivência diária com outra pessoa.

Transformou, assim, as sessões com Carlos em almoços ocasionais, e, embora fossem gostosos, a qualidade do diálogo entre eles nunca voltou a ser a mesma.

A relação com Héctor se estendeu durante cinco anos e acabou morrendo por inércia. Nunca retomou as visitas ao escritório de Carlos, mas continuou vendo-o duas ou três vezes ao ano em um restaurante no bairro Polanco. Ele também não fez tentativa alguma para reinstaurar a bolha. Seria necessário outro tremor para juntá-los novamente.

Terça-feira, 26 de novembro, 10 horas.

Tomás e Carlos

Tomás ficou impressionado, para seu pesar. Nos vinte minutos em que estava esperando, Esther, a secretária de Carlos Lemus, passou quatro ligações a seu chefe: um governador, um subsecretário da Fazenda e dois empresários membros da lista da *Forbes*, os donos do Banorte e do Palacio de Hierro, respectivamente.

Esther o recebeu com demonstrações de carinho e o arrastou a seu escritório em vez de retê-lo entre os vulcões pictóricos do Dr. Atl que enfeitavam a enorme sala de espera. Tomás se lembrou de quanto gostava da assistente de Lemus: uma solteirona de cinquenta e tantos anos, eficiente e organizada, mas nada chata. Dizia que nunca havia se casado porque não suportava depender dos humores de um homem; jurava que a monogamia não era com ela. Apaixonava-se por músicos, poetas, garçons e outros habitantes da noite que mais cedo ou mais tarde desapareciam de sua vida; vangloriava-se de que, em vez de bibelôs de porcelana, colecionava objetos como recordação de cada relacionamento. Um aparador de sua sala inventariava pontualmente a natureza excêntrica de suas relações: um chapéu preto com uma longa pluma, uma bota com manchas vermelhas, um prendedor de prata para segurar dinheiro com a inscrição *Em mulheres e festas; o resto é desperdício* e até um pênis de madeira entalhado por um ex-amante presunçoso.

A roupa de Esther dizia tudo: saia comprida marcada por um cinto cor de vinho, pernas cobertas por meias tipo arrastão sobre saltos vermelhos impossíveis, blusa branca transparente e sutiã de renda preto. Seu cabelo agora era cor de azeviche, mas Tomás já o conhecera vermelho, branco e louro. A maquiagem era impecável, porém mais adequada a um bar que a uma sala de móveis de mogno e tapetes macios. Não era bonita, mas tinha um sorriso enorme e sempre pronto; dentes grandes emoldurados por lábios carmim sempre úmidos.

– Olá, Tomás! Como está bonito! É o primeiro Azul que vejo desde muito tempo.

– Igualmente, Esther. Como está sua coleção? Continua aumentando ou já encontrou um sortudo que confiscou seu aparador? – perguntou Tomás, que sabia que esse era um assunto que agradava a ela.

– No último ano acrescentei uma câmera Polaroid dessas antigas que um colega dele me deu e um roupão púrpura tipo Mauricio Garcés que é divino. A essa altura, acho que me interessa mais o objeto com o qual vou recordar um homem que ele em si – disse Esther com uma gargalhada.

Tomás riu com ela.

– Vou lhe dizer uma coisa: a maioria das divorciadas que conheço costuma ter suvenires piores de seus ex. Fico imaginando o que você teria pegado de mim se eu houvesse passado por esse aparador.

– Só quem passa sabe, e às vezes nem eles – respondeu ela com afetação.

Quando não envolviam assuntos do escritório, os diálogos com Esther costumavam ser uma esgrima erótica divertida, mas invariavelmente inofensiva. Ela sempre mantivera uma distância rigorosa entre sua cama e sua mesa; contudo, Tomás suspeitava que a secretária sempre fora apaixonada por seu chefe.

O jornalista a examinou com carinho. Longe de se amargurar por um amor impossível, ela decidira passar sua vida diurna, de segunda a sexta-feira, com o homem que amava e, à noite, curtir com muitos outros que não amava. Essa reflexão lhe inspirou um sentimento de dó, que foi interrompido no momento em que a mulher começou a cantarolar uma melodia alegre. “Talvez tenha sido mais feliz que qualquer um de nós”, disse Tomás a si mesmo.

Suas reflexões sobre a felicidade de Esther foram interrompidas quando as portas da sala de Carlos Lemus se abriram e a música de Brahms inundou a pequena recepção.

– Olá, Tomás, prazer em vê-lo.

– Igualmente, sr. Carlos. Obrigado por me receber.

– Se vai me chamar de senhor, a conversa termina aqui – disse o advogado, puxando a mão de Tomás para estreitá-lo em um abraço efusivo. – Entre – acrescentou.

Tomás seguiu o passo decidido de Lemus até aterrissar seu corpo em uma poltrona de couro no canto da sala; o anfitrião se sentou em uma poltrona similar com uma mesinha de xadrez entre ambos. Por alguma razão, o jornalista agradeceu não ter sido recebido com uma escrivaninha entre eles.

– Café, chá? Algo mais forte?

– Não, obrigado, Carlos, tudo bem.

– Realmente é um grande prazer vê-lo, Tomás. Outra hora vamos almoçar você e eu, falar sobre a vida, política ou nossas mulheres, mas hoje não vou distraí-lo com papo-furado. Amélia me ligou ontem à noite para me explicar a situação em que você se encontra e como eu poderia ajudá-los.

Ele se melindrou com a informação. "De novo as cumplicidades entre eles", pensou. Amélia e Tomás haviam se despedido pouco depois da meia-noite; uma ligação depois dessa hora revelava o nível de confiança e intimidade que sua amiga e o advogado tinham.

– Espero que tenha sido por uma linha segura – comentou Tomás, incomodado.

– Não se preocupe, à prova de interceptações.

A resposta deixou Tomás ainda mais preocupado. Será que se encontraram pessoalmente? De madrugada?

– Concordo com a estratégia que Amélia me descreveu – prosseguiu Lemus. – Mantenha sua coluna excelente, divulgue-se nos meios de comunicação, aumente seu preço caso alguém queira pôr a mão em você.

– Estou fazendo isso. Já tenho dois temas que vão dar muito que falar – disse Tomás, recordando a promessa de Jaime de lhe passar essa mesma noite uma bomba midiática. Confiava também na informação de Amélia sobre a ordenha de dutos da Pemex.

– Muito bem. Estar de novo sob os holofotes vai ser sua melhor proteção. Mas gostaria de conversar com você sobre a outra parte da estratégia, a de transformar esse incidente em um míssil contra Salazar. Esse é outro jogo; gostaria de conhecer seu ponto de vista.

Tomás sorriu, recordando as muitas ocasiões em que o pai de Jaime os convidara à polêmica com uma frase similar; esses intercâmbios invariavelmente acabavam com uma longa reflexão do advogado que costumava deixá-los inquietos, porém mais ilustrados sobre os temas abordados. O jornalista esperou se sair melhor nessa ocasião.

Não teve pressa, mas não pôde deixar de apreciar o tabuleiro de xadrez que os separava. As peças eram personagens da Independência feitos de ferro fundido: de um lado Hidalgo e a Corregedora, do outro os reis da Espanha. Tomás estava do lado dos insurgentes e Lemus, dos realistas. Ele se animou pensando que, no fim, os rebeldes haviam triunfado sobre a Coroa, apesar de que, pensando bem, Hidalgo acabara fuzilado.

– Estou disposto a correr o risco: o que o presidente Prida e seu supersecretário Salazar querem fazer com o país é imperdoável. Os fatores de poder, os monopólios, os meios de comunicação e até o crime organizado estão voltando ao curral ditado pelo presidencialismo, não porque vão desaparecer ou se debilitar, mas porque vão se acomodar ao novo amo. Mas vamos acabar pagando isso com um retrocesso de vinte anos em matéria de liberdades públicas e espaços democráticos. Se o incidente, como você diz, ajuda a pô-los contra a parede, estou decidido a levá-lo até as últimas consequências.

Tomás se surpreendeu com a própria veemência. Durante a noite, havia refletido sobre a conjuntura em que estava e a responsabilidade que caíra em seu colo sem que a houvesse solicitado; contudo, foi agora, ao ser sutilmente desafiado por Lemus, que se deu conta da intensidade de sua resolução.

– "Levá-lo até as últimas consequências" são palavras muito fortes, Tomás.

– Não serei nem o primeiro nem o último. Sejamos francos, Carlos, minha vida foi um desperdício esses últimos anos; já passei da fase "o que podia ter sido e não foi" – disse, fazendo as aspas com os dedos. – Não vou escrever o romance importante que eu imaginava há quinze anos nem fazer diferença na vida dos poucos que realmente me amam. Estou faz tempo chafurdando no cinismo e na negligência; passar mais vinte anos entre casinhos e farras até acabar destruindo meu fígado não é um plano A que eu queira proteger a todo custo, não acha?

Carlos o olhou com curiosidade; a seguir, concentrou o olhar no tabuleiro de xadrez, como se pensasse em fazer um xeque agressivo. De certa forma, foi o que fez.

– Você sempre me pareceu uma pessoa melhor do que acha que é, mas é verdade que a falta de confiança sabotou seus talentos repetidamente. Quero lhe dizer que continuei lendo suas colunas todos esses anos e pude mesmo notar a falta de vontade e o descuido a que você foi se abandonando. Não obstante, seus textos nunca perderam essa maneira tão peculiar e honesta de ver o mundo, reflexo, com certeza, de sua falta de certezas. Você anda pela vida como se fosse um habitante de outro planeta, pisando com cuidado no gramado, incerto do resultado, perguntando-se como se conduzir com cada pessoa que encontra, como se ainda não houvesse conseguido decifrar os códigos de relacionamento com os nativos destas terras. Tenho a sensação de que a preguiça e a indiferença em que você se encerrou não são mais que uma fuga para essa incapacidade de se acomodar em seu corpo ou na vida dos outros.

– E tudo isso você descobriu em meus textos? Vou ter que lê-los de novo – Tomás respondeu a primeira coisa que lhe veio à mente, inquieto por conta do tom intimista que a conversa havia adquirido.

O jornalista se remexeu na poltrona. Lamentou não ter pedido um copo de água; sentia-se desnudado e não muito seguro de se encaixar na descrição que o advogado acabava de fazer dele. Mas também se deu conta da satisfação que lhe provocaram os elogios que havia acabado de escutar, mesmo que fossem meramente potenciais. Tomás pensou que não só Jaime e Amélia tentaram durante anos ser respeitados e admirados por Carlos Lemus nas incontáveis conversas que tiveram quando jovens; consciente ou inconscientemente, ele também buscava a aprovação do político e recordava os livros que lera com a esperança de ter oportunidade de citá-los em sua presença.

– E, se seu plano A é tão pouco lisonjeiro, qual seria seu plano B?

– Preciso documentar melhor o grau de envolvimento de Salazar no assassinato de Dosantos. Antes de pensar em disparar um míssil, tenho que me assegurar de que contamos com um, não acha?

– Eles foram amantes durante os últimos três anos.

– Há como documentar isso?

– Provavelmente não, mas eu sei; ele mesmo mencionou isso no começo do relacionamento. Veja só, o mais satisfatório de ir para a cama com uma mulher tão universalmente desejada não está nos orgasmos que lhe proporciona, e sim no prazer de divulgar a façanha e provocar a inveja dos amigos; Salazar não resistiu à tentação. Mas não era o único.

– Acha que a matou por ciúme?

– Não sei. Ele é rancoroso, porém mais calculista que arrebatado. Eu acharia mais lógico que ele quisesse amedrontar seus concorrentes para ficar com ela de maneira exclusiva. Ninguém teria disputado o terreno com ele agora que é o homem mais poderoso do reino.

– Isso nos deixaria sem míssil. Ter uma amante, especialmente desse calibre, não é pecado político neste país. Se não podemos relacioná-lo com a morte de Pamela, não há muito que se possa usar contra ele – disse Tomás, decepcionado.

– Não se apresse. Na política, como em tudo na vida, a percepção é mais importante que a realidade. Além do mais, eu posso estar enganado, o poder transtorna as pessoas; Salazar talvez tenha enlouquecido e mandado matá-la.

– Pois não sei como poderia descobrir isso. Estou procurando desde ontem um amigo repórter policial, mas ele não retornou a ligação. Suponho que o assunto é uma batata quente para todo mundo.

– Acho que posso ajudá-lo nisso. Depois de falar com Amélia, ontem mesmo procurei o comandante Ordorica; ele anda sondando seu assunto desde cedo, deve estar para chegar. Está reformado, mas foi chefe da geração que agora manda nos corpos policiais da cidade.

– Já ouvi falar de Ordorica; quem não ouviu? Ele não é perigoso? Tem uma história turva desde que andava com o Negro Durazo, ali pelos anos 1980.

– Ninguém especializado nos esgotos sai imaculado. Ele me fez muitos trabalhos desse tipo, é confiável, não se preocupe.

Tomás ficou em silêncio, ainda indeciso. Miguel Ordorica havia sido o jovem braço direito do Negro Durazo, o férreo chefe de polícia na capital do presidente López Portillo no início dos anos 1980. O apelido “Negro” se devia não só à cor de carvão da epiderme daquele homem de fama sinistra, como também aos relatos das extorsões e dos desaparecimentos executados pela polícia de então. Durazo conseguiu reduzir os índices de criminalidade simplesmente pondo os principais bandos para trabalhar a seu serviço.

Enquanto pensava, percorreu a vista pela sala de Lemus. Fotos do advogado com presidentes, artistas e intelectuais; uma pequena biblioteca de primeiras edições com capas em couro; uma escultura de Giacometti; os troféus do sucesso. Sua observação se deteve em uma prateleira que ficava do outro lado da sala. Apesar da distância, reconheceu o rosto de Amélia: uma foto mostrava Carlos e a jovem no que parecia uma franca e espontânea gargalhada, ele com o braço em volta dos ombros dela. A felicidade que o retrato irradiava irritou Tomás. Seria a estante dos amores de Lemus?

De maneira intempestiva, começou a falar de novo:

– E como está Jaime, sr. Carlos?

– Outra vez me chamando de senhor? – respondeu Lemus, incomodado.

Tomás notou que o desconforto do advogado não se devia ao tratamento formal, e sim à menção de Jaime.

– Eu o vi ontem, e ele também quer me ajudar.

– Pois tome cuidado; Jaime pode ser pior remédio que a doença. Deixe-me ver se Ordorica já chegou – disse Lemus e saiu da sala.

Voltou alguns minutos depois acompanhado de um homem próximo dos setenta anos. O contraste entre os dois não podia ser maior. Embora ambos fossem altos e bem-apessoados, as semelhanças acabavam aí. Ordorica portava uma figura enxuta e sinuosa, de membros alongados e mãos enormes, além de um rosto marcado por profundas rugas que fez Tomás pensar em um velho roqueiro. Um chapéu de feltro acentuava a imagem envelhecida do policial. Já Lemus exalava frescor com seu rosto bonito e seu eterno bronzeado, uma versão ainda mais elegante de Carlos Fuentes, se é que isso era possível.

Lemus fez as apresentações, pediu licença e os deixou sozinhos. Tomás percebeu que o advogado continuava incomodado; o relacionamento com Jaime parecia ser muito mais tormentoso do que havia imaginado. Ordorica interrompeu seus pensamentos:

– Tenho informação para você, jovem.

A voz gutural do policial parecia provir de um triturador de lixo. "Assim é que soam cinquenta anos fumando Delicados sem filtro", pensou o jornalista.

– O chefe dos legistas responsável pela autópsia fez um resumo para mim. Dosantos morreu por asfixia e depois foi mutilada em cortes absolutamente limpos.

– E isso significa o quê?

– Que se trata mais de uma execução que de um crime passional. Depois de morta, foi desmembrada com facas de açougueiro profissional ou de uso industrial. O corte nos ossos é impecável.

Tomás estremeceu, para seu pesar, não tanto pela imagem gráfica que surgiu em sua mente, mas pelo tom quase elogioso com que Ordorica o enunciava. O jornalista se perguntou quantas mortes o policial teria presenciado.

– Em outras palavras, trata-se de um assassinato piedoso cometido por um especialista; a mulher com certeza desmaiou por asfixia antes de morrer. Quem a mandou matar quis evitar qualquer rudeza desnecessária.

– Um amante despeitado, mas ainda apaixonado?

– Amantes despeitados nunca são gentis. Eu me inclinaria a pensar que se trata de um assassinato que alguém julgou necessário e simplesmente o ordenou. Às vezes temos que fazer coisas ruins contra a vontade; nesses casos, trate de ser o mais gentil possível. Compensa um pouco, sabia?

– Um assassinato político?

– Elementar, meu caro Watson.

Uma vez mais Tomás se sentiu desconfortável; não via graça em se tornar comparsa desse Sherlock, menos ainda depois do tom casual com que justificava um assassinato brutal desde que feito profissional e desapaixonadamente.

– Algo mais que me possa ser útil, comandante?

– A autópsia revela que Dosantos era viciada em cocaína, consumidora intensa e durante muito tempo. Estou tentando descobrir quem era seu fornecedor; isso poderia nos levar a alguma coisa – disse Ordorica, pegando sua caixinha de charutos.

– Sabe se ela tinha problemas de dinheiro? Os viciados acabam sendo vítimas do próprio vício, não é?

– Dosantos não tinha problemas financeiros. Possuía propriedades importantes em seu nome e duas gordas contas bancárias. E devia ter mais guardado, porque muito do que recebeu com certeza não passou pelo fisco.

Tomás assentiu, agradeceu a informação e se despediu o mais breve que pôde. Tinha pressa de sair da sala, fumar um cigarro em Paseo de la Reforma, afastar-se dessa sinistra sombra do passado. Antes de chegar à porta, escutou o ruído metálico de um isqueiro e um grunhido estertorante de Ordorica a modo de despedida. Tomás foi para a rua; sua vontade de fumar havia desaparecido.

Terça-feira, 26 de novembro, 22 horas.

Os Azuis

Mario chegou com meia hora de antecedência ao encontro no café do hotel Reina Victoria, em Paseo de la Reforma, mas ele não se importava. Contra seu costume de evitar café à noite, pediu um duplo *espresso* bem forte; pensou que precisaria estar o mais ágil e alerta possível para ser útil. Esperava que seus três amigos concordassem com ele na necessidade de reviver os Azuis em face do perigo que Tomás enfrentava agora. Sentia-se otimista: o material que tinha na maleta faria que seus amigos o vissem com respeito e gratidão.

Passaram por sua mente várias imagens de Amélia e Tomás abraçando-o efusivamente, parabenizando-o pela contribuição; inclusive imaginou Jaime arqueando as sobrancelhas em um gesto de surpresa e admiração. Pediu outro café e se perdeu em seus pensamentos.

Tomás chegou em seguida, cinco minutos antes da hora marcada. Mario o viu e se levantou para lhe dar um forte abraço.

– Que foi? Quem faz aniversário?

– Ninguém, só estou feliz por você ter chegado.

– Obrigado, mas não comece a me tratar como sobrevivente, isso me deixa nervoso. E, falando em nervosismo, não me diga que já está com Parkinson – disse Tomás quando notou a mão trêmula que se esticava para pegar um guardanapo.

Mario viu o estremecimento de sua mão e amaldiçoou o café que tomara durante a espera.

– É pura emoção. Você não sabe tudo o que eu trouxe sobre o caso. Você vai se surpreender.

Lamentou seu *ex abrupto* assim que o proferiu; havia pensado em mostrar sua evidência como um jogador de pôquer que vira um ás quando outro jogador considera a partida ganha.

– Do que se trata?

– Já vai ver. É um vídeo que trouxe no notebook.

– De quem?

– Paciência, vou mostrar na suíte. Aqui não é bom.

– Certo, mas do que é o vídeo, pelo amor de Deus.

– Já vai ver.

– Mario, não comece com adivinhas outra vez. Juro que agora não estou com paciência.

– Pamela aparece em seus últimos momentos – respondeu, orgulhoso, mas em tom mal audível.

– O quê? – inquiriu Tomás também em voz baixa.

Amélia interrompeu a cena com uma provocação:

– Parecem conspiradores ou amantes falando no ouvido um do outro. O que preferem?

– Sente-se – ordenou Tomás, impaciente com a interrupção. – Mario ia me dizer algo importante.

Mario assentiu com a cabeça, esperou que Amélia ocupasse uma cadeira entre ambos e com olhos brilhantes descreveu o material que Vidal lhe dera umas horas antes. Os olhares de Tomás e Amélia se desviaram do rosto do amigo para se dirigir à maleta com o notebook que repousava na quarta cadeira.

– Não brinque – disse Amélia.

O olhar que Mario viu na expressão de sua amiga não era de incredulidade ou admiração, e sim de raiva. Estranhando, explicou que as habilidades de seu filho eram muito mais notáveis do que jamais havia acreditado.

– É impressionante o que ele pode fazer com um computador – comentou Mario com orgulho.

– E a confusão em que pode nos meter com um computador – respondeu Amélia.

– Não discutam agora – disse Tomás –, primeiro vamos conhecer o material.

Como para qualquer outro jornalista, a curiosidade de ter acesso a uma informação explosiva era mais poderosa do que os perigos que se corriam para consegui-la.

Tomás viu com alívio a chegada de Jaime, que fazia sinais a eles para que o seguissem até o elevador; tinha pressa de ver o material. Pagaram a conta e subiram ao oitavo andar, o mais alto do hotel. O cubículo do elevador ficou impregnado com a combinação de aromas da loção de Jaime e do perfume de Amélia, uma mistura que, embora hipotética, perturbou Tomás. Ela continuava incomodada, ruminando as implicações do envolvimento de Vidal; Jaime cravava o olhar na escala ascendente do elevador; Mario abraçava a maleta como se fosse uma bomba e estivesse prestes a se sacrificar. Jaime abriu a porta da suíte, acendeu as luzes e se dirigiu ao frigobar. Fazia tempo que as melhores épocas do hotel haviam passado; os móveis continuavam sendo senhoriais e os tapetes macios, mas tudo tinha uma pátina cinzenta e um hálito decadente. Contudo, com sua ampla sala e uma sólida mesa para quatro, o quarto compensava o cheiro de fechado que exalava.

– Tequila para todos?

Na realidade, só Tomás continuava sendo puramente tequileiro. No entanto, os três assentiram em nome dos velhos tempos, quando Amélia os convenceu de que era a única bebida não controlada pelas multinacionais. Jaime entregou os copos a seus amigos; ao chegar a vez de Tomás, entregou-lhe uma pasta.

– O que eu prometi para sua coluna. A cidade de Veracruz não vai acreditar.

O jornalista abriu a pasta com avidez, mas Amélia interrompeu o movimento. Impaciente, informou a Jaime o que Mario trazia e se acomodaram à mesa para ver. Ele rodou os três arquivos em toda sua extensão; a imagem ficou congelada no fim da última tomada, onde se adivinhava Pamela atrás da janela de um carro preto.

– Esse tem que ser o assassino – disse Tomás.

– Não vamos nos precipitar. Deixe-me copiar o material para nos assegurarmos de que não foi manipulado – respondeu Jaime.

– Eu imagino que seu pessoal poderá conseguir as placas do carro, quase dá para adivinhar só de olhar; com isso saberemos a identidade do motorista. Se pudermos relacioná-lo com Salazar, teremos ganhado a partida – afirmou Tomás, exaltado.

– Eu também preciso de uma cópia – disse Amélia, entregando um pen drive a Mario.

– Calma – interveio Jaime com as mãos abertas para baixo, como se fosse um *unpire* marcando um *safe* em *home* no beisebol. – O carro pode ser roubado, e a imagem do motorista está difusa demais; assim, voltamos à estaca zero.

– Mesmo assim, continua sendo uma pista importante, não? – protestou Mario. – Digo, as testemunhas que viram o carro passar podem ser interrogadas, o veículo roubado pode ser rastreado, sei lá.

Jaime ia falar alguma coisa, mas preferiu se calar, como se estivesse com dó de continuar boicotando o entusiasmo de Mario. Pouco a pouco o olhar dos três acabou convergindo em Amélia, que ainda não havia se pronunciado.

– Tem razão, Jaime, o mais provável é que não possamos vincular a cena com Salazar; contudo, o material é importantíssimo. Daqui a uma semana, se o assunto esfriar na mídia, podemos fazer circular o vídeo nas redes sociais, o que o colocaria nos noticiários da noite; nem o governo poderia detê-lo, porque rodaria até no exterior. Só com isso as especulações sobre Salazar se manteriam durante vários dias mais e continuariam aumentando, com custo político para o presidente.

– Nada mal – disse Jaime. – Seria facílimo soltar dados sobre as desavenças do casal e o ciúme do ministro; afinal, a opinião pública já assume que eram amantes graças às especulações que a coluna de Tomás deixou.

– Ouçam, e se Salazar não tiver nada a ver com a morte dela? Não o estaríamos linchando? – questionou Mario.

Os três o olharam com curiosidade. Jaime foi o primeiro a soltar a gargalhada; Amélia abraçou Mario com carinho.

– A questão aqui não é a inocência ou a culpa de Salazar, querido – afirmou ela –, é o futuro imediato do país.

– De certa forma, com sua morte, Pamela fez um enorme favor aos outros; é provavelmente a coisa mais útil que já fez na vida – sentenciou Jaime.

Para seu pesar, Tomás estremeceu, não só pela dureza do comentário, mas também pelo tom festivo com que o amigo falava. Recordou as imagens do corpo de Pamela no terreno baldio e se perguntou se a política justificava essa selvageria. Amélia intuiu os pensamentos de Tomás, e, como nos velhos tempos, trocaram um olhar de compreensão. Ela mesma parecia sentida com o comentário de Jaime.

A cena foi interrompida pelo chamado insistente de um rádio. Jaime pegou um Nextel vermelho do bolso; seu rosto se contraiu ao receber a informação. Fez várias perguntas em rápida sucessão e desligou.

– Peguem suas coisas e vamos embora daqui; estamos em perigo – anunciou.

Mario guardou o computador, Amélia pegou sua bolsa e Tomás vestiu o casaco de veludo que havia abandonado em uma cadeira. Conheciam Jaime o suficiente para saber que, em questões de segurança, ele não brincava; as perguntas viriam depois.

Jaime fez uma ligação pelo mesmo aparelho vermelho, dando instruções a seu pessoal.

– Temos um três-dois-dois em andamento. Preparem evacuação pela Rio Danubio, protejam minha saída pela escada – ordenou, categórico, e saiu pela porta que ligava aquela com outra suíte. – Sigam-me, vamos sair por aqui.

Tomás entendeu por que Jaime havia escolhido aquele andar. As suítes se comunicavam entre si, e a contígua tinha uma saída para um corredor diferente do que utilizaram ao chegar; este desembocava diretamente na porta de emergência. Amélia lamentou os saltos altos que decidira usar essa noite. Mario aprisionava o computador entre seus braços e Tomás voava para baixo, até que percebeu que Amélia começava a ficar para trás. Escutaram uma rajada de tiros procedente do andar que haviam acabado de deixar. Jaime liderava o grupo, de pistola na mão. Dois andares abaixo, deram de cara com vários homens com armas automáticas, e Tomás assumiu que seriam crivados de balas; jogou-se em cima de Amélia e a fez deitar na escada, protegendo-a com seu corpo.

– Imbecil, esse é meu pessoal, depressa – disse Jaime.

Continuaram descendo enquanto os homens de Jaime cobriam a escada. Ao chegarem ao *lobby*, mais três os esperavam e os conduziram a um comboio de caminhonetes pretas; entraram nos veículos e saíram cantando pneus.

– O que foi que acabou de acontecer? – perguntou Amélia, ainda ofegante.

– É muito cedo para saber. Alguém estava vindo atrás de nós.

– Quem o avisou? Obviamente não foi sua equipe, porque você mesmo os informou de que iam nos atacar.

– Deem-me algumas horas, preciso ir para meu escritório. Onde vão ficar? Hoje não podem voltar para casa.

– Eu tenho escoltas, embora quase nunca os chame. Leve-me para casa, já vou avisá-los. E meu motorista ainda deve estar do lado de fora do hotel – explicou ela.

– Amélia, o comando que nos atacou era formado por oito elementos com armas longas. Nenhuma escolta está à altura disso.

Os três amigos se calaram. Tomás se perguntou como, diabos, Jaime sabia o número exato de atacantes.

– Ouçam, deixem-me levá-los ao hotel Alameda Express, na Periférico Sur; eles às vezes trabalham comigo. Podem ficar lá sem precisar registrar sua entrada. Até descobrirmos de onde vem o golpe, é melhor tomar todas as precauções possíveis – disse Jaime.

– E minha família? Tenho que tirá-los de lá – protestou Mario.

– Agora mesmo vou mandar duas caminhonetes com agentes para cuidar da sua casa; não vão se arriscar a um tiroteio. Mas não alarme Olga. Chame-a pelo meu rádio e diga que vai ficar com Tomás esta noite, ou qualquer outra desculpa.

Jaime sabia que a família Crespo não estava em perigo; não lhe ocorria razão alguma para que alguém quisesse machucar Mario.

Uma hora depois, os três estavam no quarto de Amélia devorando o que um garçom intrigado pôde lhes arranjar do menu da madrugada. Tomás se surpreendeu com o apetite que demonstravam e as gargalhadas que compartilhavam pelo *ménage a trois* que o garçom achava ter adivinhado; a atitude festiva do trio parecia uma reação à adrenalina produzida pela fuga. Sobreviver a um perigo de morte por alguma razão atiçava os sentidos, pensou Tomás ao recordar o prazer que sentira ao respirar a grandes sorvos na noite em que saíra da fantasia do Doutor Simi.

Falavam da fuga tirando as palavras um da boca do outro, mas evitavam qualquer conjectura sobre os atacantes e seus motivos. Não tinham vontade de se preocupar; por ora, curtiam o fato de ter escapado vivos.

– Não entendo como você desceu tão rápido a escada com a perna ruim e agarrado a um computador – debochou Tomás. – Acho que você fingiu todos esses anos.

– Pelo menos eu não confundi os mocinhos com os bandidos – contra--atacou Mario.

– É – disse Amélia, rindo –, o perigo não eram as balas, e sim o risco de acabar quebrando o pescoço quando você me esmagou na escada.

Ao recordar o incidente, Amélia desnudou a coxa para examinar um hematoma na parte posterior; o gesto fez Tomás recordar sua amiga da juventude, seu amor impossível. Com o cabelo molhado e enrolada no roupão branco do hotel, parecia menos profissional, menos segura de si, uma vulnerabilidade similar à que vinte anos antes ela costumava esconder atrás de sua temerária desfaçatez. De súbito Tomás notou que o sucesso político e a personalidade de granito de Amélia eram um escudo para os medos e inseguranças ainda não resolvidos.

Com esse último pensamento, ele não pôde evitar uma breve carícia no cabelo úmido de sua amiga. Mario percebeu o movimento e se levantou.

– Bom, vou indo. A que hora nos vemos?

– Eu também – disse Tomás. – Às oito no restaurante?

Amélia os acompanhou até a porta, abraçou os dois e deixou uma palavra no ouvido de Tomás:

– Volte.

Quinze minutos depois estavam fazendo amor com desespero animal. Talvez fosse para aliviar a intensidade do dia ou simplesmente os 25 anos de espera, disse Tomás a si mesmo. Ao se endireitar na cama, percebeu que tinha as faces molhadas pelas lágrimas silenciosas de Amélia. Teve a sensatez de não fazer perguntas; simplesmente a acariciou até que escutou a respiração profunda e regular de seu sono.

Quarta-feira, 27 de novembro, 0h30.

Jaime

— Estava esperando sua ligação.

– Eu não podia falar, acabei de deixar meus acompanhantes. Já sabe quem eram?

– Só recebi informação sobre o reconhecimento facial; nossas câmeras captaram a entrada deles no hotel.

– E?

– No total eram dezesseis, oito subiram e os outros ficaram esperando embaixo. Até agora reconhecemos dois, Benigno Avendaño e Nicolás Zárate.

Jaime engoliu em seco enquanto seu comboio subia ao segundo andar do Periférico a caminho de seus escritórios na colônia Del Valle. Benigno Avendaño era o braço executor de confiança do cartel de Sinaloa: só cuidava da segurança do chefe e da estratégia em ações-chave da organização. Raras vezes intervinha pessoalmente.

– Estavam atrás de quem? – perguntou Jaime, tenso.

– Sem dúvida de você. Isolamos as ligações em volta da área antes e depois e temos o áudio. Avendaño queria ele mesmo lhe dar o tiro de misericórdia; foi a última instrução que o comando recebeu antes de irromper em seu quarto.

– Tem certeza? Ele sabe com quem eu estava? Alguém poderia ter razões para atacar meus acompanhantes, e não é que eu deseje isso, simplesmente quero descartar a possibilidade.

– Nem sequer sabiam com quem você ia se encontrar. No último momento perceberam que a mulher com quem você subia era a presidente do PRD, o que os obrigou a conversar entre si. Isso o salvou, porque nos deu dez minutos e pudemos confirmar o número de armas e o alvo. O preocupante é que, apesar da repercussão política, decidiram prosseguir com o ataque.

Jaime abençoou o *chip* que tão reticentemente aceitara colocar atrás da orelha; seu código era um dos poucos que o DEA* monitorava de forma permanente. Havia se salvado graças a suas obsessões quase paranoicas. Escolheu o hotel Reina Victoria porque ficava perto da embaixada norte-americana; era um dos lugares onde se hospedavam os empregados e o pessoal operacional que viajava entre Washington e a Cidade do México. Agora os altos comandos preferiam ficar no Four Seasons, mais elegante e novo, mas o Reina Victoria continuava sendo utilizado por funcionários médios, incluindo assessores militares e de inteligência que passavam pelo México. O escaneamento em volta do hotel era absoluto. Os rastreamentos aéreos e a disposição dos satélites completavam uma rede que permitia detectar armas e recuperar qualquer conversa que houvesse sido registrada nas últimas horas, não importando a frequência utilizada; o sistema havia detectado a ameaça e lido a que proximidade estava do *chip* de Jaime e gerara um alerta automático.

– Parece que lhe devo uma, Sebastian.

Não era esse o nome do coordenador dos serviços de inteligência norte-americanos no México; Jaime o havia batizado assim em homenagem a J. F. Sebastian, o *designer* dos replicantes do filme *Blade Runner*.

– Estamos quase empatados, Gaff – respondeu o agente, utilizando, por sua vez, o apelido que atribuíra a Jaime, tirado de um personagem do mesmo filme, um detetive de origem hispânica interpretado por Edward James Olmos.

Jaime e Robert Cansino, agente da embaixada de origem cubana, conheciam-se havia vinte anos, quando se encontraram em um curso de inteligência militar ministrado em Porto Rico, e desde então o caminho dos dois havia se cruzado com frequência. Os favoráveis relatórios que Cansino fazia sobre Jaime explicavam, em boa medida, o papel privilegiado que os

* Drug Enforcement Administration

serviços secretos estrangeiros atribuíam ao mexicano; este lhe retribuía com informação estratégica sobre o governo e diversos temas de segurança.

– Depois você me conta o que fez a esses sujeitos para que queiram lhe cobrar tão caro – disse o agente.

– Estão se ajeitando com o novo governo e com certeza acham que sou um estorvo porque conheço perfeitamente o acordo que fizeram com o antigo ministro do Interior.

– Hmm... Temos que conversar, Gaff. Vou buscá-lo – comentou Cansino e desligou.

A frase de seu amigo deixou Jaime quase tão preocupado quanto a ameaça do cartel de Sinaloa. Teria que jogar com muito cuidado suas cartas com o governo norte-americano; podia ser tão perigoso quanto qualquer cartel e certamente estava muito mais bem informado. Pensou que devia melhorar sua justificativa para explicar o ódio passional que subitamente havia inspirado no pessoal de Chapo Guzmán, o lendário líder do mais poderoso e longevo cartel do narcotráfico no México. Jaime fechou os olhos e apressou seu motorista.

Trabalhou durante horas nos diversos cenários e estratégias a seguir. Seu mapa de ação ficou dividido em quatro territórios: os Azuis, Salazar, o cartel de Sinaloa e os norte-americanos. Começou pelo mais fácil, seus amigos. Ligou para seu assistente, a quem havia convocado ao chegar ao escritório, apesar de ser tarde da noite.

– Investigue tudo o que puder sobre o computador de Vidal, filho de Mario. Que links acessou, sua capacidade real para hackear bases fechadas e tudo o que se relacione com suas buscas sobre Pamela. Quero tudo até o meio-dia.

Às sete da manhã, acordou Tomás pelo telefone.

– Espero que não tenham esvaziado o frigobar às minhas custas.

– Não se preocupe, tentamos, mas as bebidas eram da pior qualidade. Da próxima vez que nos der asilo, vou preferir um hotel cinco estrelas, se não for muito incômodo – disse Tomás, que estava havia duas horas acordado depois de voltar do quarto de Amélia.

– Não haverá próxima vez. Absolutamente confirmado que estavam atrás de mim. Vocês não têm nada a temer, já podem voltar para casa.

– Tem certeza? Não era gente de Salazar?

– Fique tranquilo, nenhuma relação. Foi um ataque do narcotráfico por causa das coisas com que ando mexendo.

– E o que você vai fazer? – perguntou Tomás, tentando disfarçar um involuntário suspiro de alívio.

– Sobreviver, não se preocupe.

– Jaime, muito obrigado, em meu nome e no dos outros.

– Não fique todo solene. Dê um abraço em Mario e um beijo em Amélia por mim.

Tomás pensou com ironia que havia dado mais que um beijo em Amélia por cortesia de Jaime, que estava pagando pelos quartos. Tanto tempo se receando mutuamente e, no fim, seu rival foi o pretexto e a conjuntura apropriada para quebrar a última resistência de Amélia. Entrou no chuveiro sentindo-se melhor.

Quarta-feira, 27 de novembro, 7h30.

Amélia

Sentiu-se péssima ao sair do chuveiro; justo quando menos queria complicar sua vida, resolvera se enroscar com seu amigo. Amélia não tinha nada contra uma sessão terapêutica de bom sexo ocasional, mas sabia muito bem que a relação com Tomás estava longe de constituir um encontro de sexo casual. Não tinha vontade de pensar nas implicações. Queria se concentrar na ameaça que representava o ataque da noite anterior e nas consequências políticas que implicava para ela mesma e seu partido.

Enquanto secava o cabelo, decidiu que devia começar ligando para Jaime, para saber dos detalhes do atentado. Descobriu com satisfação que a expressão de "menina superpoderosa" já estava instalada em seu rosto.

Saiu do banheiro e voltou ao quarto, onde a esperava o vestido amassado da véspera. Vestiu a lingerie de um jeito rotineiro diante do espelho de corpo inteiro e se surpreendeu quando, em um gesto involuntário, sua mão percorreu o ventre plano e recordou a intensa experiência compartilhada com Tomás. Girou a cabeça e observou a cama revirada; o desejo voltou a seu corpo.

Eram oito horas da manhã quando se encontraram no café do hotel. Amélia portava a melhor armadura possível dentro das limitações impostas pelas circunstâncias: maquiagem perfeita, cenho franzido e uma longa lista de preocupações para desabafar. Encontrou só Mario, que bebia um café com cara de quem havia dormido muito pouco.

– Alguma novidade?

– Não – respondeu Amélia –, temos que ligar para Jaime.

Tomás entrou no restaurante com vários jornais debaixo do braço, assobiando uma canção que pareceu familiar a Amélia, mas que ela não conseguiu identificar de imediato. O jornalista fez um aceno a seu amigo, beijou casualmente o rosto dela e se sentou enquanto continuava assobiando.

Amélia reconheceu a canção: *Will you love me tomorrow*, de Carole King. "Filho da puta", pensou, "um esquadrão de capangas atrás de nós e ele brincando de namorinho de escola".

– Falei com Jaime, podemos ir embora – disse Tomás.

Nos minutos seguintes, reproduziu a conversa que teve com Lemus. Amélia agradeceu as notícias, mas não deixou escapar o significado da ligação entre Jaime e Tomás: em uma situação de perigo, os machos confabulam entre si e a mulher é deixada de lado. Ela podia ser politicamente mais poderosa que os dois juntos, mas o atavismo de gênero era mais forte que eles.

– Vamos terminar o que começamos ontem. Depois eu informo a Jaime o que decidirmos – disse.

– Muito bem – concordou Tomás. – Primeiro, investigar a autenticidade do vídeo de Pamela. Segundo, determinar a identidade do motorista, ou pelo menos identificar o veículo; creio que você, Jaime e eu temos fontes para rastrear isso. E, terceiro, definir a estratégia para divulgá-lo em redes sociais e meios de comunicação quando melhor convier.

Amélia agradeceu o tom decidido de Tomás. Havia temido um interlocutor distraído que a visse com olhos de cordeiro depois do incidente da noite anterior.

– Mais uma coisa – disse ela. – Mario, você tem que dizer a Vidal que largue esse assunto. Talvez Jaime tenha razão e o que aconteceu ontem à noite não esteja relacionado conosco, mas estamos brincando com fogo. Melhor deixar o rapaz fora disso.

– Concordo. Durante a noite eu já havia decidido isso.

– E você, como foi com Carlos? Vocês se encontraram ontem de manhã, não foi?

Tomás olhou para Amélia tentando adivinhar se a menção do ex-amante tinha alguma conotação, alguma mensagem oculta ou uma provocação com a intenção de se afastar dele. Contudo, julgou ver em seu rosto apenas curiosidade.

– Sim, eu ia contar a vocês ontem à noite, mas os capangas nos interromperam. Falando em capangas, o ilustre advogado me apresentou Miguel Ordorica, o policial que servia o Negro Durazo. Ele tinha informação para mim, mas acho que o velho testa de ferro já está caducando. De qualquer maneira, tem certeza de que a morte de Pamela foi uma execução, e não um crime passional.

– Isso não exime Salazar. Pode ter mandado matá-la por motivos passionais, e quem a executou, o autor material, atuou profissionalmente.

– Se o autor intelectual foi Salazar e o autor material, um profissional, não há razão para terem jogado o corpo tão perto do escritório dele, não acham?

Os dois olharam para Mario com surpresa. Seu argumento era impecável: ou se tratava de um crime passional em um momento de arroubo, o que explicaria um impulso irracional e categórico para se desfazer do corpo de maneira imprudente, ou uma execução profissional que incluía desovar o corpo nas imediações do escritório de Salazar para incriminá-lo, mas isso eximia o ministro de qualquer responsabilidade no assassinato de Pamela.

– Se Ordorica tiver razão e a autópsia de fato mostrou que o cadáver foi desmembrado com instrumentos especializados, receio que se trate do segundo. Salazar está sendo incriminado. Nenhum crime passional acaba com um trabalho de profissionais no corte do corpo, para depois se autoincriminar desovando o cadáver no terreno ao lado – disse o jornalista.

– Caralho, no fim, nossas investigações vão exonerar esse filho da puta – protestou a líder do PRD.

– Não vamos matar o peru na véspera; temos que continuar montando o quebra-cabeça; esclarecer primeiro a parte policial e depois definir a estratégia política. Ninguém vai salvar o pescoço de Salazar, muito menos nós. Se ele não é responsável pela morte de Pamela, com certeza é culpado de muitas outras – respondeu Tomás.

Amélia pensou que estava gostando mais do jornalista que redescobriu nas últimas horas; perguntou a si mesma se seu julgamento não estava sendo influenciado pela sensação que ainda emanava de sua pele. A verdade era que adorou as palavras de Tomás; resumiam perfeitamente a estratégia a seguir.

– Acho que não vamos avançar muito hoje ou amanhã. Vamos nos encontrar no sábado; pode ser em minha casa ou aqui mesmo, é o mais seguro – disse ela.

– Muito bem, depois decidimos o lugar. Sugiro que saiamos um por um, por precaução – propôs Tomás.

– Eu vou na frente; estou com pressa de falar com Vidal – anunciou Mario.

Despediu-se, e Amélia pensou que havia chegado o momento que temia desde que acordara. Não obstante, Tomás tornou a surpreendê-la.

– Que bom que ficamos sozinhos. Queria te dizer uma coisa.

– Tomás, não é necessário que...

– Quero falar de Carlos e de Jaime; vamos com calma em ambos os casos. Não gosto nada de ter um policial como Ordorica como informante. Talvez Carlos esteja tentando ajudar, mas essas alianças podem ser perigosas. E, de qualquer maneira, Amélia, o capanga dele pertence ao México que você e eu repudiamos a vida inteira.

– Usar a informação não nos transforma em aliados de ninguém. Mas, sim, concordo que não é conveniente nos abrirmos totalmente com Carlos. Há muito tempo não faço mais isso.

Tomás agradeceu a confidência. Achou que subitamente haviam restabelecido uma intimidade que dividia o mundo em um "nós" e o resto. Amélia se perguntou em que momento a revisão da estratégia política se transformara em uma conversa paralela com implicações emocionais.

– Você mencionou Jaime.

– Jaime continua sendo um Azul, mas também é muitas outras coisas. O problema é que joga em várias mesas ao mesmo tempo, e eu não gostaria de dar uma de equilibrista em tramoias que desconheço. O que aconteceu ontem é uma delas – disse Tomás.

– Ele deu mais detalhes sobre a origem do ataque?

– Não, mas afirmou categoricamente que estavam atrás dele. Acreditei. Veja, não me interprete mal, tenho certeza de que Jaime cortaria uma mão antes de permitir que algum de nós corresse perigo real. Só que, às vezes, tenho a impressão de que ele se mete em batalhas ambiciosas demais, inclusive para ele.

Amélia apreciou a intuição do jornalista. Ela havia chegado à mesma conclusão muito tempo atrás, porque conhecia alguns dos terrenos nos quais Jaime andava metido. Tinha certeza de que as intenções de seu amigo normalmente eram as corretas, mas fazia tempo que ele deixara de lado toda distinção entre o que era legal e ilegal; para ele, os meios sempre justificavam os fins, e seus meios podiam ser mais que questionáveis.

– Jaime pode ser um filho da puta, mas é nosso filho da puta, como diriam os clássicos. É nosso irmão: às vezes acho que os Azuis têm para ele um significado maior que para qualquer um de nós, inclusive Mario, embora Jaime esconda isso. Perceba que, na prática, somos o mais próximo que ele tem de uma família ou de uma relação pessoal. Ele tem um relacionamento sério a cada dois ou três anos, mas dá a impressão de que nunca se apaixona; suas mulheres são intercambiáveis, quase impessoais. E, além de nós, ele não tem amigos, só interesses.

Amélia escutou a si mesma defender Jaime apesar de ter mais informação sobre seu lado obscuro. Com os anos, Carlos dividira com ela as dúvidas que seu filho lhe causava e nos ambientes políticos soubera de incidentes dramáticos da vida nacional nos quais ele estivera envolvido. Contudo, sentia que, no fundo, era um patriota, embora muito a seu modo. Ou talvez simplesmente o amasse, era seu irmão, um pedaço de sua biografia.

– Concordo, mas às vezes é difícil reconhecê-lo atrás desse Fouché em que se transformou – disse Tomás.

– Por isso não devemos afastá-lo, e sim aproximá-lo; se ele realmente corre perigo de morte, não é momento de regatear nossa amizade. Ele se envolve nos assuntos de todos, e, os seus acaba engolindo sozinho. Nós nos reunimos em torno do escândalo gerado por sua coluna e o medo de que você estivesse em perigo, mas, até agora, foi a ele que tentaram assassinar.

Tomás acusou o golpe; achou excessiva a defesa de Amélia. Contudo, o remorso acabou vencendo seu desconforto.

– Talvez você tenha razão. Vou procurá-lo, quem sabe em que confusão está envolvido, e, embora não possamos fazer muita coisa, fará bem a ele saber que não está sozinho.

– Eu farei o mesmo. Vamos sondar Jaime cada um por seu lado e nos encontrar para trocar pontos de vista, avaliar o risco em que anda metido e pensar na melhor maneira de ajudá-lo. O que acha?

Amélia disse isso olhando nos olhos de Tomás. Havia franzido o cenho e se expressou com toda a seriedade de que era capaz, mas para o jornalista pareceu uma declaração de amor. Não mostrou emoção alguma a respeito.

– Nos encontramos amanhã à noite? – respondeu ele em tom indiferente.

– Eu confirmo mais tarde.

Despediram-se com um longo abraço; seus corpos restabeleceram o subtexto que a conversa havia extraviado. Não se beijaram nem trocaram palavra alguma; simplesmente foi difícil desfazer o contato que havia se eternizado.

1996

A piscina era a mesma e o sol do meio-dia caía sobre as espreguiçadeiras com a violência costumeira dos verões mexicanos, mas muitas coisas haviam mudado desde a adolescência, quando os Azuis faziam desse terraço o laboratório de sonhos só intuídos, mas longamente conversados. Haviam se passado dois anos desde a última vez que se reuniram para se despedir de Jaime a caminho de seu mestrado em Ciências Políticas em Georgetown, Washington, depois de obter o título de advogado na Escola Livre de Direito.

Hoje voltariam a se encontrar para comemorar seu retorno, acompanhados da família e de outros amigos. Jaime se perguntou que mudanças teriam vivido Tomás e Mario em sua ausência; o primeiro fazia pós-graduação em História na Unam, e o segundo já tinha esposa e filho.

O caso de Amélia era diferente; havia se encontrado com ela em dezembro passado, em suas férias de Natal. O fato de que tanto Tomás quanto Mario houvessem se ausentado da cidade durante as festas de fim de ano permitiu a Jaime curtir Amélia sozinho; foram ao cinema em uma ocasião e ao teatro em outra. Mas, principalmente, ao longo de extensas caminhadas, conversaram sobre livros, a vida, os desencontros amorosos, a infância perdida.

Jaime passou o semestre acadêmico seguinte guardando os momentos que compartilhou com sua amiga. Lia compulsivamente tudo o que achava que podia ser interessante para ela e lhe escrevia extensas cartas com reflexões que nem sempre eram suas. Amélia respondia com menos regularidade do que Jaime gostaria, mas suas cartas sempre denotavam interesse pelas ideias que ele compartilhava com ela sobre leituras, cursos e fofocas políticas de Washington.

Hoje a veria de novo em sua festa de boas-vindas. Perguntava-se como reagiria ao presente que trouxera para ela: um lindo jogo de pulseira e brincos egípcios. Guardava-o no bolso de sua calça à espera da oportunidade de entregá-lo, mas não podia evitar colocar a mão e tocar o estojo repetidamente, como se fosse um anel de noivado – e, de certa maneira, era. Jaime pensava que depois de seu retorno poderia convidá-la para sair só os dois, sem o estorvo dos outros Azuis, como havia acontecido em dezembro. Confiava que a relação derivaria em um romance intenso que os transformaria no casal que ele sempre intuiu que eram.

Pela segunda vez no dia revisou com sua mãe a disposição das mesas no jardim, a roupa dos garçons contratados, o brilho das taças e a brancura das toalhas de mesa. Havia herdado dela o apreço pelos pequenos detalhes, o gosto refinado e uma habilidade inata para a organização; de seu pai adquirira o corpo, mas não seu carisma nem o talento intelectual.

Os primeiros convidados chegaram quando o chefe dos garçons trocava a última taça embaçada, mas para Jaime a festa começou meia hora depois, quando Amélia chegou. Não só o jovem notou sua presença: com seus 25 anos, a pele brilhante e acobreada, os olhos verdes, o cabelo preto e formas arredondadas sem deixar de ser atléticas, Amélia evocava uma pantera. As plantas do entorno e as pernas e os braços que o curto vestido de algodão de alcinhas deixava expostos acentuavam a sensação de um lindo animal, decidido e sensual.

Ao vê-la atravessar o jardim em direção ao terraço no meio de todos os olhares, a confiança de Jaime nos próprios planos começou a fraquejar. Colocou sua mão mais uma vez no bolso e avançou para recebê-la; o mesmo fizeram Tomás e Mario, que haviam chegado momentos antes.

Jaime observou com precisão de topógrafo a reação de Amélia ao cumprimentar cada um dos Azuis. Havia sido mais calorosa com ele ou com Tomás? Examinava a amplitude do sorriso, a intensidade do abraço, a exata colocação do beijo em busca de dicas para responder a essa pergunta. O resultado o deixou inseguro e hesitante; Amélia parecia genuína e salomonicamente feliz de ver cada um de seus amigos.

Os quatro trocaram novidades em turnos, e isso aumentou seu desassossego. Tomás e Amélia se entusiasmaram mutuamente ao relatar as aulas que faziam em seus respectivos mestrados, e Mario os fez rir com suas descrições da vida familiar ao lado de Olga.

Nas duas horas seguintes tentou ficar sozinho com ela, mas foi impossível. A meia centena de convidados fazia e desmanchava círculos de conversa em volta da piscina em caprichosas coreografias, mas sempre em configurações de mais de duas pessoas. O convite para sentar às mesas, para oito pessoas cada uma, enclausurou qualquer opção para o momento de intimidade que Jaime buscava.

Na hora da sobremesa seu pai tomou a palavra e fez um longo brinde pelo retorno do filho pródigo, uma peça de oratória aparentemente espontânea, mas perfeitamente salpicada de brincadeiras engenhosas e frases categóricas e reflexivas, próprias para serem guardadas como fotos de recordação. Terminou com uma mensagem clandestina e particular: "A vida profissional, assim como a amorosa e a familiar, pode ser como uma tâmara do deserto. O melhor dos manjares, se soubermos degustá-la, ou algo cujas primeiras camadas provocam enjoo e acaba em um caroço duro, traiçoeiro e insípido".

Com um amplo sorriso, Amélia se levantou enquanto aplaudia e obrigou os demais a fazer o mesmo; Carlos Lemus se sentou entre vivas e bravos.

Com o fim dos aplausos, como se houvesse um roteiro que só ele desconhecia, os convidados se voltaram para Jaime à espera de sua resposta. O jovem sentiu que o gramado onde pisava se abria a seus pés. Seu pai nunca mencionou um brinde, e muito menos Jaime imaginou que teria que responder a um. Sua mente estivera ocupada durante horas nas frases de sedução que utilizaria com Amélia; a festa e seus convidados eram para ele um simples pretexto para ver a jovem e lhe confessar seu amor.

A unanimidade dos olhares e o silêncio ominoso que se espalhou pelas mesas acuraram seus sentidos, mas embotaram seu cérebro. Escutou o tilintar de uma taça, notou que a sombra da casa havia avançado sobre as mesas, percebeu a pressão dos sapatos novos no peito do pé e uma suave brisa na nuca, mas sua mente estava órfã de frases. Por fim se levantou, agradeceu a presença dos convidados, externou o desejo de que todos houvessem aproveitado o jantar e a música e balbuciou uma confusa despedida.

Não olhou para Amélia; simplesmente esperou a brevidade dos aplausos e a retomada das conversas antes de voltar a sua cadeira.

Passou o resto do jantar sentado com seus amigos, mas em um universo paralelo; sua mente compunha freneticamente as frases que devia ter pronunciado momentos antes. Fazia cálculos e os refazia acerca dos danos residuais que sua ridícula apresentação poderia ter causado no ânimo de Amélia. O fato de o resto da mesa conversar de forma animada e absolutamente alheia ao acontecido não lhe oferecia nenhum consolo.

Sua mãe o chamou para que se despedisse de seu tio e de sua família, que tinham outro compromisso. Jaime os acompanhou até o automóvel e teve que escutar uma longa prédica do irmão de sua mãe sobre a responsabilidade de se tornar adulto e o brilhante porvir que o esperava no escritório de advocacia de seu pai.

Quando voltou à mesa, notou a ausência de Amélia; supôs que devia ter entrado na casa para ir ao banheiro e decidiu que era sua oportunidade de interceptá-la no caminho de volta. O jovem entrou na mansão e notou que ela não estava em nenhum dos dois banheiros do térreo. Em um, dois homens esperavam sua vez, e do outro saía Olga, esposa de Mario. Concluiu que Amélia devia ter subido para o andar superior, para o sanitário compartilhado pela sala de televisão e pelo estúdio de seu pai, um recinto grande com duas portas. Pensou que estava com sorte; isso lhe daria um momento de intimidade longe do resto dos convidados. Subiu ao segundo andar decidido a esperá-la no sofá em frente à televisão, mas a porta do banheiro estava aberta. Confuso, decidiu jogar uma água no rosto e se ajeitar em frente ao espelho do lavabo antes de seguir em busca da jovem.

Distraiu-se com os murmúrios que vinham da porta entreaberta que ligava o lavabo ao estúdio de Carlos Lemus. O jovem se aproximou e colou o rosto na abertura. A primeira coisa que viu foi a mão de Amélia mergulhada no zíper aberto da calça de seu pai; ele correspondia com um braço que se perdia atrás da saia dela. Estavam do outro lado do estúdio, as costas de seu pai apoiadas em uma estante que ia do chão ao teto, o corpo dela grudado no dele e as bocas unidas em uma troca frenética.

Jaime afastou o olhar quando Amélia se ajoelhou para levar o rosto à altura do ventre de seu pai, enquanto lutava para tirar o membro dele pela braguilha aberta.

O jovem caminhou até sua suíte, entrou no banheiro e vomitou com violentos engulhos. Ficou um tempo abraçado ao vaso sanitário, sacudido por esporádicas e pequenas convulsões; contemplou a mistura de restos de comida e sucos digestivos que flutuava no vaso e pensou que eram uma alegoria da festa dos sonhos malogrados que acabara de viver.

Ódio! Por fim deu nome à longa corrente de afrontas e desprezos paternos que havia padecido desde a infância. Tinha certeza de que agora não era só a indiferença dos primeiros anos; sentia que se tratava de uma aversão hostil e crescente por parte de seu pai à medida que ele se aproximava de sua estreia profissional e se incorporava plenamente à vida adulta. O que acabara de acontecer hoje confirmava: um brinde para ridicularizá-lo na frente de todos que importavam e uma cena para destruir o amor de sua vida. Disse a si mesmo que seu pai não podia ser indiferente à devoção que ele sentia por Amélia desde a infância e ao longo da adolescência. Ele certamente a havia conquistado para satisfazer a um capricho, indiferente aos estragos que provocaria na vida de seu filho.

Levantou-se devagar, lavou o rosto e se penteou; pegou no armário as malas que havia desfeito dois dias antes, colocou nelas um pouco de roupa e documentos pessoais, chamou um táxi e saiu pela porta dos fundos do jardim. Nunca mais voltaria a casa nem tornaria a ver seu pai.

Nos dias seguintes aceitou um emprego na recém-criada Unidade de Ameaças à Segurança no Ministério do Interior e alugou um apartamento no bairro Nápoles. Levou três anos para voltar a se encontrar com os Azuis. Com o tempo perdoou Amélia; Jaime entendeu que a garota não havia podido resistir à poderosa figura de seu pai e pensou que a relação acabaria tão logo Carlos Lemus se interessasse por outra conquista.

Mas nunca mais se atreveu a falar de amor com ela. Conservou – isso, sim – o estojo de joias egípcias no criado-mudo, ao lado de sua cama; de vez em quando o abria para prometer a si mesmo que um dia haveria de oferecê-lo a Amélia. Mas, quando o fechava, invariavelmente a recordação do ódio por seu pai dominava qualquer outro sentimento.

Quarta-feira, 27 de novembro, 10 horas.

Mario e Vidal

O sol que inundava o táxi explodiu nas pupilas de Mario. Não conseguira pregar o olho na noite anterior apesar dos doces sonhos que prometia a propaganda do Alameda Express; sentiu muito a falta de sua cama e da respiração pesada de Olga. Mais que tudo, atormentou-o a angústia pelo risco que Vidal poderia estar correndo. Em que confusão havia metido seu filho? A insistência de Amélia para deixar o jovem fora da investigação era o que mais o preocupava; sua amiga não costumava dramatizar gratuitamente. Será que ela sabia algo que ele ignorava?

Abriu a porta de casa com a mão trêmula e chamou Vidal.

– Saiu faz pouco tempo. Lembra que de quarta-feira se reúne com Nicolás e os rapazes que estão inventando um jogo? Ele diz que vai nos tirar da pobreza – respondeu Olga na cozinha, onde lia um jornal com o café na mão.

– Ele disse a que hora voltava?

– O exercício criativo não tem horário, como ele diz. O mais provável é que volte à noite. Por quê? Aconteceu alguma coisa?

– Nada, queria falar com ele antes que saísse. Pensei que podíamos passar dois dias em Tepoztlán, não tenho aula nem quinta nem sexta-feira. Lembra que ele me desafiou a subir a montanha? Que tal se formos nós três e só voltarmos no sábado?

A antiga aldeia mágica, coroada pelo Tepozteco, uma ruína pré-hispânica no topo de uma colina, havia se transformado em lugar favorito de fim de semana dos intelectuais da capital graças a suas paisagens pitorescas e à proliferação de spas alternativos, restaurantes da nova culinária mexicana e hotéis-butique rústicos de bom gosto.

Olga olhou intrigada para seu marido. Em condições normais, o intempestivo convite não a teria surpreendido; Mario era um romântico empedernido e provavelmente teria fantasiado sobre dois idílicos dias em família. Mas a maneira como batia em seu quadril esquerdo a inquietava: era o sinal inequívoco de que o nervosismo o devorava.

– O que está acontecendo, Mario?

– Acho que precisamos nos aproximar dele, não sabemos o que faz o dia todo nesse computador. Viajar sem aparelhos eletrônicos vai nos permitir conversar. Os diálogos com ele aqui duram dois minutos entre o Twitter e seus avisos de e-mail – respondeu, esfregando seu quadril como se lustrasse uma pistola no coldre do cinto.

– O que está acontecendo, Mario? – inquiriu ela de novo, aumentando o volume da voz.

O tom severo de Olga provocou nele um suspiro de claudicação.

– Lembra que ele pesquisou sobre Pamela Dosantos há alguns dias? Bom, Amélia me sugeriu que não o faça agora que o assunto está se politizando, porque o pessoal de Salazar pode detectar, mas você sabe que ele não liga. Imaginei que seria mais fácil convencê-lo passando esses dias juntos.

Mario parou de mexer a mão, foi até o balcão da cozinha e se serviu de uma xícara de café. Olga ficou calada por uns instantes.

– Sendo assim, então não há pressa, à noite você fala com ele. Afinal, estão tão fascinados com o joguinho para celular que ele não vai se lembrar de Pamela por um bom tempo. É melhor me levar a San Ángel, para comer no El Cardenal. Você mencionou Tepoztlán e fiquei com vontade de comer *escamoles*[*].

Olga organizava a vida como uma sucessão de matrioscas, aquelas bonecas russas que se encaixam uma dentro da outra: um pratinho tradicional como larvas de formiga, o chamado caviar mexicano, só podia ser encontrado

[*] Larva comestível de uma espécie de formiga.

no El Cardenal, o famoso restaurante da verdadeira cozinha mexicana. E, para Olga, a verdadeira comida mexicana tinha que ser degustada necessariamente em San Ángel, o velho bairro colonial.

Mario ia protestar, mas pensou duas vezes. Provavelmente Olga tinha razão: Vidal devia estar muito ocupado com seus amigos para pensar no assassinato da atriz, pelo menos por umas horas.

Estava enganado.

– A resposta das piranhas tem que ser mais rápida – dizia Vidal enquanto seu pai dava o primeiro gole de café a 3.400 metros de distância.

– Impossível – respondeu Nicolás. – Se eu a fizer mais veloz, vai ocupar muita memória.

– Posso pôr uma cor mais chamativa nas piranhas, isso vai compensar a lentidão – intercedeu Manuel.

– Bom – concedeu Vidal –, talvez a velocidade não seja tão importante. Os zumbis são lentíssimos, e viram o furor que causaram.

Os três amigos se complementavam, e não só por suas diferentes especialidades: Nicolás era o programador, Manuel o *designer* gráfico e Vidal o editor e quem dera a ideia original, porém, mais que uma divisão do trabalho produtivo, unia-os a camaradagem e o prazer de estarem juntos. Reuniam-se havia quatro meses, às quartas-feiras e aos fins de semana, para comentar os avanços nas tarefas de cada um. Haviam se conhecido em um concurso de robótica da TEC um ano antes e, embora competissem em equipes diferentes, deram-se bem logo de cara. Agora estavam convencidos de que seu jogo era tão bom ou melhor que outros que faziam sucesso na internet: *Piarañas* era uma intrincada combinação de aranhas e piranhas que desafiava a travessia de missionários, soldados e comerciantes pelo Amazonas.

Nicolás Alcántara morava em uma elegante mansão em Lomas de Chapultepec. Reuniam-se em sua casa porque era a que tinha a melhor banda larga, quarenta megabytes, graças à rede de fibra óptica do serviço que assinava. Em suas sessões costumavam baixar arquivos pesados de outros jogos, programas e HQs digitais que serviam de apoio a sua criatividade.

Manuel mostrou a eles os esboços que havia feito de várias partes de corpos de missionários e soldados desmembrados que ficavam encalhados na margem do rio depois de sucumbir ao ataque dos peixes assassinos.

– Estão demais! – disse Nicolás. – Mas tem certeza de que as piranhas deixam alguma coisa, cara?

– Não, né? Talvez devesse desenhar só ossos com alguns retalhos de carne – respondeu o *designer*. – O que você acha, Vidal?

O jovem não respondeu; seu olhar continuava fixo nos esboços sangrentos exibidos na tela. Nicolás o tirou de seu silêncio passando a mão na frente dos olhos dele com os cinco dedos abertos.

– Desculpem, é que essas imagens me fizeram lembrar de umas fotos terríveis que andei vendo na internet. Não consigo tirá-las da cabeça – disse Vidal.

– De quem? Por quê? – perguntou Nicolás.

Vidal avaliou a situação por um momento e, em seguida, relatou a seus amigos as pesquisas realizadas sobre Pamela Dosantos e os avanços de Luis em Guadalajara. Os três comentaram as habilidades do colega, mas pensaram que eles mesmos não estavam tão longe desse nível, apesar de nenhum ter se especializado em hackear bases de informação. Reconfortaram-se pensando que seu trabalho em equipe podia ser tão bom quanto o do *tapatío*.

Cinco minutos depois os três trabalhavam em seus respectivos computadores, tentando retomar a investigação onde Luis a deixara. Não conseguiram entrar no C4, o sistema que controla as 13 mil câmeras que varrem as ruas da Cidade do México, de modo que decidiram se concentrar na árvore genealógica dos Serrano e dos Plascencia. Dividiram em três lotes uma lista inicial de sites e bases de dados e dedicaram o resto da manhã a hackear portais e confrontar a longa lista de supostos parentes da atriz.

Às três da tarde pediram o cardápio costumeiro, pizzas e canelones, mas dessa vez Vidal decidiu acrescentar uma salada: a recordação de Luis e seus hábitos saudáveis estava começando a modificar sua dieta. Além do mais, tinha que compensar as *enfrijoladas** que Micaela, a extraordinária cozinheira da casa dos Alcántara, ofereceria a eles ao cair da noite.

Os três estavam fascinados com a busca; parabenizavam-se cada vez que algum deles invadia um novo site e se jogavam sobre a informação exposta com a impaciência de quem abre um presente de aniversário. Às cinco da tarde a lista havia se reduzido a oito nomes: idades, atividades e redundâncias nas buscas deram menor relevância ao resto da árvore

* Espécie de panqueca feita de milho coberta com creme de feijão e queijo, além de temperos.

genealógica. Das 18h às 18h45 Nicolás se concentrou na longa lista de empresas e negócios de Joaquín Plascencia Figueroa, um importante dono de hotéis e restaurantes.

Às 22h20 os três amigos deram por terminada a reunião. Fizeram um balanço do encontrado e decidiram que pelo menos cinco parentes de Pamela estavam vinculados ao crime organizado, três porque não tinham ofício aparente, mas gozavam de patrimônios consideráveis, e dois porque seus negócios tinham cara de fachada para lavagem de dinheiro. Nos três casos restantes não contavam com dados suficientes para emitir um juízo.

Pouco antes, às 22h50, hora de Miami, sem que eles soubessem, um filtro de segurança enviou um alerta a um servidor situado na República Dominicana. A mensagem descrevia as repetidas tentativas de busca e o IP de origem.

Vidal voltou para casa às 23h05. Seu pai havia adormecido 27 minutos antes.

Quarta-feira, 27 de novembro, 18 horas.

Tomás

O almoço com o coordenador dos deputados do PRI, Jorge Aguilar, havia sido ameno, mas totalmente prescindível, pensou Tomás. Sem dúvida o pessoal do PRI, com seu cinismo à flor da pele, era muito mais divertido que o do PAN, sempre angustiados com seu moralismo hipócrita, o que não os impedia de ser tão corruptos quanto seus colegas. O problema com os priistas de ofício era que podiam ser bastante amenos e divertidos e construíam um ambiente de camaradagem que fazia a pessoa sair transformada em seu novo melhor amigo. Para um jornalista, tais relações podiam ser tão corruptoras do ofício quanto o pior dos subornos. A cooptação dos melhores repórteres e colunistas não procedia das prebendas ou do vil metal, e sim da lisonja permanente e da amizade por parte de funcionários de alto nível à qual acabavam submetidos. Tomás conhecia jornalistas que haviam perdido todo senso crítico pelo simples fato de receber um convite mensal à mesa do presidente.

Contudo, o almoço servira a Tomás para se dar conta de sua ascensão na escala política: por sua mesa desfilaram celebridades da vida pública que o abraçavam e o parabenizavam como se houvessem sido colegas de escola.

O deputado Aguilar tivera a delicadeza de só tocar de passagem no assunto de Pamela. Tomás entendera que estava recebendo tratamento de "primeiro encontro": tentativas de sedução sem mostrar segundas intenções. Sabia que Aguilar não pertencia à facção política de Salazar, apesar de ser do mesmo partido; de fato, haviam sido rivais no passado, e por isso lhe interessava estabelecer laços precavidos com alguém que, em sua opinião, estava desafiando o poderoso ministro do Interior.

Para sua surpresa, Tomás se distraíra em vários momentos da conversa. Ainda estava distraído agora, sentado no banco de trás do táxi executivo que Jaime lhe sugerira contratar por hora. Sem perceber, cantarolava a canção de Carole King a caminho de casa. E, embora tentasse se concentrar nos problemas que surgiam por causa da morte de Dosantos, seus hormônios e neurônios continuavam presos na recordação das pintas e da pele de Amélia. O encontro com seu amor platônico da juventude havia sido tão intenso quanto inesperado. Depois de não se encontrarem nos últimos anos, aquela intempestiva entrada em sua vida provocava nele sensações de exaltação, mas também de nervosismo. Tomás disse a si mesmo que devia sossegar e não dar por certo algo que podia constituir um evento isolado, provocado por uma noite singular.

Desceu do táxi, fechou a porta, e foi então que notou o homem encostado no portão de entrada de seu edifício. O jornalista tentou instintivamente voltar ao táxi que acabava de dispensar pelo resto do dia, mas a voz do homem deteve seu movimento.

– Senhor Tomás, estou aqui em nome de Jaime Lemus. Trago algo para o senhor.

Tomás se aproximou do mensageiro, ainda com desconfiança, e aceitou dele um envelope com um objeto sólido dentro. Era um rádio e um bilhete de Jaime: *Este aparelho tem uma linha segura. Use-o só para se comunicar com os Azuis. Mario e Amélia receberão um igual. Na tela estão gravados os números de todos nós. Abraços*. O bilhete terminava com a assinatura de seu amigo.

Agradeceu ao mensageiro, entrou no edifício e, uma vez dentro do apartamento, ligou para Jaime. Ele atendeu de imediato.

– Só para me certificar. Muito boa ideia – disse Tomás ao escutar a voz de Lemus.

– Imprescindível. À noite os outros já terão os deles. Não vamos usar nenhum outro meio. E, aproveitando, como vai com o assunto da Veracruz? – perguntou Jaime, referindo-se ao material da próxima coluna de Tomás.

– Amanhã você vai ler no *El Mundo*; acabei de chegar em casa para escrever.

– Seja duro com esse filho da puta.

– Nem preciso, a informação que você me enviou é implacável. Ouça, tem certeza absoluta da segurança destes rádios?

– Vão servir por alguns dias, depois vou trocá-los. E você, alguma novidade?

– Nada ainda. Almocei com Jorge Aguilar; parece que sou uma celebridade de novo.

– E amanhã vai ser ainda mais famoso, pelo menos no porto de Veracruz.

– Desgraçado, quero ver em que confusão vou me meter agora. E você, como anda aquela história da outra noite em Reforma?

– Estou trabalhando nisso, depois te conto. Amanhã o leio, irmão – disse Jaime a título de despedida.

Tomás havia revisado brevemente, nessa mesma manhã, o material que Jaime lhe entregara no hotel Reina Victoria na noite anterior. Incluía fotocópias do *status* das contas de diversas pessoas e dados acerca de seus vínculos com Enrique Hidalgo, governador de Veracruz, além de documentos sobre licitações fictícias e fotos de algumas novas propriedades do mandatário. Examinou o resto dos papéis e se convenceu de que tinha outra coluna explosiva nas mãos. Esfregou o rosto com uma pressa nervosa: sabia que depois do artigo da segunda-feira passada seu texto do dia seguinte seria lido com mais expectativa que o usual. Curtiu a satisfação antecipada de saber que pelo menos nessa quinta-feira não decepcionaria ninguém.

Trabalhou intensamente durante duas horas até conseguir um esboço que o deixou satisfeito; imprimiu-o e o deixou descansando em cima da mesa enquanto bebia uma taça de vinho e pensava em sua situação. Havia conseguido marcar um encontro para o dia seguinte com Plutarco Gómez, o velho jornalista criminal, porém não tivera sorte em localizar o advogado Raúl Coronel, que o metera em toda essa confusão ao lhe passar o domicílio próximo ao local onde fora encontrado o corpo de Dosantos. Havia dois dias que a secretária vinha dizendo que não estava no escritório. Percebeu que se esquecera de perguntar a Jaime se tinha alguma novidade sobre o carro e o indivíduo que apareciam no último vídeo de Pamela; disse a si mesmo que devia se lembrar disso no dia seguinte.

Voltou a sua mesa e releu o texto que enviaria ao jornal. Fazia tempo que não editava cuidadosamente seus artigos. Nos primeiros anos só os enviava depois de várias horas passadas entre o esboço e o texto definitivo; esse intervalo lhe permitia tomar a distância necessária para polir frases confusas, melhorar metáforas ou eliminar palavras repetidas. Hoje retomava o velho hábito: corrigiu algumas linhas, modificou a conclusão e o enviou à redação do jornal.

Passou o resto da noite à meia-luz, em silêncio, tomando vinho, enquanto percorria mentalmente a biografia dos Azuis desde a infância até os últimos anos de encontros e desencontros. A vida adulta os havia transformado em estranhos uns para os outros, muito alheios ao universo compartilhado em que cresceram, onde aconteciam muito poucas coisas importantes que não estivessem relacionadas com a identidade do grupo. Uma coesão impossível de recuperar agora, em razão dos segredos de Jaime, da vida familiar de Mario e das grandes responsabilidades de Amélia. "E minhas grandes irresponsabilidades", completou Tomás, rindo em silêncio da própria piada.

E, apesar de tudo, nas últimas 48 horas haviam agido como se nunca houvessem se separado; relacionavam-se de novo com os velhos hábitos de uma cumplicidade que deixava de fora até os mais próximos de cada um, exatamente como acontecia no passado. O rádio que Tomás tinha a seu lado era um lembrete físico desse vínculo particular e isolante que fazia dos Azuis, outra vez, uma unidade.

A presença do rádio o fez recordar Amélia; podia ligar para ela com o pretexto de testá-lo. Começou a digitar, mas se conteve; já a havia visto de manhã, a encontraria no dia seguinte à noite e a conhecia o suficiente para saber que não reagiria favoravelmente a algo que interpretasse como pressão, dele ou de qualquer outro. Finalmente o vinho e o longo dia fizeram efeito; Tomás adormeceu com o livro *Big Breasts & Wide Hips*, de Mo Yan, escritor chinês ganhador do Prêmio Nobel, no colo. A leitura não o prendeu, mas o título, sim. Sonhou com Claudia.

2009

"Talvez os compositores se sintam assim quando completam sessenta anos e os roqueiros, cinquenta", disse a si mesma: a sensação de que a magia estava começando a acabar e que a substância que os tornara profissionalmente bem-sucedidos estava entrando em processo de extinção. Fazia apenas três meses que tinha quarenta anos, mas Pamela percebia que algo significativo mudara e não havia como remediar; não era no corpo, e sim no ânimo, que acusava o golpe da idade. Durante as últimas semanas estivera assistindo a seus filmes da década anterior; examinara a firmeza de seus músculos faciais contra a versão juvenil de si mesma que a tela da televisão exibia; comparara a silhueta esbelta e de quadris sólidos que ofereciam as tomadas abertas com a imagem que o espelho lhe devolvia. Avaliava seu abdome liso e sua pele impecável e imaginava os vislumbres de decadência que acabariam transformando seu corpo em uma pálida imagem do que fora um dia. A cada duas horas julgava constatar o avanço da espessura de uma pinta que havia notado no dorso de sua mão, sinal inequívoco de envelhecimento.

Perguntava-se se seguiria os passos de outras artistas que recorreram à cirurgia até se transformar em caricaturas de si mesmas, versões macabras do que foram, ou se ela se permitiria envelhecer gentil e elegantemente; se seria capaz de fazer uma graciosa transição entre o objeto universal de desejo que era agora, e se transformar em ícone lendário e digna rainha do cinema mexicano.

A visita de seu primo Joaquín no dia anterior aumentara seu desassossego: eram da mesma idade, mas o achara muito mais envelhecido do que temia. A atriz ficou convencida de que não havia muito a esperar de seus genes maternos, compartilhados com o primo; sendo assim, pensou que todas as suas esperanças estavam na herança genética por via paterna. Só esperava que o DNA dos Serrano não houvesse levado a mal o fato de ter tirado seu sobrenome de família anos antes.

Enquanto acelerava o ritmo na curva elíptica, Pamela disse a si mesma que tinha que pensar menos nos genes de Joaquín e bem mais na mensagem que trouxera a ela. Seu primo havia construído uma importante rede de hotéis e restaurantes em mais de dez estados, mas ela sabia que seus negócios constituíam uma das muitas fachadas para a lavagem de dinheiro da família.

Joaquín, assim como ela, saíra de Culiacán quando era jovem, para tentar crescer longe da rentável, mas perigosa ocupação dos Plascencia. Os dois conseguiram mais ou menos. Ele estabelecera em Aguascalientes seu primeiro hotel, vinte anos antes; não obstante, ao inaugurar a terceira filial, Ricardo Fonseca, primo de sua mãe, visitara-o para pedir que introduzisse dois milhões de dólares no fluxo de seus negócios. Joaquín rogara que lhe permitissem continuar de fora, mas a parentela não entendera as razões, e dar as costas a um pedido da família teria sido considerado uma traição. Entendendo que a proposta era irrecusável, aceitara, e só pedira que lhe permitissem se preparar. Fundara pouco a pouco uma rede de restaurantes e os convencera a se tornar um lavador regular, mas cuidadoso, de quantidades moderadas; o arranjo alcançado o fizera prosperar de modo consistente sem assumir riscos. Conseguira uma saudável distância que lhe permitia fugir do radar do fisco e das disputas e *vendette* entre as diversas facções do clã familiar.

Algo similar acontecera com Pamela. Sua carreira começara a despontar por direito próprio, ou graças a seus amantes, mas, depois da bem-sucedida participação em uma novela, recebera a primeira visita de Joaquín, que compartilhara com ela sua experiência e lhe mostrara a inutilidade que significava negar-se ao inevitável. A partir desse momento ela passara a recrutar amantes entre a classe política e a compartilhar com o primo informações que pudessem ser proveitosas. De início lhe parecera uma tarefa reprovável, que desempenhava contra a vontade, mas, com o tempo, a atriz começara a tomar gosto por sua dupla personalidade. Depois de um governador que a maltratara, chegara à conclusão de que para seus amantes ela não passava de um troféu que cedo ou tarde acabava abandonado.

Pamela desenvolvera habilidades para extrair informações do armário de seus amantes, para perceber corrupções e constatar fraquezas sexuais, para fingir distrações enquanto escutava atenta as conversas. Seus relatórios começaram a se encher das fobias e taras de pessoas-chave do governo, vulnerabilidades de senadores e pecados inconfessáveis de generais. Normalmente ela escolhia suas vítimas; não gostava de alcoólatras e preferia homens divertidos. Pegava um amante por seis meses ou um ano e depois disso partia para o próximo.

Nos anos seguintes, crescera nela um apetite de colecionador. Quando notara que desconhecia tudo sobre o serviço externo, seduzira um embaixador emérito e compensara sua ignorância em matéria de fofocas no ambiente das finanças públicas com o apaixonado romance com um subsecretário da Fazenda. Nunca soube o destino último de seus informes, mas sabia que o pessoal de Culiacán estava satisfeito com seu desempenho. Um general morrera na queda de seu helicóptero um ano depois de Pamela o deixar, e um ex-prefeito de Toluca se suicidara; mas ela não tinha elementos para saber se tais tragédias estavam relacionadas com suas informações; supunha que na maioria das vezes a informação fornecida servia para pressionar, convencer ou ameaçar os funcionários públicos em benefício das atividades do cartel.

Era um bom arranjo: Joaquín lhe fornecia mais dinheiro vivo do que poderia precisar para seus caprichos e duas vezes haviam eliminado obstáculos em sua carreira. Mas a visita do primo no dia anterior era para modificar as regras; pela primeira vez o cartel lhe dava uma tarefa específica: tornar-se amante de Augusto Salazar, na época o homem de confiança de Prida, governador do Estado do México e sério pré-candidato à presidência. Nessa ocasião não seria algo temporário; pediram-lhe que ficasse ao lado dele até que se decidisse a sucessão presidencial de 2012 e, se necessário, que prolongasse a relação. A primeira reação de Pamela fora resistir à tarefa, pois violava seu direito de escolher com quem ir para a cama, quem amar ou fingir amar; em seu código muito pessoal lhe parecera um convite à prostituição. No entanto, depois de um tempo acabara aceitando o desafio; conhecia Salazar, e não era um homem que a desgostava. No entanto, mais importante ainda, entendera que se tratava de uma missão de maior alcance, de um novo desafio naquilo que acabara concebendo como sua verdadeira profissão.

Quarta-feira, 27 de novembro, 12 horas.

Luis

Tony Soprano subia as escadas com a mesma falta de vontade de um sacerdote na pirâmide de Teotihuacán depois do vigésimo sacrifício do dia. Ao chegar ao terraço do restaurante do qual poderiam ver a rua, seu corpo arfava ruidosamente; Efraín Restrepo evitou olhar para Tony ou fazer qualquer gesto que revelasse o que pensava dele. O homem podia ser uma baleia, mas não o imaginava desvalido e agonizando, encalhado em alguma praia. Só Deus sabia a quantidade de pessoas cuja vida havia acabado com a imagem de seu rosto rechonchudo nas pupilas. Preferia chamá-lo de "Tony Soprano", mesmo que fosse para si mesmo, e se assegurar, assim, de que nunca o chamaria de Gordo, apelido que o irritava.

Tony fazia Efraín recordar o mafioso da série de televisão: a mesma corpulência enganosa e a mesma facilidade de passar do repouso absoluto a uma violência selvagem. As diferenças acentuavam a periculosidade dessa versão de Soprano. Não transpirava, seus olhos não revelavam mais que um profundo tédio e sob nenhuma circunstância se podia imaginá-lo padecendo ataques de pânico que o levassem ao divã de um psicanalista.

Acomodaram-se no terraço e pediram café. O desconforto de Restrepo se acentuava à medida que os monossílabos de Soprano a suas tentativas de conversa se transformavam em silêncios. Sabia que formavam uma dupla estranha, e isso aumentava seu nervosismo. Restrepo podia passar por intelectual, e de certa maneira era, com seu cabelo comprido e cuidadosamente penteado, seus óculos de armação transparente, os jeans de marca e sua jaqueta de couro de camelo; o "vulto" que o acompanhava se vestia de preto dos pés à cabeça, mas julgou notar que as meias escuras não eram do mesmo par.

Preferiu cravar a vista na esquina por onde o garoto viraria com o desejo de concluir a tarefa quanto antes. Luis os fez esperar mais quinze minutos.

Quando apareceu, estava sozinho. Conheciam sua rotina porque, desse café com internet grátis, ele costumava enviar alguns arquivos digitais quase todos os dias na hora do almoço. Os registros indicavam que ficava ali entre vinte e trinta minutos; concluíram que usava o café para enviar dessa localização geográfica arquivos preparados de antemão. Sabiam que ele utilizava vários estabelecimentos com Wi-Fi ao longo de seu trajeto, mas esse café lhes parecera o melhor lugar para seus propósitos.

– É ele. Vou antes de carro, esperamos vocês virando a esquina. Se ele repetir a rotina, na esquina vai virar à esquerda para ir ao café da livraria Gandhi, que fica a duas quadras. Nós o interceptamos no trajeto.

– Eu fico com ele – disse o gordo.

Restrepo desceu, fez um gesto para o motorista do carro e caminhou até a esquina, a fim de escolher o melhor lugar para pegar o rapaz. Embora não houvesse espaço livre para estacionar o veículo, podiam ficar em fila dupla com o motor ligado.

Doze minutos depois viu a atlética figura de Luis se aproximar; dois metros atrás, o gordo caminhava e projetava a imagem de um enorme porta-retratos que emoldurava uma foto de corpo inteiro do jovem. Quando chegaram à altura do carro, o matador de aluguel se moveu com rapidez e absoluta economia de movimentos: abraçou sua vítima por trás imobilizando seus braços, fez que ela girasse para a porta aberta do veículo, deu uma cabeçada em sua nuca para obrigá-la a se inclinar e com um brusco empurrão de quadril a colocou no banco de trás. Restrepo ficou impressionado; a operação não havia levado mais de cinco segundos e ninguém parecia ter notado, apesar de ter acontecido em plena luz do dia.

Dirigiram durante quarenta minutos até chegar a um hotel na periferia de Guadalajara; durante o trajeto o gordo oprimiu com o pé a cabeça encapuzada do jovem no chão da parte traseira do veículo. Ao descerem do carro, asseguraram-se de que não houvesse testemunhas e levaram Luis para um grande recinto, um bangalô isolado que haviam alugado nessa mesma manhã.

Não tiraram o capuz negro, mas cobriram-no com plástico para sufocá-lo, de maneira intermitente, durante quase vinte minutos. Não perguntaram nem disseram coisa alguma. Depois de um tempo, Restrepo disse em tom categórico: "É aqui que você vai morrer, cara. Já estão fartos de suas intromissões, sabichão", e frases similares.

Luis se cansou de perguntar o que queriam. Perdeu a noção do tempo; contudo, tinha a impressão de que os acessos de asfixia eram cada vez mais prolongados, ou talvez simplesmente seus pulmões estivessem entrando em colapso. A sensação de que o matariam começou a se transformar em certeza.

Finalmente, Restrepo mudou o tom.

– Você tem duas opções, Luis: ou ficamos aqui para ver como você fracassa na tentativa de bater o recorde do *Guinness* de retenção de ar, ou aceita a proposta que vamos fazer. Você é quem sabe.

– O que querem? – gritou Luis.

– Estamos monitorando você faz tempo e chegamos a apreciar seu talento. Seria uma pena que acabasse em uma sarjeta de Zapopan.

– O que querem que eu faça? – repetiu, agora mais controlado.

– Queremos que trabalhe para nós. Não tem que fazer nada especial, basta seguir normalmente com sua vida. Só terá que nos enviar arquivos espelhados de tudo o que encontrar. Ocasionalmente, receberá instruções para realizar alguma tarefa especial.

– Mas quem são vocês?

– Ninguém, simplesmente os que vão lhe dar um tiro na nuca se tentar se fazer de esperto.

– E para onde envio os arquivos?

– No cartão que vou deixar no bolso de trás de sua calça estão dois endereços eletrônicos. Qualquer tentativa de rastreá-los, qualquer esforço para indagar quem somos, um truque para nos enganar com informação falsa e não haverá aviso nem reclamação, só uma execução imediata.

– Está bem. Farei isso, agora me soltem – disse Luis com a voz apagada.

– Vamos soltar, não se preocupe. Antes, sua primeira instrução: continue investigando tudo o que se relacione com Pamela Dosantos; nós mesmos poderemos lhe pedir alguma busca. Mas você enviará a Vidal Crespo só o que nós dissermos para mandar.

Luis levantou a cabeça, estranhando a menção ao nome do amigo.

– Não se surpreenda; seguimos seus passeios pelo passado de Pamela. A propósito, muito engenhosas suas árvores genealógicas. Sabemos dos vídeos que você guarda sobre o tráfico na capital; pode ficar com eles, mas não pode passá-los a ninguém.

– Como sabem tanto sobre mim?

– Um *hacker* com seu talento pergunta isso? Acha que é o primeiro geniozinho que recrutamos? Até agora ninguém rejeitou nossa proposta, mas uma vez tivemos que acabar rapidamente o relacionamento com um jovem curioso demais. O resto trabalha para nós, entre outras coisas, detectando casos como o seu. Você se surpreenderia com o *dream team* que reunimos

– E vocês pagam pelo trabalho?

Restrepo admirou o aprumo do jovem. Nunca lhe haviam feito essa pergunta; em geral, os interrogados com um capuz na cabeça só querem ser libertados.

– De vez em quando podemos lhe mandar um envelope com dinheiro, quando fizer algo realmente importante. Salvo isso, conforme-se com respirar todos os dias.

Deixaram-no uma hora depois em uma rua deserta na periferia de Tlaquepaque, de capuz, mas com seu notebook e sua mochila intactos. Luis esperou o que calculou serem cinco minutos para se assegurar de que o carro não voltaria; tirou o capuz e notou que uma mulher o olhava com curiosidade da janela de sua cozinha. Quis se aproximar dela para perguntar sobre o carro que o havia deixado, mas se conteve graças a um súbito reflexo de precaução. E se ela tivesse instruções de supervisionar sua discrição? Trabalharia para eles?

Luis se afastou perguntando a si mesmo em que confusão Vidal estaria metido. Havia aceitado sua encomenda por curiosidade, sem indagar os motivos que o amigo teria para se interessar pela morte de Pamela Dosantos. Agora não parecia ter outra opção exceto obedecer aos malfeitores que o sequestraram.

Recordou a morte de Fideos[*], um excelente *hacker* de Mérida, alvejado durante um aparente assalto, e se perguntou se teria sido a execução à qual o interrogador havia se referido.

[*] *Fideos*: macarrão.

Duas quadras depois se lembrou do cartão. Checou os bolsos traseiros, encontrou a anotação com dois endereços eletrônicos e soltou uma gargalhada. Um era Hotmail e o outro Yahoo!, facílimos de rastrear. No entanto, sufocou o riso de imediato: fáceis de rastrear, mas igualmente fáceis de mostrar que estavam sendo rastreados.

Trinta metros mais adiante pensou no *chip*. Agachou-se, descalçou o tênis esquerdo e contemplou debaixo da palmilha interna o minúsculo GPS que instalara três dias antes para documentar trajetos e calcular seu gasto e ingestão de calorias; fazia parte de sua metodologia de condicionamento para se preparar para a maratona de Puerto Vallarta. Um sorriso cruzou seu rosto. Um plano começou a fazer sinapses na mente do jovem.

A quatro quilômetros de distância, Restrepo também esboçou um sorriso. Sentia um enorme alívio ao se afastar de Tony Soprano. Despedir-se-ia do motorista do carro, um colaborador local, e cada um tomaria um táxi diferente até o aeroporto, a fim de embarcar em voos diferentes para a Cidade do México.

Seu chefe ficaria contente, pensou Restrepo: Luis era um recruta de luxo na já impressionante equipe que haviam conseguido reunir. Não existia no país uma unidade tão poderosa para revelar mistérios cibernéticos. E evidentemente, riu para si mesmo, ninguém mais contava com um método de recrutamento tão efetivo.

Contudo, uma leve ruga se insinuou em sua testa. Restrepo acendeu um cigarro, deu uma tragada e ajeitou os óculos; percebia a inquietude crescendo em seu cenho. Havia transformado em arte a tarefa de interrogar indivíduos e se considerava um especialista em manipulação graças a sua longa passagem pelas melhores escolas de inteligência militar dos Estados Unidos, da Polônia e de Israel. Durante o encontro, pôde sentir a força de vontade de Luis. Era um jovem acostumado ao sucesso que não aceitaria facilmente ser reduzido ou controlado, pelo menos não por muito tempo. Se conseguisse dominá-lo, chegaria a ser o melhor de todo o seu esquadrão; caso contrário, podia se tornar a pior ameaça que a segurança interna de sua inexpugnável rede teria enfrentado. Precisaria observá-lo com cuidado.

Quinta-feira, 28 de novembro, 11 horas.

Tomás

Fazia uma hora que procurava o maldito domicílio. O motorista do táxi se perdera perto do canal de Xochimilco, no emaranhado nervoso de pequenas ruas tumultuadas cheias de comerciantes ambulantes e estrondosos micro-ônibus que caracterizavam a periferia no sudeste da Cidade do México, uma área que era tão alheia ao universo em que se movia que bem podia se tratar de um bairro populoso de Calcutá. Estava no outro México, um código postal onde a densidade demográfica por metro quadrado disparava e as pessoas eram muito mais morenas e baixinhas que as do mundo do qual procedia. Anos atrás, Tomás costumava curtir as incursões aos mercados populares e as visitas às colônias rudes da capital, mas, pela mesma razão que deixara a vida de mochileiro, a meia-idade e a classe social em que havia se instalado transformaram em angústia e desconforto o que antes era aventura e excitação.

Contudo, teria ido a Calcutá se fosse necessário. Contra qualquer prognóstico, Plutarco Gómez, o decano dos jornalistas criminais do país, atendeu a seu chamado e marcou com ele em seu recôndito casarão. O velho jornalista era uma lenda na redação dos jornais; sua fama surgira na década de 1970, antes que os repórteres tivessem acesso aos aparelhos de rádio que lhes permitem chegar à cena do crime junto com a polícia. Plutarco havia idealizado um sistema mais primitivo, mas igualmente efetivo: praticamente vivia com os paramédicos da central da Cruz Vermelha. Partia com a primeira ambulância que atendia a uma possível cena criminal ou a um acidente fatal e chegava antes que os detetives tivessem oportunidade de cobrir os corpos; seu arquivo fotográfico pessoal rivalizava com o da própria polícia. Era respeitado tanto nos ambientes jornalísticos quanto nos policiais e sabia tanto de medicina legal e técnicas criminalísticas quanto de imprensa e prisões.

O motorista por fim encontrou o número 146 da rua Amapola. Quem o recebeu foi a filha do jornalista, Maria Cristina, ela mesma parte da lenda, porque desde os treze anos acompanhava o pai nos fins de semana e o ajudava com as fotografias de corpos desmembrados e carros capotados.

– Meu pai o está esperando. Eu o acompanho até o escritório.

Maria Cristina era uma mulher de rosto afável e juvenil de 52 anos. Tomás se perguntou que artimanha do destino havia tornado possível que uma menina obrigada a bater fotos de cadáveres e pular poças de sangue crescesse como uma pessoa aparentemente saudável e normal.

Tomás se distraiu com a primeira imagem de Pamela. Na parede do corredor que arrematava o escritório do veterano repórter havia um calendário com uma foto de corpo inteiro da atriz, algo mais próprio de uma oficina mecânica que de um lar mexicano, especialmente porque o calendário datava de 1998.

Ao entrar na enorme sala, Tomás teve certeza de que Plutarco tinha alguma fixação por Pamela Dosantos; pelo menos outras três imagens da atriz se destacavam nos poucos vãos que as enormes estantes com caixas que abarrotavam o lugar deixavam livres.

– Senhor Plutarco, é uma honra estar aqui, obrigado por me receber.

– Hesitei muito em chamá-lo, porque o assunto está quente demais, meu jovem, mas o que fizeram a Pamelita não tem perdão de Deus.

– Tem razão, é imperdoável e não pode ficar assim. Ao que parece, a polícia está fazendo todo o possível para protelar as investigações.

– Sei muito bem. Há dias venho falando com os colegas de vários jornais que cobriram o crime e me disseram que muitos detalhes do caso não estão chegando aos expedientes.

– Quais detalhes, senhor Plutarco?

– E para que você quer saber, jovem? Li sua coluna, que abriu o vespeiro político; isso só complicou a investigação policial. Quando a política entra pela porta, a justiça sai pela janela.

– Justamente por isso quero chegar ao fundo do assunto; o importante aqui é saber quem a matou, por ordem de quem e por que razão, não acha? Só assim se fará justiça a Pamela Dosantos.

Tomás agradeceu por Maria Cristina tê-los deixado sozinhos: percebia a manipulação que fazia dos sentimentos do velho repórter, que por alguma razão idolatrava a atriz. Plutarco Gómez permanecera sozinho desde que enviuvara, 35 anos antes, e provavelmente a imagem da sinaloense o havia acompanhado nas últimas duas décadas.

– Pamelita morreu por causa do que sabia – disse o velho com tristeza. – E sabia muito.

O velho tirou uma caderneta da gaveta de sua mesa e começou a ler uma longa lista com nomes de políticos, alguns mais conhecidos que outros, dois deles sem rastro na memória de Tomás.

– É a lista de seus amantes. Acham que só me interessava pelas matérias sangrentas, mas há anos venho pesquisando para meu arquivo tudo o que Pamela fazia. Alguns, é muito notório que andavam com ela; de outros só sabemos eu e os envolvidos – disse, orgulhoso.

– O senhor me permite fazer algumas anotações? Isso me será muito útil.

– Não sei. Essas seis caixas têm informação confidencial sobre Pamela. Na verdade, eu queria escrever um livro tributo, com o relato de sua vida; nunca pensei que ela acabaria assim. Agora não tenho vontade, só raiva e tristeza.

Tomás colocou a mão no ombro de seu colega abatido. O livro sobre Pamela provavelmente era um sonho impossível do repórter policial, que era conhecido por sua prosa ilegível: em todas as redações pelas quais passara, suas matérias tinham que ser reescritas, e Plutarco era tolerado porque a informação que fornecia era sempre exata e imprescindível. Era paradoxal que o homem que havia passado sessenta anos fotografando cadáveres se recusasse a escrever sobre Pamela agora que a artista havia se transformado em um deles. A expressão no rosto de Plutarco era de alguém que havia perdido a última razão para sair da cama todos os dias.

– Deixe-me mergulhar no material, senhor Plutarco. Prometo que farei justiça a Pamela, seja nos tribunais ou perante a opinião pública. Não o decepcionarei.

– Primeiro diga-me uma coisa: o que acha de Pamela Dosantos?

Tomás sabia que de sua resposta dependeria o acesso ao acervo acumulado por aquele decano do jornalismo. Contudo, decidiu lhe dizer o que pensava.

– Acho que Pamela era uma mulher valente e de caráter, mas orgulhosa demais para perceber que estava metida em coisas com que não podia lidar. Confiava demais em sua beleza; infelizmente, os poderosos sempre acham que, uma vez que a compram, é de sua propriedade. Acho que ela nunca se deu conta disso. Eu teria gostado de conhecê-la pessoalmente, deve ter sido fascinante.

– Eu a conheci – disse o velho com o rosto iluminado. – Vou lhe dizer como; foi uma travessura. Eu sabia que Carmelita Muñoz, além de ser sua costureira a vida toda, era também sua confidente. Mesmo quando comprava vestidos de marca, era Carmelita quem os ajustava a seu gosto e a suas medidas. Elas se viam várias vezes por mês, e, quando estava rodando algum filme ou novela, a costureira se tornava sua companheira inseparável, para ajustar e modificar o guarda-roupa que lhe atribuíam.

– E como o senhor fez para se aproximar de Carmelita?

– Bati no carro dela – respondeu Plutarco com um olhar maroto. – Esperei que estacionasse e, quando ela entrou no edifício onde mora, bati no para-choque e o amassei. Fiquei esperando duas horas até que ela saiu de casa e me apresentei. Expliquei que havia batido no carro dela acidentalmente, entreguei-lhe um cheque generoso como compensação provisória e lhe mostrei que era um cavalheiro. Eu estava de gravata e com meu melhor terno. No dia seguinte, levei um mecânico e a obriguei a aceitar meu carro emprestado até que entregassem o seu. O resto foi mamão com açúcar.

– E Carmelita o apresentou a Pamela?

– Sim, mas isso levou mais seis meses. O bom é que a costureira era viciada em histórias de crimes célebres que eu conheço de cor e salteado; muitos deles eu cobri. De modo que uma ou duas vezes por semana eu ia a sua casa tomar um café no meio da manhã e lhe contava algum caso policial. Nunca lhe confessei meu interesse por Pamela; contudo, pouco a pouco ela me deu muita informação pessoal sobre a atriz, os problemas que tinha com algum amante, seus sucessos e fracassos.

Tomás soltou uma gargalhada e deu um tapinha nas costas de seu interlocutor.

– Eu sabia que o senhor era um bom repórter, mas isso é digno de um Pulitzer.

– Às vezes Pamela ia à casa de Carmelita, porque a costureira não podia deixar o menino sozinho – prosseguiu o ancião. – Ela é mãe solteira e seu filho tem síndrome de Down; de modo que encontrei Pamela várias vezes. De início não prestou atenção a minha presença ali, mas, com o tempo, também acabou encantada com meus relatos. Ela sabia muito mais que Carmelita sobre esse tema e era curiosa. Suponho que, por vir de Sinaloa e por suas histórias familiares, minhas narrativas lhe provocavam curiosidade.

– E qual é sua opinião sobre ela, senhor Plutarco?

O velho se surpreendeu com a pergunta. Percorreu com o olhar as seis gavetas, como se avaliasse a vida da atriz, e acabou sorrindo.

– Era um raio de luz. Alegre e aberta, sem medo de dizer o que pensava. Sem maquiagem era ainda mais bonita. As manhãs que passei com ela na mesa de costura de Carmela foram os momentos mais felizes de minha vida.

Os olhos úmidos e o longo silêncio do repórter comoveram Tomás. Tornou a tocar o ombro do velho, mas dessa vez ele recuou. Seu olhar havia se apagado.

– Agora tenho que ir falar com o dono do jornal, senhor Plutarco. Mas amanhã, quinta-feira, se não houver inconveniente, venho com alguém de confiança e começamos a trabalhar no arquivo. O que acha? Eu lhe garanto que algo de bom vai sair disso tudo.

– Está bem, eu o espero aqui.

Tomás sentiu que havia interrompido um momento especial, mas tinha pressa.

Voltou cantarolando quase o caminho todo enquanto especulava sobre o tesouro que podiam conter os arquivos de Plutarco e curtia a prazerosa antecipação do encontro que teria com Amélia à noite. A canção continuava sendo a de Carole King.

Quinta-feira, 28 de novembro, 11 horas.

Luis

Golpeava o saco de pancadas com toda a força de que era capaz; uma hora de academia não havia atenuado o profundo mal-estar provocado pelo sequestro e pela extorsão de que era vítima. Uma fragilidade à qual não estava acostumado se instalara em seu ânimo nas últimas horas: a sensação de que absolutos desconhecidos podiam assumir o controle de sua vida. Durante toda a noite sentira-se acometido repetidamente por uma sensação de asfixia, como se seus pulmões houvessem esquecido o ato mecânico de se encher de ar sozinhos. Desde o dia anterior o jovem se surpreendia no meio de uma respiração suspensa, revivendo, sem desejar, a tortura e a surra recebidas.

Luis não comentara com ninguém o ataque que sofrera, nem sequer quisera alertar Vidal sobre os bandidos cibernéticos que os espreitavam. Não por falta de vontade: sabia que ambos correriam perigo de morte se seus verdugos interceptassem algum aviso de sua parte. Tinha que ir à Cidade do México para falar pessoalmente, mas primeiro tinha que se livrar do medo e dos ataques de pânico, e tinha certeza de que a única maneira de conseguir isso era traçando um plano de contra-ataque.

Começou nesse mesmo dia, quinta-feira pela manhã. Tirou o *chip* do esconderijo onde o havia colocado, entre as incontáveis plantas no escritório de seu pai, o célebre e milionário arquiteto Germán Corcuera, e foi ao campus do Iteso (Instituto Tecnológico y de Estudios Superiores de Occidente) para utilizar uma das redes institucionais da universidade de jesuítas. Colocou o *chip* no computador que adquirira no mercado negro semanas antes e contemplou seus trajetos do sábado anterior. Demorou muito pouco para descobrir a localização do lugar onde foi torturado: o Google Maps mostrou a placa do motel La Colina, um estabelecimento com chalés na periferia de Guadalajara, a caminho do aeroporto.

Foi até lá às quatro da tarde desse mesmo dia. Estacionou seu carro a cinquenta metros do hotel e percorreu a pé todo o perímetro externo da cerca-viva que separava o lugar dos terrenos baldios que o circundavam. Luis pensou que era uma sorte que a recepção ficasse na ponta do prédio, junto à cerca limítrofe. Apoiou-se nela do lado externo, abriu seu notebook e hackeou a precária rede de baixa velocidade do estabelecimento. Checou os e-mails enviados e recebidos e rastreou as palavras *croquis*, *planos*, *medidas de segurança*. Encontrou o que buscava em um e-mail enviado pelo hotel às autoridades municipais com um arquivo em pdf da distribuição dos quartos. Interpretou que a indicação de seu GPS só podia coincidir com o chalé 42, o maior e mais afastado do edifício principal.

Não se surpreendeu ao notar que o arquivo de ocupação de quartos do hotel não registrava nenhum hóspede nesse chalé durante o dia anterior. Não esperava que seus algozes houvessem deixado nome e sobrenome na recepção; pior ainda, pensou, o dono ou o administrador do lugar poderiam estar vinculados aos criminosos.

Decepcionado, voltou a seu carro e ficou pensando por alguns momentos. Abriu de novo o mapa do hotel na tela de seu computador e confirmou que não havia mais que um acesso: uma guarita com uma cancela que subia e descia à passagem de cada veículo. Luis aproximou o seu a vinte metros da guarita e ficou observando os movimentos de acesso. Passaram-se quinze minutos antes que chegasse um carro, ao que parecia um hóspede de entrada recente, porque um homem saiu da guarita para inquirir o motorista. Trocaram algumas palavras e o guarda levantou a cancela, permitiu a passagem do carro, tornou a baixá-la e voltou à guarita para registrar algo em uma caderneta preta de capa dura apoiada na janela.

Luis consultou de novo os arquivos do hotel e viu o registro de empregados. Arturo Medrano, de 68 anos, cobria a guarita durante as doze horas diurnas de segunda a domingo, exceto às quartas-feiras, seu único dia livre; com certeza era o homem que acabava de ver. José Medrano, de 39 anos, cuidava das doze horas restantes. Jorge Quijano, de dezenove anos e empregado de meio período aos fins de semana, cobria dezesseis horas na quarta-feira e quatro horas no sábado à tarde.

Por mais que procurasse alguma versão digital da caderneta preta de acesso de veículos, não conseguiu encontrar. Ao que parecia, ninguém transcrevia a informação ao computador; teria que achar algum jeito de acessar a caderneta física. Só esperava que Jorge Quijano, que, segundo a lista de horários, estaria de plantão no dia anterior, fosse um empregado tão diligente quanto parecia ser o velho que fazia seu turno nesse momento.

À tarde, voltou ao campus do Iteso. Rastreou Quijano em diversas bases de dados e não precisou se aprofundar muito: o jovem empregado era um usuário compulsivo do Facebook. Cursava o primeiro ano de engenharia na Universidade Lamar e tinha inclinação por *hard rock*, mas sua verdadeira paixão era o amor pelo Atlas, o segundo time de futebol da cidade, atrás do popular Chivas Guadalajara.

Mais da metade dos *posts* de Quijano no Facebook, uma dezena por dia, estava relacionada ao Atlas. Nos vinte minutos que Luis gastou lendo o histórico da página do Facebook de Quijano, ficou sabendo que era um membro ativo do Las Márgaras, um dos fã-clubes mais aguerridos de torcedores do Atlas. Também soube que nesse mesmo dia, como toda quinta-feira, o grupo se reuniria no lugar de costume: uma taberna fuleira no bairro popular de Analco, perto do centro histórico da cidade.

Pensou que finalmente estava com sorte. Não era particularmente apaixonado por futebol, apesar de sua família ser sócia do clube vinculado ao Atlas Colomos, as instalações esportivas mais prestigiosas e caras de Guadalajara. Seu pai havia sido membro do conselho em várias ocasiões, e o próprio Luis crescera nas piscinas e depois na academia do lugar. Tinha quatro horas para arranjar argumentos que lhe permitissem abrir a caderneta preta.

Chegou às nove da noite na taberna La Milagrosa, um bom nome para a sede do fã-clube do Atlas, um time para o qual a vitória havia se transformado em anomalia. Levou só meia hora para convencer o gerente do Atlas Colomos a lhe dar uma camiseta oficial com a assinatura dos jogadores e meia dúzia de entradas para o jogo do próximo sábado. Luis havia falado com ele quase um ano atrás para convencê-lo a melhorar a rede Wi-Fi das instalações do clube e acabara assessorando-o informalmente sobre programas e filtros para evitar vírus e pirataria. Hoje, por fim, havia colhido algo em troca de seus conselhos.

Praticamente todos os clientes do bar usavam o uniforme rubro-negro do Atlas e o ambiente parecia uma reunião de anarquistas tomando coragem para sair à rua e construir barricadas. O clube havia sido fundado cem anos antes por um sindicato de trabalhadores liderado por imigrantes espanhóis que decidiram que a bandeira da greve seria a melhor insígnia esportiva. Luis se lembrou de ter escutado o caso contado orgulhosamente por um empresário no elegante restaurante do Atlas Colomos, um sapateiro conhecido por sua enorme fortuna criada a partir da exploração de pequenas oficinas de calçados.

O jovem notou que a camiseta que usava e sua idade o tornavam completamente parte do grupo, mas não sua aparência: tinha uma cabeça a mais de altura que todos os presentes e o tom leitoso de sua pele contrastava com a cor acobreada do resto dos clientes. Foi até o balcão e pediu uma cerveja. Não tardou a descobrir Jorge Quijano entre seis amigos do outro lado do local; tinha orelhas maiores e olhos menores que sua versão digital. Luis se lembrou do engenhoso tuíte que havia lido semanas atrás: *Ninguém é tão bonito quanto em sua foto do Facebook, nem tão feio quanto em seu RG.*

Foi até o grupo de Quijano de cerveja na mão e ergueu a bebida como em um brinde. Só um deles respondeu; o resto parecia vê-lo com desconfiança, até que um jovem reconheceu, estampado à altura de seu peito no centro da camiseta, o nome de Amarildo, a nova contratação brasileira do Atlas e a última esperança para evitar a queda do time para a divisão inferior.

– E aí, companheiro! Como arranjou o autógrafo do Amarildo? Ele acabou de chegar.

Luis olhou as camisetas de todo o grupo e notou que só três tinham algumas assinaturas isoladas, com certeza resultado de longas esperas durante os treinamentos. A sua, com catorze autógrafos, certamente era um recorde na história da turma da taberna La Milagrosa.

– Com um pouco de sorte. Meu pai é amigo de um dos ajudantes do time e conseguiu que eu entrasse nos vestiários semana passada. Parece que estavam de bom humor, por isso quase todos assinaram.

O grupo se aproximou de Luis e começou a ler e festejar os nomes que reconheciam. Algumas assinaturas eram recebidas com assobios e exclamações; ao que parecia, duas delas eram verdadeiros tesouros para ávidos colecionadores, com certeza as pertencentes aos jogadores mais arrogantes ou impacientes, os que nunca paravam para devolver os acenos dos fãs.

Passou as horas seguintes plenamente integrado ao grupo. Ser do Atlas implica pertencer a uma religião minoritária e em eterno processo de extinção; seus fãs são poucos, mas fanáticos. "Sou Atlas, mesmo que ganhe" era um dos lemas populares entre seus seguidores. Luis pensou que nunca havia sido tão fácil socializar com um grupo de desconhecidos. Ninguém lhe perguntou o que fazia, onde morava ou qual era seu sobrenome; aceitavam-no como um deles simplesmente por compartilhar a mesma paixão, pertencer ao mesmo culto.

O grupo de amigos se expandia e se reduzia à medida que a noite avançava e a quantidade de bebida consumida aumentava, mas Luis não se afastou de Quijano. A conversa sempre foi futebolística: era incrível a quantidade de detalhes que podiam acontecer em uma partida ou os infinitos matizes que oferecia a escalação do jogo do próximo sábado. Pareciam não perceber que ele mal falava, temeroso de exibir sua ignorância, mas logo comprovou que não precisava falar; cada vez que alguém novo se juntava à roda de amigos, estes se vangloriavam da camiseta de Luis como se fosse patrimônio do pequeno grupo ao qual se integrara. Perto das onze da noite um homem subiu no balcão do bar e deu algumas instruções para o encontro seguinte: eles se reuniriam três horas antes no La Milagrosa, para receber ingressos, e mais tarde se acomodariam todos juntos em uma seção do estádio que o próprio clube combinara anos antes com o Las Márgaras. Depois de vários vivas potentes, o homem desceu e os primeiros torcedores começaram a abandonar o lugar.

Pouco antes da meia-noite o grupo de Quijano já havia se reduzido a três, incluindo Luis. Quando o funcionário do hotel fez um gesto para pedir sua conta, Luis o convidou a um último trago; Quijano havia bebido primeiro duas cervejas e depois três cubas-libres. O rum já fazia efeito: abraçava Luis e seu outro amigo, a quem chamavam de *Pato*, como se fossem amigos da vida toda.

– E vocês, o que fazem? – perguntou Luis no tom mais casual que pôde.

– Eu trabalho na marcenaria de meu pai, fazemos *closets*, mas este aqui vai ser engenheiro – disse Pato, indicando Quijano.

– Legal, cara. Engenheiro especializado em quê?

– Eletromecânica. Mas talvez eu pare, não tenho dinheiro para pagar tanta coisa que pedem a cada trimestre.

– E seu pessoal o ajuda ou você tem que trabalhar?

– Em casa me apoiam, mas tenho que trampar às quartas e aos sábados.

– E como faz para ir aos jogos, dá tempo?

– Quando me contrataram, negociei para sair mais cedo nos dias de jogo do Atlas. A única coisa boa é que na guarita onde fico tem televisão para ver os outros jogos no fim de semana.

– Guarita?

– É um motel, La Colina. Fico na guarita de entrada.

– O quê? Não brinque. Estou com esse motel atravessado na garganta.

– Por quê?

– Tenho quase certeza de que minha namorada me chifrou ali. O ex-namorado dela anda rondando, e uma vez ela me confessou que havia ido lá com ele antes de me conhecer.

– E qual é a bronca? “O passado, passado”, como diz José José.

– Que passado que nada. Ontem ela disse que não podia me ver porque umas primas iam na casa dela, mas hoje à tarde fui vê-la, e recebeu uma mensagem no celular, que consegui ver antes que ela voltasse do banheiro; algo assim como “você, eu e a colina, felicidade pura”.

– Eu passei quase a quarta-feira toda na guarita porque pedi folga no sábado para ver o jogo. Como é sua mina? Que carro tem esse chapa?

– Não sei que carro ele tem, porque é de família rica e tem vários em casa. Eu os conheço de longe.

– E ela, como é?

– É uma morena bonita, mas aposto que se escondeu ou se cobriu dentro do carro antes de entrar no motel.

– Cara, que merda. Que vadia.

– É. E a merda é que gosto dela demais.

– Não fique triste, mano. Primeiro você devia ter certeza, quem sabe está imaginando coisas.

Luis assentiu e bebeu o último gole da cerveja; baixou o olhar com expressão pesarosa, fez uma pausa e soltou a pergunta que havia ruminado durante horas.

– Veja, só há um jeito de confirmar, e você pode me ajudar – anunciou com um sorriso súbito, fruto do que parecia uma ideia do momento. – Se você pudesse ver o vídeo de ontem e me dizer que carros entraram, eu checo com os que ele tem em casa.

Luis sabia que não havia câmeras de vídeo no motel, mas não podia confessar que sabia que o registro era feito na caderneta preta.

– Faria isso com prazer, cara, de verdade, mas esse motel fuleiro não tem nem grana para trocar a lâmpada da guarita, muito menos para instalar câmeras de vídeo.

– Não pode ser. Tanto acaso ter conhecido você e não adianta nada.

– Espere aí, não desanime. Uma lista dos carros que entraram serviria? Eu tenho o número das placas.

– O quê? Você salvaria minha vida. Se ela for inocente, vai me fazer o homem mais feliz, porque acho até que é com ela que quero me casar; e, se não for, mando-a à merda de uma vez. É um jogo de seis pontos.

Luis havia escutado a expressão no clube: para todo torcedor do Atlas uma partida de seis pontos é aquela na qual seu time ganha e o odiado rival, o Chivas, perde.

– Tudo por um rubro-negro – disse Quijano. – O dono do motel é muito exigente e nos obriga a fazer a lista para que o cara da recepção não o engane: o filho da puta às vezes não registra os hóspedes para ficar com o dinheiro. Você está com sorte.

– Irmão, se me ajudar com isso, eu lhe dou de presente minha camiseta. É o mínimo que posso fazer.

Quijano ia protestar, mas baixou os olhos para as assinaturas estampadas e conteve o impulso. Abraçou seu amigo.

– Combinado, amanhã mesmo vou ao motel; o velho que cuida de lá sempre agradece quando é substituído, nem que seja só um pouquinho. À tarde você terá sua lista.

Agora foi Luis quem abraçou Quijano. Estava seriamente comovido.

Quinze horas depois se encontraram de novo, dessa vez em um café no centro da cidade; Quijano parecia menor à luz do dia e talvez um pouco arrependido, porque seu olhar divagava, dando a impressão de que ele queria abreviar o encontro. Com certeza havia levado um bom tempo para transcrever a caderneta, que tinha meia centena de entradas. Luis agradeceu o gesto, entregou-lhe a camiseta e afirmou que se encontrariam nas arquibancadas do estádio Jalisco no sábado seguinte. Nunca mais o viu.

Identificar o veículo foi muito simples, só um carro havia entrado às 12h38, quando seu GPS registrava a chegada ao motel: um Chrysler azul-escuro com placas de Jalisco. Imaginou o carro e um estremecimento percorreu seu corpo com a lembrança do pé do homem pesado sobre seu pescoço.

Aproveitando que estava no centro, foi à taberna La Fuente, a meio quarteirão das instalações do jornal *El Informador*, e utilizou a rede dele para fazer a busca das placas do carro. Caía a tarde e o lugar estava cheio de repórteres do jornal; caso alguém detectasse a busca nos arquivos oficiais, poderiam atribuí-la a um trabalho jornalístico. Só demorou alguns minutos; pertencia à polícia judicial do Estado. Levou mais tempo para descobrir que o Chrysler estava em nome de um tal Armando Soto: outra busca lhe devolveu a imagem de um homem jovem de cara larga e bigode farto, um rosto que pareceu mais próprio de um aprendiz de *chef* que de um malfeitor. Luis pensou que conhecer a identidade do motorista não havia sido tão difícil, mas descobrir a dos outros dois passageiros ia ser mais complicado e perigoso. Esfregou as mãos com nervosismo e pediu outra cerveja.

Quinta-feira, 28 de novembro, 13 horas.

Tomás

Pediu para usar o banheiro só para confirmar o rumor que circulava na redação: entre repórteres e editores se dizia, com uma mistura de orgulho e reprovação, que as chaves do banheiro do escritório do dono do jornal eram de ouro.

Só havia estado em três ocasiões na antessala de Rosendo Franco, proprietário do *El Mundo*, e em todas elas teve que esperar um longo tempo. Tomás se sentou e examinou com atenção as novas instalações. As velhas poltronas de couro e os quadros de pintores mexicanos clássicos foram substituídos por uma decoração minimalista de cores neutras e materiais importados lisos e brilhantes. Havia três quadros de pintura abstrata pendurados nas paredes, um deles era um Basquiat que devia custar o equivalente a uma rotativa. O ambiente parecia mais adequado a um executivo de um próspero escritório de fundos de investimentos em Wall Street que ao dono de um jornal de quase cem anos de idade. Tomás pensou no contraste desse ambiente asséptico e frio com a decoração carregada do banheiro, cujas chaves eram de fato de ouro, e supôs que este último era o terreno inexpugnável de dona Edith, a esposa de Rosendo e mãe de Claudia.

Em todo o mundo os jornais davam arfadas agônicas por conta da asfixia econômica derivada da brusca queda da circulação, mas o novo escritório parecia dizer aos outros que a crise não havia passado por esse jornal.

"Sinal inequívoco de que estão desesperados", pensou Tomás. Os jovens simplesmente não consultavam os jornais nem para ir ao cinema; a morte de cada assinante equivalia à extinção de um recurso não renovável. A irrupção de Cristóbal Murillo interrompeu os sombrios pensamentos sobre o futuro de sua profissão.

– Olá, Tomás, prazer em vê-lo. Ouça, o patrão está com umas pessoas, em poucos minutos termina e o recebe.

– Não se preocupe, Cristóbal, não há pressa, estou apreciando a nova decoração.

O homem passou o olhar pelos móveis e quadros e fez um gesto de desprezo. A camisa com suas iniciais, as enormes abotoaduras e o lenço vermelho no bolso de seu terno listrado revelavam que era militante fervoroso do estilo de decoração que imperava no banheiro.

Como todo homem de poder que se preze, Rosendo Franco tinha um secretário particular; Cristóbal Murillo era o dele. Tomás já havia conhecido vários. Em geral eram personagens singulares, imensamente poderosos e ao mesmo tempo servis, responsáveis pelas maiores ignomínias, mas capazes também de remover obstáculos intransponíveis para o resto dos mortais. Podiam acordar um governador de madrugada, arranjar um passaporte num domingo ou contratar a banda Maná para uma festa particular. Eram responsáveis pela agenda visível e também pela que estava nas sombras. Franco e mais cinquenta como ele tomavam as decisões que definiam o rumo do país, porém eram os Cristóbales quem as tornavam realidade no dia a dia, ou melhor, durante a noite, porque operavam o lado obscuro do poder, o lado onde transcorria boa parte da vida real em matéria política e econômica.

Tomás notou algo diferente em Cristóbal, mas demorou um pouco para descobrir o que era. Ele havia esticado a pele do rosto, dessa vez de maneira radical, e uma cor de cenoura coroava sua pouca altura. Trabalhava havia mais de trinta anos com o dono do jornal e parecia empenhado em se mimetizar com ele até se transformar em uma espécie de miniatura do patrão: imitava seu vestuário, o corte de seu bigode e acabara adotando a mesma gesticulação. Para sua infelicidade, carecia dos bons genes de Rosendo, o que compensava com cirurgias cada vez mais temerárias. Seu rosto estava intumescido, mas, de fato, pensou Tomás, havia adquirido um vago ar que fazia recordar os Franco, como um parente distante, mas de estirpe impura. Só então recordou o apelido certeiro que Amélia lhe pusera: o *Déjà Vu*.

Involuntariamente, Tomás passou em revista a própria roupa; disse a si mesmo que Cristóbal já a devia ter qualificado como chinfrim. O secretário particular tinha mania de calcular o valor das roupas de seus interlocutores e com o tempo havia se transformado em um especialista. Costumava enviar mensagens a seus amigos assinadas como "Ten Grand", porque afirmava que nunca vestia menos que o equivalente a 10 mil dólares. Costumava criar apelidos para os conhecidos com base na cotação de suas roupas. O colunista deu por fato que estava no patamar inferior da escala de valores de Cristóbal. Conversaram frivolidades durante dez minutos, após os quais Cristóbal se retirou garantindo a Tomás que seria recebido de imediato. O secretário gostava de sondar as visitas importantes de seu chefe, para depois informar a ele sobre o ânimo do visitante ou qualquer detalhe útil do iminente encontro.

Poucos minutos depois, Franco se levantou para cumprimentá-lo com demonstrações de afeto. Era apenas uma da tarde e o hálito de seu anfitrião já exalava um aroma de uísque. Tomás pensou nos personagens da série *Mad Men* e o alcoolismo nos escritórios de outrora; contudo, nunca havia visto o dono do jornal embriagado, embora houvessem se encontrado em várias reuniões sociais e de trabalho. Seu fígado era lendário. Depois de uma leve hesitação, ele mesmo aceitou tomar um drinque. Tomás ignorava o motivo que o havia levado ao jornal, mas intuiu que, quando soubesse, preferiria ter um uísque na mão.

– Querido Tomás, como você bagunçou o galinheiro! – disse quando se sentaram em uma ampla sala interna. – Fazia tempo que não lia sua coluna, mas as últimas duas devem ter vendido muitos jornais.

– Ainda bem, senhor Rosendo – respondeu Tomás com cautela.

– Salazar me pediu para parabenizá-lo pela coluna de hoje; a informação que você deu sobre o governador de Veracruz é impecável. Até ele mesmo, que é do PRI, teve que reconhecer.

– Sim, os dados são muito sólidos, por isso não hesitei em publicá-la com todos os detalhes. Eu tive boa fonte.

– E a fonte da coluna de segunda-feira passada também é boa? É a mesma?

Tomás entendeu o motivo do encontro. Salazar queria saber de onde havia saído a coluna contra ele e recorreu ao dono do jornal para conseguir a informação. Ficou surpreso com a obviedade de Franco; em geral ele não costumava ser tão obsequioso com o poder político.

El Mundo não era um jornal de oposição em absoluto, mas também não exercia um oficialismo barato. Nos anos 1990 o dono farejara bem a tempo os ares de abertura que a sociedade mexicana vivia e orientara a linha editorial em conformidade; os leitores exigiam uma imprensa mais plural e profissional, com mais distância crítica do poder. O empresário notara que a rentabilidade dependeria cada vez mais da circulação real, e, consequentemente, da imagem de credibilidade, e cada vez menos dos orçamentos de comunicação governamental, como no passado. Quando o PAN ganhou as eleições para a presidência, em 2000, e desbancou o velho partido, *El Mundo* havia vários anos exercia uma linha com relativa independência do poder político, ao qual havia servido durante décadas.

Nos anos seguintes, *El Mundo* se transformou em um jornal relativamente plural. Franco costumava dizer que o jornal perfeito devia ser de esquerda em matéria social, de centro em assuntos políticos e de direita em temas de economia. A frase não era dele; contudo, aplicava-a ao pé da letra. Nas páginas de opinião havia a participação de intelectuais e analistas de todas as tendências e a linha informativa era "crítica, mas responsável para com as instituições", o que havia permitido ao dono se manter como um membro de fato da classe política, embora com relativa autonomia; era querido, temido e respeitado. Qualquer pessoa do governo podia ser questionada, mas sempre podia contar com uma retratação ampla e oportuna por parte do jornal.

– São dois assuntos diferentes, senhor Rosendo, cada coluna tem a própria fonte. Os dados que publiquei sobre Dosantos não foram desmentidos.

– Hum. Nem confirmados, querido Tomás. Não há nada que situe o assassinato no domicílio de Salazar. Pobre Pamela – acrescentou com a vista momentaneamente perdida em algum ponto na parede.

Tomás notou a distração de seu interlocutor e se perguntou se o pai de Claudia também teria sido amante da artista. Não estava incluído na lista de Plutarco Gómez, mas era provável que o velho repórter o houvesse protegido. Os jornalistas veteranos costumavam venerar os grandes barões da imprensa; para eles eram o degrau mais alto de uma cadeia alimentar que se perdia no alto do céu.

– Quem você acha que a matou, Tomás?

– Quem dera eu soubesse. De início eu tinha certeza de que se tratava de um crime passional, mas passei a acreditar que pode ser um assunto político. Ainda é confuso.

– Que estranho, porque Salazar pensa a mesma coisa. E, segundo sua lógica, sua coluna foi justamente o meio de transformá-lo em um tema político.

– Está sendo pressionado por causa do meu texto, senhor Rosendo?

– Claro que estão me pressionando – respondeu com uma gargalhada curta. – O filho da puta do Salazar nem sequer manteve as aparências. Esse pessoal acha que voltou ao país de antes.

– Eles o ameaçaram?

– Também não sou uma marionete, a mim ninguém ameaça. Não, Tomás. Salazar é uma velha raposa e faz tudo com cuidado, mas fazia muitos anos que ninguém falava assim comigo: que a responsabilidade é do jornal, que o respeito à autoridade e a governabilidade para cá, que os interesses impuros que estão entrando nas páginas do jornal para lá...

– Pediram minha cabeça?

Tomás não sabia por que Franco havia decidido se abrir com ele. No entanto, decidiu que também não tinha nada a perder mostrando suas cartas. Preferiu de uma vez por todas chegar ao fundo do assunto.

– Calma, Tomás. O dia que eu seguir ordens desses filhos da mãe será o dia em que venderei o jornal.

O colunista agradeceu o gesto, mas sabia que nos anos 1980 El Mundo havia feito várias purgas na redação a pedido da presidência do país.

– Também não significa que eu vá desafiá-los – continuou. – Fiquei de falar com você e indagar o que está acontecendo. Garanti que neste jornal não há intenção de ir contra ele nem contra o governo. As coisas já estão suficientemente ruins neste negócio para, ainda por cima, sofrermos um corte na publicidade oficial.

Era típico de Rosendo Franco transitar sem inconvenientes pelas duas pontas de um discurso bipolar. Uma hora desempenhava o papel de paladino irredutível da imprensa livre e instantes depois mostrava um pragmatismo cínico e acomodado.

– Vou ser franco com você, Tomás, mas primeiro vou lhe dizer por quê. Sei que você se meteu com Claudia naquela viagem a Nova York; também sei que ela gostaria de ter prolongado a relação, mas você a impediu. De início me incomodou que minha filha andasse com um jornalista; contudo, com o tempo, e conhecendo o imbecil com quem se casou, eu me perguntei se isso não teria sido melhor para todos. Para quem vou deixar isto? E ela cada vez se interessa menos; talvez com um marido jornalista houvesse sido diferente. Às vezes me pergunto se você teria sido capaz de dirigir *El Mundo*.

Tomás ficou sem fala. Esperava uma conversa entre chefe e funcionário, não uma reflexão sobre dinastias e gerações com ele como protagonista. Mas podia notar o desânimo nas palavras de Rosendo; apesar de seus dois metros de altura e porte imponente, o velho já não tinha forças para se opor ao presidencialismo que caía sobre sua cabeça. Com certeza teria preferido que a geração seguinte lidasse com eles; gozou do enorme poder que os jornais alcançaram durante a alternância de diversos partidos no poder e não via graça em voltar ao passado com uma imprensa subordinada a Los Pinos.

– Com a mesma honestidade, posso lhe dizer que não creio que eu houvesse servido para nenhuma das duas coisas: nem para marido de Claudia nem para diretor do *El Mundo*. E não me interprete mal, considero uma honra o fato de que tenha pensado nisso.

Franco inclinou a cabeça, pensativo. Encheu de novo os copos com grandes doses de uísque e prosseguiu como se ele não o houvesse escutado.

– Isto aqui está acabando, Tomás, eu me sinto como o dono da Wells Fargo com a chegada do trem: fazer jornais melhores é como acreditar que melhores diligências vão nos salvar da concorrência do trem. Suponho que o que vem por aí é a internet e os celulares, mas eu não tenho nenhuma vontade de me reinventar. É isso que estão fazendo os filhos nos outros jornais; a maldita Claudia lavou as mãos e o imbecil do marido não tem ideia disso aqui.

– Talvez seja o momento de se apoiar em profissionais, senhor Rosendo. Não tenho a impressão de que a nova geração, os filhos, esteja fazendo melhor nos outros jornais.

– E, para acabar de foder, o novo governo está caindo em cima de nós. Estão redigindo novas leis para controlar a imprensa, os noticiários; vão meter medo nas pessoas com o negócio da insegurança, para impor limites às liberdades públicas. Querem endurecer as penas por difamação, para que os meios de comunicação acabem se autocensurando. Ouça o que eu digo: não vão demorar a arranjar um bode expiatório para escarmentar e assustar o resto dos jornalistas.

– Mas não podemos ficar de braços cruzados; em conjunto, os meios de comunicação têm força. Os grandes proprietários não disseram isso? Não vão fazer algo a respeito?

– Um bando de cagões, é o que são. Eu me reuni com três há algumas semanas e prometemos preparar uma estratégia para nos defendermos. No dia seguinte, um deles foi com a fofoca ao Ministério do Interior. Dias depois chamaram meu colega da televisão e lhe disseram que sua concessão vencia em dois anos, deixaram-no tremendo e já não atende mais a minhas ligações. A outro dobraram o orçamento de publicidade oficial e agora é íntimo do novo governo. A mim haviam ignorado até ontem, quando recebi a ligação de Salazar sobre sua coluna; acho que estão me testando.

– O que quer fazer? Com prazer lhe ofereço minha demissão, se isso ajudar.

– Nem a pau, não vou lhes dar o gostinho. Além do mais, também não pediram sua cabeça. Salazar quer informação, não dar um golpe. Pelo menos não ainda.

O colunista respirou aliviado; não queria perder o espaço com o qual havia revivido.

– Vamos fazer assim, Tomás: eu digo a Salazar simplesmente que uma fonte lhe passou o dado e que você acreditou, mas não está disposto a revelá-la; também vou garantir que não há uma cruzada pessoal contra ele e que o jornal não vai se prestar a isso. Dessa forma, acho que ficaremos bem. Tem mais alguma coisa a respeito de Salazar para as próximas semanas?

– Nada. Não tenho nada contra o ministro, salvo que é muito feio – disse Tomás, tentando amenizar o tom da conversa.

– Se isso fosse delito, não haveria cadeias suficientes – respondeu Franco com uma gargalhada e se levantou para concluir a reunião. – Escute, só por curiosidade pessoal, avise-me se souber de algo mais sobre o assassinato de Pamela. Eu lhe agradeceria – concluiu o empresário.

Dez minutos depois, no caminho de volta a seu apartamento, Tomás continuava tentando decifrar o encontro que teve com Franco. Ele o havia engambelado para que parasse de questionar o envolvimento de Salazar?

Já sem a magnética presença do empresário, sua conversa sobre o casal que poderia ter formado com Claudia e seu papel como diretor do jornal estava começando a soar como uma invenção para manipulá-lo; mal podia acreditar que ele mesmo tinha oferecido sua demissão no fim da conversa. Supostamente deviam denunciar o autoritarismo do novo governo, elevar a conta política de qualquer ato repressivo, e não se retirar de maneira voluntária, gratuita e absurda. Voltou a pensar em Rosendo Franco e isso o levou a se lembrar de Claudia. Independentemente dos comentários do empresário, que agora lhe pareciam demagógicos, Tomás se perguntou se realmente teria tido alguma oportunidade de se relacionar com a filha dele. Sua pele jovem e o som de seu riso cheio de vida dominaram o resto do trajeto.

Quinta-feira, 28 de novembro, 17h30.

Jaime

— Se acha que uma campanha sobre as conquistas de seu governo vai salvá-lo, está enganado; você já passou desse ponto. Desde hoje de manhã o jornal e o rádio estão massacrando você por sua riqueza escandalosa, e não vão parar – disse Jaime.

– Fiz o mesmo que qualquer outro governador do país: assegurei o futuro dos meus filhos. Você sabe que temos de fazer isso para nos proteger das *vendettes* e do retiro político ao qual o governador seguinte pode nos condenar. A única defesa é enriquecer.

– Sim, filho da puta, mas você quis entrar na lista da *Forbes* em menos de um ano. Até para roubar é preciso decoro.

– Mais respeito, Jaime. Sou governador constitucional de Veracruz.

– Não me venha com essa, Enrique, você não está falando com a imprensa. Você é o maior ladrão da história do Estado desde Santa Anna. Investiu mais de 10 milhões de dólares de dinheiro sujo na casa que está construindo em Lomas, e sei que tem quatro contas em paraísos fiscais: só a das Ilhas Virgens tem 138 milhões de dólares. De modo que não me venha com a Constituição, governador.

Enrique Hidalgo empalideceu. Como Jaime sabia de suas contas? Só o tesoureiro do Estado, seu compadre que atuava como testa de ferro, e o gestor financeiro internacional sabiam da operação. Com certeza foi o último, pensou, um sujeito de Londres especializado em lavagem de dinheiro que recomendaram por sua discrição.

– Não foi Tomás Arizmendi que te passou a informação, foi? De onde mais a teria tirado? Dizem que ele é seu amigo.

– Não se confunda, isso vem diretamente de Salazar. Não vê que Tomás está tentando se congraçar com ele depois da confusão em que o meteu com o caso Dosantos? Com certeza é o preço que o ministro do Interior lhe impôs para deixá-lo em paz: preparar o golpe contra você.

Jaime acompanhava os gestos de angústia do governador e sua testa suada com a displicência de quem vê uma formiga fracassar em sua tentativa de carregar o corpo de um besouro. Estava indeciso entre a alternativa de pisar de uma vez por todas na formiga com problemas e a de ajudá-la, transportando o besouro na rota de seu formigueiro. Decidiu pela última.

– Seu problema é político, não judicial; você é o bode expiatório perfeito. Quem está agitando a coisa é a presidência, ou melhor, Salazar no ministério. Quanto mais rápido entender, mais possibilidade terá de se defender.

– Mas por quê, se somos todos do PRI? Eu me alinhei com Alonso Prida quando foi descoberto e o ajudei em sua campanha, embora não fosse minha escolha original.

– Justamente, não era sua escolha original. Vou lhe explicar: que o PRI ia ganhar a presidência em 2012 já estava cantado depois de doze anos de maus governos do PAN; o assunto era quem do PRI ia ficar com a cadeira. Prida conseguiu se impor graças ao apoio de uma dúzia de governadores que derrotaram os candidatos da elite nacional do PRI, encabeçados por Beltrones, líder do Senado. As regiões se impuseram ao centro.

– Tudo isso eu já sei. Infelizmente, não estive entre esses governadores porque Merino, meu antecessor, não queria Prida. E, se Merino me nomeou governador, como queria que eu me aliasse com seu inimigo?

Jaime olhou com impaciência para seu interlocutor: uma formiga que nem sequer entendia que ele estava carregando o besouro para ajudá-la.

– O que você parece não saber é que Prida agora está preso em uma contradição, e você é a porta de saída dele. Para poder reinstaurar o presidencialismo forte que ele quer, tem que reduzir o enorme peso que os governadores adquiriram, ou seja, trair o clube que o levou à presidência.

Ele não tem outra opção se quiser recuperar o controle do território. Os governadores são verdadeiros senhores feudais neste momento.

– E por que eu? Por que ele não vai contra alguém do PAN?

Jaime o ignorou e recordou Diego Merino com rancor. Alguns governadores enriqueciam para proteger seu futuro; outros asseguravam o porvir deixando no poder um sucessor imberbe e limitado. Merino havia feito as duas coisas: enriquecera e deixara em seu lugar o imbecil Enrique Hidalgo.

– Vou te explicar. Para que o presidente seja o verdadeiro dono do partido, precisa subordinar os governadores e evitar que eles se achem donos do PRI em sua região. Nos anos 1980 Carlos Salinas depôs dezessete governadores durante seu mandato, a maioria deles pertencente a seu partido; seu controle político sobre os poderes regionais era absoluto. Se Prida e Salazar querem reinstaurar o centralismo de outrora ou algo que o valha, precisam controlar os líderes estatais.

– Não precisa me dar aula de história. Isso tudo eu sei; o que continuo sem saber é por que contra mim.

– Eles não podem ir contra alguém do PAN porque pareceria simples rivalidade partidarista. Querem derrubar alguém do PRI para passar a mensagem correta: são contra os excessos dos governadores, ponto. E você é perfeito porque nunca o apoiou; ninguém poderá acusá-lo de ser desleal. Uma vez que o derrubem, posso assegurar que os outros governadores do PRI ficarão mais flexíveis para aceitar a hegemonia da presidência.

– Pois eles que arranjem outro bode expiatório. O que você acha, Jaime? Como eu poderia sair dessa? Pode me ajudar?

– Contra Salazar? Não vai ser fácil. Mas você tem que tentar alguma coisa; pode acabar na cadeia, tem consciência disso?

Jaime o viu se remexer na cadeira. Como muitos outros obesos, Hidalgo tinha a mania de esticar a camisa para evitar a dobra sobre a barriga proeminente; agora fazia isso a cada minuto Pensou que estava com ele exatamente onde queria: a formiga já havia esquecido o besouro e simplesmente tentava fugir desesperadamente para salvar a vida.

– Quer dinheiro? Algum negócio em Veracruz? Posso te dar obra pública, concessões; temos umas terras na costa que vamos desenvolver...

– Três coisas – interrompeu Jaime. – Troque o procurador do Estado e coloque no lugar dele o notário Pepe Robles, que é um sujeito decente, e, no lugar do esbirro que você tem na Secretaria de Segurança Pública, ponha Jorge Gutiérrez; ele é de Veracruz e esteve comigo há alguns anos, vai funcionar.

– Você não é nada barato, não é? Quer controlar o aparato de justiça e os corpos policiais estatais. E a terceira?

– Nomeie o deputado Godínez como coordenador da delegação de Veracruz no Congresso Federal.

– Eu tenho dezessete deputados federais, quer que os ceda a você? Está louco? Não quer que mande entregar minha mulher também? – protestou Hidalgo.

– As nomeações são para facilitar seu resgate político, há alguns favores que preciso fazer. Sua esposa? Não, obrigado, não gosto de gordas.

Hidalgo levantou de imediato de sua cadeira; levou vários segundos para articular uma palavra. Alguma coisa parecia obstruir sua garganta, suas faces abundantes adquiriram uma tonalidade escarlate. Esticou a camisa, proferiu um gutural "filho da puta" e se encaminhou para a porta.

Jaime olhou com desdém a formiga que agora fazia papel ridículo de pernas para cima. Talvez houvesse se excedido no comentário pessoal, mas Hidalgo era para ele particularmente desprezível, e não porque fosse corrupto, e sim porque era um covarde. A degradação política que o país padecia se devia muito à ascensão de ineptos como o gordo ambicioso que estava a sua frente, pensou Jaime. Um cego no reino dos vesgos, sem ofício nem cultura política, sem mais merecimento que ser estúpido o bastante para não representar uma ameaça para o governador anterior.

Hidalgo não chegou à porta. Ficou alguns segundos diante dela, de costas para Jaime, tentando se acalmar.

– Se eu fizer as mudanças, vai poder me salvar? Arranjar outro bode expiatório?

– Muito provavelmente.

– Farei esta semana – disse sem se voltar.

Esticou a camisa, ergueu o peito e saiu da sala.

Jaime fez algumas anotações em sua caderneta azul; tinha que ligar nessa mesma tarde para os três designados, para estabelecer estratégias e instruções. A seguir fechou-a, satisfeito, com o olhar na capa e no simples laço que a envolvia. Pensou em Amélia e em seus amigos de infância, e nas circunstâncias que os haviam reunido de novo.

A sensação de bem-estar que substituiu a desagradável figura de Hidalgo se desvaneceu com a recordação de seu pai. Sabia da conversa de Tomás com Carlos Lemus e temia que a interferência deste pudesse alterar seus planos. Era o único homem a quem Jaime ainda temia. Depois de tentar conquistar sua admiração e afeto durante anos, transformara-o em seu rival, embora o próprio Carlos agisse como se ignorasse isso. Contudo, na maioria dessas batalhas, reais ou imaginárias, Jaime fora derrotado. Jurou a si mesmo que dessa vez seria diferente.

Quinta-feira, 28 de novembro, 22 horas.

Amélia

A classe política podia ser corrupta até a medula, mas ninguém podia acusá-la de ser folgada. "De onde esses trastes tiram tanta energia?", perguntava-se Amélia às dez da noite durante a interminável cerimônia de inauguração do novo Centro para as Artes da cidade. Artistas, intelectuais, empresários e especialmente políticos abarrotavam os salões do espetacular palácio colonial maravilhosamente reformado graças às doações de um empresário da construção.

A líder do PRD estava esgotada depois de três eventos, um longo almoço de relações públicas e várias sessões de trabalho. Contudo, tratando-se de um acontecimento da cidade governada por seu partido, não podia ser a primeira a se retirar. Olhava para senadores e líderes sindicais septuagenários, secretários de Estado e ministros da Corte vinte anos mais velhos que ela e nenhum parecia ter desejo algum de acabar com a festa: pelo contrário, passavam de um grupo a outro proferindo sonoras gargalhadas e dando uns aos outros fortes tapinhas nas costas; não há nada de que os políticos gostem mais que de se juntar e trocar piadinhas e frases supostamente mordazes. Todos acabavam as conversas com um "Precisamos almoçar juntos, depois nos falamos".

"O gozo do poder é uma bateria de lítio, algo que me falta", disse Amélia a si mesma. Sabia que vários dos presentes haviam tido um dia tão ou mais pesado que o dela: todo político que se preze começa cedo com um café da manhã de trabalho e termina à meia-noite depois de um ato público como esse no qual se encontravam. Alguns levavam essa vida havia mais de quarenta anos e ameaçavam durar outros tantos; supôs que mais de um recebia ajuda de estimulantes, legais ou não.

Amélia pretextou uma visita ao banheiro para escapar do tesoureiro da cidade, Jorge Armando Arenas, um jovem formado pela London School of Economics e de origem aristocrática, decidido a incorporar a bela líder da esquerda a sua coleção de conquistas pessoais. Meia hora de conversa pseudointelectual sobre a importância política das redes sociais e o mundo digital quase a fez sentir saudade das conversas cínicas e debochadas das pessoas atrás de si.

No banheiro, em frente ao espelho, olhou seu rosto e tornou a se perguntar o que estava fazendo ali, entre uma classe política que sempre havia desprezado. Acabaria se transformando em mais uma dessa espécie? Pior ainda, tinha consciência de que todos os presentes já a consideravam um deles. Passaram-se apenas oito meses de um período de três anos na presidência do partido; quando acabasse, voltaria a sua ONG, a seu ativismo de outrora, ou aceitaria outro cargo político? Tornaria a convencer a si mesma esgrimindo argumentos sobre a responsabilidade e o senso do dever? Era isso que diziam a si mesmos os outros, os que estavam lá fora, do outro lado da porta do banheiro? O pântano os suja um dia, ou vai penetrando e encardindo pouco a pouco até que o costume do poder anestesia as convicções?

Amélia notou que não queria sair do banheiro e voltar à festa, porque era a mesma coisa que se integrar ao mundo que desprezava. Talvez Tomás tivesse razão: ela sempre pensou que, ao se manter à parte e distante, seu amigo havia desperdiçado seu talento; contudo, era Amélia quem acabara fazendo algo que começava a odiar. Era o perigo de ser seduzida que a angustiava ou só a repulsa a uma vida que desdenhava?

– Somos tão bonitas, esses filhos da mãe não nos merecem – comentou uma mulher parada a seu lado enquanto se olhava no espelho.

Amélia reconheceu Delia Parnasus, senadora por Coahuila e secretária-geral do PRI, que a olhava com um sorriso cúmplice enquanto pegava um batom vermelho.

– Estava pensando algo assim – disse Amélia sem entrar em detalhes.

Parnasus pertencia à classe política por estirpe e por vocação própria: seu pai havia sido um eterno líder sindical da mineração e transformara a filha em deputada federal aos 27 anos de idade. A senadora do PRI era inteligente e não tinha sensibilidade, mas fazia tempo que se transformara em uma mulher de poder, não muito diferente de seus colegas masculinos. A estatura, os grandes seios e o olhar altivo em um rosto anguloso favoreciam a personagem, uma mistura entre Margaret Thatcher e Maria Félix, que Parnasus havia construído para si.

– Nem mesmo esse tecnocrata bonitinho que estava babando por você, minha querida. Disseram-me que sua pistolinha é de bala de festim.

Amélia se perguntou por que quase todas as mulheres que incursionavam na política se sentiam obrigadas a imitar os outros gorilas alfa para ser respeitadas e temidas; no processo, sacrificavam sua feminilidade e acabavam sendo tão autoritárias e misóginas quanto seus colegas.

– Como está, Delia? O que achou da reforma do palácio?

– Impressionante; deve ter custado uma fortuna. Não sabia que seu prefeito tinha tão boa relação com os empresários.

– Não me diga que você também vai comprar o boato de que a esquerda e os empresários estão em pleito. Isso são lemas para campanhas, Delia, governamos quase vinte anos a Cidade do México, e a maior parte das obras foi feita com participação da iniciativa privada.

– Não se envaideça, coração. Além do mais, certos empresários apoiam projetos sem se importar de que partido sejam, desde que sejam bons e não lhes tragam problemas.

– Diga, é verdade que Salazar vem? Não o vi por aqui. Já achei estranho que viesse a um evento da oposição – disse Amélia.

– Pois fique esperta, me avisaram que ele está chegando. Por que acha que vim retocar a maquiagem? Com ele certamente virão câmeras e repórteres de todos os meios de comunicação. Ele já trazia cobertura pesada antes, mas, com o assassinato de Dosantos, se transformou no político mais falado do momento.

– E o que você sabe disso? É verdade que andava com ela? – perguntou Amélia em tom informal.

– Estava comendo essa aí havia anos. Salazar tem muito bom gosto – respondeu a senadora do PRI com uma piscada marota.

Amélia não sabia se o comentário de Parnasus se referia à beleza de Dosantos ou à de si mesma, sugerindo que ela também havia sido amante do secretário.

– Vai sentir falta dela. Quem será que fez isso? – Amélia arriscou perguntar.

– Quem sabe; essa aí tinha uma história mais longa que a quaresma. O que fica claro é que não foi Salazar quem a mandou para o outro mundo, como andam dizendo por aí. Eu o vi três dias depois da morte, e o cadáver parecia ele; acho que estava mais apaixonado do que todos pensávamos. Também estranhei que quisesse vir hoje; nos últimos dias cancelou quase todos os compromissos.

– Vamos ver se chegou, então. O Purito* o está esperando faz tempo – disse Amélia.

– Purito?

– Mancera, o chefe de governo da cidade – respondeu Amélia como se dissesse algo óbvio. – Ele é igual a um charuto: baixinho, magrinho, de cabelo grisalho que parece cinza.

Parnasus se divertiu com o apelido e saíram juntas do banheiro. Salazar estava perto da entrada, cercado de políticos; o próprio Mancera havia se aproximado para recebê-lo. Na qualidade de anfitrião, o Purito era obrigado a receber o representante oficial do presidente para o ato dessa noite. Se a tese de que o poder é afrodisíaco fosse certa, Salazar era o melhor argumento: ninguém poderia dizer que era um homem atraente, e, no entanto, dava para sentir uma mudança na atmosfera do salão. Em torno dele se remoinhava uma dúzia de celebridades.

Seguindo o mesmo código que funcionava nas festas de casamento, segundo o qual o primeiro círculo, o de mais confiança, era o que podia parabenizar primeiro os noivos, o resto da classe política esperava sua vez enquanto Salazar era cumprimentado pelos mais poderosos dentre os presentes: o prefeito, dois senadores, um governador e o presidente do PRI.

Amparada em sua estatura e em seus peitos de quilha de barco, Delia Parnasus quebrou o círculo para se impor à conversa e abraçar ostensivamente o político; prolongou o abraço para acentuar sua proximidade com

* *Purito*: charutinho.

o ministro do Interior enquanto ele dava suaves palmadas no ombro da mulher em um inútil esforço de concluir o cumprimento.

– Augusto, que bom que veio; como sempre, você salvou o evento. Eu estava justamente dizendo a Amélia que todos eles não nos merecem.

– Ninguém a merece ainda – disse o político em um tom que Parnasus não sabia se se tratava de um elogio ou o contrário. – Amélia está por aqui?

– Sim, acabei de vê-la, também perguntou por você.

– Peça que não se vá, quero falar com ela. Que me dê uns minutos para cumprimentar os presentes.

Salazar foi de grupo em grupo fazendo uma brincadeira em um lugar, recebendo um conselho no ouvido em outro e pegando um discreto papel em mais de uma ocasião.

Amélia o esperou junto a uma das colunas coloniais que sustentavam o teto do grande pátio central. O tesoureiro sedutor havia se instalado de novo a seu lado no instante em que a viu sozinha; ela fingia escutá-lo enquanto observava a aproximação de Salazar.

– Olá, Amélia. Olá, Jorge Armando. Boa noite, como estão? – saudou o ministro do Interior ao se aproximar deles.

O jovem economista engasgou com o cumprimento. Nunca achou que Salazar recordaria seu nome, pois só o havia visto em uma ocasião, em um evento social similar. Não tinha plena ciência de que uma das muitas qualidades de um bom político era a memória certeira para recordar rostos, nomes e trajetórias; poucos dominavam essa arte como Salazar, mas o prazer do tesoureiro da cidade não durou muito tempo.

– Empreste-me um pouco dona Amélia – disse ao jovem enquanto a pegava pelo braço e a afastava dos presentes.

– Não se afaste muito, senhor Augusto, parece que é o centro da festa – sugeriu ela.

– Não estou para festas, querida Amélia; vim porque é necessário passar à comunidade a mensagem de que o governo não é faccioso e está aberto à convivência com poderes de outros partidos. Justamente por isso queria vê-la há semanas: precisamos sentar, gostaria de trocar alguns pontos de vista sobre o futuro político do país.

– Eu também gostaria de fazer algumas observações sobre o que está acontecendo; há muitos sinais preocupantes naquilo que vocês estão tentando fazer.

– Será um prazer. Escolha qualquer tarde desta semana e eu mudo a agenda.

– O que acha do fim de semana?

– No domingo é melhor. Meu gabinete vai entrar em contato com o seu para propor a hora. Enquanto isso, não confie muito no jovem: não pressinto muito tempo no cargo, é arrogante demais. Ainda não percebe que os tesoureiros não são mais que cobradores com título pomposo.

Amélia se retirou dez minutos depois, após rejeitar o insistente convite de Arenas para tomar alguma coisa em outro lugar. Teve que concordar com o prognóstico de Salazar sobre o economista.

Perguntou-se se seria muito tarde para procurar Tomás. Tinha que comentar com ele sobre o encontro com Salazar e preparar alguma estratégia; podia testar o rádio novo que Jaime havia lhe entregado, para se comunicarem sem correr o risco de ser interceptados. Em uma decisão repentina, disse ao motorista que a levasse ao domicílio do jornalista; disse a si mesma que não perdia nada, pois pouco desviava do caminho a sua casa. Um minuto depois se arrependeu; Tomás poderia interpretar de maneira errada uma visita inesperada tão perto da meia-noite. Respirou fundo e pediu ao motorista que a levasse para casa.

Sexta-feira, 29 de novembro, 10 horas.

Mario

Não devia estar ali, mas não podia evitar: era muito mais atraente indagar sobre o passado de Pamela Dosantos que dar aulas de história a estudantes obcecados com a tela de seus iPhones. Tomás o deixou na casa de Plutarco Gómez quando estavam começando a analisar o conteúdo das seis caixas do arquivo: o jornalista participaria de vários programas de rádio aos quais havia sido convidado depois de expor as contas privadas do governador de Veracruz.

Mario despachou rapidamente as três primeiras; continham recortes de jornais e revistas com tudo o que havia sido publicado sobre a atriz ao longo de quase vinte anos. A quarta caixa pareceu fascinante: incluía uma dúzia de cadernetas com anotações do velho acerca de suas conversas com uma tal de Carmelita Muñoz, costureira da sinaloense. Começou a ler as mais recentes.

12 de outubro de 2013. Carmelita me mostrou o vestido que Pamela vai estrear na recepção oferecida pelos gringos para apresentar o novo embaixador à sociedade. Ela estava trabalhando nele sobre um manequim especial que mandou fazer com as medidas de Pamela. Os quadris são maiores que de qualquer manequim comercial; um dia vou pedir que o dê de presente para mim.

Era a última entrada na caderneta mais nova, umas semanas antes da morte da atriz. Mario viu-se assaltado pela imagem do velho repórter abraçando a portentosa figura de madeira coberta por um vestido justo, como o que acabava de ver em uma das velhas fotografias da atriz. Continuou lendo.

6 de outubro de 2013. Carmelita diz que Pamela está preocupada porque o velho está ficando cada dia mais ciumento, que se acha dono dela. Não entende por que ela não o deixa. Diz que sua amiga nunca teve problemas para abandonar seus amantes.

Mario percebeu que havia encontrado algo importante. Se por "velho" se referisse a Salazar, o ciúme e a contrariedade da atriz poderiam ter precipitado sua morte; talvez ela tivesse decidido deixá-lo finalmente, e o político a matara por despeito. Com 61 anos de idade, Salazar não era um homem tão velho, mas em alguns círculos era conhecido por esse apelido desde que era jovem, por conta de seu cenho franzido e sua disposição serena e reflexiva. Mario mergulhou na difícil leitura da letra miúda de Plutarco.

Três horas depois havia terminado as doze cadernetas; sabia muito mais de confecção de vestidos que antes de começar e agora tinha uma ideia muito clara do amplo guarda-roupa de Dosantos; o próprio Plutarco parecia ter ido encontrando gosto na descrição de tecidos, cortes e estampas. Contudo, decepcionou-se por encontrar muito poucos nomes na longa relação de casos da atriz. Os amantes costumavam ser mencionados como "o general", "o governador", "o subsecretário", "o banqueiro". Observou que a relação com "o velho" datava de três ou quatro anos antes, de longe o amante que mais havia durado, segundo os registros.

O resto dos arquivos oferecia pouca coisa: descrição de eventos sociais, anotações pessoais e muito subjetivas de Plutarco sobre a beleza e o talento da atriz. Mario percebeu que o verdadeiro arquivo era a própria Carmelita Muñoz, confidente e amiga de Pamela Dosantos. Nas primeiras entradas da pasta mais antiga aparecia o domicílio da costureira: Dickens 706-1, Polanco. Seguindo um hábito jornalístico, nos primeiros anos Plutarco Gómez costumava iniciar cada anotação com o registro do lugar e da data, mas as últimas cadernetas só registravam data.

Ficou surpreso por uma humilde costureira viver no Polanco, um bairro de classe alta, o mesmo onde residia a atriz. Decidiu que devia conhecer Carmelita Muñoz.

Gostaria de voltar para casa, mas não podia. Não tivera tempo de falar com Vidal para se assegurar de que abandonaria as buscas na internet sobre o caso; seu filho passara a quarta-feira com os amigos desenvolvedores de *software* e na quinta-feira não se encontraram. Disse a si mesmo que não podia deixar passar mais um dia sem preveni-lo. Mario se consolou pensando que, enquanto estivesse obcecado com suas piranhas, deixaria de lado o assassinato de Dosantos. Prometeu a si mesmo falar com ele nessa mesma noite.

Ligou para Olga para dizer que ficaria na universidade durante a tarde e que não o esperasse para almoçar. Despediu-se de Plutarco Gómez e de sua filha e foi para o Polanco com um táxi chamado do telefone fixo dos Gómez. Comeu um sanduíche de peito de peru no Starbucks da Masaryk, pediu outro café para viagem e caminhou até o Parque Lincoln, a duas quadras da residência de Carmela Muñoz. Sentou-se em um banco e esperou que seu relógio marcasse cinco da tarde.

Uns minutos depois estava em frente ao edifício 706 da rua Dickens. Tratava-se de um velho imóvel de sete andares, provavelmente o menos atraente da área; contudo, uma propriedade muito acima das possibilidades de uma costureira típica. Plutarco disse que ela raras vezes saía, porque tinha um filho deficiente, e prometeu a Mario que ligaria para ela para convencê-la a recebê-lo. Ao que parecia, havia cumprido sua promessa, porque o mecanismo automático abriu a porta principal assim que disse seu nome no interfone da entrada.

Ela mesma abriu a porta do apartamento 1, e Mario entendeu por que Carmela Muñoz era chamada de Carmelita. Tudo nela fazia pensar em um canário: pequena e magra, pálida, com cabelo de cor de palha, nariz arrebitado e boca pequena. Só suas mãos contrastavam com a sensação de fragilidade que emanava da mulher. Cumprimentou-o com um vigoroso aperto de seus longos dedos nodosos.

Conversaram durante horas. Carmelita estava arrasada; mais que uma cliente ou amiga, parecia ter perdido uma irmã ou uma mãe; olheiras profundas no rosto de porcelana e uma camisa amassada sugeriam descuido. Mario passou o olhar pelo aposento e notou as mesmas amostras de abandono, pelo menos recentes. Perguntou-se de que matéria era feita a personalidade de Pamela Dosantos para que seu falecimento mergulhasse em tal tristeza Plutarco Gómez e Carmelita Muñoz.

Primeiro falaram da tragédia, depois do sofrimento de seu filho e no fim do trabalho de confecção de vestidos, um tema para o qual Mario se sentia repentinamente capacitado.

– É verdade – dizia Carmelita –, ela nunca deixou que alguém pagasse seus vestidos, e isso porque, entre os que eu fazia e os muitos que ela comprava, gastava uma fortuna.

– Esse de gola aberta é lindo. Era para ela?

– Tudo o que eu faço é para ela. É minha única cliente. É um vestido de verão para usar em Buenos Aires no próximo mês.

Não lhe passou despercebida a conjugação no presente que a costureira utilizou. Não eram de estranhar a imensidão de sua dor e o choque no qual ainda estava: não só parecia ter perdido sua melhor amiga, mas também seu *modus vivendi*. Mario contemplou o famoso manequim. Nunca viu Dosantos pessoalmente, mas era de fato portentosa a figura que os acompanhava na sala transformada em grande oficina: parecia um cartaz do cinema italiano dos anos 1950 em 3D.

– Carmelita, não se ofenda, permita-me uma pergunta pessoal; pergunto com a confiança que me inspiram a sensação de que podemos ser amigos próximos e a preocupação com seu futuro imediato. Se ela era sua única cliente, como fará para sobreviver? Vai passar algum tipo de aperto econômico?

– Não – respondeu de maneira cortante a costureira.

– Não se ofenda nem se envergonhe. Se chegar a estar em dificuldades, muitos de nós poderíamos arranjar novos clientes para você, algum emprego nas coisas que você saiba fazer. Estou falando de coração.

Mario se comoveu com as próprias palavras; embora acabasse de conhecê-la, por alguma razão que desconhecia, sentia-se próximo a Carmela.

A mulher observou Mario com atenção, como alguém que põe em dúvida as intenções do outro. Ao que parecia, sua avaliação das palavras do homem que estava a sua frente foi positiva, porque acabou assentindo com a cabeça e explicou:

– Pamela me deixou rica; ela sempre me manteve em boa situação econômica, deu-me este apartamento há anos. Só ontem me atrevi a abrir uma gaveta que ela mantinha trancada. Ela me fez jurar que só se acontecesse alguma coisa a ela eu veria o conteúdo.

Mario observou o armário de três gavetas ao fundo do grande sala, ao lado de uma longa mesa feita de madeira pesada sobre a qual se empilhavam vários rolos de tecido.

– Na gaveta de cima encontrei maços de dólares, muitos, nem contei. E também documentos nos quais aparece meu nome junto ao dela como titular de uma conta bancária em Nova York. Uma vez eu assinei uns papéis, mas nunca soube para quê.

– Graças a Deus – disse Mario –, é um alívio saber, de verdade. E nas outras duas gavetas, o que encontrou?

– Algo de que tenho que me desfazer e não sei como.

O tom angustiado de Carmela foi acompanhado de um olhar cheio de expectativas, como se esperasse que Mario oferecesse uma solução para seu problema; contudo, seu semblante relaxou. Ele pensou que com certeza era a primeira pessoa com quem ela compartilhava seu segredo. A costureira não era alguém acostumada a enfrentar sozinha os desafios da vida; não era a pobreza que angustiava Carmelita, e sim a perda da figura dominante e protetora que Pamela havia sido em sua vida. Perguntou-se se isso explicaria a repentina intimidade surgida entre eles. Ambos tinham alma de escudeiros, vida modesta que despertava por meio do contato com a vida dos outros: os Azuis em seu caso, Dosantos no da costureira. A reflexão foi dolorosa para ele; preferiu mudar de assunto.

– Seja o que for, encontraremos solução, não se preocupe – disse ele, com intimidade pela primeira vez.

– Obrigada. Agora, conte-me sobre você. Por que está fazendo isso? Quem é esse Tomás que escreveu sobre Pamela?

Mario passou as duas horas seguintes falando sobre os Azuis, sua vida familiar feliz e rotineira, a frustração de seu emprego como professor de uma universidade pública, os sonhos enterrados, os projetos nunca iniciados.

Partiu quase à meia-noite do apartamento de Carmelita, com a sensação de que pela primeira vez havia sido infiel a Olga, apesar de não ter tocado no doce canário que se despediu dele na porta.

Sexta-feira, 29 de novembro, 21h30.

Tomás e Amélia

Tomás ia à casa de Amélia, sua amiga de infância; contudo, ao chegar, notou que na verdade chegava à residência da presidente do PRD: uma patrulha e mais três carros com agentes se espalhavam ao longo da rua. O jornalista tomou súbita consciência da responsabilidade que pesava sobre os ombros dela. Para ele, a crise pessoal desatada pela morte de Pamela e o impacto provocado por sua coluna constituíram um tsunami que abalou sua vida; agora tinha consciência de que, para Amélia, a cada semana havia uma nova crise, igual ou pior. O governo pusera a oposição contra a parede, e com certeza ela não estava passando por bons momentos, crucificada entre os embates da presidência e a irresponsabilidade infantil que caracterizava as tribos da esquerda. Sua posição devia ser uma das menos invejadas pela classe política.

Tomás passou por duas revistas antes de poder entrar na sala de Amélia e ficar à espera de que ela acabasse uma ligação em seu escritório. Conhecia bem a casa, pois era a mesma de quinze anos atrás, mas podia notar os sinais da ascensão política de sua amiga: os numerosos quadros pendurados nas paredes eram de artistas reconhecidos e dúzias de garrafas de bons vinhos atestavam que era receptora das incontáveis cestas natalinas que políticos e instituições costumavam trocar entre si.

De resto, a decoração era absolutamente Amélia. Se houvesse neve por trás das janelas, o lugar podia ser um amplo apartamento em Estocolmo.

Móveis de madeira branca de *design* simples e elegante, sala de almofadas grandes de cores neutras, cortinas de linho cinza-claro; um cenário vagamente impessoal. Contudo, também era Amélia pelo estranho contraponto de um berrante tapete africano, uma coleção de budas distribuídos pela ampla sala de três ambientes e um enorme bongô pintado com cores elétricas exposto em cima da lareira. Poderia ser confundido com o apartamento de uma sueca dedicada à antropologia ou simplesmente o de uma pessoa elegante e contida, de arroubos ocasionais.

Tomás se perguntou se a Amélia que sairia do estúdio seria a dos tons neutros e impessoais ou a dos arroubos. Mas, quando por fim apareceu, não era nenhuma das duas.

Na realidade, Amélia não estava ao telefone. Decidiu recebê-lo com uma roupa justa de ginástica, mas no último momento optou por se trocar: embora a *lycra* preta fosse elegante, achou que podia parecer muito sugestiva. Vestiu jeans e um moletom roxo com botões e colocou um par de brincos pequenos, única concessão ao homem com quem fez amor duas noites antes. Agora estava arrependida de ter convidado Tomás tão cedo a sua casa: fora precipitado. Não queria machucá-lo e, embora houvesse curtido o encontro tanto quanto ele, sabia que seu amigo se apaixonava fácil e podia ser bastante irresponsável quando se entregava a suas emoções.

– Olá, Tomás – disse ela, calorosa; sem dar tempo para que ele se levantasse, deu-lhe um breve beijo na face esquerda enquanto sua mão segurava a contrária.

"Um cumprimento perfeitamente calculado", pensou Tomás. "Suficientemente carinhoso e ao mesmo tempo sem qualquer toque passional". O jornalista optou por seguir a mesma estratégia.

– Olá, Amélia, tudo bem? Já se recuperou do ataque na escada?

– Ao contrário; desde então descobri mais dois hematomas nas costas.

– Com esses amigos, quem precisa de inimigos?

Tomás se perguntou se ela estaria esperando que ele se aproximasse para se desculpar com algum gesto de carinho.

– Quer uma tequila?

– Obrigado, prefiro uma cerveja – respondeu ele.

Tomás sabia que o fígado de Amélia era capaz de derrubar um irlandês; na juventude divertiam-se nos bares desafiando mesas vizinhas de machos bigodudos que sucumbiam diante da capacidade etílica dela; mas hoje, mais do que nunca, o jornalista queria evitar fazer papel ridículo ou amolecer e acabar soltando uma péssima declaração de amor.

Um calafrio de desejo o agitou enquanto via Amélia se afastar para servir as bebidas no balcão que fazia as vezes de bar e adega; o jornalista desviou o olhar para o caprichoso desenho do tapete de Moçambique. Decidiu entrar no assunto sem mais preâmbulo.

– Tive uma longa conversa com Plutarco Gómez, o repórter criminal, lembra? Ele é obcecado por Pamela e tem um extenso arquivo sobre a vida dela. Hoje marcou com Mario para analisar tudo profundamente; vamos ver o que ele nos diz amanhã na reunião dos Azuis. Vai ser de novo no Alameda Express, certo?

– Sim – disse ela. – Em um salãozinho que Jaime reservou. E esse arquivo, não serão simples recortes de jornal e fofocas de revistas de celebridades típicos de um fã?

– Sabia que dois governadores de Nuevo León e um presidente do PAN foram amantes de Pamela? Isso não está nas revistas de celebridades.

– O quê? Plutarco disse isso? Esses arquivos podem ser uma mina. Quem mais passou pela cama dela?

– Escute, estou sem jantar e almocei mal. Ponha alguma coisa aí no meio e continuamos falando. Uma cerveja não compra tanto.

– Pedi a dona Chole que ficasse, caso você quisesse jantar. Acho que ela fez pimentão recheado. Vou trazer um pouco de queijo enquanto isso e logo passamos à mesa, tudo bem?

Tomás adorou. Teria sido ela quem se lembrara de seu prato favorito ou a própria dona Chole, que já era uma jovem cozinheira na casa dos pais de Amélia quando eles eram adolescentes?

– O que você fez? – perguntou Tomás enquanto a anfitriã deixava uma bandeja de queijos e frios na mesa de centro e se sentava em uma poltrona.

– Conversei com o Purito sobre o ataque de sexta-feira à noite; você sabe que sempre tive uma boa relação com Mancera. Há pouco ele me retornou a ligação e disse que, segundo os reportes da polícia do Distrito Federal, foi um comando do cartel de Sinaloa. Tive que dizer quem estava na reunião, e eles deduziram que o alvo do ataque era Jaime.

– Está brincando! O cartel de Sinaloa? – disse Tomás, surpreso. – Jaime me falou que se tratava de traficantes, mas não mencionou quais.

– Sim. "Precisamos falar sobre o Kevin."

– Kevin? Você batizou meio mundo, mas nunca um dos Azuis, Amélia.

– Estou brincando, mas temos que conversar – insistiu ela.

– Eu tentei te dizer logo depois do ataque: há algo suspeito em Jaime, sempre, mas você o defendeu. Até me fez sentir um pouco ingrato ou traidor.

– Bom, isso foi antes de eu saber que Chapo estava disposto a acabar com todos nós em seu afã por matar Jaime.

Guardava o livro *Precisamos falar sobre o Kevin* em algum lugar de sua casa, recordou Tomás. Sabia vagamente que se tratava de um assassino em série, mas não entendia a insistência de Amélia em relacioná-lo com Jaime. "Pelo menos vou alugar o filme", disse a si mesmo antes de voltar à conversa.

– O que você acha que Jaime deve aos sinaloenses? – inquiriu ele.

– Não sei; talvez estejam tentando passar uma mensagem aos gringos para que os deixem em paz. Chapo foi tolerado pelos dois governos anteriores sob o pretexto de que era "o chefão civilizado", o que não cortava cabeças nem matava imigrantes. Mas essa perspectiva poderia estar mudando nos Estados Unidos. A segunda administração de Obama fez uma limpa nas dependências da Segurança – explicou Amélia.

– E acha que matando Jaime vão dissuadi-los? De qualquer maneira, seria o contrário; você sabe que nosso Kevin é a menina dos olhos do DEA.

– Se não for isso, deve ser vingança por alguma operação na qual Jaime interveio diretamente. Eles só se metem contra um funcionário de alto nível quando é imprescindível – disse ela.

– Humm. Vamos continuar falando do assunto, mas pode ser enquanto jantamos?

Amélia se serviu de aspargos assados e uma salada enquanto Tomás deu conta dos prometidos pimentões recheados. Aceitou um pouco de vinho e brindaram duas vezes, erguendo suas taças e olhando-se fixamente nos olhos. Nenhum dos dois fez alguma alusão pessoal, mas ela observou as mãos dele e as imaginou percorrendo seu corpo, e ele se desconcertou com a mudança de cor que o vinho imprimiu na estranha pinta que Amélia tinha no lábio inferior. Passaram a hora seguinte especulando sobre os motivos do ataque e as possíveis estratégias de Jaime: ausentar-se do país durante um tempo, contra-atacar com mais força ou negociar uma trégua com o próprio cartel.

– Jaime perdeu influência com a nova administração do PRI. Continuam precisando dele, mas já não é a sombra todo-poderosa que assessorava o presidente em matéria de segurança pública; talvez o cartel esteja cobrando dele umas contas passadas, agora que sua força diminuiu – disse Amélia.

– Pode ser, mas por que a pressa? Parece uma operação desajeitada e excessiva. Ou queriam um impacto na mídia, o que explicaria o lugar e o escândalo que representa matar a presidente do PRD, ou estão mandando matá-lo por birra, sem poupar riscos nem alvoroço.

– Você tem razão. A única maneira de saber é perguntando ao próprio Jaime. Vamos ver o que ele nos diz amanhã na reunião.

– E o que fazemos sobre Salazar e Pamela? Não podemos deixar que o assunto se extinga – disse o jornalista.

– Não se preocupe, isso já ganhou vida própria nas redes sociais e não vai se apagar antes de dois ou três dias; então, liberaremos o vídeo de Pamela em seu último trajeto, esse que Mario nos passou. Isso nos dará mais três ou quatro dias. Depois, sim, precisaremos de alguma coisa contra Salazar, se quisermos precipitar sua queda.

– É isso que queremos? Acha mesmo que ele poderia cair por causa desse escândalo? – perguntou Tomás.

– Não saberemos se não tentarmos. O presidente é muito precavido e estaria disposto a sacrificar o que fosse preciso para não perder os índices de aprovação de que desfruta; Salazar é o artífice de toda a contrarreforma, mas não é imprescindível – respondeu ela.

– A propósito, ontem foi publicado meu texto com as contas bancárias do governador de Veracruz. Ele não é do grupo de Salazar, mas é um golpe ao PRI e, por extensão, ao novo governo.

– Eu vi; é maravilhoso. Agora vou te passar o material que prometi sobre a ordenha nos dutos da Pemex, para alguma de suas colunas de próximas semanas. Outro governador do PRI e líderes do sindicato estão metidos nessa. Com esses dois golpes tão seguidos, os governadores vão começar a tremer cada vez que abrirem o jornal. O que não faz uma boa caneta bem colocada!

Tomás sorriu inquieto; fazia anos que não recebia um elogio direto de sua amiga.

– Quero te fazer uma pergunta pessoal, Amélia. Fuma um charuto comigo na sala?

– Desde que não seja Mancera – disse ela com um riso meio nervoso.

Amélia pensou que havia chegado o momento que temia. Durante as últimas duas horas, em várias ocasiões quis interromper Tomás, beijá-lo e arrastá-lo para sua cama, a fim de continuar o que começaram no Alameda Express, mas, enquanto o escutava, repassou repetidamente o discurso preparado sobre uma relação de amigos com eventuais e esporádicos encontros amorosos, sem envolvimentos emocionais ou intensidades que não vinham ao caso. Como explicar o conceito de *fuck buddy* a alguém tão emocional como Tomás?

Acomodaram-se no sofá e ela se dispôs a escutar uma angustiante declaração de amor.

– Não tive oportunidade de lhe perguntar realmente como você está; deve ser complicadíssimo dirigir um partido tão dividido e com uma tradição fratricida como o PRD. Como aguenta? Como está lidando com isso? Você nem PRD era antes de ser deputada. Até quando se vê nele?

Talvez porque não esperava a pergunta, ou talvez porque o tom de Tomás era íntimo e pessoal, como se realmente se importasse, suas palavras a comoveram. Não havia curiosidade política, era simples solidariedade.

– Eu me pergunto a mesma coisa várias vezes durante a semana; as correntes do partido são um nojo. Às vezes eu me sinto em um desses touros mecânicos dos bares texanos, perguntando-me o que estou fazendo ali em cima e quão forte vai ser o tombo quando eu cair.

– E qual é a resposta?

– Que estou aqui porque poderia ser útil para a democracia e que é a única opção que temos. Tenho certeza de que, se impedirmos que esse governo se transforme em um regime autoritário, poderemos vencê-los nas próximas eleições presidenciais.

– Você não está sendo um pouco ingênua? Já faz tempo que eu deixei de acreditar na classe política; não acredito que as mudanças vão chegar de cima. A direita ganhou o poder em 2000 e pôs fim a 75 anos de governos do PRI. O PAN chegou para mudar o sistema, mas foi o sistema que mudou o PAN; no fim, foi igual ou pior que o anterior. E, se o PRD conquistar o poder, receio que vá acontecer a mesma coisa.

Amélia olhou para Tomás com surpresa. Em vez de uma declaração de amor, o que estava recebendo era um questionamento frontal, quase uma censura, a seu atual projeto de vida.

– As coisas não são tão simples, Tomás. Concordo que a classe política só vive para se perpetuar no poder, de um jeito ou de outro; as mudanças só vão acontecer com a pressão da própria sociedade. No entanto, para que a sociedade se mexa, precisa de contextos favoráveis, instituições capazes de ficar do lado do cidadão, leis que protejam essa participação. As autoridades cedem e concedem pela pressão de baixo, mas é diferente se a autoridade é Obama ou Putin, não acha?

Tomás já estava arrependido de sua pergunta. Queria fazer contato com a alma de sua amiga, ou algo do gênero, e em vez disso se enroscou em uma discussão de estratégias políticas.

– Pode ser – concedeu o jornalista –, mas você nunca foi capaz de engolir merda. Como consegue aguentar a lama da atividade política?

– Você está dizendo isso? No comodismo de quem não tem que testar suas convicções porque nunca luta por elas, porque sempre abandona o campo de batalha?

– Entenda, não a estou julgando; estou perguntando à Amélia que conheci durante todos estes anos qual é o sacrifício pessoal que está pagando. Vamos, como se sente?

Amélia contemplou o rosto de Tomás. O semblante de seu amigo parecia angustiado, seus olhos úmidos devolviam a ela um olhar interrogativo. Entendeu que, de fato, ele realmente queria saber como se sentia.

– Eu me sinto uma merda, Tomás – disse ela e secou sua taça de vinho para afogar o soluço de pranto que subiu a sua garganta.

Não disse mais nada. De novo, ele respeitou seu silêncio; deixou passar alguns segundos, levantou-se, caminhou até ela e, esticando a mão, ajudou-a a se levantar; abraçou-a longamente enquanto enroscava a mão no cabelo dela e o acariciava suavemente. Quando sentiu que ela por fim se remexia, afastou-se, deu-lhe um beijo no rosto e começou a se despedir.

– Quando estiver pronta, você me conta tudo, pode ser?

Amélia assentiu com a cabeça e o viu caminhar para a porta. Alcançou-o quando Tomás cruzava o limiar. Pegou-o pelo braço e o fez se voltar.

– Pelo menos me dê um beijo, filho da puta.

Concentraram-se em uma longa troca de beijos até que ele sentiu a pelve dela pressionar seu baixo-ventre. Abraçou-a pela cintura e desceu sua mão até o início do quadril; ali parou. Prolongou outro beijo, afastou-se suavemente, disse algo no ouvido dela e saiu pela porta.

Ela voltou à poltrona que havia ocupado antes. Serviu-se de outra taça de vinho e depois outra, enquanto repassava os últimos trinta anos de sua vida.

Sábado, 30 de novembro, 8h30.

Os Azuis

Fazia tempo que não acordava cedo para tomar um café da manhã às oito, mas essa era a mudança menos importante que acontecera em sua vida na última semana. Tomás se perguntava o que aconteceria nessa reunião dos Azuis e recordou o tiroteio com que terminou a anterior. Não pôde evitar um sorriso ao recordar a descida precipitada dos quatro amigos pela escada; na infância, transbordando adrenalina, haviam escapado de mais de uma perseguição angustiante, mas nunca sob a urgência de balas.

Refletiu sobre seus três amigos e notou que a vida deles também estava sofrendo uma guinada. Não conseguia esquecer a voz trêmula de Amélia na noite anterior ao falar sobre sua corrida política, nem ignorar o tédio prestes a explodir em que transcorria a vida de Mario, muito menos desconhecer o perigo de morte que Jaime corria.

Era justamente Jaime quem esperava no salãozinho que havia reservado no hotel onde se refugiaram na noite da fuga; ele sempre foi o mais madrugador. O cheiro do hotel fez Tomás recordar a noite passada nos braços de Amélia: pela primeira vez não achou desagradáveis as cores berrantes nem os losangos anódinos dos tapetes daquele hotel para executivos de nível médio.

– Escute, muito boa sua coluna de quinta-feira. O governador não o procurou? – disse Jaime a título de cumprimento.

– Fui entrevistado por vários programas de televisão e de rádio e rejeitei outra meia dúzia.

– Sua fonte era de primeira – disse Jaime com ironia.

– Sim; o lance da conta nas Filipinas teve que ser corroborado publicamente pela Auditoria da Federação, graças ao assédio dos jornalistas. A única coisa ruim é que a confirmação de meus dados sobre Veracruz levou vários comentaristas de rádio a dizer que, se isso era verdade, também minha revelação sobre Salazar e o assassinato de Pamela devia ser.

– E isso é ruim por quê? Não queríamos que continuassem falando do assunto?

– Mas sem que os holofotes se concentrassem em mim outra vez. Não quero que Tomás/Salazar/Dosantos sejam impressos no mesmo parágrafo; esse filho da puta vai acabar cismando comigo.

– Não se preocupe, ele é muito menos perigoso que o cartel de Sinaloa.

Por trás do tom despreocupado de Jaime, Tomás notou a demanda escondida; de fato, estavam falando de uma coluna política quando a vida de seu amigo estava em risco. Ninguém era invulnerável ao crime organizado no México. Durante o mandato anterior, Felipe Calderón havia perdido dois ministros do Interior em acidentes aéreos, e se presumia que pelo menos um deles se devera à intervenção dos cartéis.

– E como você está? O que conseguiu descobrir sobre isso? Continua absolutamente convicto de que estavam atrás de você?

– Estou bem, ainda sei pouco a respeito, e, sim, estavam atrás de mim – recitou Jaime em ordem impecável. – Mario e Amélia estão chegando.

Cinco minutos depois arrebatavam a palavra um do outro para fazer balanços e traçar estratégias. Só Mario se calava enquanto molhava no café os biscoitos que os outros ignoravam. Tinha dúvidas sobre a conveniência de informar a seus amigos sobre a visita à costureira; parecia-lhe que compartilhar os segredos de sua nova confidente era um ato de deslealdade. Concluiu que tomaria uma decisão depois da visita que faria nessa mesma tarde a Carmelita; contudo, não pôde evitar se sentir desconfortável pelo fato de esconder informação dos Azuis. Acabrunhado, notou que em poucas horas havia enganado Olga pela primeira vez e agora seus amigos íntimos.

Jaime também não era muito explícito sobre os motivos do cartel de Sinaloa para querer matá-lo, apesar das perguntas reiteradas dos outros;

não gostava de se sentir vulnerável aos olhos dos amigos e preferia evitar o assunto. Detectou dois olhares trocados entre Amélia e Tomás e adivinhava uma nova corrente de intimidade entre ambos que o fazia recordar os piores momentos de sua adolescência. Sentiu pressa de ir embora; começou a se convencer de que havia sido má ideia reunir os Azuis de novo. Tinha que fazer algo em relação ao cartel, e cada hora perdida podia ser decisiva.

Tomás, porém, estava exultante.

– Esqueça Salazar; o mais importante agora é sua segurança pessoal. Se for necessário, podemos chegar a um acordo com o ministro do Interior. Se o cartel está atrás de você porque acha que pode atrapalhar suas negociações com o novo regime, façamos que Salazar inclua seu nome no pacote a pactuar.

Jaime esboçou um sorriso.

– Você parece estar curtindo isso. Há dois dias queria sair do país, e agora já está negociando com o cartel.

– Calma, Jaime, nós não somos o inimigo – disse Amélia.

Jaime interpretou essa intervenção como uma defesa a Tomás, e isso só aumentou sua irritação.

– Tudo bem, mas vocês também não podem resolver merda nenhuma. Fiquem aí, vou me retirar, tenho que voltar ao escritório. Depois nos vemos.

Pegou seu celular da mesa, levantou-se e saiu da sala de reuniões.

Os três se calaram: Tomás confuso, Amélia desconfortável e Mario sentindo-se culpado; pensou que a informação sobre Carmela poderia ter mantido Jaime ali.

– Já vai passar, ele está sofrendo muita pressão – comentou o jornalista.

– Mas ter um chilique não ajuda. Parece um adolescente – queixou-se ela.

– E agora, o que vamos fazer? – perguntou Mario.

– Talvez seja hora de falar com Salazar. Na quinta-feira eu o encontrei em um evento e combinamos de nos reunir amanhã – disse Amélia. – Tenho curiosidade de saber o que ele quer.

– Num domingo? Pensei que a relação com o PRD era muito tensa – disse Tomás.

– Eles nos batem o máximo que podem por baixo da mesa, mas na superfície são muito civilizados. Leve em conta que ainda precisam de nós: não têm os dois terços que a Câmara requer para as reformas constitucionais.

– Eu achei que o PAN lhes dava essa maioria.

– Supostamente, mas o PAN vende caro seu amor; de modo que somos seu plano B.

– Nada mal. Isso te dá uma carta para negociar.

– Ouça bem, eu tenho responsabilidades políticas: não vou entregar uma reforma constitucional para salvar Jaime. Não faria isso por ninguém, nem meu partido me permitiria. São os deputados que votam, não eu.

– Porém o leão acha que todos são iguais a ele: para Salazar tudo é negociável. O importante é que ele acredite. Você não tem que entregar nada; simplesmente faça-o ver que a segurança de Jaime lhe interessa.

– Prefiro ter mais alguma coisa sobre Pamela e ele, algo que eu possa enfiar na conversa e que o deixe desconfortável.

– Então, vamos voltar ao plano original. Temos que acelerar a investigação e encontrar mais informações. Vamos analisar o que temos – concluiu o jornalista.

Mario se remexeu incômodo na cadeira; Amélia assentiu com a cabeça; e Tomás esvaziou os bolsos de seu casaco para encontrar caneta e caderneta. Espalhou em cima da mesa um par de óculos de sol, uma caixa de charutos, o celular e as chaves de casa; notou o olhar divertido de Amélia.

– O que quer que eu faça? Vocês usam bolsa, nós usamos casacos para transportar toda a parafernália – defendeu-se.

Na meia hora seguinte fizeram um balanço do conhecido. Salazar e Pamela haviam sido amantes durante mais de três anos, um recorde para a sinaloense. Diversos testemunhos concordavam com a paixão profunda do político. Ela era viciada em cocaína e gozava de uma confortável fortuna. Seu assassinato fora obra de um profissional e o corpo fora depositado perto do escritório de Salazar para provocar um escândalo político: a informação vazada à coluna de Tomás se certificara disso.

– Temos dois pontos: quem a matou e por quê – resumiu Amélia. – A segunda pergunta se responde fácil: dar um golpe político contra Salazar. Isso deveria nos conduzir aos autores. Temos que fazer uma lista dos inimigos do ministro do Interior.

– Ou do presidente – acrescentou Mario, hesitante.

Os outros dois se voltaram com surpresa, mas acabaram concordando.

– O problema é que isso torna a lista interminável – lamentou Tomás. – Praticamente todos os poderes fácticos, começando pelos líderes sindicais, governadores, alguns empresários e cartéis de drogas. Nenhum deles é inimigo frontal, mas todos se ressentiriam com o retorno do presidencialismo imperial.

– Mas era isso que queriam, não? De novo um presidente forte – disse Mario.

– Sim e não; todos esses poderes cresceram com o vazio gerado pela fraqueza presidencial durante os doze anos de governo do PAN. Nossos milionários entraram na lista da *Forbes* e os sindicatos nunca foram tão poderosos, para não falar dos narcotraficantes; mas, no fim, todos estavam um pouco cansados pela falta de um árbitro que tornasse as negociações mais eficientes – disse Tomás.

– Isso é verdade – concordou Amélia –, os cartéis precisam de um acordo que permita a partilha de regiões e deixe para trás a luta encarniçada pelo controle de cada local; esvaíram-se em sangue pela falta de um poder neutro, capaz de garantir esse acordo. E os grandes empresários estão fartos de se enfrentar entre si em tribunais e ficar paralisados durante anos pelas diligências jurídicas de seus rivais; anteriormente os presidentes resolviam em uma conversa com as partes os âmbitos de competência de cada monopólio. O entusiasmo pelo retorno do PRI é alimentado por essas expectativas dos poderes factuais, é parte do sucesso de Prida.

– Mas também pisou alguns calos. Todos sabem que precisam do árbitro, mas clamam contra ele quando acham que uma decisão foi adversa – acrescentou Tomás.

– Então, o autor intelectual do crime pode ser metade do país – lamentou Mario.

Os três ficaram em silêncio por alguns minutos. Tomás se levantou para se servir de outro café; Amélia checou seu celular; e Mario examinou a estampa da saia dela perguntando-se o que Carmelita acharia do gosto de sua amiga.

– Temos muito pouca informação para concluir qualquer coisa. Vamos voltar às linhas de investigação originais, precisamos de mais dados – disse por fim Tomás.

– Você está parecendo mais detetive que jornalista; só falta o sobretudo branco para ser Columbo – riu Amélia com vontade.

– Os bolsos grandes desse casaco me serviriam bem; faz tempo que o meu ultrapassou sua capacidade total.

Amélia o olhou com ternura, como se percebesse pela primeira vez a roupa descuidada de Tomás, a camisa branca de colarinho antiquado, o casaco azul-marinho com os primeiros sinais de brilho nos cotovelos. Ele notou o olhar e aceitou com um meio sorriso o inventário do qual era alvo. Mario captou a troca de olhares e se perguntou que, diabos, estava acontecendo ali.

– Vamos repassar nossas linhas de investigação – interveio, recordando uma frase escutada no cinema.

A lista que construíram não era longa: os arquivos de Plutarco, que Mario afirmou que acabaria no dia seguinte; a investigação do motorista e do carro em que Pamela fora vista pela última vez; a informação que Ordorica, o capanga de Carlos Lemus, poderia proporcionar. Os três concordaram que o advogado Raúl Coronel, que havia passado a informação para a coluna de Tomás, era o elo que podia levá-los a identificar os assassinos. Dividiram as tarefas e concordaram com a necessidade de integrar Jaime. Só ele tinha acesso aos serviços de inteligência mexicanos.

– Eu falo com ele – disse Amélia.

Sábado, 30 de novembro, 10h30.

Jaime

A inquietude de Jaime crescia minuto a minuto; ele sabia que podia ser alvo de uma agressão a qualquer momento. Havia sobrevivido ao ataque anterior graças à sorte, mas não era o tipo de pessoa que gostava de deixar ao acaso assuntos de vida ou morte. E apostar na sorte contra o cartel de Sinaloa era jogar em absoluta desvantagem. Os doze guardas armados que o cercavam enquanto se dirigia à embaixada norte-americana depois de sua frustrada reunião com os Azuis não lhe inspiravam segurança nenhuma.

O ataque da sexta-feira anterior no hotel Reina Victoria muito provavelmente havia contado com a cumplicidade de alguém dentro de sua equipe, e isso o deixava de péssimo humor. "Contra a traição não há defesa", dizia Santiago Vasconcelos, o chamado "tzar antidrogas" durante os mandatos do PAN. Ele costumava se cercar de vinte guardas, que trocava a cada quatro ou cinco dias; era tal sua desconfiança que preferia ser acompanhado por desconhecidos que não tinham tempo de antecipar suas rotinas nem permaneciam tempo suficiente para fazer parte de algum complô contra ele. Contudo, Vasconcelos fora vítima do próprio adágio: morrera em novembro de 2008, no estranho acidente aéreo que tirara a vida de Camilo Mouriño, braço direito de Calderón. Nesse dia, suas vinte escoltas o esperavam inutilmente no aeroporto da Cidade do México, onde nunca aterrissou.

Jaime disse a si mesmo que tinha que se livrar da ameaça do cartel de um jeito ou de outro, descobrir quem havia posto sua cabeça a prêmio e eliminar o responsável ou negociar algum tipo de perdão. O fato de que o executor da ordem fosse Benigno Avendaño indicava que o próprio Chapo Guzmán estava por trás de sua sentença de morte. Joaquín Guzmán era o mais próximo de uma versão mexicana de Pablo Escobar, o lendário narcotraficante colombiano. Assumira o controle do cartel mais antigo e poderoso do país no início da década de 1990: sua hegemonia durante vinte anos constituía um recorde em um ofício que costumava ser efêmero e acidentado. Seus demais rivais foram assassinados ou estavam atrás das grades em alguma prisão norte-americana ou mexicana. A revista *Forbes* o situava como um dos sessenta homens mais poderosos do planeta e um dos mais ricos.

Jaime sabia que a longevidade de Chapo Guzmán não era só resultado de sua extraordinária sorte; mas a última operação contra ele, em março de 2012, fracassara graças à menstruação antecipada de uma mulher – pelo menos era em que acreditava a opinião pública. Seus assistentes arranjaram um fim de semana para ele em uma casa em Los Cabos, Baixa Califórnia do Sul, em companhia de uma amante ocasional, e o DEA conseguira o dado com três dias de antecedência; Jaime fora o responsável pela operação pelo lado mexicano e para isso mobilizara quarenta agentes de elite. Ninguém mais no México fora informado. A operação tinha como fim assassinar Chapo; os norte-americanos não queriam correr o risco de ele desaparecer mais uma vez de uma prisão mexicana, como acontecera em 2001.

Mas Chapo não se salvara na Baixa Califórnia do Sul graças ao ritmo irregular da menstruação de uma amante, e sim à intervenção do próprio Jaime: um dia antes da operação, ele o avisara, de maneira anônima, em um dos sites que o cartel monitorava. Jaime fora a Los Cabos com seu pessoal, acompanhados de dois assessores do DEA que atestariam a morte do chefão, embora os dois estrangeiros estivessem impedidos de integrar a primeira linha de fogo. Não tinha garantias de que o aviso anônimo fosse funcionar, simplesmente preparara a operação criteriosamente. Quando chegaram à sede do pretenso romance, só encontraram uma mulher, que lhes informara que o encontro havia sido suspenso até segunda ordem. Apesar do sigilo da operação, a base militar local, provavelmente alertada pelo próprio cartel, registrara o movimento de agentes federais na área e se queixara da ingerência em seu território. Havia se transformado em uma prática comum que as operações importantes não fossem compartilhadas com os militares: não era segredo para ninguém que o narcotráfico tinha infiltrados nos quadros castrenses de boa parte do território.

Sabendo que o segredo poderia ser divulgado a qualquer momento, o próprio Jaime informara o governo federal da operação fracassada. Os agentes do DEA incluíram o dado das cólicas menstruais de uma amante para evitar um dano irreparável a suas carreiras; Jaime utilizara o mesmo pretexto quando os militares espalharam nas redes sociais o fracasso dos agentes federais. O governo decidira, contrariado, dar essa versão à opinião pública e à mídia, que reagiram com piadinhas. A presidência exigira demissões sumárias no Cisen (Centro de Investigação e Segurança Nacional).

Alertar o cartel não fora um ato de corrupção por parte de Jaime, e sim de patriotismo; pelo menos assim o considerava ele mesmo. Como muitas outras autoridades no México e nos Estados Unidos, ele concebia o cartel de Sinaloa como "o cartel bom": eram os profissionais que desde os anos 1970 se dedicavam ao tráfico de drogas, possuíam códigos de honra importados da máfia ítalo-norte-americana e gozavam de alta reputação social nas áreas em que operavam. Ao contrário, outros cartéis surgidos na costa do golfo do México, particularmente os terríveis Zetas, caracterizavam-se por sua barbárie, por expandir suas operações para delitos como sequestro e extorsão e pela crueldade contra a população civil.

Eliminar Chapo teria provocado uma enorme desestabilização do cartel de Sinaloa que só podia beneficiar seus grandes rivais, os Zetas. Jaime mesmo havia sido, oito anos antes, um dos negociadores por parte do governo mexicano, com plena anuência das agências norte-americanas, de um pacto de paz com o pessoal de Sinaloa. As autoridades queriam concentrar a guerra contra os traficantes de Cidade Juárez e os Zetas de Tamaulipas, "os bandidos do filme", e para isso pactuaram a trégua com Chapo.

Para Jaime, as premissas não haviam mudado, mas alguns novos comandos no DEA estavam motivados a avançar na carreira com uma detenção espetacular, e ninguém era mais famoso que Chapo. Jaime considerava que era mais importante manter a tranquilidade em amplas partes do território que impulsionar a trajetória de funcionários medíocres; não se arrependia de ter impedido a eliminação do traficante sinaloense.

O problema para ele era que Chapo nunca poderia saber a identidade de seu benfeitor. Assim preferira o próprio Jaime: cedo ou tarde o DEA interceptaria alguma conversa dos traficantes e sua inconfidência seria revelada, um risco que não podia se dar ao luxo de correr por mais que alguns diretores de Washington concordassem com seu desempenho.

Oito meses depois era vítima da trágica ironia de Chapo querer assassiná-lo. Jaime sabia que a única maneira de impedir sua execução era fazer uma negociação estratégica com o cartel de Sinaloa: podiam ser passionais, mas os sinaloenses eram antes de tudo empresários que cuidavam de seus negócios, e Jaime tinha algo irresistível para oferecer a eles, só que não podia fazê-lo escondido dos norte-americanos.

Enquanto esperava ser recebido por Robert Cansino nos gabinetes da embaixada, repassava a argumentação que haveria de expor. Embora seu colega o estimasse, detectaria qualquer contradição, e Jaime ainda não achava suficientemente verossímil a história que estava prestes a contar.

– Olá, Jaime, entre – cumprimentou Cansino.

O agente despachava em uma ampla mesa de reunião com pilhas de pastas cuidadosamente arrumadas; Jaime observou nomes de pássaros em algumas delas: *Crow*, *Duck*, *Raven*, *Sparrow*. Havia algo de infantil na maneira como o pessoal das agências de segurança norte-americanas costumava batizar a missões e operações, pensava Jaime, mas não estava ali para debochar de Cansino por conta das idiossincrasias do DEA.

– Por que Sinaloa o está perseguindo? – soltou assim que o mexicano se sentou em frente a sua mesa.

– Já se esqueceu de Los Cabos? Suponho que estivemos perto demais naquela ocasião; Chapo deve ter ficado ressentido por suas fontes habituais não o terem alertado. O fato de eu ter dirigido essa operação me transformou em uma ameaça para a segurança dele.

– E por que agora que o governo mudou? Você não está mais no comando do Cisen. Não quero ofender, mas você já não é mais uma ameaça.

– Pois deve ser por ressentimento.

– Até agora? Com o próprio Avendaño e em pleno hotel Reina Victoria? – respondeu Cansino, gesticulando com as mãos e arqueando as sobrancelhas.

– Tem uma ideia melhor? Por que ia querer me matar?

Jaime sabia da inclinação de Cansino de ter sempre uma suposição própria. Como todos os que passam muito tempo nos serviços de inteligência, havia se acostumado a ter mais informação e respostas que seus interlocutores; se Jaime não encontrava uma boa explicação, deixaria que Cansino produzisse uma.

– Ou você fez alguma coisa para ele que eu ainda não sei, ou ele teme que você seja um impedimento para chegar a um acordo de paz com o novo governo.

– Pode ser – disse Jaime. – Embora há alguns anos eu o tenha ajudado a negociar a trégua com o PAN, agora me vê como ameaça, talvez por conta da operação de Los Cabos. Deve ter certeza de que sou eu que empurra Salazar e Prida a perseguir o cartel de Sinaloa.

– Poderia ser isso, mas você já não tem essa influência no novo governo.

– Tenho mais do que você pensa. Não voltarei ao primeiro círculo, porque eles desconfiam de mim depois de ter dirigido os sistemas de inteligência do PAN; contudo, não têm pessoal com minha experiência e contatos, especialmente em matéria internacional e inteligência cibernética. Eles me consultam muito mais do que gostariam; suponho que isso é o que Chapo teme.

– Talvez – Cansino ainda duvidava.

– Seja pelo que for, o fato é que preciso neutralizar a ameaça antes que Avendaño cumpra a tarefa que seu patrão encomendou.

– Quer sair do país por um tempo? Estamos tentando montar uma rede de infiltração para o governo de Rajoy, agora que ele permitiu a entrada do DEA na Espanha. O que acha?

– Nem fodendo. Ainda há Gaff para muito tempo aqui, Sebastian – afirmou Jaime, fazendo alusão a seus apelidos extraídos de *Blade Runner*.

– Então me conte sua ideia, porque com certeza já está tramando alguma coisa.

– Posso dar Veracruz a Chapo – disse Jaime e explicou seu plano.

O Estado de Veracruz havia se transformado em uma das regiões mais sangrentas do país por conta da guerra campal travada entre os Zetas e o cartel Nueva Generación, um desdobramento de Guadalajara do cartel de Sinaloa. O controle recente que Jaime havia adquirido dos aparatos de segurança do governo de Veracruz permitiriam a ele inclinar a balança a favor dos aliados de Chapo. Cansino e Jaime sabiam que a conquista de um território por um cartel dependia de quem controlasse os quadros policiais locais. Eram eles que ofereciam proteção ao tráfico no varejo, que abortavam as investigações federais e que revelavam aos membros de um cartel os movimentos de seus rivais; às vezes ajudavam até a executá-los.

Jaime argumentou a favor de seu plano. O predomínio de Chapo em Veracruz partiria ao meio o território dos Zetas, que haviam se espalhado por todo o golfo até chegar à península de Yucatán, e, mais importante ainda, pacificaria o porto de Veracruz, onde os massacres chamaram a atenção da mídia internacional. Todos se beneficiariam, inclusive o DEA, com uma diminuição no estardalhaço das notícias criminais mexicanas na imprensa mundial.

– E o que você pediria em troca de Veracruz? – perguntou Cansino.

– A Chapo, só o cancelamento de minha condenação, mas ao governo de Prida poderíamos propor alguns pontos; eles seriam os mais beneficiados com o acordo com o narcotráfico. Entendo que já cuidam disso, mas esse plano daria a eles uma melhor carta de negociação.

– As conversações estão enroladas – disse Cansino. – O cartel ainda desconfia da capacidade do governo de obrigar alguns governadores a cumprir o combinado; vários deles estão na folha de pagamento dos Zetas, sabia? Além do mais, Chapo quer garantias do DEA de que Los Cabos não vai se repetir.

A última frase confirmou a Jaime o que ele havia imaginado: os norte-americanos eram parte ativa das negociações que o governo havia iniciado com Chapo. Isso facilitaria as coisas.

– É Salazar que está cuidando do assunto, não? – perguntou Jaime.

– Claro, por meio de Zendejas, ex-governador de Sinaloa.

– Pode me arrumar um encontro com ele, para eu tratar meu assunto? Com o apoio de vocês será mais fácil.

– Sim, mas dê-me algo para negociar com meus superiores. Você compartilharia a inteligência que sair de Veracruz conosco e a Marinha? – pediu Cansino.

Jaime sorriu e aceitou. A Marinha havia se transformado no braço executor dos norte-americanos, que deixaram de confiar nos comandos do

Exército já havia vários anos. Os corpos de elite dos fuzileiros navais mexicanos ainda não haviam sido totalmente infiltrados pelo narcotráfico.

Umas horas depois, Cansino informou a ele que o encontro com "Gorrión" (Zendejas) estava marcado para a noite de domingo na casa de um tal Roberto Hurías, um político conhecido por ambos. Jaime voltou a sorrir.

Sábado, 30 de novembro, 17 horas.

Mario e Carmelita

A melhora na aparência de Carmelita era notável desde o dia anterior: seu rosto acusava o efeito de uma noite dormida em plenitude pela primeira vez desde o assassinato de Pamela Dosantos. Embora discretos, a maquiagem e o batom contrastavam com a cara lavada da véspera. Um elegante vestido preto substituía o jeans e a blusa amassada e acentuava o amarelo de seu cabelo, preso em um rabo de cavalo juvenil. Mario se sentiu lisonjeado pela preocupação com a aparência, apesar do sinal de alarme que sentiu disparar quando sua anfitriã o recebeu com um beijo no rosto.

A sala de costura também fora recém-arrumada: os rolos de tecido haviam sido colocados em um canto e as cortinas abertas mostravam sua amplitude. Sentaram-se em volta da enorme mesa que servia de superfície de trabalho para as criações de Carmelita.

– Quer chá? – ofereceu ela em tom casual, como se costumassem tomá-lo juntos todas as tardes.

Ele achou tão simpática a hospitalidade que aceitou com um sorriso, embora preferisse um café bem forte.

– Pensei em tudo o que conversamos ontem, Carmelita – disse Mario depois de um gole de chá. – Tenho certeza de que ninguém conheceu Pamela como você.

– Havia outras pessoas – respondeu ela –, sua cozinheira, a empregada e o motorista. É verdade que os trocava com alguma frequência; ela era temperamental, sabia?

– Talvez só você possa ter a chave para saber por que... ela já não está conosco – aventurou Mario depois de hesitar um pouco.

– E de que serviria descobrir? Isso não vai fazê-la voltar e, por outro lado, poderia nos colocar em perigo – disse ela com uma sombra de medo no rosto.

Mario quase explicou a importância de encontrar o assassino e expô-lo publicamente, mas notou que esses argumentos faziam sentido para os Azuis, não para Carmelita. O que podia dizer a ela?, perguntou a si mesmo. Que no começo queriam proteger Tomás das represálias de Salazar e que agora queriam dar um golpe político no regime? Essas razões também não pareciam muito convincentes ao próprio Mario.

– Pode ser que você tenha razão, e por isso mesmo teríamos que avaliar o risco que corremos com o material da gaveta – comentou por fim, contente por encontrar uma saída que conciliasse as preocupações dela e a tarefa dos Azuis.

Por sua vez, Carmelita se comoveu com o uso de "nós" por Mario ao se referir ao perigo que os documentos podiam representar.

Olhou para ele de novo, levantou-se e se dirigiu à cortina de pano que cobria a janela; agachou-se e com a tesoura abriu a bainha da parte inferior e tirou uma chave. "Esconderijo de costureira", pensou Mario. Uns minutos depois o conteúdo de duas gavetas estava espalhado em cima da mesa.

Havia trinta e sete envelopes escrupulosamente rotulados à mão. Mario começou a ler as etiquetas em voz alta: "*El cavallo blanco*", "*Los siete mares*", "*Cuatro caminos*", "*El perro negro*", "*El último trago*". Lançou um olhar confuso a Carmelita, que sorria abertamente.

– Canções de José Alfredo Jiménez – disse.

– Suponho que estão cifradas – respondeu ele.

– Ela adorava José Alfredo.

Alguns envelopes eram grossos, outros finos. Mario abriu um ao acaso, "*Un mundo raro*": continha dois DVDs e meia dúzia de fitas cassete.

– Você tem gravador? – perguntou.

Sem responder, ela caminhou até o armário e voltou pouco depois com um velho Sony, que colocou em cima da mesa; ele ligou-o na tomada e introduziu uma das fitas. Carmelita estremeceu quando a voz grave de Pamela, distorcida pela baixa qualidade do aparelho, foi ouvida depois de a atriz limpar brevemente a garganta.

"Novembro de 2007. O Raro* é responsável pela compra de três helicópteros para a Polícia Federal. Primeiro andava meio misterioso, mas logo começou a se vangloriar: diz que distribuiu 220 mil dólares entre o subprocurador e o senador Gustavo Ramírez, para garantir a operação, que com a parte dele vai comprar pelo menos a cobertura em Miami que andava procurando; que vamos passar os fins de semana lá assim que pegar a comissão. Eu perguntei a ele se os helicópteros eram bons, se não iam cair, e ele disse que eram dos melhores, que de qualquer maneira é o que tinham que comprar e que não havia razão para desperdiçar uma comissão milionária dos gringos. 'Neste país, toda compra grande distribui lucros, o negócio é saber fazer direito', diz ele.

"Reúne-se muito com o advogado Pepe Gómez, que cuida do caso de Corcuera, ex-presidente municipal de Monterrey, que foi preso pelo que embolsou; acho que são compadres. Pegou umas putas com o governador de San Luis Potosí, esse sujeito do PAN que se acha muito devoto; depois disso, foi duas vezes à capital desse Estado.

"É muito estranho na cama. É impotente quando está acordado; só consegue quando a mulher o acaricia enquanto está dormindo e acaba fingindo que continua dormindo. Ou seja, a mulher tem que fazer tudo sozinha; ele até disfarça o barulho do orgasmo com roncos para faze-la acreditar que não está acordado."

Mario parou a fita cassete nesse momento, ao notar o crescente desconforto de Carmelita, mas a pergunta já estava em seus lábios:

– Quem é esse Raro?

– Eu já o havia esquecido – respondeu ela. – Há alguns anos, andou com ele e o chamava assim: "Vou a Valle de Ravo com o Raro"; "A esposa do Raro é uma bruxa".

– É político?

– Acho que era oficial-maior da Secretaria de Segurança Pública. Ela o deixou porque ficou cada vez mais grosseiro e prepotente.

---

* *Raro*: estranho.

– E andou muito tempo com ele?

– Não lembro, foi há muito tempo. Acho que uns meses, poucos.

– Será que existe uma lista com os nomes que equivalem aos pseudônimos?

– Como?

– Os verdadeiros nomes a que as canções se referem.

– Não faço ideia, talvez esteja em alguma das pastas – disse ela, acrescentando após um momento de hesitação: – Mas não quero que você abra outra. Tenho medo de saber das barbaridades desses homens.

Mario ia perguntar a ela se tinha reprodutor de DVD para ver as imagens, mas, depois de observar Carmelita, concordou com ela. O rosto juvenil que, havia apenas meia hora, o recebera tinha desaparecido; as maçãs do rosto pareciam ter se pronunciado e imprimiam em sua face uma imagem desesperada, dramática. "E não é para menos", pensou Mario. "Deus sabe o que encontraríamos nesses vídeos".

Mas também não estava disposto a perdê-los. Depois de escutar o fragmento de gravação, era evidente que nesse arquivo encontrariam pistas para descobrir o motivo do assassinato de Pamela Dosantos, ou mais ainda, o material que Amélia e Tomás procuravam para pôr o governo de Prida contra a parede.

– Acho que você tem razão, são perigosos demais para ficar em sua casa.

– Vamos destruí-los, para que ninguém saiba que Pamela gravou isso.

– Calma, não vamos nos precipitar. Por alguma razão ela deixou esse material nas gavetas, entregou-lhe uma chave e pediu que a usasse quando ela não estivesse mais aqui. Na primeira gaveta havia o suficiente para assegurar seu futuro; contudo, ela também quis que o que temos a nossa frente sobrevivesse. Teve muito trabalho para gravar tudo isso escondida e armazená-lo aqui ao longo dos anos: é o mínimo que ela merece, não acha?

Carmela olhou para Mario compungida, arrependida talvez, mas ainda assustada.

– É verdade, é o mínimo que eu devo a ela. Mas não posso manter isso nesta casa; é perigoso, é sujo.

Mario pensou que na verdade mal conhecia a costureira; agora soava pueril, moralista, talvez fosse fanática religiosa. Ela pareceu adivinhar seus temores.

– Não me interprete mal, Mario: eu amava Pamela, ela era minha melhor amiga, minha verdadeira irmã. Sei o que fazia para viver, conhecia seus costumes amorosos. Nunca a julguei, ela era feliz do seu jeito, com essa frivolidade alegre, mas com um coração enorme, e sempre serei grata a ela. Não sei nem por que ela fez essas gravações, e você tem razão, não tenho nenhum direito de destruí-las. Suponho que minha missão era guardá-las, agora é hora de outra pessoa decidir o que fazer com isso.

– Não se preocupe, eu cuido disso – afirmou Mario, não resistindo à tentação de acrescentar: – Foi providencial termos nos conhecido justamente agora.

– Sim – disse ela e levou sua mão à dele.

Passaram meia hora especulando sobre as razões pelas quais Pamela havia tido o trabalho e o risco de fazer um arquivo de confidências sobre seus amantes. Não avançaram muita coisa; os comentários de Carmelita eram tão hipotéticos quanto os de Mario.

Tentaram colocar as pastas em sacos pretos de lixo, mas estes rasgavam com o peso. Por fim, ela pegou duas malas grandes no armário, e, embora com dificuldade, conseguiram fechá-las com tudo dentro. Carmela chamou um táxi de um ponto próximo e Mario entrou no carro como quem embarca com os fardos para um longo exílio.

Pouco depois o táxi rodava por Paseo de la Reforma em direção ao Condesa. Mario deu ao motorista seu endereço, mas no caminho se deu conta do erro. Só uma mala havia entrado no porta-malas do carro; a outra jazia apertada contra ele no banco de trás. Sabia que não passariam inadvertidas por Olga, e, pior ainda, podia imaginar a ameaça que representariam para a segurança de sua família. Havia liberado Carmela de sua pesada carga, e agora era ele quem se amarrava a ela com consequências imprevisíveis.

Começou a dimensionar a magnitude dos delitos e as infâmias que esses documentos poderiam abrigar. O pensamento alimentou seu natural desassossego. As curvas do táxi aumentaram a pressão da mala sobre seu braço esquerdo e o mero contato lhe causava uma opressão asfixiante; disse a si mesmo que tinha que encontrar rápido um destino seguro para sua carga.

No dia anterior havia passado meia hora com Vidal explicando a ele a necessidade de que ficasse fora daquele assunto. O jovem se mostrara reticente e repetira que não havia riscos no tipo de consultas que fazia e que podia ser muito útil na investigação do caso; argumentara, com razão, que até o momento as imagens que achara de Pamela no carro eram o melhor que os Azuis tinham, mas não mencionara a intervenção de Luis no assunto. No fim, porém, a insistência do pai vencera as objeções do filho, ou assim parecera a Mario. Contrariado, Vidal afirmara que abandonaria o assunto. Mario respirara aliviado.

Contudo, poucas horas depois era ele quem punha em risco sua família com o carregamento explosivo que levava consigo. Estava a dez minutos de casa e sabia que não podia perambular com esse material pela cidade; sentia-se exposto e vulnerável. Mario pensou na possibilidade de recorrer aos Azuis e acabou descartando-a: Jaime era alvo de uma ameaça mortal, Tomás já estava sendo vigiado e Amélia era uma personagem pública. Sem hesitar mais, passou outro destino ao motorista e começou a se acalmar.

Cinco minutos depois estava eufórico. Pensou na surpresa que teriam Tomás e Amélia; subitamente havia posto a mão em um butim político de valor incalculável. Não sabia muito bem como poderiam explorá-lo, mas sabia que seus amigos teriam mais experiência e contatos para analisar a informação e tirar proveito dela. Pela primeira vez o peão havia se transformado na peça mais destacada do xadrez que vinham jogando nos últimos dias.

Em seu regozijo, pensou em Jaime e alguma coisa começou a se encolher dentro dele. Por alguma razão as imagens de seu amigo e da costureira fizeram-no lembrar do gato e do passarinho, Frajola e Piu-Piu. Não podia expor Carmela aos jogos inescrutáveis de Jaime. Gostava dele e o respeitava, mas ele também era um funcionário do Estado, um homem muito confiante em si mesmo e em sua capacidade de controlar o destino dos outros. Com seus jogos, podia fazer mal à costureira mesmo sem querer.

Quando chegou à casa de Raúl, primo de Olga, decidiu: consultaria Amélia e Tomás antes de mencionar qualquer coisa sobre o arquivo ao quarto membro dos Azuis.

Sábado, 30 de novembro, 12 horas.

Luis

A paixão de Armando Soto pela pornografia facilitou tudo. Luis levou duas horas para encontrá-lo em uma base de dados, mas por fim apareceu como membro *platinum* de uma empresa denominada Princesa's Club, que não era mais que um estabelecimento elegante de *striptease*. Sua filiação dava ao policial descontos na matriz situada em Miami e em 22 sucursais, incluindo uma em Guadalajara, além de acesso grátis à seção *premium* do site. Luis examinou durante um tempo os serviços que o portal da empresa oferecia e teve que reconhecer a qualidade de seu marketing: bombardeavam seus usuários com boletins e promoções para visitar suas unidades e ofereciam vídeos "inéditos" na internet. Luis decidiu fazer a Soto uma oferta irresistível.

Pegou o e-mail da empresa, prinsexxa@club.com, e abriu um similar acrescentando um *x*. Copiou a página inicial do site da empresa e acrescentou um botão para baixar um cupom válido por uma noite com a dançarina de sua preferência no Princesa's Club de Guadalajara. Redigiu uma mensagem e a enviou do prinsexxxa@club.com dirigida pessoalmente a Soto, dizendo que era o ganhador da promoção do mês: o cliente sortudo só tinha que logar para entrar no site e baixar o cupom com a oferta prometida. O que baixaria, na verdade, seria um programa parasita que permitiria a Luis varrer todo o conteúdo do computador do policial.

O jovem saiu de seu estúdio, uma construção situada nos fundos do jardim de sua casa, e foi à cozinha fazer sanduíches para um longo e solitário dia. Seu pai havia partido na sexta-feira para o apartamento de Puerto Vallarta para passar o fim de semana. Luis voltou a seu estúdio e ficou assistindo à partida entre Barcelona e Sevilha jogada umas horas antes; decidiu gravar a transmissão depois dos entusiastas elogios que a torcida do Atlas havia dedicado ao "melhor futebol do mundo". Observou com curiosidade as coreografias que as triangulações rápidas e incessantes desenhavam no campo e começou a gostar. Messi havia acabado de fazer seu segundo gol quando soou o alerta programado: Soto havia aberto sua mensagem.

Às 18h06 o policial baixou o programa plantado por Luis. O jovem havia colocado o aviso "O *download* de fotos pode levar alguns minutos", para que o policial deixasse o programa rodar. Para sorte do *hacker*, a paixão de Soto por filmes pornográficos o levou a contratar um pacote de banda larga de alta velocidade; as fotos das dançarinas nunca apareceram na tela, mas quarenta e cinco minutos depois Luis tinha em seu HD um espelho do computador do outro.

O jovem checou os e-mails de Soto dos últimos três meses; não encontrou algo que revelasse a identidade daqueles que o haviam contratado. Era óbvio que seus trabalhos marginais não eram tratados por e-mail. O policial parecia ter uma vida solitária, evidenciada pelas incontáveis trocas de mensagens eróticas com mulheres aparentemente encontradas na internet. Era originário de Torreón, onde viviam sua mulher e seus dois filhos, a quem, ao que parecia, não via fazia anos. A esposa mandava mensagens periódicas solicitando ajuda financeira e em geral ficava sem resposta. No Natal anterior, Soto escrevera para a família um longo e emotivo e-mail no qual pedia perdão e fazia planos para um futuro compartilhado; a esposa respondera com atitude cautelosa, mas interessada. O policial esquecera o assunto.

Luis estava começando a se entediar com a vida de Soto quando detectou a notificação bancária, enviada por e-mail, de que sua conta havia recebido um depósito em dinheiro de 50 mil pesos: a data correspondia ao dia posterior a seu sequestro. A operação estava registrada em uma sucursal do banco na Cidade do México. Isso fez sentido para Luis: o sotaque do homem que o interrogara lhe parecera da Cidade do México, ou pelo menos diferente da cadência *tapatía* ou nortista. O histórico da vida profissional e pessoal de Soto revelava que havia trabalhado durante quatro anos em La Siedo, na capital do país. Luis concluiu que os trabalhos "por fora" que o policial oferecia a colegas da Cidade do México estavam baseados na confiança, e esta geralmente nascia de uma convivência longa ou intensa.

O jovem se concentrou na premissa de que Soto devia ter conhecido os agentes da capital durante sua permanência em La Siedo. Não levou muito tempo até acessar a base de dados dos membros da Polícia Federal. Em 2009, depois do sequestro e assassinato do filho de Alejandro Martí, um dos empresários mais carismáticos do país, do qual participaram agentes judiciais, a pressão pública obrigou o governo a realizar um censo de todo o pessoal das corporações de segurança pública. Isso facilitou as coisas.

Reduziu a lista apenas àqueles que trabalharam em La Siedo de 2005 a 2009, anos nos quais Soto estivera lá, e tornou a reduzi-la para se concentrar somente nos que tinham cargo superior ao de agente de Torreón. Sobraram 48 nomes. Luis descartou cinco mulheres e todos aqueles que atualmente tivessem mais de sessenta anos, porque nem a voz de seu interrogador nem a força de quem o surrara faziam pensar em um homem idoso. A lista se reduziu a 32 pessoas.

O jovem revisou a lista de nomes repetidamente, como se pudesse ligar a algum sobrenome as sensações de angústia, medo e coragem que ainda sentia. Entendeu que só de olhar os sobrenomes eles não iam se destacar automaticamente; pensou um pouco mais e foi revisar bases de dados de passageiros aéreos.

Quase todas as linhas nacionais voavam entre Guadalajara e a Cidade do México, mais de oitenta voos diários em média. Luis decidiu focar exclusivamente nas voltas registradas na quarta-feira, 27 de novembro, a partir das três da tarde: supunha que os agentes do Distrito Federal teriam abandonado Jalisco nessa mesma tarde ou noite. Um total de 23 voos atendia a essa condição. Trabalhou mais duas horas até conseguir acesso às listas de passageiros de cada linha. Ficou com uma relação de 722 pessoas, das quais 510 eram homens.

Introduziu a lista de 32 nomes que obteve de La Siedo e dois minutos depois o programa iluminou uma coincidência: Efraín Restrepo. Luis festejou a descoberta com o entusiasmo com que Quijano teria comemorado um gol do Atlas.

Precisou de uma enorme força de vontade para resistir à tentação de começar a despir Efraín Restrepo no ciberespaço. Até agora era improvável que houvesse disparado alguns dos alarmes nos muros digitais que Restrepo com certeza havia construído para detectar qualquer tentativa de busca sobre sua pessoa, mas disse a si mesmo que a partir desse ponto teria que ir com mais cuidado: um passo em falso ao explorar o nome de seu algoz e poderia acabar na vala de Zapopan, como prometeram.

Luis decidiu que a busca só podia ser feita por meio do Anonymous. O jovem não pertencia propriamente à organização, mas em uma viagem à Espanha para uma reunião informal de *hackers* conhecera dois norte-americanos que eram parte ativa dela. Alertados sobre os talentos de Luis, empenharam-se em recrutá-lo, mas com resultados infrutíferos; o mexicano preferia continuar sendo um navegador solitário. Contudo, duas vezes oferecera sua ajuda para abrir alguma base de dados particularmente hermética. O jovem se convenceu de que o Anonymous era perfeito para seu propósito: uma organização sem diretório nem domicílio conhecido, formada por *hackers* de todo o mundo e dedicada a revelar usos criminosos e autoritários da rede. Operava sob o lema *Somos Anonymous, somos legião. Não perdoamos. Não esquecemos. Esperem por nós.* Em outubro de 2010 publicou uma lista de 1.589 usuários de pornografia infantil que conseguira detectar na "rede escura" da internet; nos meses seguintes conseguiu resultados importantes desse tipo particularmente na Espanha e nos Estados Unidos.

Luis sabia que para chegar a Restrepo sem ser detectado seus colegas do Anonymous teriam que recorrer a essa rede escura. A chamada Darknet consiste em um universo paralelo que usa portais de acesso à web quase impossíveis de rastrear quando se compartilham dados. Com ferramentas próprias como a rede Tor e programas como o Freenet, entre outros, existem comunidades completas dedicadas a todo tipo de atividades, umas totalmente inocentes e outras criminosas. Entre as últimas encontra-se boa parte da informação que se troca sobre tráfico de drogas, armas ou pornografia pesada; existem inclusive sites clandestinos tipo eBay onde contratar um matador de aluguel ou um *hacker* para alguma operação ilegal. Luis pensou que não deixava de ser irônico que a ferramenta Tor houvesse sido desenvolvida pela Marinha dos Estados Unidos.

Só alguns membros do Anonymous conheciam as senhas dentro da rede escura que permitiam a comunicação entre eles. Luis havia recebido o acesso a uma pequena janela, uma espécie de caixa postal onde podia deixar alguma mensagem ou depositar a informação solicitada. Recorreu a uma rede pública e dali lançou uma mensagem na qual explicava o recrutamento forçado de *hackers* que Restrepo estava fazendo e a violência de seus métodos. Sua mensagem passaria por dúzias de redes na África, no Sudeste Asiático e na Europa Oriental antes de chegar a seu destino: sua identidade nunca seria revelada. Solicitava que não se tomasse, por ora, nenhuma ação contra Restrepo (o Anonymous era capaz de bloquear contas bancárias, cancelar cartões de crédito, transformá-lo em criminoso nas bases de dados do FBI, entre outras coisas); simplesmente pedia toda a informação que se pudesse obter sobre o policial.

Luis sabia que assumia um alto risco: cedo ou tarde Restrepo detectaria que estava sendo alvo de uma investigação, mas nunca saberia de onde havia partido a busca. Para evitar se tornar o primeiro suspeito, Luis decidiu soltar uma pesquisa que os levasse a acreditar que o interesse se originava em Mérida, Yucatán, bem no lugar onde Fideos havia morrido, presumivelmente executado pelos capangas do policial; o jovem esperava que Restrepo atribuísse a investigação a uma vingança por parte de algum *hacker* conterrâneo e amigo de Fideos. Preparou a busca e apagou seus passos, mas deixou tênues rastros que permitiriam a um especialista percorrer o caminho de volta até um café cibernético em Paseo Montejo, em Mérida.

Quando por fim tirou a mão do *mouse*, era quase meia-noite. Ficou satisfeito, mas também inquieto: acreditava estar fazendo a coisa certa. Incapaz de conciliar o sono, decidiu mergulhar em uma intensa sessão de PlayStation.

Domingo, 1º de dezembro, 10 horas.

Tomás e Jimena

Revisou pela terceira vez o conteúdo do envelope depositado na mesa. O jornalista sabia que o material era bom, mas não se decidia a digitar o texto de sua coluna. Jaime havia posto em suas mãos segredos até agora desconhecidos do alcance dos delitos e o *modus operandi* dos dois principais cartéis de drogas no México: o de Sinaloa no Pacífico e o dos Zetas no Golfo. O envelope entregue nessa mesma manhã por meio do enviado pessoal de seu amigo incluía quadros, mapas e descrições detalhadas de operações clandestinas. Atenderia a todas as expectativas geradas por seus recentes artigos: seria um texto que outros meios de comunicação e colunistas citariam durante os próximos dias.

Contudo, algo o incomodava no material, maniqueísta demais para o gosto de Tomás; os Zetas eram muito maus e os de Sinaloa pouco menos que heróis sociais. Segundo as anotações, os primeiros já extorquiam algumas lojas de Masaryk, a rua mais glamorosa do comércio no México, no elegante bairro Polanco. Começaram pedindo aos antros da área uma cota semanal por proteção, como antes fizeram em Playa del Carmen ou Acapulco; continuaram com alguns restaurantes e recentemente haviam espalhado a outros comércios de roupa e butiques exclusivas. O fato era alarmante porque durante anos as elites da Cidade do México haviam se sentido a salvo da onda de violência que abalava o país. Supunha-se que a capital, sendo sede dos poderes federais, inspirava medo ou muito respeito nos cartéis de drogas, mas o material em cima da mesa transformava em lenda urbana essa tranquilizante crença.

Segundo Jaime, os Zetas inclusive já haviam colocado nas ruas dos bairros Condesa e Polanco o chamado "contador", um homem que vai de restaurante em restaurante para contar os comensais de cada local todos os dias da semana. O contador calcula a *grosso modo* a receita estimada de cada estabelecimento para evitar que os empresários aleguem ao cobrador dos Zetas ter tido uma semana ruim.

Os documentos em sua mesa incluíam dois casos que anteriormente foram amplamente cobertos pela imprensa: um incêndio e um tiroteio que obrigaram dois restaurantes a fechar; o que nunca se soube, até agora, foi que ambos haviam sido alvo de vingança dos traficantes contra proprietários que não aceitaram a chantagem dos Zetas.

Os sinaloenses, ao contrário, haviam se mantido longe da extorsão de comércios e do sequestro de empresários: o material que Jaime fornecia documentava as novas maneiras com que a lavagem de dinheiro em pequenos e médios negócios mantinha boa parte da bacia do Pacífico acima da crise. Chapo e seus lugares-tenentes eram importantes doadores para obras públicas em muitas fazendas e aldeias. No Dia das Crianças e no das Mães organizavam enormes festas e entregavam muitos presentes a centenas de famílias em Sinaloa e Sonora.

Tomás tinha dúvidas sobre o tratamento tão benigno reservado aos sinaloenses, mas não tinha escolha. Não tivera oportunidade de investigar a extração clandestina de petróleo nos dutos da Pemex, nem Amélia entregara a ele ainda os documentos de que falara. A recordação de sua amiga o distraiu por uns instantes: os breves caracteres japoneses que ela havia tatuado nas costas fizeram formigar as pontas dos dedos que os haviam percorrido. Talvez a visse mais tarde, embora fosse com o pretexto das informações para seu artigo; pensou em enviar uma mensagem de duplo sentido sobre a entrega prometida, mas achou que a brincadeira seria grosseira demais.

O jornalista se obrigou a voltar a atenção à mesa de trabalho e com um suspiro se concentrou no material que, como dizia Jaime, era bom demais para ser ignorado. A recordação da frase o fez se remexer inquieto, mas descartou-a de imediato.

Uma hora e meia depois havia conseguido um texto forte e bem documentado que revelava as contrastantes intrigas do modo como os dois cartéis operavam. Quase para seu pesar, Tomás se viu obrigado a concluir com um parágrafo que defendia a estratégia de deixar de lado o combate a Chapo para concentrar os esforços nos abomináveis Zetas. Quando finalmente enviou seu texto à redação de *El Mundo*, sentiu-se uma peça de xadrez nas mãos de Jaime. Consolou-se pensando que o texto seria um sucesso não tanto por suas conclusões, compartilhadas por uma grande parcela da opinião pública, mas pelos dados alarmantes da penetração dos Zetas na capital.

Liberado da principal tarefa do dia, concentrou-se em uma muito mais incerta: encontrar o advogado Raúl Coronel. Tomás o procurava desde a segunda-feira anterior, mas seu celular continuava desligado ou fora de serviço. Todos os dias da semana havia falado com seu escritório e em cada ocasião uma secretária informara que o advogado estava fora da cidade, mas que era esperado a qualquer momento. Ligou de novo mesmo sendo domingo e só conseguiu escutar outra vez a resposta de uma gravação. Deixou uma mensagem urgente solicitando que Coronel se comunicasse com ele assim que chegasse a seu escritório.

Tomou um banho enquanto pensava no encontro para o almoço que tinha com Jimena, sua única filha; quando acabassem, pediria a ela que o acompanhasse para comprar algumas peças a fim de renovar seu pobre guarda-roupa. Aos dezesseis anos Jimena tinha mais noções estéticas que ele aos 42. De qualquer forma, pensou, com certeza ela estaria mais atualizada em matéria de moda do que ele. Sabia que a filha gostava da ideia de endireitar a vida do pai, mesmo que fosse apenas melhorar sua aparência física.

Havia acabado de fazer a barba quando escutou o telefone tocar. Fantasiou com a ideia de que poderia ser a secretária de Coronel, que por fim poria o advogado na linha; urgia conhecer a origem da informação que situara o corpo de Dosantos nas imediações do escritório de Salazar. Mas era Mario quem falava pelo rádio que Jaime dera a eles.

– Tomás, preciso encontrá-lo a sós. É urgente, vai estar em casa mais um pouco?

– Estou de saída para almoçar com Jimena e depois vamos fazer umas compras.

– Lembra com quem você me deixou na segunda-feira de manhã? Surgiu algo interessante. Você precisa ver.

Tomás supôs que os arquivos de Plutarco finalmente haviam sido de alguma utilidade. Provavelmente Mario estava exagerando sua importância em seu afã de ser útil; contudo, as investigações dos quatro estavam em tal ponto morto que nenhum dado era desprezível.

– Vamos nos encontrar na sorveteria preferida de Jimena às cinco, pode ser? Assim você vê como ela está bonita.

Mario fez uma pausa tentando recordar os tempos em que passeavam com Vidal e Jimena aos sábados de manhã, nos primeiros anos após o divórcio de Tomás; imediatamente lhe veio à mente a sorveteria Roxy, na Alfonso Reyes, onde costumavam terminar o dia depois de ir ao cinema ou ao Parque México. Mario assentiu e desligou.

Tomás vestiu sua melhor camisa branca, um jeans que estava começando a apertar na cintura e uns mocassins que facilitariam experimentar novas roupas em um provador. Um casaco preto seria, nessa ocasião, o responsável por levar todos os seus pertences. No último minuto decidiu que não levaria o iPad, no qual se viciara recentemente; de qualquer maneira, não teria tempo de consultar os livros e as revistas que acumulara no aparelho. Desde que Pamela Dosantos cruzara seu caminho, os hábitos de apenas uma semana antes pareciam recordações de outra vida. Chamou o táxi executivo que o servia durante os últimos dias e meia hora depois estava no Contramar, o restaurante favorito de Jimena, na rua Durango, junto à Cibeles mexicana, réplica da madrilense.

O lugar estava abarrotado como sempre, e, embora fossem apenas 14h30,Tomás temeu que não houvesse mesas disponíveis, mas Jimena já havia se acomodado a uma delas e bebia uma limonada.

– Não quiseram me servir uma cerveja – disse a modo de cumprimento.

– Vou pedir uma e a dou a você – respondeu ele, soltando uma gargalhada.

Sempre havia sido um pai permissivo; além disso, Jimena era uma pequena adulta desde os dez anos, munida da autodisciplina que havia faltado a seus pais.

Fazia duas semanas que não se viam, mas a Tomás pareceu que nesse lapso sua filha havia queimado etapas a caminho da fase adulta; ou talvez fosse o rímel que notava em seus cílios e uma pequena sombra escura nas pálpebras. Ficava bem em seus grandes olhos pardos, pensou Tomás; isso e seu cabelo preto encaracolado causariam estragos entre seus colegas de escola, refletiu com orgulho de pai.

Atualizou-se sobre a vida doméstica e escolar de Jimena, as aulas de alemão e o andamento de suas séries de televisão preferidas, *The Big Bang Theory* e *American Horror Story*. Nenhum dos dois mencionou a recente fama adquirida por Tomás. Ignorava se sua filha sabia do impacto de suas colunas e de suas inúmeras entrevistas telefônicas: em geral, ela era bastante cética quanto às conquistas jornalísticas de Tomás e uma crítica severa de seu modo de vida. Amava-o, mas com frequência mencionava seus questionáveis hábitos alimentares e a bagunça de seu apartamento de solteiro como se fosse um moleque irresponsável de vinte anos. Ele permitia que ela se queixasse, divertido com a pessoa assertiva e decidida em que Jimena estava se transformando.

Como antecipara, ela adorou a perspectiva de acompanhá-lo na renovação de seu guarda-roupa. Passaram duas horas no Palacio de Hierro, na mesma rua, a uma quadra do restaurante, e saíram carregados com várias sacolas grandes, mas leves, que depositaram no porta-malas do táxi executivo que ficara à espera. Quando chegaram à sorveteria, Mario os esperava esfregando o quadril na porta do local.

Ela e Mario trocaram novidades sobre Vidal e depois o táxi a levou para casa; como sempre, Tomás a viu partir com uma estranha mistura de orgulho e tristeza pela vida que haveria de levar longe da sua.

Os dois amigos caminharam três curtas quadras para se acomodar a uma mesa do restaurante Los Primos. Mario levou mais de meia hora para explicar a Tomás o achado dos jornais de Dom Plutarco, a existência de Carmelita e suas duas visitas à casa da costureira; o jornalista escutou com mais interesse pelo entusiasmo inesgotável que Mario mostrava ao falar de suas investigações do que pelo resultado delas. Perdeu o fio da conversa até que Mario descreveu o manequim de quadris avantajados que reproduzia o corpo da atriz; pela primeira vez desde sua morte, Tomás teve uma imagem erótica de Dosantos.

Toda distração se evaporou quando Mario mencionou o arquivo secreto que a sinaloense mantinha na casa da costureira. Tomás deixou de contemplar os passantes e concentrou o olhar no rosto de seu amigo a partir do instante em que este começou a descrever o conteúdo da gravação escutada; não reagiu até que Mario explicou como havia transportado e onde deixara as duas grandes malas.

Tomás deu um longo suspiro emoldurado por um meio sorriso. Mario não sabia interpretar se o gesto expressava nervosismo ou uma sensação de angústia. O brilho nos olhos de seu amigo dissipou qualquer dúvida: o animal jornalístico que havia nele começou a salivar com a ideia de pôr a mão nos segredos que o aguardavam no arquivo de Pamela.

– Não sei se as fitas estão cheias, mas devem ser cem ou mais – acrescentou Mario para deleite do amigo.

O colunista ia dizer alguma coisa, mas se conteve. Entendeu que era o momento de Mario; olhou-o com carinho, levantou-se e indicou que ele fizesse o mesmo. Deu-lhe um longo abraço, um beijo no rosto e murmurou um breve "Obrigado, irmão"; ao se sentarem, os dois estavam com os olhos úmidos.

– Bom, agora vamos deixar de veadagem, que estamos no Condesa; não queremos que os capangas de Salazar batam fotografias de nós nos beijando – disse Tomás com pressa para quebrar um momento de intimidade que havia se tornado constrangedor.

O Condesa, bairro boêmio, havia se transformado em refúgio dos homossexuais de vanguarda, a ponto de se dizer, com ironia, que era uma área *heterofriendly*.

– Vamos ter que tirar as malas da casa de Raúl – acrescentou. – Se quisermos ouvir o resto do material, vamos ter que ficar indo lá para consultá-lo, e cedo ou tarde alguém nos seguiria. Não podemos pôr sua família em risco.

– Eu sei, simplesmente as coloquei ali enquanto consultava vocês.

– Eu não tenho um lugar seguro, quem sabe Amélia ou Jaime.

– Queria falar sobre isso – disse Mario. – Acha que é uma boa ideia contar tudo isso a Jaime? Ainda não sabemos o que há nessas gravações; além do mais, quero deixar Carmelita fora disso tudo.

Tomás voltou a ver Mario com apreço. De repente notou que, ao longo de todos esses anos, eles também formavam um subgrupo dentro dos Azuis: estavam unidos por uma aliança incondicional, provavelmente originada no acidente de Mario, 25 anos atrás.

– Você tem razão. Temos que ver se Amélia tem um esconderijo melhor para o arquivo, um lugar seguro onde possamos entrar e sair sem despertar suspeitas. Suponho que vai levar muitas horas escutar as fitas.

– Há vídeos também – acrescentou Mario, ainda orgulhoso.

– Vou tentar vê-la hoje à noite, amanhã eu o aviso. De qualquer maneira, não vá mais à casa de Raúl nem mencione por telefone o assunto dos arquivos. Tirar essas malas do radar é a melhor proteção que elas podem ter neste momento. Deixe comigo o endereço de seu cunhado, anote em um papel.

Tomás pediu a conta enquanto Mario escrevia o endereço de seu cunhado. Nesse instante, aproximou-se da mesa um homem procedente da rua; ao percebê-lo de soslaio, Tomás pensou que se tratava de mais um dos vendedores ambulantes que os haviam abordado desde que chegaram. Contudo, ao ver seu rosto o jornalista se inclinou para trás, assustado. Antes de poder reagir, o visitante falou:

– Senhor Tomás, desculpe tê-lo surpreendido, não era minha intenção. Meu patrão me pediu que lhe entregasse este bilhete e esperasse sua resposta.

As palavras não o tranquilizaram totalmente. Da primeira e única vez que havia visto esse rosto, Tomás estava dentro da fantasia do Doutor Simi, vivendo o maior susto de sua vida.

O "comandante" estendeu o braço e pôs em cima da mesa um envelope branco. De dentro dele o jornalista tirou um cartão e leu:

> *Sr. Tomás, agradeceria infinitamente se aceitasse tomar um café comigo. Pode ser esta terça-feira às 18 horas no Palm? Aproveito para enviar uma cordial saudação.*
>
> *Salazar*

Tomás avaliou por um instante a conveniência de conversar com o poderoso ministro. Recordou que Amélia também o encontraria e disse a si mesmo que os dois encontros podiam ser complementares; teriam dois ângulos diferentes do ministro, e talvez isso lhes permitisse detectar alguma vulnerabilidade nele. Inclinou a cabeça a modo de afirmação, o "comandante" lhes desejou boa-tarde e se retirou.

– Maldito Jaime – disse assim que ficaram sozinhos –, aconteceu exatamente como ele disse.

Um instante depois enviou uma mensagem por rádio para Amélia: *Preciso vê-la hoje, novidades importantes. 21h, chez toi?* Um minuto depois recebeu a resposta: *Espero você lá, se sobreviver à Bucareli.*

Domingo, 1º de dezembro, 12 horas.

Amélia e Salazar

Amélia contemplou na mesa de Augusto Salazar o famoso telefone vermelho, a linha direta com o presidente. Não era o único ministro de Estado que o possuía, mas, sem dúvida, tratava-se do único aparelho lendário na história política do país. Por alguma razão, nenhum ministro da era moderna havia trocado o vetusto telefone, ainda de disco. "Certos símbolos de Estado estão acima de qualquer alternância", disse Amélia a si mesma. Por esse aparelho chegara a ordem do presidente Díaz Ordaz a seu ministro, Luis Echeverría, para sufocar a manifestação em Tlatelolco em 2 de outubro daquele ano de 1968, que deixaria estendidas centenas de mortos ao pé das ruínas pré-hispânicas. A presidente do PRD se perguntou que outras infâmias teriam passado por esse aparelho instalado nas profundezas do *bunker* da rua Bucareli.

Salazar irrompeu na sala e foi até o sofá que Amélia ocupava; estendeu-lhe a mão, e, pela umidade fresca que a palma direita do ministro emanava, ela concluiu que vinha diretamente do banheiro. Não pôde decidir se essa era uma boa ou má notícia em termos de higiene. Ao notar os próprios pensamentos, obrigou-se a se concentrar na conversa que tinha pela frente. Sabia que, em momentos de nervosismo, tendia a se distrair com pequenos detalhes. Era um costume que às vezes rendia dividendos, desde que não estivesse diante de um especialista em esgrima verbal.

– Dona Amélia, se as pessoas soubessem o que fazem os políticos aos domingos, parariam de nos criticar – disse o ministro, fazendo um sinal para que ocupasse uma das poltronas de couro da salinha contígua.

– Bem, não é de vagabundagem que nos criticam.

– Tem razão; disso, não, mas de quase todos os outros pecados. Postergamos demais esta conversa – disse o ministro, entrando no assunto –, devia ter acontecido há meses, dona Amélia.

– Não postergamos nada – negou ela. – Eu esperei vários meses, em vão, que o governo quisesse conversar com a oposição.

Preferiu optar pelo diálogo direto; não gostava muito do papo aparentemente insubstancial e cheio de significados a que os políticos profissionais são tão chegados. Mas, acima de tudo, não queria confraternizar com alguém a quem temia por seus métodos e desprezava por suas ideias.

– Por isso gosto da senhora, dona Amélia, não faz rodeios.

Amélia ignorou o comentário; não obstante, imediatamente fez jus a ele.

– Estou preocupada com as letras miúdas das reformas que estão preparando, senhor Salazar. Aparentemente são democráticas e a favor da sociedade, mas, na prática, muitas delas constituem um passo atrás. Conselhos cidadãos para isso e aquilo, mas sempre se certificando de que as cabeças sejam designadas por vocês. Querem reproduzir o que o PAN fez com a Comissão Nacional de Direitos Humanos: no papel, uma das mais avançadas do mundo; na prática, uma instituição sob medida para o governo. Faz-me lembrar dos árbitros de luta livre: muita agitação e nada de efetividade.

– Não sei a que se refere. Desde o começo deste governo, e contra os que acreditavam que voltava um PRI autoritário, demos mostras de abertura e sensibilidade. Aí estão as reformas para erradicar a corrupção, por exemplo, ou a nova ênfase nos direitos humanos em todo o assunto da administração de justiça. Não acha que está sendo muito severa?

– Combate à corrupção? Por favor! Onde estão os processos judiciais contra os peixes grandes? Vocês transformaram em senadores e deputados líderes sindicais que são símbolo da podridão do país. Tiraram Elba Esther Gordillo do sindicato dos professores não porque fosse mais corrupta que os outros, mas porque havia traído o PRI. E esse governo pode encher a boca para falar de comissões anticorrupção, porém, enquanto não tiverem dentes legais nem orçamento para operar, são mais inúteis que uma gravata na praia.

– Vejamos, dona Amélia: o que vê como passos para o autoritarismo é justamente o contrário; permite ao Poder Executivo maior margem de manobra para impulsionar as mudanças de fundo que tornem este um país mais moderno e democrático.

– Por que não limpam o sindicato que faz da Pemex a empresa petroleira mais ineficiente do mundo?

– Gordillo foi a primeira, mas não a última, vai ver; mas também não vamos desestabilizar o barco. O país não poderia enfrentar uma mobilização simultânea de professores e trabalhadores petroleiros. A operação política é mais complexa que uma agenda romântica de reivindicações. Primeiro, sanear o problema do magistério, e, uma vez que estejamos em terreno firme, passamos ao sindicato seguinte. Não se limpa corrupção de décadas da noite para o dia.

– Sanear? Deixaram no sindicato dos professores um dirigente tão corrupto quanto a anterior, só que mais dócil para com a presidência. Querem fazer passar por medidas democráticas o que são simplesmente manobras de controle.

– "Mais dócil", disse. Talvez, mas é a única maneira de fazer a reforma educacional de fundo.

– Sei! Agora vai me dizer que é preciso dar dois passos para trás a fim de pegar impulso.

– A política real é por aproximações, dona Amélia. Nós, como Poder Executivo que somos, propomos; contudo, o resultado será produto da ação de todas as forças políticas, incluindo a que a senhora preside. O PRD faz parte do Estado como fração importante do Congresso, não se esqueça disso.

– O que não esqueço é o motivo pelo qual estou aqui. Também não ignoro que durante meses tentaram negociar diretamente com outros membros do PRD, tanto no Congresso quanto no governo municipal, tentando passar por cima de mim; suponho que estou aqui porque alguma coisa se atravancou com os interlocutores que vocês procuraram dentro de meu partido.

Salazar deu um suspiro; o diálogo não estava indo por onde ele imaginava. "É o lado ruim de negociar com ativistas metidas na operação política", disse o ministro a si mesmo; "precisam de um cargo e de astúcia". E o fato de ela ser mulher ajudava muito pouco: não aceitava galanteios nem permitia construir camaradagens e cumplicidades masculinas, que tão úteis eram para quebrar o gelo quando havia diferenças nas posições.

– Eu sugeriria que nos conhecêssemos melhor antes de descartar um diálogo frutífero ente nós, dona Amélia. Para o bem ou para o mal, estaremos nisso pelo menos até que termine seu mandato; pelo bem do país, é melhor que existam canais francos entre o governo e a oposição, não acha?

– Nisso eu concordo, mas, para isso, temos que parar com joguinhos e começar a respeitar os contrários. Deve concordar que ter a primeira conversa um ano depois de ter tomado posse não fala muito a favor do diálogo por parte do governo, não?

– Tem toda a razão. E deixe-me corrigir isso. Vamos nos reunir uma vez por mês neste gabinete. Eu comento os planos do governo e a senhora faz as objeções e contrapropostas de seu partido. O que acha?

– Combinado – aceitou ela, sentindo-se encurralada.

– Obrigado – respondeu ele. – Será um prazer trabalhar com a senhora. Agradeço muito que tenha vindo.

Salazar se levantou para dar por encerrada a reunião, mas ela permaneceu sentada.

– Outra coisa, ministro. Na terça-feira passada sofremos um atentado acerca do qual o senhor com certeza sabe; mas nos meios de comunicação só correu a versão de um tiroteio entre bêbados em um quarto de hotel.

– Eu soube – disse ele com cautela.

– Quase foram assassinados um assessor de segurança, um colunista incômodo para o poder e a líder da principal força de oposição. Não acha que isso é um assunto de segurança do Estado? Achei que era disso que íamos falar.

– O assunto está sendo investigado, eu garanto. Mas, como muito provavelmente a senhora sabe, tudo indica que se trata de um ataque de narcotraficantes. Não sei seus amigos, mas suponho que a senhora não estará metida nesses assuntos, não é?

Maldito velho, pensou Amélia; estava aproveitando sua pergunta para se vingar das acusações que ela lhe fizera sobre autoritarismo.

– Viesse de onde viesse, se houvesse tido sucesso, o assunto teria sido um escândalo nacional e internacional: a primeira grande mácula deste governo. Não acha que requer uma investigação mais decidida de sua parte? Nem sequer perguntaram nada a nós, que estivemos presentes.

– Vocês não denunciaram às autoridades nem divulgaram aos meios de comunicação; concluí que preferiam não ser envolvidos formalmente em nenhum tipo de investigação. Suponho que devem ter suas razões pessoais para não divulgar que um cartel tentou agredi-los; só fui respeitoso para com seu desejo de manter tudo oculto, mas isso não quer dizer que não estamos investigando.

Outra vez o velho político escapou, e com sua resposta deixava Amélia em uma posição ruim. Ela decidiu fazer uma última tentativa.

– O problema é que os escândalos por conta da insegurança estão se acumulando. Veja o assassinato de Pamela Dosantos, que ainda não se resolveu, e já quase tiveram outro.

Salazar acusou o golpe. Olhou-a com dureza, e na intensidade desse olhar Amélia leu a profundidade da dor, mas também o rancor que havia provocado no ministro a morte de sua amante. "Ele realmente a amava", pensou. "Esse homem é perigoso, tem poder e está ferido".

Ele manteve o pesado olhar silencioso e ela se remexeu inquieta na poltrona. Reprimiu um súbito ataque de pânico ao recordar as muitas histórias do passado negro daquele escritório da Bucareli, onde tantos membros da oposição entraram para não sair jamais. Amélia disse a si mesma que isso havia acontecido pelo menos trinta anos antes e se obrigou a sustentar o olhar de Salazar. No fim, o que leu no rosto do ministro foi um profundo pesar; dessa vez foi ela quem se levantou e estendeu a mão. O tremor visível na mão dele levou Amélia a pronunciar palavras que não havia preparado:

– Meus pêsames, senhor Augusto – disse com sinceridade em voz baixa, usando pela primeira vez o nome de batismo do ministro.

Ele examinou seus olhos de novo, dessa vez para detectar se havia segundas intenções em seu comentário.

– Obrigado – respondeu.

Tomou em suas mãos as de Amélia e fechou os olhos por um instante; a seguir, voltou-se e saiu da sala. Ficou no nariz dela um cheiro de barril de carvalho avinagrado. Inalou outra vez e se corrigiu: era rolha de vinho velho.

Nove horas depois, Amélia tentava explicar a Tomás as sensações contraditórias que havia experimentado na sala do ministro.

– Honestamente, Salazar parecia acabrunhado – argumentou diante do ceticismo de Tomás.

– "Honestamente" e "Salazar" não combinam na mesma frase, Amélia. Com certeza tem saudades da amante, mas não acha que orquestrou uma encenação para amolecê-la?

Ela refletiu por um instante e recordou as olheiras pronunciadas do ministro do Interior, o cinzeiro cheio, o olhar desfocado no final da reunião.

– Não sei, não acredito. De qualquer maneira, só porque a amava, não deixa de ser filho da puta.

– Eles são habilidosos até no piloto automático. Lembro o funeral da esposa de um governador de Jalisco: o viúvo chorava desconsolado, afundado em uma poltrona na sala da funerária, mas, cada vez que chegava uma coroa de flores de alguém importante, se certificava de soslaio que fosse colocada em estrita ordem de hierarquia política.

– Talvez – disse Amélia. – Vamos ver que impressão você vai ter do Corcho.* Quando vai vê-lo?

– O Corcho? – riu Tomás, meneando a cabeça. – Na terça-feira, às seis, depois lhe conto. Agora tenho algo mais importante para dizer, se me der uma tequila antes.

– Sirva-se, e um uísque para mim, um Chivas; vou tirar o uniforme de presidente do PRD.

– Chivas, uau. Se vai parar de tomar tequila de Jalisco, é o mínimo que pode beber – disse ele, mas Amélia já não o escutava.

Tomás serviu as bebidas com a mente na cena que estaria se desenrolando no *closet* de Amélia. Foi tomado pelo impulso de ir atrás dela, surpreendê-la meio vestida e acabarem os dois jogados no tapete ao pé da cama; contudo, conhecia sua amiga o suficiente para saber que ela não gostava de situações impostas. Conteve-se pensando nas novidades que queria contar a ela.

Ela escutou o tilintar das pedras de gelo ao cair num copo e depois uma longa pausa. Por um momento se regozijou com a ideia de que Tomás irrompesse no quarto e acabassem fazendo amor em pé contra a parede. Finalmente escolheu uma calça confortável e folgada e uma camiseta de alcinha, sem sutiã; não era uma roupa para seduzir, mas também não um pijama recatado. Ao voltar, preferiu uma poltrona para se sentar, apesar de ele ter se acomodado no longo sofá de três lugares. Tomás procurou

---

* *Corcho*: rolha.

decidir se a escolha da roupa prometia um convite para ficar ou uma noite assexuada, mas foi impossível: o jornalista concluiu, para seu pesar, que tinha que deixar de lado a libido e se concentrar nos segredos revelados por Pamela Dosantos.

Levou quinze minutos para reproduzir o relato que Mario levara quarenta; passou rápido pelo assunto da costureira e se concentrou na descrição dos arquivos e no excerto da fita cassete escutado por seu amigo; quando acabou, os dois haviam terminado seus respectivos drinques. Agora foi ela quem se levantou para servir a segunda rodada.

– O que você me está dizendo é incrível. Não sei se admiro ou desprezo o que Dosantos fazia, mas não posso negar que é extraordinário. Isso pode ser uma bomba, Tomás.

– Foi isso que eu disse a Mario. Contudo, primeiro temos que decantar o conteúdo; vai que nos decepcionamos e no resto das fitas só encontramos suas versões em karaokê de José Alfredo Jiménez. Em um de seus obituários, li que ela quis cantar em alguns de seus filmes, mas nunca a deixaram.

– Certo. O problema é onde colocar isso para poder examinar tudo sem despertar suspeitas. Tudo indica que ninguém sabe da existência do arquivo; se soubessem, já teriam ido atrás dele. Mas poderíamos perder essa vantagem se nós mesmos chamássemos a atenção indo consultá-lo.

– Na casa de nenhum de nós estaria seguro, e também não pode ser um lugar diferente dos que costumamos frequentar. Nossas idas e vindas nos delatariam.

– Meu escritório – propôs Amélia. – Lá no partido tenho um cofre cuja combinação mudei assim que pus o pé nele. Vocês podem ir lá sem despertar maiores suspeitas, pois são meus amigos pessoais, e durante o dia alguém de confiança pode trabalhar na transcrição do áudio.

– São duas malas. Acha que todo o material vai caber?

– Não se preocupe com isso, o cofre é enorme. Pelo que sei, foi adquirido para guardar o dinheiro das doações para as campanhas eleitorais – acrescentou ela, fazendo aspas com os dedos ao pronunciar a palavra *doações*.

– E você tem alguém de confiança? O material pode ser explosivo ou de muito mau gosto; até perigoso para quem o escutar.

– Alicia está comigo há quinze anos; é leal e incorruptível, não se preocupe. Ela pode fazer isso em minha sala, com fones de ouvido.

Quem a vir vai pensar que está transcrevendo notas minhas ou preparando algum projeto.

– Gostei. Podemos ir a seu escritório uma noite ou outra para avaliar o que for encontrado; afinal, quem estiver nos vigiando já deve saber que estamos nos encontrando de novo.

– Dê-me o endereço de Raúl e uma mensagem de sua parte dizendo que vamos pegar as malas por instrução de Mario. Alejandro, meu motorista, pode ir buscá-las amanhã cedo.

– E não vão achar estranho se você entrar com duas malas de viagem tamanho transatlântico em seu escritório?

– Alejandro pode guardar uma parte das pastas na caixa de uma impressora grande que acabei de comprar aqui para casa; o resto Alicia, ele e eu podemos ir tirando do porta-malas do carro com qualquer pretexto. Saímos com pastas vazias e entramos com pastas cheias. Não haverá problemas.

O procedimento descrito por Amélia deixou ambos satisfeitos, o que lhes permitiu se concentrar no tema muito mais atraente de especular sobre a origem do arquivo e o possível uso político de seu conteúdo. Concluíram que, com o que sabiam, era impossível discernir se Pamela fazia esses relatórios para alguém ou os gravava para si mesma, fosse com propósitos de autoproteção ou por mero espírito amanuense. Brincaram com a possibilidade de que houvesse espionado por instrução de Salazar, mas os acontecimentos descritos no primeiro arquivo examinado, as compras fraudulentas de helicópteros, correspondiam a um período anterior a seu caso com o agora ministro. Ademais, era inverossímil que Salazar houvesse consentido que Pamela fosse amante de outros, mesmo que para extrair segredos de rivais e colegas.

Também não avançaram muito no assunto da exploração política dos escândalos que pudessem estar registrados nos arquivos de Dosantos; fantasiaram com a possibilidade de que vários membros do gabinete fossem evidenciados nessas fitas e o tsunami que isso poderia representar para o futuro administrativo do país. Já se encontravam na terceira rodada de bebidas e os dois estavam excitados com a conversa. Fazia anos que Tomás havia perdido todo entusiasmo pela política; contudo, agora se visualizava como um protagonista, capaz de abalar o sistema com uma onda de revelações que purgariam as cloacas do poder das elites. Pensou que alguns dos casos poderiam inclusive ser divulgados em sua coluna.

Amélia também transpirava com a conversa. Bem usadas, algumas das inconfidências podiam se transformar em fatores de pressão para impulsionar uma agenda mais favorável às causas que ela defendia e que a haviam levado a participar da vida pública.

Tomás notou a própria ereção e concluiu que sua libido nunca havia abandonado a conversa, afinal. Nem a dela, a julgar pelos mamilos em riste que se notavam através da camiseta branca de alcinhas; embora seus seios não fossem grandes, eram bem formados e coroados por auréolas particularmente escuras. Ele se levantou, caminhou até a poltrona onde ela estava e se inclinou para beijá-la. Não chegaram ao quarto; acabaram trocando posições no tapete da sala.

Duas horas depois, Tomás jazia na própria cama perguntando-se aonde conduziriam esses encontros esporádicos com Amélia, que pareciam tomá-los de assalto com uma espécie de surpresa fingida por parte de ambos. Será que se deviam à cumplicidade momentânea e à adrenalina compartilhada pelos riscos que estavam correndo? Tinham algo de fundo ou eram só uma conjuntura propícia para apoiar um ao outro temporariamente? Ou eram simplesmente os prolegômenos do relacionamento que antecipavam na infância e finalmente confirmavam? Mergulhado em seus pensamentos, Tomás demorou a conciliar o sono; enquanto isso, Amélia dormia com uma profundidade que não experimentava havia meses. Mas o transe hipnótico em que ela se encontrava e o dorme-acorda que por fim ele conseguiu foram interrompidos pouco depois das duas da manhã por uma ligação desesperada de Mario.

Domingo, 1º de dezembro, 21 horas.

Vidal

A *enfrijolada* de Micaela, a cozinheira da residência dos Alcántara, era lendária. Não importava quantas vezes a houvesse comido nos últimos meses, não a podia esquecer; nem podia esquecer Marina, irmã de seu amigo, uma jovem muito mais madura e desenvolvida do que seus 21 anos poderiam supor. Olga não estava muito satisfeita por seu filho ficar a noite toda na casa dos outros, mas Vidal insistiu que precisavam de uma última maratona para acabar a primeira versão do *Piarañas*.

Às nove da noite os três amigos trocavam o resultado de suas pesquisas sobre Pamela Dosantos. Um CD do Led Zeppelin trovejava nos poderosos alto-falantes que Nicolás tinha no sótão que fazia as vezes de estúdio de trabalho; Vidal havia introduzido aos amigos o gosto pelo rock clássico, criado vinte anos antes do nascimento de qualquer um deles.

Nos últimos dias haviam esgotado todos os arquivos e sites que poderiam conter informação sobre as famílias Serrano-Plascencia e suas ramificações. A lista de cinco parentes vinculados ao narcotráfico havia se reduzido a dois, não porque os outros fossem descartados, mas pela pouca monta de suas operações. Nicolás estava obcecado com o caso de Joaquín Plascencia Figueroa, primo-irmão de Pamela e bem-sucedido *restauranteur* e hoteleiro. Durante os últimos dois dias o jovem passou longas horas encontrando todo rastro digital da existência do empresário; ficava fascinado com sua discrição e seu crescimento vertiginoso. Seus negócios não eram chamativos ou elegantes: redes de franquias de *fast food*, tinturarias, cafés, sorveterias, lojas de tinta, de ferragens, hotéis baratos e, mais recentemente, pequenos centros comerciais em subúrbios de diversas cidades. Nenhum era famoso, mas tinha dúzias de estabelecimentos de cada tipo em todo o país.

Nicolás notara a crescente presença de Joaquín Plascencia nas mesas diretoras de diversas associações de crédito nos últimos anos. O jovem consultara sua irmã, que estudava Administração no Itam, sobre o papel dessas financeiras populares e concluíra que o homem não só havia conseguido lavar quantidades enormes de dinheiro, mas também estava reproduzindo aquilo com muito sucesso no mercado creditício. Marina explicara a ele que a penetração do banco comercial na sociedade mexicana era uma das mais baixas do mundo ocidental, com apenas 22%. Isso significava que a população e as pequenas empresas não tinham acesso a crédito para consumo e investimento; para preencher essa lacuna, nos últimos anos proliferara todo tipo de instituições dedicadas ao microcrédito, em geral estabelecimentos que exigiam menos garantias e operavam com altas taxas de juros. Joaquín Plascencia havia conseguido transformar o dinheiro sujo das drogas em crédito popular para centenas de milhares de mexicanos.

Nicolás tentava transmitir a seus amigos o que seus poucos conhecimentos de economia e as explicações de sua irmã lhe permitiam compreender; intuía que o primo de Pamela era um homem mais importante do que parecia. Vidal, com dois anos a mais, começou a entender que o empresário era uma peça importante, talvez vital, na engrenagem financeira do cartel de Sinaloa. Os três festejaram a qualidade da informação encontrada: à excitação do achado misturava-se o frio na barriga provocado ao se saberem possuidores de uma informação proibida e perigosa.

– Creio que merecemos essa *enfrijolada*, não acham? – perguntou Vidal.

– Caraca, nem digeri as pizzas ainda – respondeu Nicolás. – Deixe-me ver se já vamos jantar. Meu pai gosta de comer cedo, mas acho que Marina ainda não chegou. Vou dizer a Micaela que nos sirva.

– Não se preocupe, cara, vamos esperar – disse Vidal, que preferia adiar seu prato favorito para poder compartilhá-lo com a irmã de seu amigo.

Nicolás diminuiu o volume do aparelho de som quando abriu a porta para sair. Vidal e Manuel aproveitaram sua ausência para compartilhar a informação que tinham sobre Marina, que não era muita; Manuel tinha a mesma idade de Vidal, vinte anos, e também não era indiferente à beleza da garota. Pelas costas, referiam-se ao amigo como "cunhado".

Quando Nicolás os viu, um deles já o tinha sob a mira; havia descido a escada distraído, mas parou de súbito ao ver um pistoleiro apontando a arma para ele. A cena que se desenrolava na sala de sua casa era dramática: seu pai estava em pé na frente de dois pistoleiros e sangrava profusamente por uma sobrancelha, e sua mãe estava feito um novelo no tapete, apoiada em uma poltrona. Chegou a ver o volumoso corpo de Micaela esparramado no corredor que dava para a cozinha; não havia sangue em volta dela, mas não se mexia.

– Que bom que desceu, filho, já ia buscá-lo – disse o homem que apontava a arma para ele. – Venha para a sala.

Nicolás se aproximou do grupo e, seguindo uma indicação do homem alto que apontava a arma para seu pai, sentou-se na poltrona na qual se apoiavam as costas de sua mãe, acocorada no chão.

– Há mais alguém na casa? – perguntou o homem alto a Nicolás.

Ele negou com a cabeça, incapaz de pronunciar uma palavra; a palidez de seu rosto acentuava seus traços infantis e o fazia parecer muito mais jovem que seus dezoito anos. O homem notou o gesto, mas com um movimento da cabeça indicou ao primeiro pistoleiro que checasse os quartos superiores. A seguir, voltou sua atenção ao pai de Nicolás.

– Vou perguntar mais uma vez: por que está investigando Joaquín Plascencia? – disse em tom de voz impaciente e peremptório.

O sotaque do Norte e sua roupa esporte de marcas chamativas deixavam poucas dúvidas sobre sua origem, pelo menos a Nicolás, que subitamente entendeu o motivo da visita.

– Não sei de quem está falando. Nunca ouvi esse nome, senhor; deve ser uma confusão – respondeu Eliseo Alcántara.

O pai de Nicolás, um homem de cerca de cinquenta anos, era a imagem típica de seu ofício de contador: calvo, de compleição enxuta e olhar fugidio atrás de grossos óculos de aro de tartaruga. Havia enriquecido graças ao prestigiado escritório de auditores que fundara 25 anos antes e que se transformara em uma das principais empresas do país.

– Não se faça de covarde, já vimos o que faz da vida. Para quem o está investigando? Por que só investiga nesta casa, e não em seu escritório? Para quem trabalha?

– Nesta casa? – respondeu Alcántara, realmente confuso.

O homem que o interrogava soltou um suspiro de frustração. Voltou-se para ver a mulher sentada no chão e depois Nicolás; este avaliava as consequências de intervir no interrogatório e esclarecer as coisas. Animou-se pensando que, na verdade, o que haviam descoberto estava em bases de dados disponíveis, ou quase disponíveis; diria a eles que simplesmente era um fã de Pamela Dosantos.

Nicolás levou o primeiro tiro na maçã do rosto direita, o segundo logo abaixo do olho esquerdo. Sua cabeça se catapultou para trás com o impacto dos disparos e seu corpo se convulsionou durante alguns instantes: faleceu antes que o grito de sua mãe se desvanecesse.

– Só para que veja que não estamos brincando. Vamos esfolar sua mulher viva até que nos dê o que estamos procurando: você é quem manda, contadorzinho.

Ao ouvir o estrondo, o homem que checava os quartos de cima correu para o corredor para ver se o outro precisava dele; avisou a seu chefe sobre a existência de um quarto de mulher e se voltou para prosseguir a investigação.

Vidal e Manuel escutaram os dois tiros no terceiro andar, apesar da música que saía dos alto-falantes. Vidal foi até a porta do quarto que Nicolás havia deixado aberta e viu no andar intermediário que um homem de pistola na mão gritava alguma coisa para quem estava embaixo; conseguiu se esconder antes de o sujeito virar a cabeça em sua direção.

Vidal pediu silêncio com o dedo indicador a Manuel e, amortecendo o barulho de seus passos, dirigiu-se a ele; a requinta expansiva de Led Zeppelin disfarçava qualquer barulho que seus passos fizessem, mas também os impedia de saber se o homem da pistola estava subindo para o terceiro andar.

Explicou brevemente no ouvido de Manuel o que havia visto e o puxou para a única janela do quarto. A construção de tipo inglês, com telhado de duas águas, permitiu-lhes subir nele; a superfície inclinada dificultava o deslocamento dos dois rapazes, que tentavam se afastar da janela. Com uma expressão confusa no rosto, Manuel seguiu seu amigo enquanto este mexia a mão como se batesse uma bola imaginária para lhe indicar que reduzisse o som provocado por seus passos no telhado. Vidal olhava para a robusta chaminé que se destacava nas alturas, único objeto capaz de escondê-los de seu perseguidor ou da vista da rua; notou uma caminhonete cinza fora da mansão e a tênue brasa de um charuto aceso.

Enquanto isso, o homem havia acabado de revistar o segundo andar e subiu a escada para o terceiro, entrou no estúdio e desligou o aparelho de som. Vidal congelou seus movimentos e os de seu acompanhante: sabia que qualquer deslizamento no telhado seria ouvido pelo sujeito que estava dois metros abaixo. Estavam paralisados a poucos passos de distância da chaminé, e Vidal temia que quem estivesse esperando na caminhonete erguesse a vista e os descobrisse.

Passaram-se trinta segundos, que para Vidal pareceram eternos, até que escutou uma voz distante e categórica. Não conseguiu discernir o significado, mas imediatamente escutou a música de novo. Achou que o pessoal de baixo havia mandado retomar Led Zeppelin e não quis imaginar que ruídos precisavam abafar no primeiro andar da casa. Não obstante, isso lhes permitiu alcançar a chaminé antes que, de fato, Vidal notasse a sombra de uma cabeça que se perfilou contra as estrelas em uma torção exagerada. O jovem agradeceu aos astros por ser uma noite de lua minguante, porque o promontório da chaminé era insuficiente para ocultar os dois corpos, mas a luz do poste da rua banhava apenas o teto de duas águas, e a cumplicidade das grandes árvores da calçada deixava os jovens invisíveis ao olhar do homem que os estava procurando.

Enquanto isso, os dois que estavam no primeiro andar haviam quase acabado seu trabalho. A mãe de Nicolás jazia inerte e seminua em uma poça de sangue alimentada pelos múltiplos ferimentos que, como tatuagens, atravessavam seu corpo; a mordaça que cobria sua boca não parecia mais cumprir função alguma. Eliseo Alcántara estava de joelhos e olhava com olhos desorbitados os corpos de seus familiares: fazia tempo que havia deixado de entender ou escutar as perguntas de seu algoz.

– Esse aqui não faz ideia de nada – disse o chefe deles, e ao terminar a frase disparou-lhe um tiro na têmpora.

O corpo de Alcántara deslizou pelo chão sem um suspiro.

– E, se não foram eles, quem andou navegando daqui? – perguntou o acompanhante do assassino. – Algum vizinho pode ter roubado o sinal.

– Deixe-me ver – disse o outro e digitou em seu celular para testar a rede Wi-Fi da casa. – Acho que não, está pedindo senha para conectar.

– E a filha? Não terá sido ela?

– Diga a Alfredo que cheque o quarto dela e ligue o computador. Ele é quem manja disso.

O homem se dirigiu à escada para cumprir a ordem, mas o terceiro já vinha descendo.

– Já ouvi – afirmou enquanto contemplava os três corpos espalhados na sala. – Acho que errou o alvo. Esse moleque que levou um tiro na cara tem três máquinas da mais recente tecnologia instaladas lá em cima; em uma delas há uma longa lista com as propriedades de Plascencia. No armário da irmã só encontrei este notebook, acho que não vamos encontrar muito nele.

– Puta que pariu, pisamos na bola – disse o chefe.

Alfredo olhou para ele com a sobrancelha arqueada. Não parecia concordar com sua apreciação; de qualquer maneira, não queria se incluir na conjugação no plural que o outro havia utilizado. Apesar de tudo, foi em seu auxílio.

– Só nos resta levar os equipamentos de cima e checar e-mails e arquivos que possam indicar para quem, ou com quem, o fedelho trabalhava.

– Não querem esperar a filha? – propôs o terceiro enquanto olhava com cobiça uma foto emoldurada de Marina.

– Vamos embora, já nos excedemos o suficiente – ordenou o chefe. – Vão pegar os equipamentos.

De onde estavam, Vidal e Manuel viram a caminhonete partir, mas decidiram esperar mais quarenta minutos antes de se atrever a descer e pôr a cabeça pela janela. Gostariam de ter alertado imediatamente a polícia, mas ambos haviam deixado seus celulares no estúdio de Nicolás: Manuel ao lado de um teclado, Vidal no sofá-cama onde iam dormir.

Notaram imediatamente que faltavam os três grandes computadores e o celular de Manuel; Vidal encontrou o seu escondido entre as duas pesadas almofadas do sofá. Os dois deram um pulo quando a longa lista de reprodução de rock clássico do iPod chegou ao fim e provocou um estranho silêncio. Vidal se alarmou de novo e fez sinal a Manuel para que parasse de se mexer. Aguardaram vários minutos atentos e calados, tentando perceber qualquer ruído procedente dos andares inferiores. Finalmente, convenceram-se de que estavam sozinhos.

Vidal ligou para seu pai do celular e se surpreendeu por encontrá-lo ainda acordado; disse que haviam assaltado a casa de seu amigo e que haviam ouvido tiros no andar inferior. Mario fez perguntas rápidas e nervosas sobre a identidade dos bandidos e a gravidade da situação; contudo, Vidal parou de prestar atenção: um grito agudo e lancinante estremeceu os jovens. Sem pensar duas vezes, Vidal correu pelas escadas até chegar ao térreo: Marina contemplava, da porta de entrada escancarada, a sala de sua casa.

Segunda-feira, 2 de dezembro, 7h14.

Vidal e Jaime

Olga perguntou pela segunda vez a Tomás e a Amélia se sabiam mais alguma coisa da tragédia que acontecera horas antes na casa dos Alcántara. De novo os dois responderam negativamente, mas algo no modo como ambos baixavam a vista para a xícara de café que seguravam nas mãos despertou a desconfiança da mulher.

Eram 7h14, e os três estavam sentados à mesa da cozinha dos Crespo à espera de que Mario e Jaime voltassem com Vidal da Procuradoria. Os policiais judiciais que chegaram ao local do massacre haviam levado o rapaz para tomar as primeiras declarações; meia hora antes, Mario havia ligado para casa para informar que estavam acabando as primeiras averiguações e que logo voltariam. Ao que parecia, Jaime havia conseguido agilizar os trâmites graças a seus contatos com o pessoal da instituição.

– Os primeiros indícios fazem supor que se trata de algum tipo de vingança contra o pai de Nicolás – disse Amélia. – Se for assim, a presença de Vidal é simplesmente acidental e ele não corre risco nenhum, Olga.

Amélia havia falado às 6h20 com o procurador do Distrito Federal, membro de seu partido, e lhe pedira que a mantivesse informada. Minutos depois, o diretor da polícia metropolitana entrara em contato com ela para lhe dar o primeiro relatório. Mario havia falado com Tomás mais duas vezes além da ligação que o acordara e transmitira alguns dados da cena que presenciara na casa dos Alcántara.

Mario havia recebido a chamada de Vidal pedindo ajuda às 23h55 da noite anterior. Nesse instante, pedira a seu filho que saísse da casa de Nicolás, mas o rapaz se negara a abandonar Marina, que estava em estado de choque, e decidira usar seu carro para ir até o endereço que Vidal lhe dera. Do Condesa, a essa hora, levara doze minutos, que consumira ligando para a polícia e depois para Jaime.

Encontrou Vidal surpreendentemente calmo; atribuiu isso ao fato de estar abraçando Marina e sussurrando palavras de consolo em seu ouvido. Os dois jovens estavam acocorados no chão, ao lado da porta de entrada, apoiados na parede. A garota estava com a maquiagem borrada e o olhar cravado na foto da família projetada pela tela do celular que segurava com as duas mãos.

Mario ajudou os dois a se levantar e os conduziu à porta que achava que levava à cozinha; estavam se sentando ao redor da mesa que usavam para tomar o café da manhã quando escutou a sirene de uma radiopatrulha chegando à casa. Seguindo as instruções que Jaime lhe dera por telefone, explicou brevemente a Vidal que testemunhasse que não havia visto nem ouvido nada. O mais conveniente teria sido dizer à polícia que ambos, a jovem e seu filho, haviam acabado de chegar à casa; não obstante, o estado emocional dela tornava pouco confiável que recordasse alguma instrução. Vidal assentiu com o olhar ainda preso em Marina.

Ao se abrir a porta da cozinha, Mario se endireitou à mesa esperando ver um policial uniformizado, mas foi Jaime quem irrompeu, seguido de dois homens que pareciam ser seus acompanhantes; recordou que Jaime vivia em Lomas, a poucas quadras de distância. Seu amigo repetiu as instruções a Vidal, certificou-se de que o jovem o escutava e a seguir se voltou para encarar os policiais que entravam na residência.

Na realidade, eram três patrulhas que chegaram ao local. Lomas é o bairro tradicional da classe alta da capital, sede de embaixadas e de grandes residências de fachada aristocrática. A polícia do Distrito Federal tinha um mecanismo de resposta rápida nessa área, o que explicava a presença dos uniformizados apenas oito minutos depois de Mario ter ligado para a polícia.

Jaime conferenciou brevemente com o patrulheiro de mais alta patente, mas poucos minutos depois apareceu um oficial da área, com quem dialogou um bom tempo. Queria se assegurar de que os patrulheiros não alertariam os repórteres criminais ou transmitiriam pelo rádio a informação sobre o assassinato, pelo menos até determinar se o assunto tinha a ver com o crime organizado, e para evitar que o nome de Vidal aparecesse no processo judicial. Jaime era amplamente conhecido no quadro policial, pois durante o mandato presidencial anterior havia sido por dois anos diretor do Cisen, organismo responsável pela inteligência do governo mexicano, e por mais dois encabeçara o Siedo, gabinete especializado no combate ao crime organizado. Os oficiais não sabiam muito bem que autoridade Jaime tinha nesse momento, mas entendiam o suficiente para situá-lo nas alturas da hierarquia policial.

O detetive encarregado da operação foi um osso duro de roer. Aceitou a solicitação de Jaime de manter o incidente longe da mídia, mas ambos sabiam que tão logo chegassem os legistas para estudar a cena do crime, para não falar das ambulâncias que levariam os cadáveres, o cerco antimídia estaria rompido. Os profissionais dessas áreas costumavam complementar sua renda com comissões recebidas em troca de informações passadas a repórteres. A mera instrução por rádio para que fossem ao local seria detectada pelos jornalistas, que manejavam os códigos com mais fluidez que muitos membros da polícia, e um domicílio em Lomas era chamativo demais para passar despercebido.

No entanto, o detetive concordou em esperar meia hora antes de convocar seus colegas. Mas não queria atrasar muito mais o interrogatório das pessoas que estavam na cozinha: sabia que os primeiros instantes eram vitais para colher testemunhos. Reconhecia a importância de Jaime, mas sabia que poria em risco sua carreira se o morto fosse alguém com amigos poderosos; e quem não tinha amigos poderosos em Lomas?

– Quem está ali? – perguntou o detetive, indicando a porta da cozinha. – Se não jogar direito comigo, não posso colaborar com você.

O homem olhava com receio para os dois guardas que Jaime havia colocado na porta.

– A filha da família, um jovem amigo dela e o pai dele, que acabou de chegar.

– Preciso falar com os jovens. Sabe se estiveram presentes durante os fatos?

Jaime gostaria de ter dito que Vidal e Marina também haviam acabado de chegar, mas não conhecia os detalhes e era impossível confiar no testemunho da jovem.

Finalmente o convenceu de que iniciasse os interrogatórios na caminhonete preta na qual Jaime havia chegado. A enorme mansão estava circundada por um caminho de pedra que permitia a passagem dos veículos; seu motorista levou o carro para a parte de trás da casa e tiraram os dois jovens, pela porta de serviço. O detetive e Jaime ocuparam os bancos da frente e os dois jovens, o banco de trás. Jaime se certificou de que ninguém mais detectasse a presença de Vidal.

A essa altura ela havia começado a falar; na verdade, não parava de falar. Estava saindo do choque inicial e entrava em uma fase de estresse pós-traumático.

– Tenho que tomar água com açúcar, sinto que minha pressão baixou; que bom que você chegou, porque não sei o que teria feito se estivesse sozinha. Acha que Micaela pode me fazer um chá quente? Estou com muito frio.

Marina se dirigia a Vidal e, ao que parecia, ignorava que Micaela jazia no corredor, morta por asfixia.

Para sorte de Vidal, a verborragia da jovem levou o detetive a interrogá-la primeiro.

– Já vou pedir uma manta para você. Qual é seu nome, filha?

– Marina, senhor; Marina Alcántara. Está fazendo frio, não é? Ou sou só eu?

– Eu também estou com frio, Marina; já estou ligando o aquecedor. No meio da tarde estava transpirando, não imaginei que ia esfriar tanto à noite. Sentiu calor hoje à tarde, Marina?

– Sim, é verdade, estava muito ensolarado – disse ela distraidamente.

– Em meu escritório é muito quente depois do almoço. O que você fez hoje à tarde?

– Estava na casa de uma amiga estudando para uma prova, e depois ficamos baixando música, mas no quarto dela não estava calor.

– E não sentiu frio quando saiu da casa dela? Era tarde?

Jaime apreciou o trabalho do detetive. A jovem havia se refugiado na conversa insubstancial e o policial recorreu a ela para captar sua atenção; pouco a pouco a dirigia ao momento dos acontecimentos.

– Não, eram quase onze quando saí da casa de Susana, mas senti frio porque saí sem agasalho. Tenho aquecedor no carro.

– É uma bênção, não é? Já dá para sentir o calorzinho. Já chegou aí?

– Sim – disse ela, esfregando os braços.

– E, quando chegou a sua casa, encontrou alguém?

– Não, estava tudo muito quieto. Entrei correndo para chegar a tempo de jantar com eles, e... – Marina fez uma pausa, um ricto de dor cruzou seu rosto. Engoliu em seco e tentou se recompor. – Depois me sentei, e o amigo de Nicolás entrou e me abraçou.

A menção a Nicolás, ao que parecia, invocara a imagem do irmão morto. Marina levou as mãos ao rosto, soltou o pranto e se dobrou até apoiar a cabeça nos joelhos. Chorou durante vários minutos enquanto Vidal passava a mão nas costas dela; o detetive olhou para Jaime e este negou com a cabeça para indicar que não fazia sentido prosseguir o interrogatório por ora. O detetive ainda não havia desistido.

– E você, como se chama?

O tom com que inquiriu Vidal contrastou notoriamente com a atitude descontraída e carinhosa que utilizara com a jovem. Jaime percebeu que a intenção do policial era provocar medo no rapaz.

– Meu nome é Vidal Crespo.

– E o que estava fazendo ali? Como escapou dos tiros? – disse o detetive, que parecia cobrar dele o fato de não estar morto.

– Sou amigo de Nicolás. Eu estava em casa falando com ele pelo telefone quando ele disse que ouviu barulhos estranhos vindo do andar de baixo. Disse que me ligaria depois e desligou. Como ele não ligou, liguei duas vezes no celular dele e depois no fixo.

– Por que acha que ele estava lá em cima? Como sabe?

– Porque ele me pediu para ouvir pelo telefone uma música do Led Zeppelin; ele tem uns alto-falantes incríveis no estúdio.

– Você vem muito a esta casa?

– Quase todos os sábados, para ver jogos no computador e essas coisas.

– E por que apareceu aqui esta noite? Hoje é domingo.

– Como ele não atendia, comecei a me preocupar, então decidi dar uma volta. Quando cheguei, a porta estava aberta e escutei Marina chorando; abracei-a e achei que havia acontecido alguma coisa com ela, mas, ao levantar a cabeça, vi a sala.

– Quer dizer que você veio de sua casa até aqui só porque estava preocupado? Onde você mora?

– No Condesa; decidi andar de bicicleta e aproveitei para ver o que havia acontecido com Nicolás. Está ali, estacionada na garagem.

– Até aqui?

– Bom, a *enfrijolada* de Micaela é uma delícia.

Jaime não pôde evitar um sorriso. Não fazia ideia se Vidal estava dizendo a verdade, mas admirou a ousadia do garoto.

– Deixe-me ver seu celular.

– Não está comigo. Com a preocupação, esqueci-o em casa.

O detetive duvidou muito disso; seus filhos adolescentes eram a constatação universal de que os jovens podiam esquecer os sapatos, mas não o celular quando saíam de casa. Tentou adivinhar na escuridão se dava para ver algum volume nos bolsos da calça de Vidal, mas a luz projetada pelo poste do jardim mal permitia adivinhar as pernas do jovem.

– Saia do veículo – disse, peremptório.

Jaime decidiu que era hora de intervir.

– Já chega. Os dois jovens colaboraram e são menores de idade. – Jaime sabia que não eram, mas lhe pareceu um bom argumento. – Vamos dar um tempo; ela precisa de um pouco de tranquilidade. Temos que ver o que a primeira inspeção da cena do crime nos diz, ver se os quartos de cima foram saqueados.

O detetive continuava duvidando; não obstante, no fim fez um gesto afirmativo. Jaime pediu a Vidal que não saísse do carro. Mario esperava do lado de fora esfregando o quadril; seu amigo deu-lhe uma piscada tranquilizadora ao passar.

Jaime interceptou o detetive antes que entrasse na casa pela porta de serviço.

– Não vamos envolver Vidal no caso. Quem fez isso é profissional; os cortes na mãe são desses que maximizam a dor, sem ser fatais, para prolongar a tortura. Se os assassinos temerem alguma inconfidência, podem vir atrás do rapaz só para se assegurar de seu silêncio, embora o coitado não saiba de nada. Citar Marina é inevitável, porque ela vive aqui, mas ficará registrado que chegou quando tudo já havia acabado. Para que pôr em risco mais alguém?

– Não sei, alguma coisa não me convence na versão dele.

– Sua versão me pareceu absolutamente lógica. Ao contrário de Vidal, qualquer jovem de sua idade teria se cagado de medo e dado uma declaração cheia de incongruências.

– O problema é que na declaração dela ficará registrado que Vidal apareceu na casa.

– Ela não tem ideia do horário, nem sabe bem se Vidal chegou com o pai ou se chegaram antes da polícia. Deixe isso comigo.

– Vamos fazer uma coisa: vamos até a Procuradoria, levamos o rapaz e o pai só como acompanhantes dela, e você e eu convencemos meu chefe. Eu o apoio.

– Quem é seu chefe?

– Ricardo Trejo.

– E o chefe do seu chefe?

– Samuel Morfín.

– Sammy? – perguntou Jaime com um sorriso. – Eu cuido disso. Vamos assim que estiver pronto.

Segunda-feira, 2 de dezembro, 8h30.

Os Azuis

Nem Jaime nem Mario conseguiram tirar Vidal de seu desânimo durante o trajeto para casa: a falta de sono e o sol da manhã mergulharam o jovem em um estado semicatatônico. Enquanto contemplava sem ver as ruas pelas quais passavam, vinham a sua mente retalhos sem sentido dos gráficos sanguinolentos do programa *Piarañas*, do corpo de Nicolás estendido no sofá, da silhueta do homem que os procurava no teto. Depois de responder com monossílabos às perguntas de seu pai e de Jaime, eles decidiram lhe dar uma folga.

Ao chegar em casa, Olga o abraçou sem pronunciar uma palavra. Alguns segundos depois o jovem começou a soluçar, com o rosto afundado no peito da mãe; os Azuis contemplaram a cena em silêncio. Os estremecimentos de Vidal passaram depois de um tempo, e ele ergueu a vista para ver os amigos de seu pai e se sentou à mesa da cozinha. Começou a falar.

Meio desconexo de início e depois mais fluente, explicou o alcance de suas investigações sobre Pamela Dosantos, a sessão da noite anterior, a descoberta de Joaquín Plascencia, o barulho que escutaram, a visão do homem armado e sua fuga para o telhado. Ao terminar, um longo silêncio se instalou na cozinha dos Crespo. Olga se aproximou de novo para acariciar os cabelos do filho, e os demais presentes o olhavam com atenção.

– Eu pedi a você que deixasse o assunto de lado – começou Mario.

Jaime o interrompeu com um gesto.

– Você fez bem, Vidal. Ter se escondido e não ter mencionado Manuel simplifica as coisas – disse Jaime.

– Mas esses filhos da mãe levaram os computadores, vão poder rastreá-lo até aqui, não é? – perguntou Mario entre a ira e o medo.

– Levaram os dele – respondeu Vidal. – Como fui de bicicleta, preferi deixar meu notebook aqui. De qualquer maneira, as máquinas de Nicolás são mais rápidas.

– Mas pelos e-mails de Nicolás poderão deduzir com quem ele estava trabalhando nesses assuntos, não? – insistiu Mario.

– Isso ainda não sabemos. Contudo, temos que agir rápido: vocês trocaram e-mails ou arquivos sobre Pamela? – perguntou Jaime, dirigindo-se a Vidal.

O jovem tentou se concentrar na pergunta e demorou a responder.

– Acho que não – hesitou. – Acho que foi tudo por pen drive ou *torrent*; teria que checar em meu computador.

– Deixe pra lá. É melhor um especialista fazer isso. Vou chamar um agora – disse Jaime.

– Você precisa descansar, Vidal – interrompeu Olga. – Vá se deitar um pouco na minha cama, é mais tranquilo.

O jovem assentiu em silêncio e, com passo cansado, dirigiu-se à escada. A voz da mãe o alcançou.

– Já vou subir para lhe dar um comprimido para descansar – e acrescentou, voltando-se para os demais: – Quero ver como resolvem essa confusão em que o meteram – disse, irritada, e deixou a cozinha.

Jaime digitou uma mensagem no celular e comentou que dois técnicos estavam a caminho para checar o computador de Vidal. Mario interveio para apontar que se tratava de dois equipamentos, um notebook e um computador de mesa.

– Pela descrição de Vidal, tudo indica que se trata de matadores de aluguel, não de assaltantes. Não levaram mais que os computadores, certo? – disse Amélia, dirigindo-se a Jaime.

Ele confirmou com a cabeça.

– Será que tem alguma relação com seu atentado? São dois ataques presumivelmente do cartel de Sinaloa em menos de uma semana. Parece muita coincidência – afirmou Tomás.

– É impossível que estejam relacionados. O meu são velhas histórias; o deles foi uma reação automática à investigação que estavam fazendo sobre Joaquín Plascencia, que, ao que parece, é um peixe grande da lavagem de dinheiro na organização. Eles têm alarmes para detectar quando algum curioso fuça em assuntos e pessoas relacionados a eles.

– Acha que Nicolás comentou algo sobre Vidal antes de o matarem? – perguntou Mario.

– Não creio; os capangas não teriam saído da casa até encontrá-los. Tudo indica que não notaram sua presença. Vidal afirma que os dois primeiros disparos que escutou foram dados imediatamente após Nicolás descer para o primeiro andar: isso significa que não chegaram a interrogá-lo.

– Faz sentido – acrescentou Tomás. – Ele disse que o pai de Nicolás dirigia um escritório de contabilidade; provavelmente acharam que estava investigando as finanças de Plascencia por encomenda de alguém.

– Acham que Joaquín Plascencia e Pamela Dosantos tinham alguma relação? Digo, além de serem primos-irmãos – perguntou Mario, recordando subitamente o arquivo escondido nas duas malas.

Tão logo disse isso, captou o olhar de censura que Tomás lhe dirigiu e recordou a decisão de não contar a Jaime sobre a existência das pastas.

– Não vejo como – interveio Amélia. – Parece que se moviam em duas esferas totalmente diferentes.

A chegada dos técnicos interrompeu a conversa: um homem de meia-idade e terno elegante e um jovem de jeans e camiseta do Oasis se reportaram a Jaime. Ambos usavam óculos: os do primeiro eram caros e transparentes; já os do segundo tinham aro espesso; este último levava nas costas uma volumosa mochila. Em conjunto passavam uma imagem de eficácia e competência. Jaime os instruiu durante alguns minutos e Mario os levou ao quarto de Vidal.

Sem a presença dos membros da família Crespo, Tomás, Jaime e Amélia relaxaram um pouco. Olhavam-se entre si e se perguntavam o que mais poderia piorar. Havia uma semana se reuniram por causa da preocupação com as reações à coluna de Tomás; hoje, tal inquietude parecia uma bobagem. Desde então, os quatro haviam escapado de uma tentativa de assassinato e Vidal estava vivo por milagre.

– Ainda bem que conseguiu tirar Vidal do caso. Com todos os informantes que os traficantes têm na Procuradoria, a esta hora já saberiam que deixaram escapar um – disse Tomás, olhando para Jaime.

– Não vamos esquecer que eram dois – recordou Amélia. – Alguém tem que falar com o outro rapaz, para que não dê com a língua nos dentes e foda tudo.

– Você tem razão – respondeu Jaime –, eu me encarrego de localizá-lo.

– E o que vamos fazer com a família? Vão ficar a salvo? – perguntou Amélia, erguendo a vista para os quartos superiores.

– Meu pessoal já vai descer. Se Nicolás e Vidal não trocaram arquivos sobre Joaquín Plascencia, com certeza não correm perigo; mas, se trocaram, virão atrás dele. Teríamos que tirar todos daqui hoje mesmo.

– Caralho, quero ver quem diz isso a Olga – disse Tomás.

Os três se olharam e soltaram uma gargalhada involuntária.

– Eu não – disse Tomás. – Prefiro correr escadas abaixo no Reina Victoria, perseguido por pistoleiros.

Os técnicos chamaram Jaime e os três cochicharam por alguns minutos; Tomás e Amélia acompanhavam de longe a conversa, tentando captar palavras soltas e antecipar o veredicto. Finalmente, Jaime voltou a seus amigos.

– Tudo bem – afirmou. – Há muitas trocas sobre um projeto de jogo digital, *Piarañas*, com esboços e programação, mas nada sobre Pamela ou Joaquín Plascencia. Vidal tem razão, o que compartilharam sobre o assunto foi por pen drive.

– Eles têm os computadores de Nicolás; vão ver a profundidade do relacionamento com Vidal e o outro rapaz. Não virão atrás deles para descobrir o que sabiam? – perguntou Amélia.

– Ao que parece, Nicolás era compulsivo nas redes sociais, comunicava-se o dia todo com uma dúzia de amigos sobre outros temas. Os holofotes não estarão sobre Vidal, não se preocupem. O pior que pode acontecer é que os especialistas deles vigiem durante alguns dias os IPs de todos eles, por via das dúvidas – disse Jaime.

– Temos que nos assegurar de que Vidal e seu amigo continuem agindo como se nada houvesse acontecido; um silêncio repentino poderia gerar suspeitas, não acham? – propôs Tomás.

– É possível – respondeu Amélia –, mas o normal seria que reagissem de alguma forma ao assassinato do amigo.

– Vamos deixar Vidal se recuperar durante o dia, e à noite que se comunique por e-mail com Nicolás e o outro rapaz de maneira casual, como se não soubesse de nada – propôs Jaime.

– E você? Como anda com o negócio das ameaças? Continua em perigo? – perguntou Tomás, dirigindo-se a Jaime.

– Estou cuidando disso, espero resolver tudo em algumas horas – respondeu e, com a intenção de mudar de assunto, acrescentou: – Tenho más notícias, Tomás.

– Mais?

– O corpo do advogado Coronel apareceu jogado na periferia de Pachuca. Apresentava um avançado grau de decomposição, talvez de uma semana, e pintaram em seu peito: "linguarudo". Nunca saberemos quem lhe deu a dica sobre o terreno onde encontraram Pamela, nem por que escolheu você para passá-la adiante.

Tomás estremeceu com a notícia. Recordou o almoço que compartilharam dias antes, a atitude triunfalista do advogado, suas camisas feitas sob medida e os sapatos italianos, o tom urgente para com os garçons. Foi difícil imaginá-lo seminu em um milharal, transformado em alimento de formigas e vermes.

– Já são muitos os mortos nesse caso, o negócio está se complicando demais – disse Mario, que havia se reincorporado à conversa.

– Muitos – confirmou Amélia. – A morte de Coronel pode ter sido obra do pessoal de Salazar. O ministro precisava descobrir quem estava por trás da tentativa de relacioná-lo com o assassinato de Pamela; não podemos perder de vista que alguém pediu a Coronel que falasse com Tomás para divulgar o escândalo. Com certeza Salazar era o mais interessado em interrogar o advogado.

– Ou pode ter sido assassinado por aqueles que o mandaram falar comigo, para se assegurarem de seu silêncio – aventurou Tomás.

O jornalista imaginou o rosto do "comandante" visto de dentro da fantasia do Doutor Simi fazendo caretas enquanto torturava Coronel com fúria. Perguntou-se se fariam o mesmo com ele no dia em que tentaram sequestrá-lo.

– Qualquer uma das duas hipóteses é válida. A verdade é que nossas linhas de investigação estão chegando a becos sem saída – disse Jaime.

– Isso é um eufemismo. Eu diria que estão sendo assassinadas – completou Amélia.

Tomás e Mario trocaram olhares de novo, pensando ambos no potencial do arquivo secreto de Pamela. Tomás, convicto de que tinham ainda um ás na manga; e Mario, preocupado com Carmelita e perguntando-se se não assassinariam também essa linha de investigação. A seguir, recordou, para seu pesar, que agora ele e Amélia estavam com as pastas e eles é que enfrentavam o risco de ser eliminados, como as outras pontas soltas.

Como se intuísse alguma coisa, Jaime perguntou se havia algum avanço nos arquivos de Plutarco. Mario afirmou que não havia terminado e que até o momento não havia surgido algo que tivesse valor para suas investigações. Amélia propôs que deixassem os Crespo descansar e que à noite trocassem novidades pelo rádio. Jaime se retirou imediatamente e os três amigos aproveitaram para comentar o assunto das pastas.

– Hoje Alicia vai começar a transcrever os áudios. Se quiserem, podemos nos encontrar à noite em meu escritório para ver o que encontramos – disse Amélia.

– Eu passo por lá, mas acho que hoje você devia ficar com sua família. Instrua Vidal a mandar e-mails como se nada tivesse acontecido – disse Tomás a Mario.

– Certo – respondeu o amigo, pesaroso com a recordação de Vidal e a cena na casa dos Alcántara.

Ele também sabia que um tenso jantar com Olga o esperava. Abraçou seus amigos e se despediu deles na porta; Tomás e Amélia se despediram ao lado da SUV dela, ele muito consciente de que o beijo de despedida foi nos lábios, com a mão apoiada na cintura dela.

Segunda-feira, 2 de dezembro, 21 horas.

Jaime

O ex-governador de Sinaloa não se parecia em nada com o de Veracruz, lamentou Jaime. Uma versão de Pedro Armendáriz de olhar severo e bigodes fartos contemplava-o de uma estatura estranha para um mexicano; a voz forte e grave de Agustín Zendejas também não inspirava tranquilidade alguma.

Estavam na casa de Roberto Hurías, um advogado famoso por cuidar de casos polêmicos e importantes, que se oferecera para propiciar o encontro em um território imparcial e discreto. No entanto, Jaime tinha motivos para estar nervoso. Cansino havia ligado de manhã para avisar que a reunião fora aceita por Zendejas, mas posteriormente foi cancelada depois de o ex-governador consultar seus contatos no cartel; o norte-americano comentara com Jaime que o pessoal de Culiacán não queria saber dele. No fim conseguira convencê-los, mas, para isso, tivera que usar toda a sua autoridade como responsável pelo DEA no México. Contrariado, Zendejas aceitou pelo menos escutar o que Jaime tinha para dizer.

O mexicano assumiu que haviam procurado Cansino por deferência e pelo interesse que tinham em que o DEA acabasse com as tentativas de capturar ou assassinar Chapo; Jaime se dava por satisfeito se não aproveitassem o encontro para executá-lo.

Zendejas não fez rodeios: rejeitou a bebida oferecida por Hurías e, tão logo este se retirou para deixá-los sozinhos, cutucou Jaime:

– O que tinha que me dizer de tão urgente?

– Antes de tudo, obrigado por me receber, governador.

– Tenho outro compromisso, podemos ser breves?

O vozeirão do sinaloense era intimidador; o olhar, feroz. Zendejas nem sequer havia se sentado, o que os obrigava a conversar em pé; a diferença de estaturas acentuava a fragilidade que Jaime sentia.

– Os líderes de Culiacán estão tentando me matar, por razões que desconheço. Deve haver algum engano.

– Não sei o que querem fazer com você, o que sei é o que não querem. As razões eu desconheço, e não são de minha incumbência.

– Tenho algo importante para oferecer para que parem de me odiar. Também não pretendo que me amem, bastaria que suspendessem a ordem de execução.

– Diga.

– Eu tenho o controle de Veracruz. Meus homens ocupam os cargos-chave na segurança pública do Estado, incluindo a direção da polícia estatal. Com minha ajuda o cartel pode tirar os Zetas da área. Sei que estão tentando faz tempo, porque querem quebrar a espinha dorsal de seus rivais no Golfo; também sei que não conseguiram.

Jaime sentiu o impacto que sua oferta provocou. Os sinaloenses haviam perdido alguns membros importantes na luta infrutífera para tomar o controle de Veracruz. O porto foi cenário de vários tiroteios com dezenas de mortos de ambos os lados, mas os Zetas mantinham o controle da praça. Chapo queria ter uma saída para o Golfo já fazia vários anos, para ter acesso à cocaína da Colômbia que circulava pelo Caribe. Ao não conseguir, teve que descer até a Guatemala, tornando mais longo e acidentado o tráfico da droga. Veracruz lhe permitiria um acesso direto e uma posição estratégica para se espalhar a Puebla e ao centro do país.

Zendejas sabia disso e entendia o valor que teria para ele ser o mensageiro e negociador de tão valioso troféu. Pela primeira vez desde o início da conversa, relaxou o cenho e por fim decidiu se sentar na ampla sala do advogado Hurías.

– Vejamos, explique mais devagar. Até agora, as autoridades locais protegeram o pessoal do Golfo; por que mudariam de lado? Quanto isso custaria?

– O governador fará as mudanças entre hoje e amanhã; os cargos de procurador, segurança pública do Estado e chefe de polícia ficarão nas mãos do meu pessoal. Claro que levarão as comissões de praxe, mas ajudarão os sinaloenses a se livrar dos líderes rivais e protegerão suas operações.

– Quanto tempo levaria para começar o assunto? Como vai fazer?

– Toda a negociação seria feita com Jorge Gutiérrez, o novo secretário de Segurança Pública: com ele acertam as comissões e a dinâmica de comunicação. A primeira reunião seria aqui no México; suponho que esta casa pode ser o lugar para o próximo encontro.

– Quando?

– Quatro ou cinco dias; contudo, a ordem da execução será suspensa hoje mesmo.

– Não garanto nada, mas sei que poderia ser interessante para eles – disse Zendejas em tom conciliador. – Jaimito, que diabos você fez para eles ficarem tão irritados? – acrescentou o ex-governador.

– Quem sabe, meu amigo? – respondeu Jaime pela primeira vez sem formalidades. – Ainda não sei bem, mas queriam me matar.

– Pois agora, sim, devíamos aceitar uma tequila do bondoso Hurías, não acha?

Zendejas estava começando a se mostrar expansivo e até otimista. Jaime especulou sobre o presente ou as prebendas que poderia obter do cartel simplesmente por ter sido intermediário da negociação.

Uma garrafa de tequila depois, os três riam à vontade e comentavam com saudades os tempos em que os assuntos das drogas eram tratados entre cavalheiros, os pontos eram respeitados e a população não ficava sabendo de nada; ocasionalmente um *ex abrupto* policial ou algum mal-entendido acabava nas páginas criminais dos jornais. Antes as pessoas aceitavam viver ao lado de um traficante, e os empresários e comerciantes recebiam maravilhados seu dinheiro. Hoje todo mundo os teme.

Jaime raras vezes bebia mais de um copo; no entanto, sentia que essa ocasião merecia. Só agora notava a tensão que, nos últimos dias, carregava sabendo-se, literalmente, um condenado à morte.

Despediram-se à meia-noite. Hurías não tinha resistência ao álcool e acabou falando bobagens; não queria deixá-los ir de jeito nenhum. Havia mandado sua família para a casa de seu cunhado pelo resto da noite e sentia que qualquer coisa que houvesse sido negociada em sua mansão era um assunto que devia ser celebrado.

– Vou mandar trazer umas gatinhas – disse como argumento categórico para reter seus amigos.

– Já vamos indo, compadre, mas precisaremos de sua hospitalidade daqui a alguns dias; daí, sim, comemoraremos com umas gatinhas, ok? – disse Zendejas. – Agora, dê-me um minuto para me despedir do amigo.

Hurías se afastou alguns metros e os outros dois se aproximaram para falar com discrição.

– Se aprovarem o trato, eu te mando uma mensagem para que compre as garrafas de tequila de que eles gostam e indico a hora – disse Zendejas e fez uma pausa. – E, se não aprovarem, vai ser um grande desperdício, porque é muito saboroso beber com você, Jaimito.

Zendejas deu-lhe um abraço e Jaime retribuiu, agradecido.

– Haverá muitos encontros como este – respondeu Jaime, batendo três vezes na porta de madeira.

– Ouça, Jaime, não dê uma de esperto para cima de mim. Você não me pediu para perguntar ao pessoal de Sinaloa por que querem sua cabeça, de modo que não me venha com essa de que não sabe – disse Zendejas em tom divertido e foi embora.

Segunda-feira, 2 de dezembro, 21h30.

Amélia e Tomás

Amélia tinha urgência de que o homem que ocupava a cadeira em frente a sua mesa no escritório do partido fosse embora: a qualquer momento Tomás chegaria para analisarem juntos o material que Alicia havia transcrito das pastas secretas de Pamela Dosantos.

Mas Juan José Mujica, secretário-geral do PRD, não parecia ter pressa. A maneira tranquila como esparramava na cadeira seus 110 quilos, trinta deles supérfluos, indicava que não pretendia ir embora tão cedo. Seu pedido de uma segunda xícara de café acentuou a irritação de Amélia; no entanto, não podia precipitar o final da conversa. Mujica pertencia à fração moderada que dominara o PRD nos últimos anos. Se ele e seus correligionários fracassaram na tentativa de manter o controle do partido, devia-se a um bloqueio de último momento por parte de Andrés Manuel López Obrador, líder radical da esquerda mexicana.

Amélia não pertencia a nenhuma corrente do PRD. Havia se afiliado ao partido três anos antes, quando aceitara se tornar deputada federal a fim de impulsionar as causas que defendera durante décadas em seus livros e depois com seu ativismo social: direitos humanos, feminismo, participação cidadã. Contudo, suas ardorosas intervenções na tribuna e sua atraente imagem pública a transformaram, em pouco tempo, em uma figura importante dentro da instituição política; nas eleições internas, oito meses antes, diante do equilíbrio de forças entre as diferentes tribos, recorreram a ela por ser a única pessoa carismática que não gerava objeções de nenhuma das partes.

Mas agora que López Obrador havia deixado o partido para fundar um novo, o Morena, sua organização social, levando com ele os radicais, os moderados acreditavam que tinham força para recuperar a presidência do PRD. Só esperavam a conjuntura adequada para afastar Amélia; conheciam a boa reputação da ativista e não queriam arcar com os custos políticos de uma separação traumática.

Amélia sabia disso tudo e teria entregado a presidência com prazer para voltar a suas atividades do passado, mas também não queria que fosse em circunstâncias desvantajosas para ela ou o partido. Enquanto isso, mantinha em seu relacionamento com Mujica um clima de indolência, à espera de que a previsível tempestade se desencadeasse.

– E o que fazemos com o Morena? – perguntou ele, tirando-a de seus pensamentos.

– Eu me pergunto o que o Morena vai fazer conosco. Neste momento, muitos acreditam que acabará sendo um partido mais importante que o PRD – respondeu ela.

– Talvez no resto do território nacional, mas temos muita força na Cidade do México, e essa é a posição mais importante da esquerda no país.

– Tomara. A presidência está obcecada por recuperar a todo custo a capital para o PRI nas eleições de 2018 e está investindo recursos econômicos e políticos para construir clientelas. Isso vai nos deixar entre dois fogos cruzados: o PRI no centro e o Morena na esquerda radical. Vão nos emagrecer pelas duas pontas – disse Amélia, sem deixar de notar a ironia de falar em emagrecer diante da massa humana que seus olhos contemplavam.

– Espero que logo comece o desencanto da população com o retorno do PRI: prometeram mais do que podem cumprir, as pessoas não são bobas. E não devem demorar a surgir os novos escândalos de corrupção e abuso que sempre chegam com eles.

Amélia pensou que talvez já tivessem esses escândalos documentados nos arquivos guardados atrás dela, mas, para vê-los, precisava que Mujica parasse de falar e a deixasse sozinha.

O homem começou a falar alguma coisa, mas foi interrompido por uma chamada da recepção que anunciava a chegada de Tomás; Amélia mencionou o nome de seu amigo e pediu que esperasse uns minutos. Para sua surpresa, Mujica se levantou com incrível agilidade e lhe disse que os deixaria sozinhos, mas, antes, gostaria de ser apresentado ao colunista, um sinal de quanto Tomás havia crescido em prestígio nos últimos dias.

Feitas as apresentações, passaram-se mais dez minutos antes que Amélia e Tomás pudessem ficar sozinhos.

– Dá para ver que a "massa" está do lado do PRD – disse Tomás, vendo a enorme figura de Mujica se afastar pelo corredor.

– Não seja maldoso – respondeu Amélia depois de uma breve gargalhada. – Acho que ele tem problema de tiroide.

– A vantagem dessa parceria com Mujica é que você parece uma *top model* em todas as fotos oficiais em que aparecem juntos.

– Não sei bem se isso é um elogio ou um insulto disfarçado.

– Vamos para sua sala que eu te mostro o que é – disse ele, pegando-a pelo braço.

Amélia riu à vontade de novo; gostava mais dessa faceta descontraída e sedutora de Tomás que dos humores densos e taciturnos que às vezes exibia diante dela. Mas, uma vez acomodados no sofá instalado na lateral da mesa, o arquivo de Pamela ocupou os pensamentos de ambos.

Em cima da mesa de centro estava uma pasta com uma dúzia de páginas impressas que Alicia havia transcrito diretamente das fitas. Amélia começou a ler em voz alta.

– "Do arquivo *No me amenaces**: os primeiros três meses com o senador Godínez de Michoacán foram uma perda de tempo, por isso não mandei um relatório. Mas, há quinze dias, passamos uma semana em sua fazenda em Coahuyana, entre Colima e Michoacán, na serra perto da praia, e surgiram coisas interessantes; voamos em seu monomotor, pois ele tem sua própria pista de aterrissagem. Esse homem é um cacique de verdade. Antes havia sido secretário do governo em Michoacán. Como não vem muito, reuniu-se aqui com pessoas e funcionários do governo e passou a semana toda fazendo negócios. Vieram uns franceses que vão construir um *resort* enorme em uma área virgem na praia e Godínez vai arranjar para eles oitenta hectares de terreno; vão lhe pagar cinco milhões de dólares só

* *No me amenaces*: não me ameace.

de comissão, e, em troca, ele tem que fazer a estrada. Seu capataz vem há seis meses aterrorizando uns e comprando outros para conseguir a cessão de terras. No dia seguinte chegaram uns burocratas de Morelia e ele pagou 125 mil dólares para garantir que o governo estatal pavimente os oito quilômetros de terra que ligam a praia com a estrada federal.

"Também veio o presidente municipal de Coahuyana, que fica a meia hora da fazenda. São sócios no monopólio do mercado de carne em vários municípios da costa e da serra, e o abastecimento é feito somente da pecuária de Godínez; ele tem milhares de cabeças. Um dos capatazes me disse que antes ele tinha sua fazendinha de gado, mas, como não havia jeito de colocar no mercado a carne dos animais, acabou vendendo-a ao patrão. Godínez diz que são mais felizes trabalhando para ele que lutando sozinhos.

"O senador é um bêbado e muito festeiro. Os franceses se divertiram; até eu acabei cantando com um *mariachi* que trouxeram de Tecomán. Iam embora no dia seguinte e tiveram que ficar mais um para curar a ressaca. Dois dos estrangeiros gostavam de maconha e logo perguntaram se havia um pouco de erva para comemorar: Godínez só fez um gesto e trouxeram um saco cheio; disse que vinha daqui de cima da serra. Eu perguntei, preocupada, se ele andava metido nisso. Ele disse que o pessoal de Aquila, do cartel da família Michoacana, já havia ameaçado todos os fazendeiros. Afirmou que até havia sido bom para ele, porque muitos preferiram vender a terra e ele comprou muito barato. Perguntei se não o ameaçavam, e ele disse que entre sócios não há ameaças. Então, se vangloriou de que a erva fumada pelos franceses era de sua colheita, que ia pedir denominação de origem, pois era muito boa. Já de volta ao México, decidi deixá-lo, porque fica um pouco brusco quando enche a cara; já me deu dois empurrões. Mas creio que isso é o mais importante de seus negócios escusos. Ah, ele é rival do presidente municipal de Morelia, porque os dois competem pelo governo daqui a dois anos. Fim da fita."

Amélia interrompeu a leitura, sorriu e meneou a cabeça.

– Não acredito, isto aqui é um tesouro! Adorei sua capacidade de observação e o tom com que relata; dá para ver que o assunto a divertia. É uma pena que não tenhamos conhecido Pamela.

– Se a houvéssemos conhecido, talvez acabássemos em um relatório desses – disse Tomás.

– Você talvez, eu não. Pelo que sei, ela só se envolveu com homens, não foi?

– Nada em Pamela me surpreenderia. De qualquer maneira, vamos saber no final de todas as fitas.

– Esse negócio de Godínez deve ser antigo, porque ele nunca chegou ao governo: acho que foi subsecretário de Turismo por dois anos. Com certeza negociou com hoteleiros por toda a costa do Pacífico – disse Amélia.

– O que lembro é que seu rival foi morto em um restaurante em Uruapan; um tal de Martínez. Acha que acabaram com ele para limpar o caminho para Godínez?

– É muito provável, se Godínez trabalhava com o cartel da família Michoacana. Ainda bem que não chegou ao Palácio do Governo em Morelia; quem sabe o que atravessou seu caminho.

– Ela disse alguma coisa sobre um relatório no início da transcrição, pode dar uma olhada? – pediu Tomás.

– "Por isso não enviei o relatório" – leu Amélia e olhou surpresa para o amigo. – Como não percebemos! Estávamos tão concentrados na fofoca que não escutei o principal: ela fazia as gravações para um terceiro!

– Certamente não estavam destinadas a se transformar em vazamentos para a imprensa ou o público, porque desses negócios turvos de Godínez ninguém nunca soube. Acha que ela gravava as fitas para algum político? O próprio Salazar, antes que se tornassem amantes ou que se soubesse que eram? – arriscou Tomás.

– Há um antecedente, nos anos 1960, o da vedete Irma Serrano, a Tigresa, que anos depois confessou que havia sido amante do presidente Díaz Ordaz e até se vangloriava de que ele lhe fazia mais confidências que sua polícia secreta. Lembra?

– Como poderia me esquecer? Todos os adolescentes tinham fantasias *non sanctas* com ela. Havia uma estátua de Serrano de corpo inteiro, nua, no vestíbulo do Teatro de la Ciudad; não sei se ainda existe. Lembro que a primeira vez que a vi esperei a terceira chamada para ficar sozinho e poder tocá-la.

– Prefiro não saber dos detalhes – disse Amélia, um tanto distraída, e acrescentou: – E se ela fazia as gravações para os parentes?

– O cartel de Sinaloa? Não brinque; esses aí estão por toda parte; será que não estamos ficando obcecados com o assunto?

– Veja só o trabalho que tiveram para interromper a investigação que os rapazes faziam sobre esse Joaquín Plascencia. Numa dessas, decidiram executar sua informante por alguma diferença, não sei. Talvez isso explicasse o assassinato da atriz.

– Não sei, Pamela era parente deles. Mas é verdade que nos últimos anos os códigos dos sinaloenses mudaram; antes não tocavam em mulheres ou membros da família. Vou pedir a Mario que pergunte a Carmelita se detectou algum contato de Pamela com seus parentes de Sinaloa – disse Tomás. – Que mais temos?

– Pelos saltos de página parece que aqui só há mais três casos além de Godínez. Obviamente, as fitas não estavam cheias – disse Amélia depois de folhear o material. A seguir, retomou a leitura. – "Do arquivo *Cuatro copas**: demorei muito para encontrar um bom informante entre os banqueiros; ou são muito velhos ou acham que são bordados a ouro, mas já saí durante três meses com Raúl Richter, vice-presidente do Banco Credex. Os banqueiros não são como os políticos, que com um pouquinho de carinho abrem o bico; e, para piorar, Raúl não assume nem perde o controle. Bom, até que saiu do armário; eu já suspeitava, porque, embora ele adore sair comigo, quase não se interessa por sexo. Achei que era para me exibir em público, mas pouco a pouco percebi que ele gostava de me ter por perto: ele quer ser como eu. Adora minhas coisas, minha roupa, a maquiagem, os corseletes.

"De início pensei que era uma coisa fetichista: estava mais interessado nos objetos que nas coisas carnais. Contudo, em um fim de semana em que fomos para Nova York, certa tarde fui fazer compras e voltei ao hotel antes do esperado: encontrei-o tirando o rímel e ainda com rastros de batom no rosto, como quem o tirou apressado; mais tarde encontrei minha roupa íntima manchada de sêmen. De modo que no dia seguinte esclareci minhas dúvidas; como sempre levo o aparelhinho, fiz papel de homem na cama, e o pobre sujeito finalmente se soltou. Isso foi há três semanas, agora já tenho o corselete dele e digo que nossos encontros são a quatro taças: 34C as minhas e 32A as dele.

"Como sente que sou sua cúmplice de alma, me fala de tudo. Diz que o verdadeiro negócio de seu banco é lavar dinheiro e fazer aos sócios

* *Cuatro copas*: quatro taças.

empréstimos disfarçados, alguns dos quais o banco nunca vai recuperar. Embora essa empresa seja regional, mobiliza muita grana. Ele diz que há dois tipos de lavagem: a dos delinquentes e a de gente de bem. Dos primeiros, já sabem a que me refiro; dos segundos, é de empresários e políticos que não querem declarar os ganhos e transferências à Receita. O trabalho de Richter é transformar as notas em depósitos legais. Para essas coisas ele se associa a várias casas de penhor e duas agências de câmbio. Não entendo muito bem o processo.

"Já tendo confiança em mim, ele me disse que seu sonho é se deitar com um negro bonito, de modo que iremos a Miami e eu vou arranjar um para levar ao hotel. Se der certo, espero gravar um vídeo sem que ele perceba; depois disso acho que vou terminar, porque ele já não vai precisar de mim. Fim da fita. Nota: a pasta *Cuatro copas* inclui um DVD."

– É um DVD que não pretendo ver – concluiu Amélia.

– Esse, não, mas já fiquei curioso para ver os outros; Mario disse que três ou quatro pastas incluem um disco. Você tem reprodutor? – perguntou Tomás, indicando a tela de televisão embutida na parede.

Amélia suspirou com um gesto que indicava que não estava muito certa de querer ver imagens comprometedoras de políticos pelados, mas ela também acabou vencida pela curiosidade.

– Vamos ler o relatório completo – disse – e no fim vemos alguns DVDs.

Quinze minutos depois olhavam perplexos um para o outro, não tanto pela gravidade dos delitos descritos nas páginas restantes quanto pela identidade dos envolvidos. Um deles, o arquivo *Cuéntame tus penas*[*], era uma das referências morais da esquerda; o outro, *Te solté la rienda*[**], uma das glórias da literatura mexicana.

– Está claro que os hormônios não respeitam inclinações ideológicas ou coeficiente intelectual. Pelo visto, Pamela era irresistível em todos os lugares – disse Tomás, rindo.

– Agora, sim, fiquei com vontade de ver esses DVDs – respondeu ela. – Vai saber quem vamos encontrar, e talvez lamentemos, mas que maldita curiosidade!

---

[*] *Cuéntame tus penas*: conte-me suas dores.

[**] *Te solté la rienda*: soltei sua rédea.

Amélia abriu o cofre e fuçou nas pastas até encontrar aquelas que continham algum disco; extraiu três e as colocou em cima de sua mesa. Pegou uma ao acaso, retirou o DVD e o passou a Tomás.

– Ponha o volume bem baixinho, senão o pessoal da limpeza vai achar que estamos em plena orgia em meu escritório – acrescentou ela.

Tomás inseriu o disco, operou os controles da televisão e do reprodutor de DVD, e quando acabou recostou o corpo no canto da mesa; Amélia se colocou a seu lado. Ambos estavam a um metro e meio da televisão, uma tela pequena direcionada para eles. A imagem de algumas flores dominou toda a cena; segundos depois se afastaram da câmera até se transformar no vestido de Pamela, que olhava para a lente. Tinha nas mãos um controle remoto com o qual fazia ajustes de foco. Atrás dela havia uma cama grande com enormes almofadas. Ao que parecia, a atriz ficou satisfeita, porque subitamente a tela se escureceu. Dois segundos depois a imagem de dois corpos nus que caíam em cima da cama inundou a tela; umas enormes nádegas peludas ocuparam o primeiro plano. Amélia olhou para Tomás com uma expressão de impaciência e um pouco arrependida de sua decisão. Ele continuava absorto nas imagens.

Depois de alguns minutos de luta, no que parecia uma tentativa infrutífera de penetração, a mulher inverteu as posições; conseguiu se colocar em cima e imediatamente girou para fazer um 69: o rosto dela e o pênis dele encheram a tela. Sem dúvida nenhuma se tratava de Pamela, embora uma faixa superposta borrasse seus olhos. Os ruídos que se escutavam faziam supor que o homem trabalhava com a boca no sexo da atriz. Amélia e Tomás captaram a intenção de Pamela quando ela dirigiu o rosto para a câmera e com a mão formou um L para medir o pênis de seu amante: era menor que o dedo indicador de sua mão. Seus grandes seios, apoiados nos tornozelos do homem, diminuíam ainda mais os genitais do homem. Com mão e boca trabalhou um tempo no membro masculino e, passados alguns minutos, voltou a fazer a medição, com o mesmo resultado. Seu argumento era óbvio. Depois disso, o casal mudou de posição em diversas ocasiões, mas só no final do vídeo uma tomada favorável permitiu reconhecer o indivíduo: rosto e pênis pertenciam ao general de divisão Fulgencio Varela, subsecretário da Defesa e um dos membros mais poderosos do Exército mexicano.

– Outro material explosivo, mas por razões diferentes – disse Tomás, remexendo-se inquieto em cima da mesa; as imagens de Pamela haviam deixado sua respiração entrecortada, além de uma ereção involuntária.

Amélia não respondeu: fez um L com a mão, com o indicador e o polegar bem separados, e a levou ao baixo-ventre de Tomás por cima das calças; os dois soltaram uma gargalhada e se beijaram, despojaram-se aos puxões de parte da roupa e cambalearam até o sofá. Dez minutos depois Amélia notou que estavam reproduzindo algumas sequências do que haviam acabado de ver no vídeo; isso a fez hesitar uns instantes e esteve prestes a suspender o abraço. No entanto, buscou de novo o rosto de Tomás e seu olhar líquido, e uma onda de ternura a invadiu. Continuou fazendo amor, mas agora com mais ênfase nos beijos que nos genitais e com uma longa troca de olhares.

Ao acabar, ela se perguntou se o que havia sentido significava que estava apaixonada; disse a si mesma que esse orgasmo mudava seu *top ten* histórico, e o intendente da limpeza, que ouviu uns barulhos primeiro e outros diferentes depois, convenceu-se de que naquele escritório estava acontecendo uma orgia.

Segunda-feira, 2 de dezembro, 18h45.

Luis

O fim de semana pareceu eterno; nem os jogos no computador nem as horas de academia conseguiram apaziguar o que fervilhava em seu cérebro. Era uma impaciência desconhecida nele, alimentada pelas expectativas geradas pela busca sobre Restrepo e os evidentes riscos que corria; mas não podia evitar. Qualquer coisa antes de se subjugar perante uns policiais, mesmo que fossem de elite.

Entrou sete vezes na caixa postal do Anonymous ao longo do dia, sem nenhum resultado. Na oitava incursão teve mais sorte: eram 18h45 de segunda-feira, e por fim pôde descarregar um pesado arquivo.

O texto era precedido de um código de alerta que indicava que se tratava de um *download* de conteúdo delicado. Uma nota de esclarecimento afirmava que os IPs investigados e os indivíduos mencionados eram inimigos do Anonymous por seus delitos contra membros da organização. O texto descrevia, sem mencionar o nome de Luis, a estratégia de recrutamento violento de *hackers* que esses sujeitos realizavam. Situava os culpados em organismos paraestatais de inteligência no México, mas especificava que não faziam parte de alguma organização formal do governo.

A redação do relatório era descuidada e composta por parágrafos e dados tomados de fontes diferentes; cópias de credenciais universitárias e de primeiros empregos salpicavam o documento. Muita informação era redundante e algumas fotografias estavam muito borradas; contudo, no final da leitura Luis tinha uma ideia bastante detalhada de quem era o homem que o havia interrogado.

Efraín Restrepo estudou Ciências da Comunicação na Universidade Ibero-Americana, uma instituição de jesuítas para as classes média e alta, posteriormente fez um mestrado em Psicologia Social na Universidade de Miami e, por fim, cursou Ciências Políticas na Sorbonne, em Paris. Na volta de sua permanência na França, aos 29 anos, foi recrutado pelo Ministério do Interior como analista político; três anos depois, em 2000, juntou-se às fileiras do Cisen. Em 2005 foi nomeado subdiretor de Contrainteligência dessa instituição. No início da administração de Felipe Calderón, em 2007, passou a ocupar a direção da Unidade Especializada em Investigação de Sequestros de La Siedo. Em meados de 2012, pouco antes das eleições nas quais o PAN perderia o poder, renunciou ao governo federal.

Aí desaparecia todo rastro dele. Contudo, a informação revelava que havia sido casado de 2003 a 2006 com uma tal de Leonora Sifontes. Em 2005 tiveram um filho chamado Leonardo, batizado com certeza em homenagem à mãe. Atualmente o menino devia ter oito anos e estaria matriculado em alguma escola, pensou Luis. Restrepo podia ter desaparecido, mas sua família não.

O informe listava quase uma dúzia de cursos em inteligência que o homem havia feito em diversos países; destacavam-se quatro deles em temas cibernéticos, cursados nos Estados Unidos. A foto mais recente – e a única dos últimos anos – datava de maio de 2012. Era uma imagem publicada na imprensa, da visita a Los Pinos do empresário Juan Elías Nahum, que foi resgatado com sucesso depois de um longo e penoso sequestro. O que seria uma visita confidencial ao presidente Calderón se transformou intempestivamente em coletiva de imprensa para promover o resgate policial, uma das poucas boas notícias que seu governo pôde difundir às vésperas das eleições. A inesperada convocação da mídia com certeza impediu que Restrepo evitasse fotografias, como era seu costume. A imagem que aos 44 anos Restrepo projetava era de um próspero nova-iorquino de origem italiana: cabelo engomado e terno de grife feito sob medida. Era o único que não usava gravata entre os cinco homens da foto, mas seu porte ereto, os óculos modernos e o sorriso com dentição perfeita o destacavam no grupo. Para Luis, foi difícil imaginar esse homem em um quarto de hotel *tapatío* interrogando-o impiedosamente. No entanto, o currículo de Restrepo não deixava margem a dúvidas. O tom profissional e controlado que havia usado naquela ocasião encaixava perfeitamente com o treinamento sofisticado que o policial recebera.

Imprimiu a foto, os dados do filho e da ex-esposa e passou toda a informação para um pen drive. Luis decidiu avisar Vidal do peixe grande que os estava vigiando; entendia que seu sequestro havia sido parte de um processo de recrutamento, mas, no caso de seu amigo, podia ser diferente. Ignorava os motivos pelos quais Vidal começara a investigar Pamela Dosantos, e estava claro que isso chamara a atenção de Restrepo; uma atenção que, no mínimo, podia provocar a tortura – como aconteceu com ele, para que se incorporasse à equipe de Restrepo – ou, na pior hipótese, o desaparecimento de seu amigo. Decidiu viajar nessa mesma noite ao México. Estava prestes a abrir um portal de compra de passagens de avião pela internet, mas pensou duas vezes. Resolveu ir de ônibus; muito mais cansativo e demorado, mas precavidamente anônimo.

Às 8h15 do dia seguinte tomava o desjejum no café-livraria El Péndulo, no Condesa, a poucas quadras da casa de Vidal; apesar de ter viajado boa parte da noite, sentia-se bem depois de algumas horas de sono e abundantes ovos rancheiros, café da manhã tradicional do México. De sua mesa via pela janela o ir e vir da gente da capital e logo notou que o mais agitado de todos era um jovem moreno que corria de um lado para o outro com sua flanela vermelha oferecendo aos motoristas um lugar disponível para estacionar seus veículos. Os flanelinhas monopolizavam a via pública com o simples expediente de colocar cones nos lugares vazios e ocupar rampas de garagens de moradores que ofereciam alguma comissão. O flanelinha assobiava para os motoristas, indicava o lugar disponível, ajudava com o "pode vir, pode vir" quando os carros davam ré e depois cobrava. Luis notou que o jovem da flanela dominava duas quadras inteiras. A observação foi muito útil.

Pagou a conta, caminhou em direção à casa de seu amigo e parou a uma quadra de distância. Encontrou o que buscava segundos depois: o flanelinha da rua da casa de Vidal.

Cinco minutos depois Olga abriu a porta e encontrou o flanelinha com um papel dobrado na mão.

– É para esta casa. Aqui diz para quem – disse o jovem em tom desconfiado.

Não havia gostado da encomenda; contudo, os cinquenta pesos de gorjeta de Luis venceram suas reservas. O *tapatío* disse que tinha que ver seu amigo, apesar de os pais dele não quererem que o visitasse; supostamente, ele devia entregar a mensagem a Vidal pessoalmente, mas o garoto se intimidou perante a expressão e o tom adusto da mulher na porta. O flanelinha se retirou antes que Olga pudesse reagir.

A mãe viu o nome do filho escrito no papel e decidiu ler o conteúdo; temia que fosse algo relacionado com os incidentes do domingo à noite. *Venha onde nos encontramos da primeira vez. Estou no país. É urgente. Vegas2232.*

Olga não sabia o que fazer; temeu que a mensagem lacônica e peremptória fosse uma armadilha, entregue de maneira tão singular. Chamou Mario, que ainda não havia saído de casa, e mostrou a ele o papel: sua primeira reação coincidiu com a de sua esposa.

Nas últimas horas experimentara a angústia e a depressão; tinha consciência de que seu vínculo com os Azuis e o desejo de ser útil quase haviam custado a vida de seu filho. Ainda não sabia se Vidal ou eles mesmos estavam fora de perigo. A imagem dos corpos de Nicolás e de sua mãe em cima do sofá da sala, várias vezes revivida ao longo de sua última insônia, continuava recriminando-o. Sabia que, se os garotos houvessem se reunido em sua casa, em vez dos Alcántara seriam os Crespo que teriam sido assassinados. Porém não tinha ideia de quem poderia ser Vegas2232: só seu filho saberia.

– Temos que esconder o papel – disse Olga. – Vidal já tem muitas preocupações. Não gosto nada disso.

– Não sabemos de quem se trata; poderia ser o próprio Manuel: o rapaz deve estar igualmente assustado, ou mais, porque não tem nenhuma informação que o ajude a entender o que aconteceu. Saiu correndo da casa dos Alcántara assim que desceram do estúdio de Nicolás; Vidal afirma que suplicou várias vezes que fossem embora juntos, mas ele não quis – respondeu Mario.

– Não, Crespo, já chega. Vamos mandar Vidal para a casa dos primos em Querétaro e tirá-lo de todo esse assunto.

– Não podemos tratá-lo como uma criança; ele nunca nos perdoará se escondermos este bilhete e for algo importante. Deixe-me falar com ele e identificar esse tal de Vegas2232, depois disso decidimos todos juntos o que fazer. Vidal tem que entender que, depois do que aconteceu com os Alcántara, as decisões têm que ser tomadas em família – disse Mario e, antes de esperar uma resposta, pegou o papel das mãos de Olga e se dirigiu à escada.

Vidal estava escrevendo no computador, fazendo um esforço para cumprir as instruções que Jaime lhe dera. Tentava recordar que tipo de e-mails ou tuítes estaria enviando no início da manhã de um dia normal, mas toda normalidade parecia pertencer a um passado distante.

Mario mostrou a ele a mensagem, explicou como havia chegado e os temores fundados que ele e Olga tinham a respeito. Vidal soube imediatamente de quem se tratava. Falou a Mario da existência de Luis, do modo como o conhecera e do desenvolvimento de um programa para um cliente de Las Vegas que haviam feito juntos; argumentou que era urgente alertá-lo do perigo que corria por ter hackeado assuntos relacionados com os parentes de Pamela. Olga escutava da porta; Mario, ao lado da mesa.

– Vai estar no Péndulo de Tamaulipas e Michoacán – disse Vidal. – Ali nos encontramos da primeira vez que ele veio ao México, depois de trocarmos e-mails e colaborações. Isso foi há um ano. Tenho que ir.

– Vamos fazer uma coisa – disse Mario. – Descreva Luis e eu dou um pulo na livraria. Se o vir, volto e aviso. Tem certeza de que ele é de confiança?

– Mesmo se esse tal de Luis for de confiança, não gosto da ideia de ele sair de casa, mesmo que seja a três quadras daqui. Isso o expõe demais – interveio Olga.

– É o mínimo que posso fazer. Eu o meti nisso, agora não posso deixá-lo na mão – respondeu Vidal. – Além do mais, ninguém espera que eu fique trancado. Isso despertaria mais suspeitas, não?

Como resposta, Mario foi a seu quarto, pegou uma jaqueta do guarda-roupa e saiu da casa; ao chegar à porta da livraria voltou-se para a direita e a esquerda com o propósito de verificar se alguém de aparência suspeita o seguia. Encontrou Luis no segundo andar, folheando uns livros nas estantes que abarrotavam as paredes do local. Sentou-se a uma das mesas e ficou observando a clientela do lugar. Dez minutos depois se convenceu de que ninguém estava prestando atenção no jovem, que a essa altura havia passado para a seção de filmes. Mario se levantou e olhou alguns DVDs em uma estante próxima e se aproximou de Luis: sem levantar a vista do filme que tinha nas mãos, dirigiu-se a ele.

– Luis, não diga nada; sou Mario, pai de Vidal. Em poucos minutos ele virá – disse em voz baixa.

O outro assentiu com um murmúrio.

De volta a casa, Mario insistiu em acompanhar Vidal a seu encontro com Luis, mas o filho achou que sua presença incomodaria o outro jovem. Argumentou que só informaria o amigo sobre o acontecido e a necessidade de apagar qualquer rastro de seu envolvimento no assunto Dosantos; afirmou que estaria de volta em menos de meia hora. Mario e Olga finalmente aceitaram, mas o pai preferiu levar o filho de carro até a livraria. Ali se separariam e cada um iria para um lado.

Contra todas as suas apreensões, Mario aceitou a tarefa que Tomás passou pelo rádio: queria que visitasse Carmelita mais uma vez, a fim de averiguar se alguma vez Dosantos recebera visitas de seus parentes sinaloenses. Apesar de estar decidido a abandonar o caso, concordou com essa última missão porque sentia que era seu dever alertar a costureira dos riscos aos quais ela também estava exposta. Se o cartel estava decidido a apagar qualquer rastro de Pamela Dosantos, era provável que cedo ou tarde voltassem a atenção para sua melhor amiga. Tinha que vê-la, nem que fosse pela última vez, para pedir que ela saísse da cidade por um tempo. Dirigiu-se ao bairro Polanco assim que deixou seu filho; este lhe pediu quinhentos pesos para comprar filmes com o pretexto de tornar verossímil sua visita à loja.

Vidal escolheu um sofá relativamente escondido entre várias estantes; era o lugar mais privado que a livraria podia oferecer. Passou ao lado de Luis, tossiu para chamar sua atenção e se acomodou depois de pedir um café ao garçom com que cruzou no caminho.

– Que bom que ficou tão precavido, cara – disse Luis assim que se sentou. – Vim de Guadalajara justamente para lhe falar dessa sua investigação.

– Esqueça isso, vou lhe contar o que aconteceu esse fim de semana.

Durante a hora seguinte os dois trocaram relatos das agressões que haviam sofrido: Vidal de maneira compulsiva e emocional, ainda sob o efeito da tragédia de que fora testemunha; e Luis de forma meticulosa. O primeiro desabafou tentando conjurar os diabos e temores que o acossavam; o segundo mergulhou em busca de explicações para o que estava acontecendo com eles.

No fim, chegaram à conclusão de que a origem dos ataques era diferente. Não pediram a Luis que suspendesse sua investigação sobre Pamela Dosantos, simplesmente que a compartilhasse, ao passo que, no caso de Vidal, os agressores haviam feito todo o possível para suprimi-la. O sotaque nortista que Vidal escutou nos assassinos e a roupa que vestia o homem que viu na escada não combinavam com os modos profissionais do técnico que interrogou Luis.

Este mostrou a seu amigo o arquivo que havia reunido sobre Efraín Restrepo, pediu-lhe que memorizasse a imagem do ex-diretor de La Siedo e que fugisse se o visse.

– Embora não sejam os mesmos filhos de puta que mataram seu amigo e a família, Restrepo e seu capanga também podem vir atrás de você para que os ajude. Além do mais, você já está no radar deles, cara, porque ele me disse que eu não podia enviar nada a você do que eu investigasse sobre Dosantos – arrematou Luis.

– E você, o que vai fazer?

– Vou investigar a esposa e o filho desse filho da puta: de uma maneira ou de outra sua família me levará a localizá-lo. Quero saber para quem trabalha e em que confusão nos meteu. E também há o caso das câmeras que captaram o assassino e Pamela pouco antes da morte dela.

– Essa pista está morta – disse Vidal. – Se meu tio não conseguiu encontrar algo ali, é porque não leva a nada.

– Quem é seu tio?

– Jaime Lemus – disse com orgulho. – Ele foi diretor do Cisen e é especialista em toda essa merda. Ouça, tem certeza de que quer continuar com isso? Pelo que meus pais disseram, estamos prestes a tirar umas férias forçadas na fazenda de um parente. Não seria melhor que você também desaparecesse?

– Talvez eu desapareça, mas, antes, tenho que checar uma última pista. Vou ficar na Cidade do México mais dois ou três dias; podemos nos encontrar aqui amanhã ao cair da tarde; aí, avaliamos, cara. Meu pai está me convidando faz tempo para fazermos uma viagem à Europa juntos, quem sabe cobro isso dele depois disso. O que acha?

– Melhor no Starbucks da rua Tamaulipas; fica aqui virando a esquina e o Wi-Fi deles é mais rápido – respondeu Vidal.

O que os restaurantes Sanborns haviam sido para seus pais, a rede de cafeterias Starbucks era para ele e sua geração: ponto de encontro e referência, pelo menos durante o dia.

Os dois amigos se despediram com um abraço, traindo todo o sigilo com que haviam se encontrado. Vidal voltou para casa com a pasta debaixo do braço, mas, meia quadra depois, colocou-a debaixo da camisa; não queria compartilhar com sua mãe tudo o que Luis contara. Decidiu esperar seu pai para informar ambos da existência de Restrepo e seu capanga.

Terça-feira, 3 de dezembro, 10h30.

Mario e Carmela

Não sabia se deveria tratá-lo como adulto ou como criança; seus dezenove anos não eram fáceis de notar por conta do corpanzil disforme e o rosto largo característicos da síndrome de Down. Era a primeira vez que via Agustín, o filho de Carmela; ela lhe explicou que à tarde o rapaz tinha sessões especiais de fisioterapia e às vezes ficava na casa da tia, irmã de Carmela; por essa razão Mario não o conhecera nas duas visitas anteriores. A costureira falava com o filho com carinho desprovido de condescendência, e ele respondia de maneira articulada, embora gaguejasse. Mario começou a imitar o tom dela e em pouco tempo mantinha uma animada conversa sobre futebol com o jovem. Às vezes, Agustín confundia o Barcelona com o Real Madrid, e quando Mario insistiu em afirmar que Iniesta pertencia ao time catalão, e não ao *merengue**, o garoto respondeu que dava no mesmo: ver os dois times jogar o deixava feliz.

Ficou pensando na pureza do comentário. O rapaz podia desconhecer os jogadores, mas sua paixão por futebol parecia mais verdadeira que as militâncias absurdas e hostis que professavam os fanáticos pelo esporte. Havia uma doçura ainda não contaminada no filho de Carmela que desarmava Mario. Quando repentinamente Agustín decidiu ir para seu quarto, despediu-se

* Referência ao Real Madrid.

com um abraço caloroso, colocando a cabeça no peito de Mario durante o que pareceu um longo tempo.

– Ele é um amor, não é? – disse Carmela enquanto via seu filho se afastar pelo corredor.

– Adorei – disse Mario. – Você deve se sentir muito orgulhosa.

– Obrigada – respondeu ela, sorrindo. – Avançaram nos arquivos? Espere, é melhor não me dizer nada. Vamos falar de outras coisas.

– Na verdade, mesmo que quisesse, não poderia lhe dizer qualquer coisa; ainda estamos na transcrição, ainda não vi o material. Mas queria contar uma coisa importante.

Mario passou a explicar o risco que corriam. Não entrou em detalhes sobre o acontecido na casa dos Alcántara, mas afirmou que três pessoas haviam sido assassinadas, aparentemente por matadores de aluguel do Norte do país. Disse que ele e seus amigos tinham certeza de que alguém estava tentando apagar tudo o que se soubesse ou se pudesse investigar sobre Pamela Dosantos. Explicou os motivos pelos quais ela tinha que sair do país imediatamente: a pista que ele havia seguido para encontrá-la provavelmente também seria detectada pelos agressores e estes poderiam ir atrás dela a qualquer momento.

À medida que ele falava, Carmela empalidecia. Tentou dizer alguma coisa, mas nenhuma palavra saiu de sua boca; seu rosto se contraiu como se ela fosse espirrar, mas Mario entendeu que era um gesto de surpresa e dor. Ela percorreu os dois metros que a separavam dele e se refugiou em seus braços. Mario a acolheu em silêncio e repousou os lábios em sua fronte: foi como beijar uma pia de porcelana; a lividez de sua pele acentuava a sensação de frio que emanava de seu corpo. Mais uma vez, achou que Carmela era uma bateria com a carga prestes a se extinguir.

– Não tenho aonde ir, minha vida está aqui – disse ela em voz baixa, colando a boca à camisa de Mario.

– Sua vida está em perigo se ficar; você tem que pensar em seu filho. Não vai ter problemas graças ao dinheiro que Pamela deixou para você. Pode ir aos Estados Unidos ou à Espanha, se não falar inglês; com certeza há clínicas melhores para Agustín nesses países. Aproveite e tire um longo descanso. Talvez daqui a um tempo tudo tenha passado e poderá voltar.

– Mas você vai ficar aqui – disse ela, e foi Mario, então, que ficou sem palavras.

Manteve o abraço e começou a embalá-la suavemente. A fragilidade física e emocional de Carmela lhe provocava ondas de ternura e despertava nele instintos protetores. Beijou sua testa de novo; a pele dela irradiava agora um calor que não tinha momentos antes. Com um movimento rápido, ela ergueu a cabeça e capturou os lábios de Mario com os seus: de maneira mecânica e sem pensar, ele respondeu à intensidade do contato. A língua dela tinha um sabor doce. Desceu a mão, e com os dedos estendidos rodeou o glúteo esquerdo dela; para sua surpresa, era maior do que esperava e surpreendentemente firme. Carmela arfava no ouvido dele. Ele deslocou a mão para tocar o glúteo direito; sua pequena estatura permitia abarcá-la com um só braço. Coisa que não poderia fazer com Olga, pensou Mario, e com esse pensamento tudo acabou.

Pegou Carmela pelos ombros, negou com a cabeça e, embora a afastasse apenas alguns centímetros, pareceu-lhe que um abismo se abria no relacionamento dos dois. A expressão de desconcerto dela quase o fez se arrepender. Queria protegê-la, não machucá-la. Mas se conteve.

– Se fizermos alguma coisa, será muito pior quando nos separarmos, pequena – disse ele.

– Não precisamos nos separar, venha conosco, vamos fugir juntos.

– Não posso. Seria muito fácil amar você, mas já tenho uma vida.

Mario entendeu a dureza de suas palavras. Tentou explicá-las:

– Às vezes acho que minha única virtude é a lealdade. Quando via o talento de meus amigos florescendo na adolescência, eu me perguntava quais seriam os meus, quando chegariam; deixei de me perguntar quando entendi que desde sempre tive algo que eles não tinham: fidelidade a meus afetos. Se eu perder isso, fico sem nada, entende? – falava fazendo pausas, quase tanto para ela quanto para si.

Carmela assentiu com a cabeça enquanto as lágrimas bordavam úmidos sinais de admiração em suas faces; Mario também começou a chorar em silêncio enquanto a aproximava de novo para um abraço.

Depois de um tempo ela rompeu o abraço e ofereceu uma xícara de café. Minutos depois ele urgiu de novo para que ela fosse nesse mesmo dia para um hotel, pegasse o dinheiro que pudesse e deixasse o resto na casa de sua irmã. Carmela afirmou que tinham os passaportes em dia, porque em mais de uma ocasião havia ido a *sets* de filmagem em Porto Rico e Miami para acompanhar Pamela. A menção a Porto Rico e às amizades ali deixadas a convenceram a passar uma temporada na ilha, e ela prometeu que partiria no dia seguinte.

Mario estava prestes a se retirar quando se lembrou do encargo de Tomás.

– Só uma pergunta que pode ser importante; desculpe, vai ser a última. Pamela mencionou alguma vez a visita de alguém de Sinaloa?

– Nunca, que eu me lembre.

– E ela não tinha alguma relação com gente de seu passado, com seus parentes?

– Seus pais já haviam morrido e ela era filha única, de modo que, salvo Joaquín, nunca conheci outro parente.

– Joaquín? Joaquín Plascencia? – surpreendeu-se Mario.

– Sim, claro; ele vinha duas ou três vezes ao ano à Cidade do México e os dois se encontravam aqui em meu apartamento. Na verdade, nunca entendi muito bem por quê; se bem me lembro, ela me disse que o amante da vez nunca acreditaria que Joaquín era seu primo, de modo que preferia recebê-lo em minha casa.

– Antes você havia dito que não veio ninguém de Sinaloa.

– Bom, é que Joaquín mora no Bajío, ou algo assim. Faz muito tempo que saiu de Sinaloa, já não tem nem sotaque.

– E o que eles faziam quando se viam?

– Como assim, o que faziam? Conversavam, punham as novidades em dia. Na verdade, eu os deixava sozinhos depois de um tempo. Ele é a única família que ela tinha, sabia?

Mario ficou pensativo: a presença de Joaquín nessa casa vinculava todos os incidentes. Não sabia como, mas intuía que o atentado contra Jaime no hotel Reina Victoria, a morte de Pamela e o assassinato dos Alcántara estavam relacionados entre si. A reflexão não fez mais que acentuar suas preocupações.

– Preciso ir – disse ele, pesaroso.

Deu-lhe o número de seu rádio e pediu que ela ligasse assim que estivesse fora do país; garantiu que tentaria visitá-la o mais breve possível. O olhar de Carmela se iluminou e ela tornou a abraçá-lo. Mario pensou que talvez nunca mais a veria e sentiu uma opressão no peito; ambos voltaram a chorar.

– Somos dois canários – disse ele e deu-lhe um beijo na boca.

E, com o sabor das lágrimas dela nos lábios, despediu-se.

Havia deixado o carro estacionado em frente ao edifício de Carmela. Abriu a porta do veículo e, antes de entrar, elevou o olhar para ver a varanda do primeiro andar. Ela o observava com o braço esquerdo cruzado sobre o peito e o outro segurando um lenço descartável contra o rosto. Ainda com os olhos úmidos, Mario ligou a ignição enquanto pensava que a imagem que ambos ofereciam era o mais próximo que estaria de viver uma cena de filme.

O carro não deu a partida. Continuou tentando por alguns minutos até que viu Carmela pelo espelho retrovisor. Ela fazia sinais para indicar que deviam empurrar o veículo. Sem dizer uma palavra, ele desceu e ambos empurraram o carro ladeira abaixo, ele pela porta dianteira, ela pela parte de trás; os dois ficaram em silêncio enquanto arfavam por conta do esforço. Ele pensou que essa cena não pertencia a Hollywood. No meio da quadra pulou ao volante e deu a partida. Chegou a ver o rosto dela inundado em pranto diminuindo no retrovisor.

Terça-feira, 3 de dezembro, 18 horas.

Tomás e Salazar

Há restaurantes políticos e restaurantes empresariais. O Palm, no Polanco, era um dos poucos que podiam se vangloriar de ser os dois: por seus corredores desfilavam os diretores-executivos das empresas líderes do país e os ministros do gabinete. Tomás disse a si mesmo que provavelmente nessas mesas haviam sido negociadas mais leis e reformas, mais alianças políticas e investimentos que dentro do Poder Legislativo.

O jornalista estava em um reservado do restaurante, um pequeno salãozinho com mesa para seis pessoas, à espera do ministro do Interior. Pediu uma tequila, mas logo recordou que Salazar era abstêmio; acabou pedindo uma dupla. Prometeu a si mesmo investigar se a sobriedade do político era um hábito da vida toda ou o resultado de algum alcoolismo superado. Ao pensar no passado do ministro, considerou que era uma pena ter aceitado o encontro antes de esgotar os arquivos de Pamela. Um relatório da atriz sobre os pecados de seu comensal teria sido ouro em pó para a conversa que o esperava.

Um homem entrou no reservado e o cumprimentou respeitosamente. Apresentou-se como Gamudio, secretário particular de Salazar; disse que o acompanharia por uns instantes enquanto o "patrão" chegava a sua mesa, o que seria em breve. Os códigos não escritos da cultura política mexicana eram complexos e os encontros públicos faziam parte fundamental dessa cultura. Os grandes personagens costumavam enviar uma tropa avançada com o duplo propósito de indicar a seu convidado que sua presença era importante e, ao mesmo tempo, fazê-lo saber que não era um encontro entre pares: o ministro chegaria atrasado. Em geral, a hierarquia do enviado e os minutos de atraso estabeleciam a importância de quem esperava, e tais critérios eram fiel reflexo de sua cotação no mercado político.

Na verdade, pensou Tomás com ironia, não podia se queixar: Gamudio era o braço direito do gabinete de Salazar, célebre por sua vertiginosa ascensão graças a uma capacidade de trabalho que beirava a neurose. Tratava-se de um jovem que não aparentava mais de 35 anos, impecavelmente vestido e vivaz; teria lhe parecido simpático não fosse pela atitude tão obsequiosa que destilavam suas palavras e sua linguagem corporal. Perguntou-se se seu penteado, que imitava com perfeição o do novo presidente, era uma aquisição recente ou uma feliz coincidência. O fato o fez recordar Cristóbal Murillo, secretário particular de Rosendo Franco, proprietário de *El Mundo*, que tentava mimetizar seu patrão. Concluiu que Salazar devia se preocupar: seu secretário particular não imitava seu chefe, e sim o chefe de seu chefe.

A chegada do ministro suspendeu suas reflexões. Enquanto Tomás cumprimentava o recém-chegado, Gamudio se levantou e se despediu. Antes que o corpo de Salazar se acomodasse na cadeira, um garçom depositou na mesa um copo e uma garrafa de água Perrier.

– Obrigado por aceitar meu convite, senhor Tomás. Era importante que nos encontrássemos.

– Eu teria vindo desde o primeiro instante sem necessidade de ser trazido à força, como foi sua intenção há alguns dias.

O jornalista decidiu que tinha que se livrar do pesadelo pelo qual havia passado na fantasia de uma farmácia em um bairro desconhecido; isso pelo menos poria Salazar em seu lugar.

– Você tem toda a razão e eu peço desculpas. Aquilo foi um mal-entendido operacional: há quem continue acreditando que este é o mesmo país de vinte anos atrás. Permita que eu relate um caso que me contou pessoalmente um antecessor daquelas épocas, você vai gostar. Quando Javier García Paniagua era subsecretário, por volta de 1978, recebeu o encargo de trazer um governador para um encontro com o ministro do Interior. Acontece que o governador, de San Luis Potosí, se não me engano, havia ignorado uma convocação para se apresentar à sala do ministro; respondeu algo como "Quando for à Cidade do México, passo por lá com muito prazer". Isso enfureceu García Paniagua. Ele pegou um avião com 25 agentes da Polícia Federal, foi direito para o gabinete do governador em San Luis, entrou em sua sala e o encarou. Este se levantou para protestar pela irrupção. García Paniagua se aproximou, deu-lhe uma bofetada e disse: "Cale-se, covarde! Quando lhe disserem que venha, você vem". E a seguir tirou-o do escritório e o colocou no avião. Você deve recordar, Tomás, os 120 quilos de Paniagua e seu vozeirão. Duas horas depois o governador estava na antessala do ministro, esperando para ser recebido. É verídico.

– Se me contou isso para me tranquilizar, conseguiu o contrário. De acordo com essa história, eu devia me sentir agradecido por não ter levado umas bofetadas.

– Não, claro que não! Contei para lhe mostrar que esses comandantes ainda acham que vivemos nessas épocas. Evidentemente essas não haviam sido minhas instruções. O importante é que agora estamos aqui e podemos conversar cara a cara, como pessoas adultas e sensatas.

– Façamos isso, então.

Os dois homens se mediram com o olhar: Tomás apertando os olhos em um gesto de desafio, mas pensando que estava fazendo uma pobre caricatura do sujeito durão que nunca havia sido; Salazar com a atitude de quem especula sobre a maturidade de um abacate que segura na mão. Finalmente falou:

– Eu a amava, Tomás. A insinuação sobre alguma responsabilidade de minha parte na morte de Pamela é uma baixeza dupla. Alguém a tirou de mim e, não contente com isso, está tentando me afundar politicamente com um assassinato que não cometi.

Tomás não reagiu ao tom sincero e cúmplice que Salazar utilizava. Só assentiu levemente com a cabeça para incitá-lo a continuar falando.

– Foram jogá-la ao lado do meu escritório para me incriminar; felizmente minha gente conseguiu eliminar nos autos e meios de comunicação qualquer menção ao lugar onde foi encontrado o corpo. E digo "minha gente" porque nesse momento eu estava arrasado e era incapaz de pensar em qualquer implicação política. Foi sua coluna do *El Mundo* que rompeu esse cerco.

Salazar disse isso sem recriminação, simplesmente com a certeza de quem descreve um dado inquestionável. Prosseguiu:

– Com base em sua coluna investigamos seu perfil, suas colaborações anteriores, sua trajetória, e entendemos que o dado havia sido semeado e que você era um canal involuntário. No meio da tarde do dia em que sua coluna foi publicada eu já sabia que fora o advogado Coronel quem lhe passara a dica. O problema é que a essa altura ele já estava morto, mas isso eu só soube no dia seguinte.

– E como soube que foi Coronel? Tivemos uma conversa particular durante o almoço e eu não comentei com ninguém quem havia sido a fonte que me revelara esse dado – disse Tomás, surpreso, pensando que, salvo Jaime, ninguém mais sabia disso naquele momento.

– Como prova de confiança, vou falar de um recurso com que contamos, mas peço que nunca saia desta mesa. Os *maîtres* dos vinte principais restaurantes da cidade oferecem informações ao ministério do Interior sobre os almoços e jantares entre políticos que acontecem todos os dias: quem se sentou com quem e, quando possível, o tema da conversa. Quando uma mesa é particularmente interessante, enviam um garçom de confiança com mais frequência que a necessária para captar fragmentos da conversa. Claro que recebem um bom pagamento por seus informes. Os mais atrevidos instalam microfones ocultos, com nossa supervisão; não obstante, a maioria não se arrisca, porque tudo isso é feito pelas costas dos donos dos restaurantes. Você se surpreenderia ao ver como é valiosa essa informação quando a cruzamos com outras fontes.

De fato, Tomás se surpreendeu; de maneira involuntária seu olhar percorreu o salão, mas, nesse momento, não havia nenhum garçom por perto. Contudo, entendeu a eficácia do procedimento. Em nenhum momento haviam parado de falar enquanto os garçons serviam bebidas e colocavam alguns pratinhos de entrada no centro da mesa.

– Não se inquiete, este salão não tem microfones, posso garantir – disse Salazar, acompanhando a linha de raciocínio de Tomás.

– Foi assim que soube do que Coronel e eu falamos naquele dia?

– Quando sua coluna foi publicada e supusemos que você não era mais que um instrumento, checamos a origem e o destino de suas ligações telefônicas e, até onde foi possível, reconstruímos seus passos nos dias anteriores.

Devo dizer que você não se caracteriza por ter uma agenda social apertada; pelo menos até alguns dias, o único encontro memorável foi o que teve com Coronel no Marva, um dos restaurantes sob nosso radar. E, de fato, o informe dos garçons registrava uma conversa na qual se mencionava Pamela com insistência. Diferentemente da sua, a trajetória de Coronel o torna suspeito de ser o veículo de interesses poderosos para semear uma insídia dessas proporções.

– Mas Coronel está morto – disse Tomás quase para si mesmo.

– Coronel está morto, e quem o assassinou foi a mesma pessoa que matou Pamela. Permita-me dizer que não vou descansar até saber o nome de quem está por trás disso tudo.

Tomás supôs que Salazar desconhecia os arquivos secretos que Pamela havia construído a suas costas; de qualquer maneira, quis se assegurar.

– Não vê alguma possibilidade de que a morte de Dosantos tenha sido ocasionada por outro motivo, algo de seu passado?

– Em absoluto; ela era um espírito alegre e nada belicoso. Nem sequer gostava de criticar outras mulheres, o que já é grande coisa. Com certeza devia haver mais de um ex-namorado que ainda suspirava por ela, mas não passava disso. Nossa relação já tinha vários anos e era muito estável. O que quero dizer é que não havia um amante despeitado no panorama.

Salazar disse isso com tanta certeza que Tomás se perguntou se o ministro do Interior também mantinha sua amante sob vigilância, o que era mais que provável; isso o levou a fazer um reconhecimento *post mortem* à habilidade de Pamela de conduzir suas tarefas de espionagem sem ser detectada pelo investigador profissional que Salazar no fundo era.

– Para que queria me ver, senhor Augusto? Pelo visto, tudo o que eu poderia lhe dizer já sabe; algumas coisas melhor que eu, inclusive.

– Duas razões, caro Tomás. Primeiro, para lhe pedir desculpas pela conduta de meus subordinados no dia da perseguição no táxi, uma falha intolerável a respeito da qual já tomei medidas. E a segunda, para lhe perguntar se conhece mais alguma coisa sobre Coronel que possa nos levar a identificar a origem da insídia. Nossas investigações revelam que ele era um advogado metido em muitos assuntos e com muitas pessoas; é difícil saber a quem servia no momento em que lhe transmitiu a informação. Algo na conversa que possa nos ser útil?

– Nada que eu recorde. Falamos de mil coisas e o assunto de Pamela surgiu de maneira natural, porque era o escândalo do momento. No fim, ele falou sobre o terreno onde realmente foi encontrado o corpo, um dado muito pouco conhecido. Se bem me lembro, eu comentei que podia ser útil, pensando em minha coluna, e ele disse que era só uma informação, mas boa demais para ser desperdiçada.

Uma vez mais, ao escutar a si mesmo, Tomás ficou inquieto com a frase. Despertava um eco irritante na memória do jornalista. Decidiu que mais tarde exploraria seu significado; por ora, sua conversa com Salazar era mais importante.

– O senhor disse de início que alguém está tentando afundá-lo politicamente. Acha mesmo que o escândalo põe em risco sua posição? – perguntou Tomás.

– O presidente Prida deseja aumentar sua margem de governabilidade para tirar o país da paralisia em que andou metido e, para isso, precisa de altos níveis de consenso entre a população. Não pode arriscar que sua administração seja escavada por conta de um escândalo tão terrível, mesmo que seja falso. Eu seria o primeiro a me afastar se sentisse que minha presença o está prejudicando.

– Isso que chama de "margem de governabilidade" muitos consideram um retorno do presidencialismo vertical. Eu acho que Prida deseja a popularidade para poder se impor aos mecanismos democráticos que existem, mesmo que de forma embrionária – respondeu Tomás.

– O que acontece é que você vê os touros por trás da cerca, e digo isso com todo o respeito. Para governar em uma democracia são necessários democratas, e, acredite, não há muitos neste país. Se o presidente quer se impor a um líder sindical poderoso e eterno, a um governador déspota e violento ou a um empresário que opera como dono dos outros, precisa mostrar os dentes e deixar claro que pode dar uma mordida a qualquer momento. E, para isso, precisa de liberdade de movimento e apoio popular.

– Liberdade de movimento e apoio popular – repetiu Tomás devagar. – Isso se parece muito com operar sem leis nem contrapesos. Não é esse o caminho de Putin na Rússia, e a fórmula de todo regime popular fascista?

– A realidade é mais complexa que os rótulos, Tomás, não simplifique. Os contrapesos só serviram para paralisar o país e para que os poderes factuais ignorassem o interesse público. Se não existir um núcleo capaz de se impor a todos os atores, isto se transformará no Velho Oeste, onde os mais fortes se impõem. Há muitos poderes fora de controle, incluindo o narcotráfico. Não se pode pilotar uma nave de maneira democrática quando todos querem ir para destinos diferentes e ninguém está disposto a ceder.

– Está argumentando a favor de um déspota ilustrado: é um caminho que o México já tentou com o poder presidencial absoluto, e não funcionou.

– De novo você está exagerando. A única coisa que queremos é dotar o painel da nave de alguns botões e alavancas para poder conduzir o país. Neste momento, não temos instrumentos para evitar excessos e abusos dos poderosos; o México todo é vítima de um salve-se quem puder desenfreado. Também não gosto de Putin, mas um pouco disso não seria ruim. Não pode negar que a economia russa está crescendo agora e que estão melhor que no caos provocado pela libertinagem dos multimilionários fora de controle que viveram na pseudodemocracia russa de alguns anos atrás.

– Agora é o senhor que está ignorando a realidade, ministro. Prida chegou ao poder graças ao apoio desses poderes de fato. Desmontar os contrapesos, neutralizar a imprensa crítica, asfixiar a oposição é o que quer dizer dotar o painel de alavancas e botões. E quem nos garante que essas alavancas não vão acabar servindo aos interesses desses que levaram seu presidente ao poder?

– Você não conhece Prida. Ele não é Putin nem Berlusconi. Ele quer deixar um país encaminhado e moderno. É tudo o que posso lhe dizer.

– Não sei se Prida é boa ou má pessoa, o que sei é que, se conseguir uma sociedade participativa, vai ser um presidente melhor.

– Boa frase, Tomás, mas permita-me dizer uma coisa: uma sociedade mais participativa não torna o país mais eficiente. A democracia está supervalorizada. Durante anos se pensou que era o sistema político que correspondia ao capitalismo maduro. Pois isso é falso. As taxas de crescimento de Singapura, China, Coreia do Sul ou Rússia demonstram que os capitais internacionais premiam os países capazes de tomar decisões rápidas: uma represa ou um ajuste na legislação, por exemplo. A democracia, porém, paralisa e torna lenta a tomada de decisões, porque o poder está muito fragmentado. Um poder vertical benigno reage imediatamente às necessidades de investimento.

– Pode ser, mas a democracia é a única coisa que impede que em vez de fábricas e poluição, como acontece em Pequim, o sistema dê prioridade aos pulmões das pessoas. Para que queremos produzir mais se ninguém se preocupa com o ar irrespirável que intoxica a população?

Tomás ficou à espera da resposta do ministro, mas este havia perdido todo o interesse na polêmica. Estava muito cansado e deprimido para conversar sobre o país, quando a única coisa que o interessava era combater o rival político que lhe tirara Pamela e o ameaçara pessoalmente. Para isso, primeiro tinha que saber quem era esse adversário, e estava claro que Tomás não tinha pistas.

Despediram-se minutos depois, Salazar com a frustração de constatar que mais um caminho de investigação chegava a um beco sem saída. Tomás pensou que conhecê-lo dificultava continuar vendo-o como a eminência parda, maquiavélica e perversa por trás do trono. Concluiu que, como no caso dos bons romances, não é conveniente conhecer o autor; nunca estão à altura de sua fama.

Terça-feira, 3 de dezembro, 17h30.

Mario e Vidal

Tão logo entrou em casa, Mario chamou Olga, que estava tirando o pó das malas no quarto dos fundos que servia de depósito. Atravessou o pequeno pátio e a viu com um lenço amarrado no cabelo e outro na mão; tinha o cenho franzido e dava severos golpes nas malas. Sempre o comovia a absoluta concentração que sua mulher punha em toda tarefa empreendida; parecia não existir nada nem ninguém mais importante no mundo: a imagem perfeita do aqui e agora. Nessas ocasiões Mario invejava a atitude zen de Olga, mesmo que para ela esse conceito parecesse ridículo. Por mais que tentasse imitá-la, nunca pôde evitar as dúvidas inerentes a tomar cada decisão nos pequenos e grandes atos da vida; invariavelmente acabava boicotando as certezas a golpe de planos alternativos e segundas opiniões.

Abraçou-a por um longo tempo, como se quisesse conjurar a recordação de Carmela e confirmar que dessa vez havia feito o certo. Contra seu costume, Olga aceitou a carícia prolongada, atribuindo-a à necessidade de afeto que Mario devia ter por conta dos acontecimentos das últimas horas; ela mesma sentia que seu pequeno mundo havia sido abalado.

– Não temos malas suficientes – disse ela, afastando-se do abraço.

– Mas não vamos nos mudar – disse ele. – Vamos nos ausentar por uns dias só. Além do mais, Querétaro fica a menos de duas horas: se faltar alguma coisa, posso voltar a qualquer momento.

– Vamos dizer à minha irmã e ao marido que Vidal andava em má companhia e que o único jeito de evitar isso era saindo da cidade. Eles sabem que nessa idade os filhos não obedecem. O que acha?

– Perfeito. No fundo, é uma meia verdade – respondeu ele.

– Fazemos as malas hoje à noite e saímos amanhã cedo.

– Melhor à tarde, tenho que receber um cheque na universidade de manhã, e precisaremos de dinheiro vivo nos próximos dias – mentiu Mario.

Na verdade, queria ganhar tempo para explicar aos Azuis a decisão de sumir por um tempo. Sabia que eles entenderiam, depois do que acontecera com os Alcántara, mas não podia deixar de se sentir desertor da causa. À noite veria Amélia e Tomás, no escritório dela, e teria que procurar Jaime pela manhã para falar pessoalmente com ele. Tinha obrigações para com seu amigo depois de tudo o que ele fizera por Vidal no dia da tragédia.

– Onde está Vidal? – perguntou Mario. – Sabe como foi com o amigo dele, Luis?

– Ele disse que tudo bem, mas não quis me dar detalhes. Ele me parece preocupado e confuso, não gosto nada disso. Mais uma razão para ir embora quanto antes.

Vidal estava preocupado e confuso, de fato; o que não sabiam é que também estava apaixonado. Marina, a filha sobrevivente dos Alcántara, havia ligado três vezes para ele durante a manhã; por alguma razão, a garota continuava encontrando consolo no colega que a abraçara durante aquelas primeiras horas da tragédia na qual perdera a família. Talvez a fizesse lembrar o irmão desaparecido para sempre, ou simplesmente era o colega dos últimos momentos que a garota passara na casa que havia habitado a vida toda. Não importava a razão, o fato era que Marina se apoiava em Vidal nesses primeiros dias e ligava para ele insistentemente da casa de seus tios, onde por ora residia.

Embora Vidal fosse um pouco mais novo, ao conversar com ela assumia o papel de adulto protetor e carinhoso. Consolava-a falando sobre o que Nicolás teria querido para ela e faziam planos para levá-la a conhecer as pirâmides de Teotihuacán, um lugar onde a jovem nunca esteve. Marina ficou obcecada com o assunto; seu irmão comentara certa vez que encontrara uns arquivos sobre a Pirâmide do Sol e que queria conhecê-la. A jovem pediu a Vidal que a acompanhasse.

Mario bateu na porta fechada do quarto de Vidal e esperou até que o jovem finalmente lhe desse acesso. Esperava ver um quarto semiescuro, macilento e desordenado, mas observou com alívio que a luz e o ar entravam abundantes pelas janelas abertas e iluminavam a ordem imaculada do quarto.

Acomodou-se na beira da cama e de sua escrivaninha Vidal começou a relatar com mais detalhes os problemas pelos quais Luis passara em Guadalajara; o sequestro que havia sofrido e o grupo, ao que parecia de policiais, que o recrutara contra sua vontade. O relato de Vidal confirmou o que Mario já suspeitava: haviam se metido com algo enorme, podre e malévolo, forças sinistras que se encontravam muito acima das possibilidades dele e de seus amigos.

Até agora Mario havia agido como se os Azuis fossem o Quarteto Fantástico ou seu equivalente, um círculo de poder capaz de se impor a qualquer circunstância desde que se mantivessem unidos. Assim havia sido no passado, quando eram jovens e conseguiam evitar todo tipo de riscos e apuros graças à inteligência e à solidez do grupo. Achou que dessa vez seria igual e que conseguiriam neutralizar qualquer tentativa de agressão a Tomás após sua temerária coluna, mas no processo pareciam ter rasgado a pele de um monstro de crueldade inesgotável.

As palavras de Vidal acentuaram o enorme alívio que lhe proporcionava a decisão de se ausentar da Cidade do México por alguns dias, semanas talvez. Teria que falar com seu colega, Toño del Potro; cobriam suplências mútuas nas aulas de História e Sociologia que davam na universidade.

Logo pensou no amigo de seu filho. Eles estariam a salvo, mas Luis parecia não ter percebido o terreno minado sobre o qual caminhava.

–Temos que alertar Luis, ele não tem ideia de onde está metido. Investigar a família de um policial cibernético e psicopata pode ser fatal – disse Mario.

– Eu o adverti, mas ele não me deu bola; agora não sei como localizá-lo. Nunca tive seu número de telefone, fazemos tudo pela internet. Além do mais, ele me disse que não devíamos nos comunicar, porque foi proibido de me alertar de que estavam me vigiando. Ele veio ao México escondido dos sequestradores, amanhã o encontrarei no Starbucks da rua Tamaulipas.

– Se esse sujeito trabalhou em La Siedo, é provável que Jaime saiba quem é. Com um pouco de sorte poderia até influenciá-lo ou convencê-lo a deixá-los em paz – disse Mario e se aproximou da mesa. – Passe-me a pasta, deixe-me ver sua ficha.

Mario leu o currículo de Restrepo que Luis entregara a seu filho. Vidal o observava em silêncio. Quando seu pai chegou à foto do sujeito, seu rosto se contraiu em uma expressão confusa.

– É este? – perguntou, colocando o dedo no rosto risonho do homem de cabelo engomado.

Seu filho assentiu e acendeu a luminária de mesa.

Mario congelou a expressão em um gesto de concentração, com a boca semiaberta. A imagem o lembrava de algo ou alguém; aproximou-a da luz que iluminava metade da mesa. Subitamente a recordação golpeou seus neurônios e transformou seu rosto em uma máscara de angústia.

– É o especialista que Jaime trouxe ontem aqui em casa! – disse.

Pai e filho avaliaram durante algum tempo as consequências do que haviam acabado de descobrir. Os dois concluíram que Restrepo com certeza trabalhava com Jaime: o exame mais detalhado das datas da passagem de ambos pelo Cisen e depois por La Siedo mostrava que coincidiam pontualmente. Tudo indicava que Jaime o havia levado consigo em suas diferentes responsabilidades; até a renúncia de ambos ao serviço público era quase simultânea. Mario recordava que ele e Tomás especularam sobre as razões que Jaime teria para se afastar da administração calderonista dois meses antes do final do mandato, a mesma data, via agora, que Restrepo escolhera para fazer o mesmo.

Naquela ocasião, Tomás e Mario concluíram que Jaime se dedicaria ao lucrativo negócio de oferecer consultorias de segurança e inteligência a governos estatais, organismos públicos e grupos empresariais: todos os atores políticos e sociais importantes queriam espiar, detectar inimigos, melhorar sua proteção física e cibernética, e pagavam fortunas para isso. Jaime com certeza havia escolhido os melhores especialistas dos gabinetes públicos que dirigira, para que o acompanhassem nessa nova empreitada empresarial. Era provável que Restrepo fosse um lugar-tenente nessas novas atividades.

Não obstante, pai e filho resistiam a acreditar que Jaime estivesse por trás do sequestro de Luis; pensaram que, com toda a certeza, Restrepo estava fazendo isso por conta própria, pelas costas de seu chefe. No fim, ambos interpretaram o achado como uma boa notícia: a autoridade que Jaime exercia sobre o policial se transformaria na melhor garantia de segurança de Vidal e de Luis.

Mario checou seu relógio; a luz que horas antes entrava pela janela havia se extinguido. Um calafrio percorreu seu corpo e ele pensou que isso se devia mais aos maus presságios que o inundavam do que à repentina queda da temperatura com a chegada da noite. Disse a seu filho que na reunião que teria com Tomás e Amélia mais tarde comentaria o que haviam descoberto. Combinaram de deixar Olga de fora das novas revelações e Mario fez Vidal prometer que não tomaria nenhuma iniciativa até que discutissem de novo.

Terça-feira, 3 de dezembro, 21 horas.

Amélia e Tomás

Impessoal e anódino, pensou Tomás. O escritório de Amélia não tinha qualquer ponto onde pousar a vista ou a curiosidade, disse a si mesmo enquanto esperava sozinho que sua amiga saísse de uma reunião na sala contígua. Tudo indicava que Amélia ocupava o lugar como se qualquer dia fosse ser o último; bastaria pegar a bolsa e uma foto emoldurada de seus pais para abandonar o lugar sem ter jamais que voltar. De qualquer maneira, Tomás se divertiu com a ideia de que as convicções ideológicas de esquerda e o bom gosto pareciam estar brigados, ou talvez fosse o fato de que todo presidente do PRD se sabia provisório devido à acidentada vida interna que caracterizava o partido.

O jornalista teria adorado começar a ler a transcrição que Alicia havia feito dos arquivos de Pamela durante o dia, mas não se atrevia a fuçar na mesa de sua amiga. Supôs que muito provavelmente Amélia guardava o relatório no cofre, com o resto do material.

A textura e a cor do couro do sofá em que estava sentado fizeram-no pensar na noite anterior. Tomás acariciou a superfície macia cor de canela como se fosse uma extensão das coxas de Amélia; haviam começado a se livrar das roupas no sofá mesmo, mas a intensidade do momento levou os dois corpos a terminar no chão. Foi um episódio menos romântico e mais animal que os dois encontros anteriores, talvez porque já haviam ultrapassado a surpresa inicial, ou talvez porque o relato das perversões sexuais alheias que contemplaram na véspera invocara as próprias. Tomás observava o chão e não entendia como haviam acabado do outro lado da sala; só recordava que, deitados um ao lado do outro, as investidas desesperadas e sincopadas os levaram pelo chão até topar com a porta do escritório. Passou a mão pelo irritante hematoma que o encontro havia deixado em seu quadril; só agora refletia que Amélia devia ter ficado em ainda piores condições.

Pensou que em algum momento precisariam falar de sua relação. Era uma relação? Cada abraço amoroso havia começado e terminado de maneira espontânea; começavam com uma urgência que não requeria palavras e terminavam com um deles desembaraçando a roupa íntima de ambos, que, como fios em uma gaveta, se entrelaçavam em uma amorosa confusão sujeita à própria paixão. Victoria's Secret e Calvin Klein pareciam estar se divertindo tanto ou mais que eles mesmos.

Mas essa noite não haveria troca de fluidos ou de peças íntimas. Mario se juntaria a eles mais tarde, e com certeza a noite acabaria de maneira diferente. A recordação de seu amigo o levou a pensar em sua estranha mensagem. Meia hora antes havia se comunicado pelo rádio para dizer que tinha informação muito delicada que só podia transmitir pessoalmente; por alguma razão, quisera se assegurar de que só os três estariam presentes no escritório de Amélia. Uma semana antes teria ignorado a preocupação do amigo; hoje não. Depois do modo como ele conseguira as pastas de Pamela com a costureira, Tomás começava a respeitar a opinião de Mario.

Seguindo o conselho do amigo, ligara para Amélia minutos antes para se assegurar de que Jaime não houvesse sido convocado para essa reunião, e ela lhe recordara que esse havia sido o acordo e que não era necessário repetir. Também fizera uma observação estranha; dissera que, curiosamente, Alicia havia sugerido o mesmo, que Jaime não estivesse presente. Ao recordar isso, não pôde evitar que seu olhar se dirigisse ao cofre. Perguntou-se, de novo, que segredos Pamela revelaria esta noite.

– Sóbrio e vestido, muito bem – disse Amélia a modo de cumprimento.

Tomás sorriu, adorando o senso de humor de sua amiga. Seus comentários ácidos tinham a habilidade de desmontar, de maneira fulminante, as elucubrações que elaborara sozinho durante horas.

– Ainda é cedo – disse ele –, não me subestime.

– Caralho – disse ela, preocupada, fazendo um gesto em direção à sala de reuniões que acabava de abandonar. – Como se eu já não tivesse problemas suficientes. O pessoal de Salazar tem um projeto de lei para destituir todos os integrantes do Ifai*: vão dar mais poder ao instituto, mas vão se assegurar de controlar a maioria no plenário. Querem nomear conselheiros à vontade.

– Como fizeram na Auditoria Superior da Federação, na Comissão Federal de Competência ou na Comissão de Direitos Humanos. Mais poder para os organismos descentralizados que fiscalizam a classe política, desde que fiquem em suas mãos.

– Exato. Fortalecem o tecido institucional e ao mesmo tempo se asseguram de que esse tecido seja de sua propriedade.

– As instituições democráticas contra a democracia. Foi justamente essa minha conversa de hoje com Salazar: o sujeito tem certeza de que fazem isso para salvar o país do caos. Ele até elogiou Putin e a transformação da Rússia – disse Tomás.

– É verdade – recordou ela –, hoje você se encontrou com o Corcho. E como foi a reunião?

– Ele é uma figura. As duas horas que passei com ele confirmam meus piores temores: ele é um homem perigoso que sabe usar o poder e o usará até as últimas consequências. Apesar de tudo, uma parte do velho é comovente. É difícil de explicar; há algo triste e exausto nele. Não sei, como se depois de Pamela não tivesse outra motivação para viver, salvo realizar o que acha que é seu destino ou sua responsabilidade patriótica.

– Eu pensava o mesmo de Pinochet no Chile, Franco na Espanha ou Videla na Argentina. Esses patriotas são sempre os mais perigosos.

– Aqueles eram militares – disse Tomás, pensativo.

– Esse, no fundo, é policial, não se esqueça – respondeu ela.

Os dois ficaram em silêncio um instante, cada um absorto em suas reflexões. Inexoravelmente seus olhares se encontraram no cofre. Decidiram começar sem Mario; contudo, justo nesse momento Alicia comunicou pelo interfone a chegada do amigo.

– Chegou na hora, já íamos começar – disse Tomás enquanto Amélia abria o cofre e pegava a pasta das transcrições.

* Instituto Federal de Acesso à Informação e Proteção de Dados.

– Esperem – disse Mario –, antes tenho que dizer uma coisa urgente.

Os outros dois amigos se entreolharam contrariados; estavam impacientes para começar a leitura dos arquivos. No entanto, o tom angustiado e o rosto suado do recém-chegado não admitiam réplica.

Mario relatou com calma tudo o que Vidal havia contado sobre Luis: o talento singular do *tapatío*, seu papel na investigação sobre Pamela e o sequestro e recrutamento forçado de que fora vítima. Concluiu com a notícia de sua chegada ao México e sua descoberta da identidade de Restrepo.

Tomás e Amélia tentaram recordar os detalhes da visita de Restrepo e o jovem acompanhante que haviam visto na manhã anterior, quando a dupla convocada por Jaime chegara ao lar dos Crespo para checar o computador de Vidal.

– Tem certeza de que é ele? Vidal também o reconheceu na foto? – perguntou Amélia.

– Ele nunca o viu. Tinha ido se deitar em meu quarto, lembram? Eu subi ao quarto de Vidal para mostrar a Restrepo onde estavam os equipamentos. Passei um tempo com ele: é o mesmo da foto.

Ao dizer isso, Mario se lembrou de que havia trazido consigo a imagem que Luis dera a Vidal; tirou do bolso do casaco a reprodução do jornal e a mostrou a seus amigos.

Amélia e Tomás a olharam com atenção e os dois recordaram perfeitamente o homem elegante e eficiente que haviam visto no dia anterior.

– Maldito Jaime – disse Tomás –, em que coisas ele anda metido?

– Espere – interrompeu Mario –, Vidal e eu achamos que Restrepo está agindo por iniciativa própria. Com certeza tem instruções de Jaime para recrutar os melhores *hackers*, mas os métodos devem ser contribuição pessoal desse filho da puta. Acho que Jaime nem sabe da existência de Luis, muito menos que é amigo de Vidal. Nunca teriam tocado nele.

– Eu não tenho tanta certeza – disse Tomás.

– Talvez porque você não viu a veemência de Jaime para defender Vidal dos policiais na casa dos Alcántara. Parecia o pai de meu filho, Tomás – reagiu Mario, ofendido.

– De qualquer maneira, assim que falarmos com Jaime, ele fará que Restrepo deixe de ser uma ameaça para os garotos; acho que disso podemos ter certeza – disse Amélia em tom conciliador.

Nesse momento, recordou a sugestão de Alicia de não convocar o quarteto todo à sessão dessa noite e se perguntou se teriam alguma surpresa adicional em relação a Jaime no que restava da noite.

– Proponho que vejamos as pastas e depois façamos um balanço dos passos a seguir. Eu pedi a Alicia que escutasse um pouco de cada fita cassete e se concentrasse nos nomes mais célebres e conhecidos, particularmente no que tivesse a ver com Salazar de maneira direta – disse ela.

– Se quiser, eu leio desta vez – propôs Tomás e pegou o calhamaço de folhas datilografadas das mãos de sua amiga.

Passou os olhos pelas transcrições procurando o sobrenome de Salazar, mas encontrou antes o de Lemus e parou. Se havia outro segredo sobre o amigo, queria saber de imediato.

– Aqui há um sobre Lemus – advertiu Tomás.

Amélia fez uma expressão de preocupação; não obstante, inclinou a cabeça para incitá-lo a ler. O corpo de Mario se contraiu antecipando o que poderia escutar.

– "Do arquivo *La enorme distancia*: nos últimos meses tenho me relacionado muito com Lemus. É um homem muito cauteloso e não foi fácil me aproximar, mas pensei que valia a pena, porque ele está metido em muitos assuntos importantes. Não parece muito interessado em sexo, mas acha divertida minha conversa."

Tomás se interrompeu um instante e olhou para os dois amigos para ver se um deles se opunha à leitura dos parágrafos seguintes. Os três sentiam que incorriam em uma espécie de profanação ao adentrar as confissões de Pamela sobre seu amigo: Jaime nunca havia compartilhado com eles intimidades de natureza sexual. Contudo, a curiosidade se impunha a qualquer pudor. O jornalista continuou lendo.

– "Lemus não gosta que nos vejam juntos, por isso passamos um fim de semana em umas praias solitárias na Costa Rica. Tive que contar a ele segredos de alguns de seus colegas para que ele compartilhasse comigo algo interessante; ele sabe muita coisa e foi soltando algumas pérolas pouco a pouco. Para provocá-lo, inventei umas brincadeiras: propus que o jantar fosse grátis para quem conseguisse mencionar mais homossexuais entre a classe política; bom, isso parece requisito para subir. Ele chegou a 22, e eu, apenas a dezesseis. Por gabinetes, o de

Zedillo ganhou; teve cinco ministros gays em sua gestão, contra quatro de Fox e três de Calderón.

"Depois, apostamos para ver quem conseguia elaborar o *top ten* dos políticos mais corruptos em relação ao patrimônio acumulado. Eu rejeitei quatro de seus nomes para que ele argumentasse com dados. E acontece que os mais ricos não são os ex-governadores nem os líderes sindicais, já que são obrigados a repartir de maneira piramidal, e isso porque alguns, como o de Chiapas, saíram forrados. Mas, não, os que mais enriquecem são os políticos que geram grandes negócios para seus amigos e ficam com uma parte das ações. Ele disse que quem desfalca trinta milhões de dólares do erário público é burro, o risco e a exposição são imensos; os realmente multimilionários são os que conseguem a concessão da administração de aeroportos por vinte anos para uma empresa e obtêm dez ou quinze por cento das ações por meio de laranjas. Esses, disse Lemus, ordenham fortunas ao longo de vários mandatos. Concessões de mineração, monopólio no abastecimento de água para cidades importantes, transporte de petróleo, provedoria de longo prazo ao Exército ou à Comissão Federal de Eletricidade, terrenos dentro de um grande centro urbano ou turístico. Esse é o modelo de Hank González, ex-líder da cidade, mas começou com o presidente Miguel Alemán nos anos 1950 com as concessões para a televisão mexicana.

"Estou aprendendo muito com Lemus, mas o vejo pouco. Daqui a quinze dias vamos a Punta del Este. Espero então ampliar este informe."

O jornalista fez uma pausa. Levantou o rosto para ver seus amigos e só notou expectativa em seus olhares; retomou a leitura.

– "Está safado esse Lemus; acho que está se apaixonando por mim. No fundo, ele é meio sensível, embora esconda bastante. Também percebo que, assim como eu, ele está tentando me dominar: já viu que sou um baú de segredos políticos e parece até que quer me recrutar. Eu disse a ele de brincadeira que ele quer ser meu cafetão, para agenciar meu corpo em troca de segredos, mas ele não gostou muito, ficou ofendido. Isso foi há três semanas, e não nos vimos de novo."

– É a cara do Jaime – disse Tomás, erguendo de novo o rosto para se dirigir a seus amigos.

– Eu não o imaginaria sensível – interveio Amélia –, mas o resto bate direitinho.

– Vejam, não encontrei nenhuma revelação comprometedora – disse Mario com alívio. – Acho mais que teríamos que invejá-lo.

– Mais alguma coisa? – perguntou Amélia.

– Uma nota final – disse Tomás, virando a folha. – "Ontem nos vimos na festa dos Camil; ele me cumprimentou de longe, mas não chegamos a nos falar. Ficamos nos olhando disfarçadamente a noite toda; acho que nós dois ficamos meio apaixonados. Contudo, nenhum dos dois dará o passo seguinte, e é uma pena, apesar da diferença de idade."

– Ela não se refere a Jaime.

Fez-se um silêncio constrangedor durante o qual nenhum dos amigos se atreveu a se olhar nos olhos. Finalmente Amélia disse o óbvio:

– Está falando de Carlos!

– Esse advogado come quieto – disse Tomás, sem conseguir ocultar uma distorcida satisfação por conta da frustração que notava em Amélia.

– Quando terá sido isso? – perguntou Mario.

– Não está claro, suponho que pouco antes de começar a sair com Salazar, pois já faz alusão ao gabinete de Calderón. Seu mandato começou em dezembro de 2006 e ela se tornou amante de Salazar em 2009. Eu o situaria em torno de 2008 – disse Tomás, olhando de soslaio para Amélia.

Mas ela não escutava; percebia suas vozes distantes e distorcidas, como se estivesse dentro de uma piscina. Amélia se surpreendeu com a pontada de dor que apunhalou seu peito. Nunca foi uma mulher ciumenta; no entanto, irritava-a perceber que o grande amor de sua juventude estava no catálogo de amantes de uma vedete da farândola. Achava que Carlos estava em outra categoria, longe dos políticos corruptos e depravados. Compartilhar amante com Pamela a vinculava a esses corpos podres, de luxúria e imoralidade vergonhosas; apenas dois graus de separação de indivíduos que desprezava profundamente. Foi atacada por uma repentina urgência de se enfiar em uma banheira e se livrar da crosta nauseante que sentia brotar em sua pele.

Mario e Tomás perceberam seu longo silêncio e também se calaram. Tomás se aproximou dela e a abraçou; Mario olhou-os com expressão angustiada, sem saber o que fazer. Pouco a pouco Amélia foi saindo de sua letargia; ela mesma quebrou o clima que havia se instaurado na sala.

– Que outros casos haverá no resto do texto? O de Carlos serve para muito pouco – disse no tom mais neutro de que foi capaz, tomando distância do corpo de Tomás.

Este voltou aos papéis e abordou o caso seguinte: leu sem parar até acabar todo o material que tinha nas mãos.

No final, os três amigos sabiam dos assassinatos ordenados por um governador de Oaxaca, da rede de prostíbulos e tráfico de pessoas com a qual se relacionava o diretor do Instituto de Migração, dos vínculos de um arcebispo com a lavagem de dinheiro procedente de Tijuana e do intercâmbio de meninas e meninos com fins sexuais realizado por um ex-presidente da Comissão Nacional de Direitos Humanos e um destacado líder do PRI no Congresso. A leitura deixou nos três uma sensação incômoda, mas em cada um de maneira diferente. Mario pensou que a política era mais suja do que acreditava e se felicitou por ter feito uma carreira à margem dela. Tomás considerou que tinha material para uma dúzia de colunas de impacto explosivo, embora impublicáveis por não ter fonte fidedigna. E Amélia sentiu que sua náusea voltava só de imaginar Pamela na cama com cada um dos monstros que acabavam de conhecer. Foi ela quem fez o primeiro comentário.

– Não consigo imaginar de onde ela tirava estômago para se deitar com esses que ela mesma não hesitava em qualificar de canalhas.

– Em benefício dela, precisamos dizer que, no assunto das crianças abusadas, Pamela decidiu avisar o procurador e pedir-lhe que fizesse algo a respeito, como ela mesma explica – disse Mario.

– Outro com quem provavelmente foi para a cama – acrescentou Amélia.

– Escutem. E se foi morta pelos próprios parentes, incomodados com sua promiscuidade? Digo, Pamela falava explicitamente das perversões sexuais de que participava e até se gravava em vídeo. O pessoal de Culiacán não terá se fartado ou envergonhado? – disse Mario.

– Está brincando?! Traficantes pudorosos? Isso, sim, seria uma novidade – respondeu Tomás.

– Mas também não se pode descartar essa hipótese – disse Amélia. – Ela veio para o México e se meteu em ambientes mais liberais, por assim dizer; seus familiares não. Eles podem ser bandidos, mas, no fundo, continuam sendo mais provincianos. Se eu me espanto com a falta de pudor de Pamela para se exibir como uma puta de luxo, os parentes podem ter se irritado.

– Estamos procurando pelo em ovo – interrompeu Tomás. – Com o que lemos entre ontem e hoje, temos pelo menos uma dúzia de políticos poderosos que teriam tido razões de sobra para eliminá-la se soubessem dos relatórios que ela enviava. Não sabemos o que o pessoal de Culiacán fazia com essa informação, mas, se foi utilizada para chantageá-los, mais de um pode ter conjecturado a responsabilidade de Pamela no vazamento de informações.

– O que complica ainda mais identificar o assassino de Dosantos – disse Mario.

– Não somos policiais – objetou Amélia. – Se nos interessava descobrir era porque, de início, achávamos que Salazar podia ser o autor do crime: evidenciar isso teria tido um impacto político capaz de pôr em xeque a administração e neutralizar suas tendências autoritárias. Contudo, hoje sabemos bem que o Corcho não foi o assassino. Isso nos deixa com as mãos vazias. Fim da história.

– Mas os casos que lemos são munição importante, não? Alguns são realmente escandalosos – argumentou Mario, pouco disposto a renunciar ao valor das pastas encontradas.

– Ainda não apareceu alguém do primeiro círculo de Prida. O custo recairia sobre toda a classe política: há vários políticos do PRI enlameados, mas também dos outros partidos – respondeu Tomás, decepcionado.

– Espere. E por que não há um informe sobre Salazar? Pamela fez gravações de todos os seus amantes, não foi? – contra-argumentou Mario.

– Você tem razão – respondeu Tomás. – Ou Alicia ainda não encontrou, ou Pamela se acarinhou ao velho e o excluiu dos relatórios.

– E acha que o cartel teria ficado tão tranquilo com seu silêncio? Salazar era a maior presa que Pamela havia conseguido; não iam renunciar a ter uma orelha no centro do governo de Prida – afirmou Amélia.

– E se Pamela se negou a delatá-lo e por isso a mataram? – complementou Mario.

– Pamela fazendo um sacrifício por amor? – disse Amélia. – A essa altura, acho impossível acreditar. Acho que ela desenvolveu uma verdadeira paixão por seus trabalhos de espionagem; as gravações mostram a satisfação com que relata cada infâmia revelada. Salazar era a maior peça de sua coleção; deve haver um relatório, simplesmente não o encontramos – concluiu.

– Concordo – disse Tomás, pensativo. – Diga a Alicia que abandone a transcrição e escute todas as fitas até encontrar algo sobre Salazar.

– Acho ótimo – aceitou Amélia. – Vamos nos encontrar amanhã à noite aqui mesmo e ver o que ela encontrou.

Tomás se levantou para dar por concluída a longa reunião. Sentiu a fadiga dos dias sem dormir, o estresse acumulado e especialmente a frustrante sensação de que não estavam avançando, como se nadassem vigorosamente contra a corrente só para não retroceder. Muitas coisas haviam acontecido em duas semanas, e, apesar de tudo, continuavam de mãos vazias. Nesse momento só queria desabar em sua cama e se desligar da vida. Mario voltou a chamar sua atenção.

– Falta uma coisa – disse. – O que vamos fazer com Jaime?

– Está se referindo a Restrepo, aos arquivos de Pamela ou ao que o pai dele fez com ela? – perguntou Amélia com a voz rouca.

– O caso de Restrepo é urgente – respondeu Mario –, mas também vamos ter que decidir sobre o outro. Quando vamos falar para ele das pastas? Ele não vai gostar que o tenhamos deixado de fora, não acham?

Agora que Carmelita estava fora do país, Mario não tinha objeções quanto a informar Jaime sobre a existência das gravações. Ao contrário, sentia-se em dívida para com ele pela maneira como ajudara Vidal com os policiais. O fato de o próprio Mario ter encontrado os arquivos e só contado a Tomás e Amélia o fazia se sentir culpado.

– Mario tem razão – aceitou Amélia, dirigindo-se a Tomás. – Quem vai falar com Jaime?

– É melhor você falar. Se eu falar, vamos acabar aos gritos – respondeu Tomás.

– Muito bem, eu falo, mas não sei em que vamos acabar – disse ela.

Os três amigos se despediram; Amélia também estava cansada, mas decidiu ficar mais um pouco no escritório. Queria se assegurar de guardar em segurança as pastas e as transcrições feitas por Alicia. Durante algum momento da reunião se contagiou do pessimismo de Tomás, mas agora, no silêncio neutro de sua sala, sentia a proximidade dos arquivos, como se fossem uma entidade viva e palpitante. Apesar de ter fechado o cofre, a voz de Pamela insistia em lhe dizer alguma coisa. As fitas com seu hálito e as imagens da pele leitosa da atriz resistiam a se fechar para a noite, como um bolo de chocolate que por trás da porta do armário faz um apelo irresistível.

Os afãs e suores da atriz, os segredos de Estado que havia revelado, as infâmias dos poderosos, as centenas de horas gravadas, o sêmen derramado… Uma tarefa notável digna de melhor causa, pensou Amélia ao recordar os chefões do narcotráfico, verdadeiros beneficiários dessa informação.

E só então teve a revelação: subitamente notou que a luta já havia terminado. O simples fato de espalhar que a amante de Salazar foi, durante anos, espiã do cartel de Sinaloa poderia transformar em cadáver político o ministro mais poderoso do país. Isso acontecer de maneira fulminante ou por lenta deterioração dependeria de Pamela; existia uma pasta sobre Salazar ou ela teria respeitado seu amante?

Não saberia até o dia seguinte, mas essa noite dormiu com a placidez que não desfrutava havia muitos meses.

Quarta-feira, 4 de dezembro, 8h30.

Carlos e Salazar

Os terraços onde se servia o café da manhã no Four Seasons exibiam a clientela costumeira de políticos e empresários, comprovou Lemus ao observar as mesas. Os primeiros se distinguiam dos segundos porque invariavelmente escolhiam ficar de frente para a porta de entrada; os empresários, porém, sentavam-se onde o acaso os levasse ou, quando tinham idade suficiente, onde houvesse menos correntes de ar procedentes do jardim. Os políticos tinham por norma dar as costas para uma parede, nunca para o acesso à rua. Isso era, em parte, um velho reflexo dos tempos revolucionários, quando todos carregavam pistola e assuntos pendentes, e a diferença entre viver e morrer em uma taberna dependia mais da distribuição dos assentos que do elenco de culpas. Também se devia à necessidade de todo político de ver e ser visto, sob a lógica de que um bom restaurante é sempre uma passarela.

Carlos fez o mesmo e cumprimentou os comensais de duas mesas até chegar ao fundo da sala, onde Augusto Salazar já o esperava. Conheciam-se de tempo atrás, mas Lemus havia subido muito mais rápido nas altas esferas que seu colega. Pela primeira vez no rosário de encontros que existia entre ambos o velho era o de maior hierarquia, e o fez notar: saudou Carlos sentado, esticando o braço para cumprimentá-lo brevemente com mão lânguida e voz apagada. Lemus não levou a mal. Com certeza era uma vingança infantil por desfeitas involuntárias anteriores por parte do próprio Lemus, quando a hierarquia era invertida.

Pediram café, frutas e ovos mexidos sem gema; nenhum dos dois quis suco. Os políticos de hoje vão ao nutricionista, evitam farinhas e controlam o colesterol; Lemus e Salazar não eram exceção.

– Como está, Augusto? Lamento por Pamela – disse Carlos depois do primeiro gole de café.

– O que posso dizer! Uma merda. Não vou esconder de você.

– Posso imaginar. Pamela é insubstituível – comentou Carlos, solidário.

Mas seu comentário fez que Salazar erguesse a vista e examinasse seu rosto. Lemus se manteve inexpressivo, não queria complicar uma conversa já por si incômoda com alguma suspeita por parte do ministro de que ele também havia sido amante da atriz. Contudo, seu comentário era sincero. Para Carlos foi difícil esquecer Pamela, apesar de só terem saído durante alguns meses. Podia imaginar a desesperança de quem foi amante dela ao longo de vários anos.

– Alguma novidade sobre os responsáveis? – acrescentou o advogado quando achou que a pausa já havia se prolongado o suficiente.

– Esperava que você me ajudasse um pouco com isso. Sei que você conhecia bem Coronel, o advogado que passou a dica a Tomás Arizmendi. Sabe com quem se relacionava ultimamente? Com que assuntos estava lidando?

– Por aí vai ser difícil encontrar o fio da meada. Coronel mexia com muitos assuntos e não tinha clientes fixos; imagino que seu escritório deve ter registro de tudo.

– Já varremos tudo – afirmou Salazar. – Infelizmente, ele era desses advogados que desconfiam dos papéis e dos assistentes. Ele cuidava dos casos mais importantes e certamente guardava os documentos em outro lugar, porque não apareceram. Antes de morrer, foi torturado; talvez os responsáveis tenham levado os arquivos. Na casa dele também não foram encontrados.

– E o celular, o registro de chamadas? – inquiriu Lemus.

– A secretária dele afirma que ele usava três, mas o oficial, que estava em seu nome, não serve para nada; só chamadas para sua casa e seu escritório, nada relevante. Os outros dois telefones estão desaparecidos e nem sequer sabemos os números – respondeu Salazar com irritação crescente; agora era ele quem estava respondendo em vez de fazer as perguntas.

Carlos avaliou o assunto dos celulares e achou que ele tinha pelo menos um dos números desconhecidos de Coronel. Recordava que o advogado assassinado ocasionalmente o havia consultado sobre temas delicados; com toda a certeza realizou essas chamadas de seu telefone confidencial, mas não ia dizer isso a Salazar.

– Acha que Jaime sabe de alguma coisa? Sei que ele também o conhecia muito bem – perguntou Salazar.

– Não faço ideia. Sabe perfeitamente que não nos falamos – respondeu Carlos.

O distanciamento entre pai e filho remontava a mais de uma década e era conhecido por toda a classe política. Carlos achou que a pergunta pretendia incomodá-lo ou encerrava alguma ameaça velada. Perguntou-se se Jaime estaria na mira do ministro.

– O que ninguém nunca soube são os motivos disso – atacou Salazar, cravando em Lemus um olhar de desafio.

Era evidente que o estava provocando. Lemus pensou que, afinal de contas, era provável que soubesse de seu romance com Pamela, ou simplesmente estava tão desesperado que fazia perguntas irritantes tentando pescar alguma coisa.

– E que o faz pensar que vou contar a você? – disse Lemus, apoiando-se no encosto da cadeira.

– Tem razão, são assuntos familiares. Para você ver como esse assunto me deixou atarantado, Carlos – recuou Salazar em tom conciliador.

O advogado tomou outro gole de café; não ia perder as estribeiras. Uma das máximas que Salazar costumava dizer era justamente esta: "Eu empurro e, onde sinto um covarde, é por ali que vou". Carlos não estava disposto a ser seu covarde do dia. Se Salazar queria pescar no escuro, ele também podia lançar seus anzóis.

– Talvez esteja obcecado com as hipóteses políticas. Quem sabe o assassinato não tem a ver com você. Já se perguntou a quantidade de amantes despeitados que poderia haver no passado de Pamelita, os segredos que ela guardava de outros personagens do poder?

Acertou no alvo. Dessa vez foi o ministro que levantou a xícara de café e a manteve um instante mais que o necessário à frente de seu rosto, mas o impacto do comentário de Carlos ficou evidenciado no tilintar da xícara ao ser depositada no pires por uma mão trêmula. Salazar não desconhecia o passado de Dosantos, mas preferia ignorá-lo, como se houvesse um antes e um depois a partir do dia em que ficaram juntos; o que Lemus havia insinuado era que a relação deles simplesmente constituía a última conta de um rosário de amantes.

– É evidente que Pamela despertava paixões; contudo, ninguém se atreveria a se meter comigo por um assunto de amor. Ninguém arriscaria a vida. Não, quem fez isso vazou a informação para Arizmendi para tentar me foder politicamente. Maldito jornalista, alguém devia acabar com ele, por ser covarde – afirmou Salazar, colérico.

E provavelmente era o que pretendia fazer no dia em que tentou sequestrá-lo, disse Carlos a si mesmo. Notou que, no estado em que estava Salazar, Tomás não estava fora de perigo. Teria que alertá-lo. Além do mais, pela velocidade com que o jornalista fazia inimigos políticos com suas explosivas colunas, Salazar poderia fazê-lo desaparecer e deixar correr o rumor de que a autoria tinha outra origem. O último texto de Tomás pedindo mão dura contra os Zetas era a desculpa perfeita para atribuir sua execução a um bandido do narcotráfico.

– Isso é um assunto delicado: o primeiro crime político no regime de Prida. Seria um escândalo – disse Carlos simplesmente para oferecer um contra-argumento.

– No México, o assassinato de um jornalista já não comove ninguém, nem mesmo os próprios meios de comunicação. São mais de setenta em oito anos – rebateu Salazar em tom inapelável.

– Não no caso de jornalistas desse calibre. Ainda se recordam do caso de Manuel Buendía, e isso foi em 1984. Suponho que Prida não vai gostar de carregar um mártir da imprensa em seu mandato, não acha?

Agora era Carlos que lhe fazia uma ameaça velada, uma espécie de advertência de que qualquer represália contra Tomás teria que ser discutida previamente com Los Pinos.

– Não percebe que o assassinato de Pamela para me incriminar é um ataque ao próprio governo de Prida? Acha que o presidente não sabe?

– Talvez tenha razão, mas Arizmendi é o menos importante nessa equação. Matar o mensageiro não resolve nada, só piora.

Salazar suspirou incomodado, frustrado. Salvo isso, nada em seu corpo denotava que estivesse perdendo as estribeiras; mas a frase seguinte não deixou dúvidas.

– Sabe, Lemus, por que nunca gostei de você? – perguntou em tom seco e, sem esperar resposta, acrescentou: – Porque você sempre foi um hipócrita. Nós que estamos na trincheira não somos perfeitos, mas sabemos que temos que nos molhar. Pretende fazer todo mundo acreditar que você sobrevoa a política sem se manchar, quando na verdade a exerce com arrogância. Você enriqueceu defendendo com sucesso corruptos e corruptores graças ao tráfico de influências. Da cátedra de análise política em seus banquetes você nos julga e depois troca favores com aqueles a quem critica, para acabar passando a mão em uma conta milionária. Você me faz lembrar os que vendem armas para a guerra e depois ficam horrorizados com a violência.

O volume de sua voz atraiu a atenção de duas mesas vizinhas; era inusitado ver o ministro aparentemente fora de si. Carlos o escutava sem pestanejar; pensou que Salazar devia estar no limite. Mas ele também não era alguém que gostasse de apanhar sem bater.

– Vou lhe dizer por que me retirei da trincheira, como você diz: foi para não ter que trabalhar com sujeitos como você. Não sei se sua alegoria sobre o vendedor de armas é certa; se for, então você é o general nazista e belicoso que vai usá-las até acabar com todos os soldados que o cercam, aliados e inimigos. Você vê a política como um patrimônio que pertence aos políticos, sua *cosa nostra*; eu a vejo como o ponto de encontro entre as necessidades do coletivo e dos profissionais que as administram. Não sei se Prida tem cacife para ser bom ou mau presidente; o que sei é que, enquanto você estiver falando de controles, de governabilidade e de manipulação, o retorno do PRI será um passo para trás na modernização do país. Você se considera um artista da política, mas, na verdade, é um dinossauro disfuncional, perigoso e anacrônico.

Carlos também havia erguido a voz: todas as mesas em volta da sua suspenderam as conversas e escutavam com atenção o diálogo inflamado. O advogado olhou de soslaio e decidiu que ficaria com a última palavra. Depositou o guardanapo em cima da mesa, levantou-se, murmurou um “Tenha um bom dia, Augusto” e saiu do restaurante.

Ao entrar no carro, estava lívido. De maneira mecânica, pegou um jornal da pilha que o motorista mantinha no banco de trás e tentou ler, mas a página tremia em suas mãos e era incapaz de se concentrar nas manchetes. Deixou o jornal de lado e reconsiderou; o que havia acabado de fazer era perigoso. Não só insultara Salazar, como o fizera em público. Em condições normais teria significado um congelamento de sua pessoa e de seus interesses no regime e em vários círculos políticos, com todos os riscos que isso implicava: auditorias rudes e inesperadas das autoridades fiscais, processos de clientes ou ex-funcionários com pretextos absurdos e juízes complacentes, ataque a sua imagem profissional nos meios de comunicação. Isso em condições normais: na situação à beira do limite em que vira Salazar, sua vingança poderia ir muito mais longe que isso.

Decidiu utilizar um recurso ao qual havia prometido a si mesmo nunca recorrer. Pegou do bolso interno um pequeno celular que raras vezes utilizava e só tinha dez números gravados; digitou um deles e esperou resposta. Uma voz masculina atendeu. Carlos simplesmente pediu:

– Presidente Carlos Salinas, por favor. É o advogado Carlos Lemus.

Esperou um instante e escutou uma voz familiar a todos os mexicanos.

– Meu xará, como está? Que milagre!

– Tudo bem, doutor. Estou ligando no número privado, certo?

– Sim – respondeu Salinas. – Fale tranquilo.

– Acabo de sair de um café da manhã com Salazar.

– E que conta o bom Augusto?

– Muitas coisas, e nem todas convenientes para a imagem da administração. Julguei prudente que o presidente Prida soubesse que seu ministro do Interior está a ponto de perder o controle de si mesmo.

Fez-se um longo silêncio.

– Tem certeza do que está falando?

– Tanta certeza que não me atreveria a contar a outra pessoa.

Carlos Lemus pensou que não era um bom argumento, mas soaria lisonjeiro do outro lado da linha.

– Mantenha assim. Ninguém mais fica sabendo, eu cuido disso – disse o ex-presidente e desligou.

Ao desligar, Carlos se deu conta da magnitude do que havia acabado de fazer. Em dez segundos havia dobrado a aposta: com a acusação transmitida podia perder tudo ou ganhar a partida contra Salazar. Carlos Salinas era uma das poucas pessoas no país que podiam ser recebidas no ato pelo novo presidente. Claro que antes disso Salinas indagaria primeiro sobre o estado de ânimo de Salazar e, se confirmasse a versão de Carlos, sem dúvida iria a Los Pinos e poria Prida a par da situação. No entanto, se não encontrasse nenhum *ex abrupto* por parte do ministro do Interior, muito provavelmente seria útil a este e revelaria a Salazar a tentativa de Lemus de crucificá-lo. Nesse caso, os dois, Salinas e Salazar, iriam juntos ao presidente para ver o que fazer com o desagradável advogado que estava tentando desestabilizar a equipe governante, e assim Lemus estaria condenado.

O advogado se perguntou se não teria apostado alto demais. Salazar estava realmente fora de si ou era só um descontrole provocado pela conversa ríspida que haviam acabado de ter? A sorte de ambos dependeria da resposta.

Lemus disse a si mesmo que não podia deixar as coisas ao acaso. Se o ministro não havia perdido o controle, pensou que ainda podia fazer alguma coisa para que perdesse. Ligou para outro número dos dez gravados em seu celular.

– Olá, Carlos – respondeu Amélia.

Quarta-feira, 4 de dezembro, 10h15.

Amélia e os Lemus

O aroma que o corpo de Carlos Lemus exalava já não evocava uma tâmara, disse Amélia a si mesma, mas no momento em que se cumprimentaram não pôde precisar a natureza de seu cheiro. Teve que cancelar um compromisso matutino para ficar em casa e esperar o advogado depois de sua ligação urgente. Nunca havia sentido Lemus tão tenso; pela primeira vez desde que o conhecia parecia, e cheirava, como o resto dos mortais: angustiado.

Recebeu-o na sala de sua casa com um café, mas Lemus pediu uma tequila. Isso alarmou ainda mais Amélia: ele não costumava beber antes do almoço. O advogado nem sequer se deu conta do abraço frio e do beijo no ar com que Amélia o cumprimentou ao entrar na casa dela. Começou a falar quase de imediato.

Lemus relatou a grandes traços a conversa com Salazar e a ligação para Salinas; compartilhou com ela sua impressão sobre o estado emocional do ministro do Interior.

– Eu me encontrei com ele há três dias – disse ela. – Estava triste, mas muito longe de estar fora de si.

– Tenho a impressão de que cada dia que passa sem saber a identidade do assassino faz que isso fique mais intolerável para ele. Sempre foi obcecado por controle, só que agora que está convicto de que há uma espécie de complô contra ele; a paranoia está desatada.

– E acha que ele pode fazer uma bobagem?

– Em primeiro lugar, temo por Tomás. Durante a conversa ele cogitou se não deveria fazer seu amigo desaparecer. O Salazar de sempre, o profissional, podia ter pensado nisso, mas nunca diria, e menos ainda a alguém como eu, que não goza de sua confiança. E, antes disso, ele insinuou que Jaime poderia estar por trás do complô contra ele.

– Não acha que pode estar provocando você? Comigo ele tentou algo parecido, mas não foi muito longe.

– Não, foi muito mais que isso. Ele me atacou de frente, como se queimasse pontes e navios, sem possibilidade de retorno. Um Salazar em seu juízo perfeito também não teria feito isso.

– E acha que ele pode cumprir o que disse? Estou me referindo a Tomás, talvez a Jaime.

– É difícil dizer, mas não podemos correr o risco.

– E o que você sugere?

– Com a ligação a Salinas tomei a medida que pode neutralizá-lo, mas temos que nos assegurar de que Salazar perca a compostura, senão o tiro vai sair pela culatra para mim. Amanhã, quinta-feira, é dia de publicação da coluna de Tomás. Acho que um texto dedicado a Salazar com um pouco de sua roupa suja acabaria de derrubá-lo.

– Ou a Tomás. Se o Corcho acha que é um complô, com isso vai concluir que Tomás está no centro dele. Ele praticamente poria uma corda no próprio pescoço se escrevesse um texto como o que está pedindo – disse ela, incomodada.

– Há momentos na vida em que temos que jogar os dados e arriscar. Tenho certeza de que com esse empurrão Salazar vai perder as estribeiras, Salinas vai fazer seu trabalho e a presidência sacrificará o ministro. Prida agiu desse jeito toda vez que um homem de seu círculo ficou em situação comprometedora diante da opinião pública. Bastaria esconder Tomás por algum tempo, dois dias no máximo.

– Ou para sempre, se você estiver enganado.

– Há uma semana eu o recebi quando me pediu. Durante a conversa, ele afirmou que estava disposto a ir até as últimas consequências para fazer diferença política, e me pareceu sincero. Pois essa é sua oportunidade. A queda de Salazar poria o governo de Prida na defensiva, perderia a fortaleza da qual se vangloria, graças à qual os seus estão tomando o controle da vida nacional. Não é isso que você queria?

– E você, o que quer? Não está levando uma disputa de machos longe demais? – disse ela com ressentimento.

Lemus a examinou com atenção; era a primeira vez na vida que falava com ele com tanta raiva. Perguntou-se, pela segunda vez no dia, quantos saberiam de seu romance com Pamela. Decidiu não incursionar nesse assunto; não era o momento de falar de amores.

– Pelo menos vai transmitir a Tomás minha proposta?

– E com que dados ele alimentaria a coluna? – respondeu ela, ainda hesitante.

– No caminho para cá fiz algumas anotações – disse ele, tirando uma folha de um bolso lateral de seu casaco. – São negócios que Salazar fez graças a seus cargos públicos, propriedades em nome de laranjas, algumas delas de proporções escandalosas. No decorrer do dia lhe mando um envelope com números e dados pontuais.

Não conversaram muito mais. Ela se despediu com um aperto de mão, colocando a esquerda no antebraço dele para impedir um abraço, como havia feito com incontáveis políticos ao longo de sua vida; ele nem sequer notou.

Pouco depois, quando Amélia levou a mão ao rosto, captou o aroma de Lemus: era de damasco estragado pelo sol.

Meia hora depois, a caminho de seu escritório para se encontrar com Jaime, tentou ligar para Tomás, mas ele não atendia o rádio. Tinha pressa de contar o que havia acontecido de manhã entre Salazar e Carlos e as renovadas ameaças que se cingiam sobre ele. A recordação de Carlos voltou a irritá-la: continuava pensando que a preocupação do advogado com Tomás, e até com Jaime, era um pretexto para travar uma batalha de machos alfa com Salazar. Não sabia se a animosidade entre eles se devia a uma rivalidade política ou surgia da competição por Pamela; de qualquer maneira, a visão quase épica que sempre teve de Carlos Lemus estava se desfazendo. Via-o agora como um político igual aos outros, disposto a jogar com a vida dos civis e com o interesse público em nome de suas paixões e interesses pessoais. Havia sido sempre assim, desde que eram amantes, e ela fora incapaz de ver, ou a idade o mudara por dentro? De qualquer maneira, pensou, uma parte de seu passado havia acabado de se empobrecer, tornando seu presente pior e menor.

Quando chegou ao PRD, Jaime já a esperava em seu escritório. Antes de recebê-lo, Amélia entregou a Alicia o rádio e pediu que ligasse para Tomás a cada quinze minutos e o exortasse a ir para lá imediatamente. Perguntou se já havia encontrado algum relatório sobre Salazar nos arquivos de Pamela: Alicia disse que não; contudo, ainda faltavam oito casos para escutar. Bastava ouvir uma fita durante cinco minutos em média para conhecer a identidade de cada político em questão; Alicia afirmou que quando acabasse sua reunião com Jaime saberia se Pamela fizera ou não um relatório sobre o ministro.

Amélia entrou em seu escritório para enfrentar Jaime com um vazio no estômago. Dois Lemus na mesma manhã era demais, pensou.

– Qual é a urgência? Tive que adiar a assinatura de uma assessoria de segurança cibernética com o governo peruano, estão me esperando na embaixada em uma hora – disse Jaime ao se levantar do sofá de couro onde estava.

Amélia pretendia explicar primeiro sobre os arquivos de Pamela e dar algum pretexto a título de desculpa por não tê-lo informado antes, mas isso significaria se colocar na defensiva; o tom imperativo de Jaime a fez decidir começar pelo problema de Mario.

– São justamente seus assuntos de segurança cibernética que nos preocupam. Efraín Restrepo, que você levou à casa de Mario, torturou Luis, amigo de Vidal, em Guadalajara com o propósito de recrutá-lo para sua equipe. Está ameaçado de morte e, com as temeridades que o rapaz anda fazendo, bem poderia acabar no necrotério. Você criou um monstro, Jaime.

A revelação o pegou de surpresa. Como poderiam ter descoberto a identidade de Restrepo? Seu colaborador afirmara que o rapaz nunca vira seu rosto nem tivera tempo de ver o veículo em que fora transportado. Levou mais de um minuto para responder.

– Restrepo seguia minhas instruções, Amélia – disse Jaime, já recomposto. – Simplesmente assustaram Luis para convencê-lo a trabalhar por uma boa causa.

– Você está sendo cínico ou quer ver minha cara de idiota?

– Estou sendo honesto. Eu poderia ter dito que Restrepo agiu por iniciativa própria, acrescentar que o repreenderia, que não tornaria a acontecer e assunto resolvido. Mas não sou assim.

– Então me explique quem é você, porque o amigo com quem cresci não torturaria jovens inocentes.

– O amigo com quem você cresceu passou a vida pondo suas habilidades a favor da construção de um país mais seguro. Tomás escreve colunas para influenciar, pelo menos essa era a ideia quando começou; meu pai faz maracutaias por cima e por baixo dos panos para garantir acordos; você procura fazer uma oposição responsável, que obrigue o governo a prestar contas e a ser transparente. Bom, eu faço todas essas coisas e muito mais. O futuro está na informação digital, Amélia. A capacidade de influenciar diretamente a vida pública já saiu dos meios de comunicação tradicionais e está cada vez mais nas redes sociais. Você não tem ideia dos recursos com que lido para posicionar um assunto, até para gerar um sentimento na opinião pública. E, em matéria de informação transparente, é brutal o que a boa espionagem digital pode fazer. Uma dúzia de especialistas como Luis, bem guiados, pode fazer um mapa da corrupção como nunca neste país. E isso é só o começo.

– No que diz respeito a Luis e Vidal, isso tem que acabar. E, quanto a sua boa causa, quem o autoriza a se transformar em uma espécie de Grande Irmão, capaz de espionar o resto da sociedade para manipulá-la? Quem o escolheu para fazer papel de Deus? Acho que sua sede de poder simplesmente está disfarçada de pretensos bons propósitos que escondem fins abjetos. Vamos, Jaime: sufocar jovens para obrigá-los a trabalhar para você? E, quando se negam, o que vem depois? Matá-los?

– Fique tranquila, não vai acontecer nada com Luis. Era pura fanfarronice para garantir sua cooperação, ele nunca esteve em risco real; muito menos Vidal, que jamais devia ter sabido. Mais ainda, de certa maneira, eu estava tentando protegê-lo. Luis foi proibido de enviar a Vidal material sobre Pamela justamente para evitar que os cartéis o detectassem, assim como aconteceu na casa dos Alcántara.

– Pois assegure-se de manter seu cão na coleira, porque Luis anda investigando e já sabemos do que esse jovem é capaz. O que não sei é do que Restrepo seria capaz.

– Isso está sob controle.

– Não tenho tanta certeza. Talvez você tenha razão no argumento de que o poder haverá de residir no mundo digital e em quem o controlar; mas é a sociedade que deve decidir o que se abre e o que fica fechado. Você abriu, de maneira clandestina, uma caixa de Pandora que está escapando de suas mãos. Luis já pôs em xeque suas premissas e Restrepo me parece um bode solto.

– Nada que eu não possa resolver. Siga seus métodos, Amélia, e eu seguirei os meus. Mas algo me diz que vou ter que vir resgatar algumas de suas causas, ou de Tomás, quando seus ideais se estatelarem contra o mundo real.

Longe de apaziguá-la, as respostas de Jaime aumentaram sua irritação. Havia nelas um tom de suficiência que beirava a arrogância.

– Sempre pensei que você era uma raposa teimosa e astuta dedicada à dura tarefa de sobreviver calada e sozinha. Estava enganada. Na realidade, você é um lobo cruel que goza do poder de decidir sobre vidas e mortes.

O sorriso irônico que aflorou nos lábios de Jaime a levou a pensar que a alegoria do lobo não havia desagradado tanto assim a seu interlocutor. Isso a enfureceu ainda mais.

Jaime se levantou, esticou o braço e com o dorso da mão acariciou um pouco o rosto de sua amiga, deu meia-volta e saiu. Ela chegou a dizer:

– Detenha Restrepo.

Amélia demorou um pouco para se recompor. Nunca havia acreditado no zodíaco, mas agora se perguntava se haveria algum alinhamento de astros que transformava esse dia em uma jornada que a obrigava a reeditar seu passado: nem o amigo com quem crescera nem o amante que tanto a havia marcado eram quem ela achava que eram. Se cada um de nós é o resultado acumulado de experiências, e estas estavam se modificando tão vertiginosamente, pensou que precisaria perguntar a si mesma se ela era essa pessoa que sua narrativa havia construído com o passar dos anos.

A relação com Carlos a preocupava menos: evoluiria em um crescente abandono inspirado no desprezo que começava a sentir. Sua elegância intelectual e a desenvoltura senhorial que revestiam todas as suas ações pareciam-lhe agora uma fachada para um homem que sempre havia vivido na crista da onda e saciado todos os seus apetites, um mago na hora de enquadrar o círculo entre seus princípios e seus desejos.

Fazia tempo que a relação entre Amélia e Carlos habitava um limbo, embora benigno, alimentado pela ilusão romântica dos anos compartilhados. Agora teria que redefinir o passado e guardar em um arquivo diferente, mais escuro e empoeirado, suas recordações dele.

O caso de Jaime, porém, doía em sua carne. Amava-o como a um irmão e nada modificaria isso; podia se zangar com ele, mas da mesma maneira que com os erros de um parente próximo, alguém com quem se tem que fazer as pazes cedo ou tarde. Via-o como uma alma atormentada que tivera dificuldade de encontrar um lugar à sombra do desprezo de um pai idolatrado. Agora que o contemplava sob essa óptica, não era difícil projetar o adolescente inseguro que com golpes de temeridade tentava imitar o progenitor e sempre ficava um passo atrás. Entendia que isso em que se transformara era um refúgio para suas habilidades e uma passagem para o único vagão de primeira no qual podia entrar.

Amélia intuía que Jaime esteve apaixonado por ela praticamente desde a infância, mas, sabendo-se não correspondido, silenciou seus sentimentos. Sofreu com as cumplicidades e flertes que ela e Tomás tiveram, e a longa relação amorosa que manteve com Carlos devia ter causado nele um efeito traumático. Apesar de desconhecer os detalhes, sabia que a ruptura com Carlos se devia ao rancor desatado pelo que Jaime considerava uma deslealdade abominável. Sua amizade com Amélia e introduzi-la no seio dos Lemus era o único sucesso que podia apontar para si em uma casa onde tudo era um monumento à trajetória do pai; mas, por algum capricho, Carlos decidiu tornar seu também o amor impossível do filho. Uma ação que com certeza Jaime achou cruel e imperdoável.

Ela se perguntou que efeito provocaria nele a nova relação que havia estabelecido com Tomás. No entanto, o que acontecia entre eles era tão impalpável e confuso que talvez não fizesse sentido examinar agora.

Como se o houvesse invocado, Alicia anunciou nesse momento a chegada do jornalista ao escritório.

Tomás deu nela um beijo rápido na boca, mas também um abraço apertado, juntando seu corpo ao dela. De fato, "impalpável e confuso", repetiu Amélia. Ele quase proferiu um "Olá, meu amor" como cumprimento, mas se conformou com um "Bom dia, presidente", seu título no partido.

– Alicia encontrou alguma coisa sobre Salazar? – perguntou Tomás ao desabar em uma cadeira em frente à mesa.

– Vejamos – respondeu Amélia e chamou sua assistente.

Alicia comentou que, de fato, havia duas fitas dedicadas ao ministro do Interior: uma delas continha vários relatórios que datavam dos dois primeiros anos da relação, e a segunda, ao que parecia, era toda sobre suas atividades no ministério do Interior e cobria o último ano. Disse que só havia escutado fragmentos ao acaso, avançando as fitas por segmentos completos, e que já ia começar a transcrição.

– No fim, Pamela não nos decepcionou – disse Amélia.

– Esses relatórios são uma verdadeira bomba – afirmou Tomás. – Morro de curiosidade de conhecer os cadáveres no armário de Salazar.

– Se houver, o tombo seria fulminante; mas o próprio fato de que a amante o tenha espiado em benefício do cartel, independentemente inclusive da gravidade dos pecados que vierem à tona, deixa o Corcho em uma posição insustentável. E, a propósito – disse ela depois de uma pausa –, Carlos Lemus afirma que ele já está cambaleando; hoje de manhã tomou café da manhã com Salazar e acabaram aos gritos no Four Seasons. Carlos acha que, se você escrever uma última coluna sobre algumas más condutas de Salazar, ele acabará caindo.

– Não tenho tanta certeza de que um texto meu tem o poder de derrubá-lo.

– Bom, isso e uma ligação telefônica – acrescentou ela e o informou sobre o pedido de ajuda que Carlos havia feito ao ex-presidente Salinas.

– Quer dizer, então, que agora estamos no mesmo time que Salinas?

– E qual você acha que foi minha reação? Maldito Carlos, ele é igual aos outros políticos. No fim, todos nos veem como simples peões a serviço de seus joguinhos de poder – disse Amélia. – A propósito, ele deixou comigo este papel com algumas notas sobre os negócios ocultos de Salazar para documentar sua coluna. Disse que mais tarde me manda um envelope lacrado com números e dados pontuais.

– Eu sugiro que você devolva o envelope sem abrir. O que for acontecer, que seja por nosso esforço; não quero fazer parte de nada que venha deles – concluiu Tomás.

– Gostei. Além do mais, qualquer coisa que ele me mandar com certeza será pouco perto do que encontraremos sobre Salazar nos arquivos de Pamela.

A título de resposta, ele levantou a mão para um *high five* que ela achou infantil, mas que correspondeu mesmo assim. Amélia continuava preocupada com o risco que Tomás correria se ele próprio se transformasse no veículo para um golpe mortal na carreira de Salazar; caísse ou não, o ministro podia constituir um inimigo muito perigoso dentro ou fora do poder.

Ainda não havia alertado seu amigo das ameaças explícitas que Salazar havia feito durante o café da manhã.

Contudo, Tomás se sentia eufórico e com vontade de comemorar: estavam prestes a dar um golpe bem no primeiro escalão do novo governo. Achava que Amélia e ele formavam um time poderoso e que ombro a ombro podiam enfrentar qualquer coisa. Com súbito remorso, pensou que devia estender o mérito a Mario e, por que não, até a Jaime. Concluiu que os Azuis eram de novo uma entidade viva e que esteve à altura do desafio; isso o fez pensar em Jaime.

– Então, conseguiu falar com Jaime sobre o que Restrepo anda fazendo?

– Essa é a má notícia – anunciou ela.

Descreveu a conversa com Jaime, o modo como assumira sua responsabilidade na tortura e no recrutamento de Luis e a discussão política que haviam tido.

– Não acredito. Caralho, quando foi que o perdemos? – disse ele, meneando a cabeça, confuso.

– O pior é que ele tem certeza de que está agindo certo – acrescentou ela. – Ele vê você e eu como sonhadores românticos, acha que cedo ou tarde a política vai acabar nos devorando por sermos ingênuos. Disse que, quando isso acontecer, virá nos resgatar.

– Só espero que não seja Restrepo o encarregado por nos salvar – respondeu Tomás em tom irônico; fez uma pausa e acrescentou: – Pois, então, somos só você e eu. Em Jaime não podemos confiar, e Mario está indo para Querétaro, e faz muito bem.

– Você e eu, e os arquivos de Pamela. Deixe eu ver em que ponto está Alicia – concluiu Amélia, sorrindo.

Quarta-feira, 4 de dezembro, 13 horas.

Luis e Vidal

Segundo sua carteira de habilitação, Leonora Sifuentes morava havia dois anos na rua de Las Águilas, em um condomínio de classe média a oeste da Cidade do México, mas a casa estava em nome de Efraín Restrepo, de acordo com o Registro Público de Propriedade. A mulher se dedicava à venda de imóveis. A ficha técnica de sua habilitação afirmava que tinha 33 anos de idade, 1,71 metro de altura e uma visão 20/20. A foto mostrava uma mulher de pele muito branca e cabelo preto, de feições agradáveis. Estava disposta a doar todos os seus órgãos em caso de acidente fatal.

Não tinha conta no Facebook nem no Twitter, com certeza instruída por seu ainda marido, mas era bastante ativa no e-mail, particularmente em suas atividades profissionais. Entre seus destinatários de e-mail não aparecia o nome de Restrepo, mas logo encontrou um tal de goliat336 no Yahoo! com quem trocava mensagens sobre turnos para pegar e deixar o menino na escola; a relação entre ambos beirava a cortesia fria. Leonora também trocava e-mails com Dora Bolaños, professora de seu filho.

Leonardo Restrepo Sifuentes cursava o terceiro ano do ensino fundamental na escola Patria. Segundo seu arquivo escolar, tinha facilidade para os esportes e a aritmética, e problemas em gramática e civismo. A ficha incluía os telefones e um domicílio onde se poderia encontrar seu pai em caso de acidente.

O domicílio e o telefone fornecidos por Restrepo correspondiam a um lugar do bairro Del Valle. O Google Maps mostrava a imagem de umas adegas transformadas em escritórios com uma fachada coroada por uma placa com o nome da empresa: Lemlock. Conforme o site www.lemlock.mx, a empresa se dedicava a tudo relacionado com assuntos de segurança: consultoria, definição de políticas, equipamento eletrônico, assessoria em resgate de sequestros, vigilância e capacitação. A firma ostentava ser a empresa líder na América Latina e tinha escritórios em Buenos Aires, San José da Costa Rica, Miami e Madri.

Uma rápida pesquisa de notícias sobre a Lemlock forneceu o resto da informação. Três meses antes o diretor da empresa, Jaime Lemus, havia assinado um contrato com o prefeito de Buenos Aires para a instalação e operação de um sistema de videovigilância e resposta rápida nas ruas da cidade por 15 milhões de dólares. A matéria do jornal *La Nación*, da Argentina, não incluía foto, só dizia que Lemus era ex-diretor do Centro de Inteligência Nacional.

A referência ao Cisen foi o que levou Luis a relacionar esse Lemus com o que Vidal havia mencionado. Não lembrava se o nome de batismo do tio de seu amigo era Jorge ou Jaime, mas não tinha dúvida de que havia dito que o sobrenome era Lemus e que dirigiu o Cisen. Não podia ser mera coincidência.

Luis analisou a nova revelação; estava confuso. Quem era esse sujeito e por que seu pessoal o havia atacado? O mais estranho de tudo era que Restrepo sabia da relação que tinha com Vidal e, apesar de tudo, foi para cima dele.

Luis estava em um café de Paseo de la Reforma ao lado do jornal *Excélsior*, por cuja rede Wi-Fi havia feito todas as pesquisas nas últimas horas. Faltavam trinta minutos para o encontro que tinha marcado com seu amigo no Starbucks da rua Tamaulipas, no Condesa; havia muitas coisas que tinha que esclarecer com ele. Decidiu caminhar o longo trecho que o separava de seu destino para pensar na melhor maneira de sabotar a Lemlock, algo com que seus amigos do Anonymous adorariam ajudá-lo.

Quinze minutos depois Vidal saiu de sua casa para se dirigir ao café. Tinha curiosidade de saber o que Luis havia encontrado sobre Restrepo. Contudo, o mais importante era tranquilizar seu amigo; agora que sabiam para quem o malfeitor trabalhava, com certeza seu tio controlaria seu assistente. Não obstante, a cabeça de Vidal não estava nisso. À tarde, ele e sua família partiriam para Querétaro e ele teria que abandonar Marina por uns dias. Entendia que o vínculo estabelecido entre eles nascia da tragédia, o apego que ela sentia por ele talvez fosse passageiro, mas Vidal não podia evitar se sentir perdidamente apaixonado. Disse a si mesmo que tão logo acabasse seu encontro com Luis passaria na casa onde ela se hospedava para lhe explicar a razão de sua ausência temporária.

Uma quadra antes de chegar ao café escutou alguém gritar seu nome; o motorista de um carro cinza que se aproximou da calçada fazia sinais para ele pela janela aberta.

– Vidal, Jaime Lemus me mandou buscá-lo. Há uma nova ameaça, entre no carro. Rápido, ele o está esperando! – disse um homem corpulento enquanto abria a porta de trás.

Vidal hesitou; contudo, o tom peremptório, o nome de seu tio, a roupa preta do indivíduo, seu porte de policial, que em nada se parecia com o dos pistoleiros do narcotráfico, e a porta aberta o convenceram: antes de perceber, estava no banco de trás do carro. Tentou se inclinar para a frente para falar com o motorista e perguntar a natureza da ameaça, mas um vidro grosso o separava dos bancos dianteiros, como os existentes nas viaturas. Vidal bateu no vidro com o punho para chamar a atenção do homem de preto. Ele simplesmente acionou um botão que trancou as portas de trás. O jovem olhou para a rua com desespero: compreendeu que havia caído em uma armadilha. Tentou fazer sinais para as pessoas que andavam pelas calçadas, mas os grossos vidros escuros tornaram inúteis seus gritos e gestos.

Mal haviam percorrido algumas quadras quando chegaram a uma casa do bairro Escandón, vizinho do Condesa; o motorista acionou o controle remoto e um portão metálico se abriu para permitir o acesso a uma garagem coberta. O homem de preto abriu a porta e instou o jovem a sair; Vidal observou o indivíduo gordo, alto e mal-encarado e decidiu permanecer no veículo. O sujeito soltou um suspiro de inconformidade, deu meia-volta e bateu em uma porta de madeira que dava para o resto da casa. Uns instantes depois Restrepo cruzou o batente e falou com Vidal.

– Desculpe o método, Vidal, não tenha medo. Se eu o houvesse convidado, você não teria vindo, e, na verdade, tenho urgência de falar com vocês.

– Onde está meu tio? Ponha-me em contato com ele – disse o jovem, encolhendo-se no fundo do carro.

– Sem dúvida farei isso; antes, temos que ter uma pequena conversa. Se preferir, pode ser no carro – disse Restrepo e sentou no banco de trás ao lado de Vidal. – Veja – continuou –, sei que vocês já sabem que trabalho para Jaime. Fiz o recrutamento de Luis pelas costas de seu tio, e talvez eu tenha me excedido um pouco, mas não quero perder meu emprego ou algo pior se o doutor Lemus ficar sabendo. De modo que quero fazer um acordo com vocês. No fim, todos sairemos ganhando.

– Que tipo de acordo?

– Financeiro, evidentemente, aqui não há nada obscuro. Eu recruto jovens *hackers* como vocês para a empresa de consultoria de seu tio, a Lemlock. Construímos *firewalls* para empresas, testamos sua vulnerabilidade tentando hackeá-las. Luis e você poderiam trabalhar conosco por um bom salário, mais do que seu pai ganha, e do computador de sua casa.

– E por que não fez essa oferta a Luis desde o início?

– Parece que seu amigo não está muito interessado em dinheiro; para começar, o pai dele é rico. Mas, como eu não queria prescindir de seu talento, forcei a mão; às vezes o velho ofício de policial me domina. Agora entendo que foi um excesso e quero pedir desculpas.

– Desculpas aceitas, agora deixe-me ir.

– Antes tem que me prometer que nunca vai dizer a Jaime sobre o que aconteceu com Luis em Guadalajara. Foi só uma entrevista, está bem?

– Perfeito. Abram a porta – disse Vidal, indicando com os olhos o portão de metal que o separava da rua.

– Primeiro, temos que falar com Luis. Preciso fazer as pazes com ele, não acha?

– Vá ao café. Eu tinha um encontro com ele à uma; já deve estar esperando. Ali você pede desculpas.

– Está louco? Assim que ele me vir vai sair correndo. Já sei que ele andou me investigando, e não o culpo.

– E o que quer que eu faça?

– Que o aborde primeiro, explique tudo, e depois eu entro para fazer uma proposta que tenho certeza de que achará atraente, tanto pelo aspecto financeiro como pelo desafio profissional. Pode ser?

Vidal concordou de imediato; qualquer coisa para sair daquele lugar. A perspectiva o fez respirar aliviado.

– Já se passaram quase vinte minutos da hora do encontro – disse Restrepo. – Pergunte se já chegou e se ainda está lá. Que café é?

Depois de pensar uns instantes o jovem informou o lugar, tirou do bolso seu celular e utilizou o aplicativo que havia usado nos últimos dias para trocar mensagens breves; funcionava como o WhatsApp, mas apagava, sem deixar rastro, a mensagem tão logo era lida pelo destinatário.

Já está aí? Vegas2232, digitou Vidal e apertou a tecla enviar. Nesse momento, Restrepo arrancou o celular das mãos dele para ver a mensagem enviada.

– Moleque, eu sabia que vocês usavam um programinha desses, mas não conhecia sua senha – disse o policial, saindo do carro, e, dirigindo-se ao mastodonte, acrescentou: – Traga-o para o quarto dos fundos.

Segundos depois o telefone de Vidal piscou com a resposta. *Estou aqui. Vegas2232.* Restrepo respondeu de imediato: *Tenho novidades. Aí não é seguro; na casa de um amigo, a oito quadras. Vegas2232.* Enviou a mensagem e acrescentou outra: *Rua Agricultura, 187. Vegas2232.*

Passaram-se vários minutos sem resposta. Restrepo supôs que o jovem havia desconfiado de alguma coisa, e, de fato, o telefone de Vidal recebeu uma mensagem: *Sua senha no projeto? Vegas2232.*

Restrepo sorriu. No HD externo que estava conectado ao notebook em cima da mesa, único móvel da sala, estavam replicados todos os arquivos do computador de Vidal; o policial tomou essa precaução no dia em que foram à casa dos Crespo examinar o equipamento do jovem. Três minutos depois digitava a senha solicitada: *Croupier*. Imediatamente obteve a resposta que esperava: *Vou para aí. Vegas2232.*

Em condições normais, Luis teria procurado no Google e em registros públicos a natureza da casa que ficava na rua Agricultura, 187; nessa ocasião, simplesmente a localizou no mapa de seu celular e se dirigiu a ela. Estava impaciente para falar com Vidal. Ao chegar à casa, observou a fachada e não encontrou motivo de suspeita. Apertou a campainha, a porta se abriu violentamente e um poderoso braço o puxou para dentro.

Entrou tropeçando em uma sala na penumbra e quase trombou com uma pessoa que o esperava imóvel; Restrepo o deteve com uma bofetada que o fez cair no chão.

– Filho da puta – disse o policial –, você se atreveu a espionar minha mulher e meu filho.

A acusação deixou Luis confuso. Sentindo o ardor no lado esquerdo do rosto, perguntou-se como, diabos, Restrepo teria descoberto: salvo a incursão no e-mail de sua esposa, todos os arquivos que havia hackeado eram públicos. Supôs que Restrepo mesmo havia hackeado o e-mail de sua esposa e os arquivos da escola, e por isso detectara sua presença.

– Espere – gritou Vidal do quarto dos fundos e irrompeu no que parecia ser a sala da casa.

Antes de poder ajudar Luis, que tentava se levantar apesar do sangramento no nariz, um braço enorme o segurou pelo pescoço.

– Eu avisei que não se metesse comigo – disse Restrepo, dirigindo-se ainda ao jovem *tapatío*.

Luis pensou que o fato de que dessa vez os dois sujeitos não estavam com o rosto coberto não podia significar nada de bom.

– Podemos negociar: vamos trabalhar para vocês; meu tio nunca vai saber sobre o que aconteceu – propôs Vidal.

– Nisso você está coberto de razão: ele nunca vai saber – respondeu Restrepo. – A morte de vocês será atribuída ao cartel depois do que aconteceu na casa dos Alcántara.

– Mas não é necessário chegar a isso – suplicou Vidal –, não aconteceu nada grave ainda aqui; para que desperdiçar o talento de Luis?

– Seu amigo não serve, nunca seria de confiança. Ninguém se mete com minha vida pessoal e vive para contar.

Restrepo disse isso dirigindo-se a Vidal. O brutamontes havia afrouxado a pressão do braço no pescoço do jovem, mas permanecia a seu lado.

No chão, Luis percebeu que os dois homens haviam deixado de olhar para ele e avaliou a distância que o separava da porta de entrada; podia chegar a ela antes de qualquer um deles. Sem pensar duas vezes, arremeteu para a porta com toda a rapidez de que foi capaz, com a vista fixa na maçaneta; sua mão chegou a tocá-la e começou a girá-la. O movimento foi suspenso por um estouro que retumbou na sala e uma aguda pontada de fogo penetrou sua panturrilha. Seu corpo girou e Luis ficou sentado, com as costas na porta, o braço estendido para cima e a mão segurando a maçaneta. O homem corpulento segurava uma pistola na mão; mirava diretamente em Luis, à espera de instruções.

Vidal tocou a orelha esquerda e se voltou para ver, com surpresa, a pistola que havia estourado seu tímpano a quarenta centímetros de distância.

– A próxima bala vai no cérebro – disse Restrepo. – Agora, vou dizer a vocês o que vai acontecer, e vocês não vão gostar. Vamos jogá-los em uma vala com um aviso que não deixe dúvidas de que se trata de um assunto do narcotráfico, mas, primeiro, temos que prepará-los adequadamente. Tem que ser verossímil, não acham?

– Prefiro a bala no cérebro – disse Luis, olhando a poça de sangue que se formara em volta de sua perna.

– Retiro minha oferta – respondeu Restrepo. – Quem fala demais tem a língua amputada pelos traficantes; se vocês se intrometiam digitando no computador, o lógico é que cortem seus dedos. Contudo, perderíamos toda a credibilidade se os arrancássemos depois de lhes enfiar uma bala na cabeça; o legista vai notar. A ordem dos fatores altera o produto, sim, de modo que primeiro os dedos, depois a bala. Quem quer começar?

– Jaime e meu pai nunca vão engolir esse negócio dos traficantes – interveio Vidal, desesperado.

– Obrigado. Eu não conseguia decidir, agora começamos com você – disse o policial, dirigindo-se a ele, e fez um sinal com a cabeça para o homem de preto apontando para o quarto dos fundos. O sujeito pegou Luis pelo braço que ainda segurava a maçaneta e o arrastou pelo chão da casa como um saco de areia. Luis não resistiu e olhava com curiosidade o rastro de sangue que sua perna deixava na superfície de madeira; isso o fez recordar uma pintura abstrata que ficava na parede do estúdio de seu pai.

A 3.100 metros de distância, Mario examinava o interior do Starbucks. Minutos antes, o nervosismo havia tomado conta de Olga e dele. Concordaram em antecipar a partida a Querétaro e almoçar no caminho em vez de em casa. Ele decidiu interromper o encontro de Vidal e Luis, que podia durar horas; além do mais, queria conversar com o jovem de Guadalajara, convencê-lo a abandonar a investigação e incitá-lo a viajar para algum lugar seguro durante alguns dias.

Observou duas vezes o lugar até concluir que os rapazes não estavam ali; isso despertou os piores presságios. Vidal não teria mudado o lugar do encontro sem avisá-lo, não agora que conhecia a gravidade da situação em que se encontravam. Um pensamento esperançoso lhe devolveu o ânimo.

Ligou para casa e pediu a Olga o número de telefone onde podiam encontrar Marina Alcántara. Segurando o celular entre a orelha e o ombro, Mario escreveu o número em sua palma esquerda. Dois minutos depois soube que Vidal também não estava na casa dos parentes da garota.

Respirou fundo e ligou para Jaime pelo rádio. Gritando, explicou-lhe o que estava acontecendo: Vidal e Luis haviam desaparecido. Jaime tentou acalmá-lo e disse que lhe desse dez minutos para investigar o assunto; prometeu responder o mais rápido possível.

Jaime havia recebido a ligação sentado a sua mesa. Desligou o rádio e abriu uma janela em seu computador com uma lista de nomes. Selecionou dois deles, clicou com o *mouse* e um mapa da Cidade do México apareceu diante de seus olhos; dois pontinhos vermelhos piscaram em um lugar do bairro Escandón. Colocou o cursor sobre o lugar e apareceu a descrição: *Casa de segurança. Agricultura, 187.* Por fim, pegou seu telefone e enviou uma mensagem. Ao terminar, esticou-se na cadeira. Uma rua ficou desenhada em seu cenho.

Restrepo segurava o dedo mínimo de Vidal como se fosse um charuto que estivesse prestes a fumar; via a ponta sanguinolenta com o olhar de quem não tem certeza de que o charuto já se acendeu. Deixou-o em cima da mesa e levou uma garrafa de tequila ao nariz do jovem. Vidal havia perdido a consciência minutos antes, mas o cheiro do álcool o obrigou a levantar a cabeça. A parte superior de seu corpo estava jogada em cima da mesa, o homem de preto apoiava todo o seu peso contra as costas do rapaz e, com uma mão, estendia o braço de Vidal no qual Restrepo estava trabalhando.

Restrepo achou que cortar um dedo era mais complicado do que parecia, ou talvez simplesmente não tivesse a prática necessária. Com a testa suada viu de soslaio Tony Soprano e notou um olhar de desprezo, como um profissional que reprova o trabalho de um amador. Quisera castigar pessoalmente os dois jovens; contudo, notou que serrar mais nove dedos com sua navalha levaria muito tempo, e não queria fazer papel ridículo na frente do gordo.

– Esta faca não serve – disse. – Termine você, eu seguro.

O homem de preto estava indo para o outro lado da mesa, para trocar de posição, quando algo vibrou em seu bolso. Pegou o celular, viu algo na tela e ignorou a chamada. Com a mão direita tirou de uma bainha lateral de couro uma faca de lâmina alemã, e com a mão esquerda apertou o punho de Vidal, obrigando-o a abrir a mão em cima da mesa. Era Restrepo agora quem empurrava as costas do rapaz e se inclinava em cima dele para pressionar seu braço.

– Corte os quatro de uma vez – disse Restrepo com vontade de acabar com aquilo.

A raiva inicial estava dando lugar ao cansaço.

O homem de preto tentou alinhar os quatro dedos restantes, mas o polegar era muito mais curto que os demais. Com a lógica de quem corta aspargos, decidiu atacar primeiro os três dedos longos.

Apoiou a faca um centímetro acima dos nós e ergueu a lâmina para tomar impulso, mas ao baixá-la seu punho girou para levantar a ponta e projetá-la para a frente. A lâmina penetrou a garganta de Restrepo até encontrar algo duro; Vidal escutou um ruído seco pelo ouvido direito e um líquido morno se derramou em suas costas.

Restrepo se levantou com surpresa e teve tempo de levar as mãos à empunhadura da faca; viu o homem de preto com ódio e notou que a aversão era recíproca. Tentou dizer alguma coisa, mas um borbotão de sangue saiu de sua boca. Desabou no chão. Nenhum dos três chegou a escutar o "gordo filho da puta" que quis expressar.

O homem de preto pegou o celular e enviou uma mensagem; logo desapareceu por uns instantes em outra sala e voltou com um lençol, que começou a rasgar em tiras: com uma delas fez um torniquete improvisado na perna de Luis e com outra uma bandagem na mão de Vidal. Arrastou o corpo de Restrepo até a garagem, abriu o porta-malas do carro e o jogou lá dentro.

– Entrem. Vou deixá-los no hospital.

Não falou de novo.

Quarta-feira, 4 de dezembro, 19h30.

Tomás

Nos próximos dez minutos teria que tomar a decisão mais delicada com a qual já havia se deparado; uma que decidiria vidas e possivelmente mortes, inclusive a sua. Acabava de ligar para o responsável pelas páginas de opinião do jornal *El Mundo* para dizer que dessa vez entregaria sua coluna mais tarde que o normal; o jovem subeditor disse que podia esperar pelo texto até as 22h30.

Tomás sabia que tinha tempo, mas não tinha certeza se tinha coragem. Escrever sobre a espionagem de que o operador político do governo havia sido vítima por parte do cartel constituiria uma bomba no seio da vida política do país; o problema era que os estilhaços podiam provocar muitos efeitos colaterais. O jornalista se perguntou se em vez de lançar uma bomba não estava colocando um colete de explosivos. Quem ficaria mais irritado com sua denúncia: o cartel que havia perdido sua fonte de informação ou Salazar, que faria papel ridículo diante da nação? De onde poderia vir a represália, do primeiro ou do segundo? De ambos?

Tomás havia passado a tarde no Hospital Del Carmen, no bairro Roma, enquanto tratavam dos ferimentos de Vidal e Luis. Os médicos haviam enxertado o dedo de Vidal, mas era muito cedo para saber se a operação teria sucesso. A bala que havia penetrado a perna de Luis quebrou parte da tíbia, o que o faria mancar pelo resto da vida. Seus dias de maratonista haviam terminado.

Jaime, Mario e Olga foram os primeiros a chegar. O primeiro havia se encarregado de instruir os rapazes e falar com o pessoal do pronto-socorro, para se assegurar de que o incidente ficasse registrado como um assalto; o policial que esperava para tomar as declarações dos jovens estava mais interessado em acabar seu turno que em descobrir o que realmente havia acontecido.

Pouco depois, Tomás e, a seguir, Amélia somaram-se ao cortejo na sala de espera. Os Azuis, incluindo Mario, tentavam evitar Olga; ela só lançava olhares furiosos do fundo da sala, que percorria com a monotonia de um prisioneiro. No fim, Jaime convenceu Mario a ir com ela para o quarto que Vidal ocuparia quando saísse do centro cirúrgico.

Quando os Crespo se retiraram, Amélia pediu a Jaime o telefone da casa de Luis para avisar sua família em Guadalajara. Ele negou ter o número, mas um olhar inquisitivo dela o obrigou a consultar seu escritório, que o forneceu de imediato. Amélia falou com o arquiteto Corcuera, pai de Luis, que disse que iria para o hospital naquela mesma noite.

Os três evitaram se criticar mutuamente. Jaime simplesmente explicou que havia mandado uma mensagem ao celular do capanga que acompanhava Restrepo: *Que nada aconteça aos garotos. Neutralize Restrepo.*

Amélia fez algum comentário irônico sobre o amplo critério do capanga para interpretar "neutralize". Contudo, os três concordaram que esse desenlace era o melhor para a futura tranquilidade de Luis e de Vidal. Nem Amélia nem Tomás advertiram Jaime de que ele falava de Restrepo como se não tivesse nenhuma relação com ele.

No entanto, nenhum deles tinha vontade de brigar; estavam muito preocupados com o estado de saúde de Vidal e a angústia de Mario e Olga. Só conseguiram relaxar quando um médico informou que os dois rapazes estavam fora de perigo, embora tivessem que passar vários dias no hospital. Tomás decidiu se retirar para escrever sua coluna; Amélia e Jaime permaneceram no hospital, com a esperança de poder falar com Vidal mais tarde, quando ele acordasse da anestesia.

Depois, em casa, Tomás enfrentava indeciso a tela em branco do computador. Sabia que tinha em seu teclado o poder de acabar com Salazar; a simples ideia lhe proporcionava um poder inebriante. Raymond Chandler, pai do romance policial, disse certa vez que a maioria dos escritores tem ego de atores de cinema, mas sem sua beleza física nem seu encanto. Tomás se perguntou se a temeridade que estava prestes a cometer se devia mais a seu desejo de protagonismo que a sua consciência, e não pôde responder; contudo, a recordação do calor e da cumplicidade com que Amélia o olhava fazia uns dias acabou decidindo. Começou a escrever.

Mata Hari em Bucareli

Há seis semanas, Alonso Prida liderou em Los Pinos uma reunião ultrassecreta. Convocou somente quatro pessoas: os ministros da Defesa, do Interior, da Marinha e o diretor do Cisen. O presidente expôs a essa equipe as modificações no combate ao narcotráfico propostas por seu assessor colombiano após três meses de análise. Um a um os ministros deram seu parecer e no final aprovaram por consenso as novas medidas. O presidente atribuiu tarefas e pediu aos presentes o máximo hermetismo para preparar as ações que haverão de se desencadear a partir do próximo primeiro de janeiro.

Dois dias depois, o cartel de Sinaloa tinha a lista pontual de cada uma das resoluções tomadas na reunião secreta. O ponto de vazamento: o leito de Augusto Salazar, ministro do Interior.

Pamela Dosantos foi muitas coisas na vida: atriz, vedete, cantora, amante de poderosos. Mas só agora descobrimos seu verdadeiro talento, sua vocação secreta: a espionagem política. Durante quase uma década transmitiu ao cartel de Sinaloa informação confidencial de vinte políticos renomados: governadores, generais, ministros e subsecretários, juízes, procuradores e embaixadores. As revelações que transmitia eram pontuais e certeiras; vícios, perversões sexuais, corruptelas e segredos políticos. É impossível calcular o dano à vida pública gerado pelas prováveis chantagens por parte do narcotráfico de que foram alvo os amantes de Dosantos.

Não há dúvida de que o caso mais prejudicial dessa espionagem foi o relativo a Salazar, operador político do país. Em fitas cassete – material que está em poder do autor destas linhas –, a atriz gravou horas completas ao longo de três anos com as atividades, os gostos e as fobias, os planos e as estratégias de Salazar e do próprio presidente, transmitidos à atriz pelo ministro.

Tomás parou de escrever. Acabara apreciando Pamela e percebia que os parágrafos redigidos eram severos para com a atriz; sentiu uma pontada de pesar só de imaginar a dor de Plutarco, o velho jornalista que ainda idolatrava a sinaloense. No entanto, convenceu-se de que estava fazendo o correto. A transcrição que Alicia entregara algumas horas antes sobre Salazar era terrível. Não eram mais histórias divertidas de políticos corruptos flagrados fazendo papel ridículo. Pamela havia afinado a sensibilidade à medida que seu amante subia até chegar ao último degrau da hierarquia política. Agora se tratava de segredos de Estado: operações militares antes que acontecessem, negociações confidenciais com os Estados Unidos, táticas e estratégias nascidas na sala de reuniões de Prida.

O jornalista suspirou contrariado e continuou escrevendo. Três parágrafos depois, redigiu a conclusão.

Em suas pastas, Pamela costumava rotular cada amante com o título de alguma canção de José Alfredo Jiménez: "Cuatro caminos", "El caballo blanco", "Los siete mares". Nunca saberemos por que escolheu "Diciembre me gustó pa que te vayas" no caso de Augusto Salazar. Ela não está mais aqui para nos dizer, mas talvez para fazer acontecer. Estamos na primeira semana de dezembro. Chegará Salazar a janeiro?

Tomás imprimiu o texto e o deixou descansar uns instantes. Saiu à varanda para respirar o ar frio da noite, mas dois minutos depois pensou que estava muito vulnerável em pé de frente para a rua. "Só falta me matarem antes de publicar a coluna." Isso o fez pensar nos obstáculos que ainda o esperavam no jornal.

O diretor do *El Mundo* impediria a publicação de sua coluna assim que lesse o conteúdo. Eram 21h30, ainda tinha uma hora para driblar essa possibilidade. Pensou em ligar para Claudia, filha do dono, mas ela estava muito afastada do dia a dia do jornal para poder garantir a publicação de um texto polêmico. O assunto acabaria nas mãos do pai, e Tomás sabia que isso significaria sua derrota.

Decidiu cuidar primeiro de um respaldo internacional. Ligou para o correspondente do *The New York Times*, um veterano solteirão, velho amigo de drinques. Por sorte o encontrou sóbrio e em casa; afinal de contas, ainda era quarta-feira, pensou Tomás. Ele morava no bairro Polanco, a não mais de vinte minutos de distância. Disse ao colega que tinha em seu sofá duas amigas correspondentes que queriam uma festa particular, uma delas a brasileira de *O Globo* pela qual seu amigo, Peter Dell, tinha predileção. Peter chegou em dezoito minutos.

Pôs um uísque com gelo na mão dele e lhe explicou o engodo. A irritação de seu amigo durou só alguns segundos: o tempo que levou para ler a coluna escrita por Tomás. O mexicano lhe ofereceu duas páginas da transcrição direta que Alicia fizera do áudio sobre Salazar; eram algumas confidências sobre a personalidade do embaixador norte-americano no México que Salazar compartilhara com sua amante e alguns assuntos relacionados ao DEA.

– Posso escutar as fitas? – perguntou Dell ainda com desconfiança.

– Não agora, mas sim nos próximos dias. Amanhã posso lhe mandar o áudio com os excertos que lhe estou passando. Vocês poderiam colocá-lo em seu portal.

– E como posso garantir a meus editores que essas gravações são de Pamela?

– Vamos fazer o seguinte: você faz uma matéria para seu jornal sobre minha coluna. A notícia vai ser que um jornalista mexicano, fulano de tal, denunciou em sua coluna do *El Mundo* que o ministro do Interior foi espionado por um cartel por meio de sua amante; não é você quem afirma, e sim eu. E use este material sobre o embaixador para dar um colorido.

– Tem certeza de que vão publicar?

– Vou dar um jeito, mas só depois da meia-noite vou poder confirmar. Você, quando escrever sua matéria, se tudo der certo, vai enviá-la à uma da manhã, para que a coloquem cedo no site do *Times*; será explosiva no México e em Washington. Faça isso e eu prometo que vai ter prioridade na divulgação dos áudios que faremos nos próximos dias.

– Como conseguiu esses arquivos?

– São absolutamente verdadeiros, confie em mim. Se eu revelar a fonte, vão me matar.

– Posso levar sua coluna também?

Peter secou o copo de uísque, deixou-o vazio na mesa de centro, pegou os papéis e caminhou para a porta.

– Se isso der certo, vai ter sido melhor que pegar a brasileira – disse antes de desaparecer.

Tomás pegou o casaco para sair, mas a campainha da porta o deteve. Pelo olho mágico viu que era de novo o jornalista norte-americano. Deixou-o entrar, e este, com o celular na mão, fez um pedido.

– Posso tirar uma fotografia sua? Pode ser a última, entende?

– Gringo filho da mãe – disse Tomás com uma gargalhada e o deixou tirar.

Às 22h20 Tomás estava no café do hotel Mirador, em frente ao jornal *El Mundo*. De um telefone do hotel havia ligado um minuto antes para Emiliano Reyna, o subeditor de plantão das páginas de opinião. Emiliano era dos poucos amigos pessoais que Tomás tinha na redação: a familiaridade entre ambos surgira de maneira natural, depois de anos de envio de seus dois artigos semanais. Três anos antes Emiliano lhe pedira duas palestras para a aula de jornalismo de opinião que dava na Universidade Ibero-Americana, e em ambas as ocasiões foram almoçar juntos depois. Desde então, o jovem editor o tratava com gentileza e deferência; hoje Tomás ia pô-lo à prova.

– Isso pode custar meu emprego – disse Emiliano quando escutou a proposta do colunista.

– Eu entenderia que o diretor e o dono parassem o artigo neste momento, mas em um dia ou dois, quando Salazar cair, Rosendo vai adorar que tenha sido resultado de uma matéria de seu jornal. Até o presidente vai agradecer por poder depurar seu gabinete de vazamentos.

– E o que o faz pensar que Salazar não vai aguentar o tranco?

– Amanhã vai sair no *New York Times*. Não percebe que é a maior matéria jornalística dos últimos seis anos?

– Vejamos; está me pedindo que eu faça a revisão das páginas de opinião com o diretor com um vão no lugar da sua.

– Vamos, não seria a primeira vez; o diretor as revisa com você por volta das onze da noite. Normalmente, depois disso vai embora, certo? Só diga que eu já liguei duas vezes e que a qualquer momento vai recebê-la. Comente que eu disse que é sobre o problema de judeus e palestinos.

Ninguém vai sair da cama para revisar a coluna. Amanhã, se ele reclamar, diga que eu mudei o tema no último minuto.

– Amanhã eu lhe envio meu currículo – disse Emiliano com um sorriso vacilante.

Tomás entregou a ele um pen drive com o arquivo de sua coluna, pediu que ligasse para ele quando passassem para a fotocomposição as páginas editoriais e lhe deu um abraço.

Ao voltar para casa estava esgotado, mas sabia que não conseguiria dormir. À meia-noite ligaria para Peter Dell e depois esperaria acordado até as 5h30, hora em que o *El Mundo* punha no site o conteúdo da edição impressa do dia. Só então Tomás poderia ter certeza de que haviam acabado com Salazar.

O jornalista notou que tudo havia começado com uma de suas colunas, e, com um pouco de sorte, tudo poderia acabar dez dias depois, de novo com um texto seu. Recordou Raymond Chandler outra vez, mas foi obrigado a reconhecer que aquilo havia sido mais um resultado do acaso que do mérito. Se o advogado Coronel houvesse escolhido outro para vazar a informação sobre o corpo de Pamela, as coisas teriam sido diferentes. A recordação da frase do advogado que desencadeara o escândalo voltou a incomodá-lo: "uma informação boa demais para ser ignorada", dissera Coronel.

Repentinamente, compreendeu o sentido da frase e o motivo de seu incômodo. Um súbito calafrio e uma explosão no cérebro o obrigaram a se sentar; Tomás percebeu que havia acabado de descobrir a identidade do assassino de Pamela.

Estendeu a mão para pegar uma garrafa de tequila, apagou o abajur do criado-mudo e bebeu no escuro. À meia-noite recebeu uma ligação e fez outra. As coisas haviam tomado seu curso. Às 2h20 sentiu que o terço ingerido da garrafa fizera efeito e se sentou ao teclado para escrever uma carta de amor.

Quinta-feira, 5 de dezembro, 5h35.

Salazar

Wilfredo Gamudio acordou no segundo toque de um dos dois celulares que descansavam em cima do criado-mudo. O toque de *Missão Impossível* do aparelho era o que havia atribuído ao chefe de assessores do ministro.

– O que aconteceu, Raúl? – disse antes de acender a luz.

Contudo, seu cérebro já estava totalmente acordado por conta da adrenalina. Uma ligação a essa hora só podia significar más notícias, dessas com letra maiúscula.

– Você tem internet fácil aí? Abra a coluna de Arizmendi no *El Mundo*. Espero na linha.

Gamudio esticou a mão, pegou seu iPad e abriu o aplicativo do jornal. Leu duas vezes o primeiro parágrafo e na diagonal o resto. Notou que a matéria já tinha 95 retuítes. Checou o relógio e percebeu que deviam tê-la postado apenas cinco minutos antes; não tardariam a reproduzi-la nos noticiários matutinos.

– Estamos fodidos. O ministro já sabe?

– Não, Willy, por isso liguei para você. Alguém tem que avisá-lo.

Em tese, o chefe dos assessores, Raúl Preciado, ocupava uma posição mais alta na hierarquia que o secretário particular, Wilfredo Gamudio, mas todos na secretaria sabiam que "Willy" era o homem de maior confiança e o que mais influenciava o ânimo do ministro.

– Eu aviso. Ligue para o primeiro círculo e me espere na casa de Salazar, caso seja necessária alguma coisa. Vejo você lá – disse Gamudio e desligou.

O primeiro círculo incluía dois subsecretários, o oficial-maior, o chefe de comunicação social e a secretária pessoal do velho.

Seis meses antes o laborioso assistente havia conseguido se mudar para um apartamento a apenas duas quadras da residência do ministro. Achara que seria importante, para estar à mão nos fins de semana e em caso de emergência. "Como esta", pensou enquanto começava a vestir a roupa que havia tirado umas horas antes.

Ligou para a casa de Salazar enquanto acabava de se vestir. Logo ao terceiro toque atendeu Maricruz, a governanta do ministro; Gamudio disse a ela que acendesse as luzes e comunicasse aos guardas do portão de entrada que dessem passagem a ele.

– Depois, acorde o ministro; diga que é uma emergência. Eu estarei chegando nesse momento.

Quatro minutos depois estava parado em frente a Maricruz.

– Já o chamei. Disse que vem em um instante – disse ela.

Gamudio não esperou; subiu para o segundo andar e bateu na porta do quarto de Salazar no instante em que ele começava a abri-la.

O jovem simplesmente mostrou a ele a tela luminosa de seu iPad com o texto intitulado "Mata Hari em Bucareli". Salazar deu meia-volta em busca de seus óculos, atravessou o quarto e entrou em seu escritório por uma porta lateral. Gamudio o seguiu.

Enquanto Salazar lia o texto apoiando os cotovelos na escrivaninha, o jovem o observava com atenção. Ficara queimando os miolos para sugerir alguma estratégia de gerenciamento de danos, porém o espetáculo que tinha a sua frente o distraiu. Sempre vira o político perfeitamente penteado, de barba feita e vestido com elegância: o que contemplava agora era um velho precoce com falhas no cabelo que mostravam o crânio, os olhos mais fundos que o normal, as maçãs do rosto salientes e as faces achatadas. Fez que pensasse em um ator japonês de *kabuki* que acabasse de tirar a maquiagem.

Salazar concluiu a leitura e ficou imóvel, a vista cravada em algo que parecia uma mancha na superfície de madeira ao lado do *tablet*.

– Já convoquei os rapazes, devem estar chegando. Vamos ter que preparar um boletim para desmentir o assunto: temos que nos assegurar de que nossa posição seja lida ao mesmo tempo que se divulgue a coluna nos noticiários – disse Gamudio, nervoso, quebrando o silêncio que havia se instalado no quarto.

O ministro assentiu com a cabeça e, com a unha do polegar, raspou minuciosamente a mancha da mesa. Sem levantar a cabeça, disse por fim:

– Faça isso. Enquanto isso, vou tomar banho; você atenda as ligações. Só me passe o que vier de Los Pinos. Já nos vemos.

Salazar voltou a seu quarto e fechou a porta. Gamudio desceu à sala para receber o resto do pessoal, que foi chegando pouco a pouco. Pediu que dividissem entre si as ligações aos dirigentes dos noticiários de rádio e televisão da manhã e que pedissem para não divulgarem o texto de Arizmendi. Se não conseguissem, deviam negociar para que pelo menos os noticiários esperassem receber o comunicado oficial para dar as duas notícias juntas.

Em oito minutos tinham um esboço que acharam aceitável:

No dia de hoje o articulista Tomás Arizmendi fez revelações sobre um pretenso arquivo secreto da falecida atriz Pamela Dosantos e incriminações absurdas que envolvem o ministro do Interior. Repudiamos categoricamente a existência de tal arquivo e consideramos a mentira fruto do afã sensacionalista e irresponsável de um jornalista que empreende uma cruzada pessoal contra o titular deste ministério.

A autoridade se reserva o direito de investigar se as difamações se originam nas esferas do crime organizado, ressentido pelas eficazes ações que o governo do presidente Alonso Prida realizou contra os cartéis de drogas. Assinado: Ministério do Interior. Direção de Comunicação Social.

– Vou subir para que ele o aprove. Enquanto isso, continuem com as ligações.

Com uma caneta hidrográfica verde, um dos subsecretários havia feito uma lista de dirigentes de rádio e televisão sobre uma parede lisa da sala; o resto digitava números telefônicos em seus celulares. O chefe de comunicação social tinha prontos em seu notebook os e-mails agrupados dos chefes de informação dos noticiários e o texto pronto para ser enviado.

Gamudio subiu para o escritório; a porta do quarto de Salazar continuava fechada. Estava esperando havia vários minutos quando seu celular tocou as notas de *Tango Number 5*; era o chefe de comunicação social.

– Willy, a notícia acabou de sair no portal do *New York Times*, uma matéria de Peter Dell.

– Puta que pariu. Mande o e-mail do comunicado, eu me responsabilizo – disse.

O jovem esperou em silêncio mais cinco minutos; Salazar não aparecia. Notou que ainda não havia recebido chamada política alguma, nem de Los Pinos nem de ninguém.

Como se o houvesse invocado, o telefone do estúdio tocou nesse instante; era um velho aparelho de disco que emitia o som da campainha clássica, como dos velhos filmes em preto e branco. Maricruz, a governanta, disse que era uma chamada para o ministro da parte de Rosendo Franco, dono do *El Mundo*.

– Willy, que bom que está aí; temos que apoiar o homem nestes momentos. Pode me passar para ele?

– Impossível, senhor Rosendo. Ele está falando com o presidente; estão entrando em acordo para divulgar um comunicado do governo da República.

– Entendo. Só diga que o texto publicado desse filho da puta foi inserido no último momento, não tinha autorização minha nem do diretor. Já tiramos a matéria do site e vamos demitir os responsáveis, começando pelo próprio Arizmendi. Liguei para informar o ministro.

– Muito obrigado, ele vai gostar de saber.

– E, Willy, diga a ele que peço desculpas. Diga que mais tarde eu ligo e que estou a suas ordens.

Alertado pelo barulho da conversa, Salazar abriu a porta do quarto e entrou no amplo escritório; o perfume de Carolina Herrera para homens precedeu sua entrada. Um terno preto, camisa branca e gravata cinza prateada sugeriam a imagem de alguém que estivesse prestes a atuar como testemunha em um casamento. O ministro se instalou de novo a sua mesa.

Gamudio mostrou a ele o *tablet* com o texto preparado, informou-o tanto da chamada do dono do *El Mundo* quanto da matéria publicada no *New York Times*. Salazar só assentia com a cabeça.

– Não ligaram de Los Pinos? – perguntou.

– Ainda não – respondeu Gamudio.

Preferiu esconder que, salvo Rosendo Franco, ninguém mais havia ligado. Sabia que a qualquer minuto os meios de comunicação bombardeariam os telefones atrás de uma declaração da boca do próprio ministro, mas não eram essas as ligações que Salazar desejava.

O velho levantou o fone do antigo aparelho de disco e discou um número que sabia de cor. A imagem do disco voltando à posição inicial produzia um efeito hipnótico em Gamudio; o som voltou a lhe recordar os filmes dos anos 1950.

– Passe-me para o senhor presidente, aqui é Augusto Salazar. – O ministro esperou alguns instantes na linha enquanto o interlocutor fazia alguma consulta. – Diga-lhe, por favor, que é muito urgente. Que entre em contato comigo assim que possível. Muito obrigado.

O semblante de Salazar era impávido quando acabou a ligação, mas os nós dos dedos da mão que segurava o fone estavam brancos pela pressão exercida. Depositou o fone como se fosse um peso. De certa maneira, era: uma lápide política. Os dois sabiam que não haveria uma ligação de Los Pinos; a desvinculação com o ministro contaminado já havia começado.

Salazar mergulhou em seus pensamentos; Gamudio desviou a vista para a janela. Eram 6h40 e o sol de dezembro ainda tardaria a sair. O jovem pensou que o dia ainda não havia começado e sua vida já havia mudado de maneira radical.

O ministro abriu a gaveta da escrivaninha, pegou uma folha em branco e começou a escrever. Dobrou a folha e a entregou a Gamudio.

– Entregue isto em mãos ao comandante Fabián Lara; diga que são minhas ordens. Que faça como quiser, mas que cuide destes assuntos. Agora, deixe-me refletir.

Gamudio guardou o papel no bolso e saiu do escritório; ficou em pé do lado de fora da porta fechada sem saber o que fazer a seguir. No corredor do segundo andar percebeu o frenesi de seus colaboradores no andar de baixo; contudo, ficou onde estava, atraído pelo caprichoso desenho do kilim retangular que se estendia ao longo do corredor. Pegou um cigarro e aspirou lentamente em profundas tragadas. Por fim escutou o som que estava esperando: o estrondo de um tiro, que paralisou o frenesi do andar de baixo.

O jovem apagou o cigarro no kilim e entrou no escritório; chegou a ver os últimos estertores das costas caídas sobre a escrivaninha. Sobre o móvel notou uma folha branca com uma única palavra escrita: *PAMELA*. Gamudio contemplou passivo a maneira como o sangue se espalhava lentamente sob a cabeça do ministro e invadia a folha branca. Só o último A ficou a salvo da mancha vermelha.

Ao lado do telefone encontrou três papéis amassados. Abriu um após o outro e supôs que se tratavam de rascunhos de uma nota de suicídio: "Antes de tudo, fui um patriota", dizia o primeiro; "Ao longo de minha vida, acreditei que o serviço público", dizia o segundo; "Alonso, presidente e amigo, lamento que", dizia o terceiro. Nenhuma passava da primeira frase. No fim, Salazar preferiu deixar de demagogia, disse Gamudio a si mesmo, e escreveu o que realmente lhe importava no último instante de vida. Viu de novo a folha ensanguentada com o nome borrado e pensou com ironia que a morte havia lhe tirado Pamela pela segunda vez.

Na porta do escritório, meia dúzia de pessoas se aglomerava; Gamudio abriu caminho entre elas com a mão no bolso apertando os esboços inconclusos de Salazar. Isso o fez recordar a folha dobrada que o ministro lhe entregara, dirigida a seu capanga, o temível comandante Fabián Lara. Abriu-a e leu três nomes; três sentenças de morte, supôs Gamudio: Jaime Lemus, Tomás Arizmendi e Carlos Lemus.

Quinta-feira, 5 de dezembro, 6h50.

Amélia

Sem precisar abrir os olhos, Amélia adivinhou a razão pela qual o telefone a estava acordando antes de seu alarme, programado para as sete. Alicia, sua secretária, não conseguiu segurar a vontade de lhe dar a notícia da devastadora coluna de Tomás no *El Mundo*.

Na tarde anterior, antes de correr para o hospital para ver Vidal, as duas especularam sobre a possibilidade de que o jornalista se animasse a revelar as explosivas confissões de Pamela em relação a Salazar. Alicia havia se mostrado mais cética; conhecia de sobra a inconsistência das resoluções de Tomás e entendia que fazer isso representava um risco de consequências incalculáveis. Mas, agora, a assistente de Amélia estava eufórica porque nunca chegou a imaginar a crueza e a temeridade do texto que acabava de ler.

Para Amélia, não foi uma surpresa. Ela não tinha nenhuma dúvida de que ele apostaria tudo em uma última e desesperada decisão; pensou que o Tomás das últimas duas semanas era uma versão melhorada do jovem com quem havia crescido. Só se perguntava quanto tempo duraria a solidez desse Tomás antes que seu passageiro obscuro e sua personalidade líquida voltassem a se mostrar.

No entanto, o texto publicado superou suas expectativas: compreendeu que o que ali dizia implicava o fim da carreira de Salazar. Afastou o notebook e refletiu sobre as possibilidades políticas que a remoção do ministro do Interior originaria; seria uma oportunidade de ouro para estabelecer uma nova relação dos outros atores com o regime de Prida.

Seu computador emitiu um tênue alerta indicando o recebimento dos e-mails das últimas horas. De maneira distraída, Amélia os percorreu rapidamente, e sua vista parou em uma mensagem de Tomás; abriu-a com curiosidade e leu:

Colibri,

hoje percebo que nunca, em todos estes anos, você deu apelidos aos integrantes dos Azuis, apesar de sua febre "batizadora"; suponho que nos conhecia demais para nos restringir a um rótulo. Eu agradeço: não quero nem imaginar os adjetivos que você teria tido à disposição para me lisonjear.

Mas os acontecimentos destes dias e meia garrafa de tequila me levam a quebrar seu código. Não sei o que vai acontecer a partir de amanhã e não quero que o que sinto agora se dissipe na ressaca ou em uma fuga intempestiva.

Sempre pensei que você é um colibri que flutua sobre o jardim do mundo e que, onde pousa, ilumina vidas; pelo menos a minha. Meus períodos de trevas e sombras são os de sua ausência, e meus momentos Kodak invariavelmente incluem a sua presença.

Sei que se apaixonar não é uma atividade recomendável para o coração; contudo, estou disposto a pagar qualquer preço por me transformar no homem que sou quando estou com você.

Quero ter a cada manhã a certeza de que no fim do dia seu corpo morno e a respiração sobre meu ombro dissiparão os azares ou "salazares" que o dia me reserve. Quero amanhecer com você para ironizar a notícia do momento, para esfregar suas costas, para comentar com ironia sua roupa de cada dia.

Vamos às praias que não conhecemos, a um spa para nos asfixiarmos no temazcal e debocharmos do falso xamã. Quero que você me acorde impaciente pela manhã e que ria de minhas preguiças e me torture com o choque de melatonina das cortinas abertas. Ler contos de Raymond Carver para você nas tardes de domingo. Inaugurar a quatro mãos cada ruga de nossos corpos. Quero cavalgar seus incríveis entusiasmos, lamber seus arroubos de coragem, sovar suas explosões de indignação.

E não quero acabar meus dias encolhido e solitário, acompanhado por alguém que não seja você. Não quero morrer maltratado, mal vivido e mal transado.

Isso é o que eu quero na vida. Quando? Já. Na próxima segunda-feira ou em 1º de janeiro. Hoje às oito da noite. Quando você renunciar ao PRD ou da próxima vez que saia para comprar pão. Não sei, mas já. Aos pequenos sorvos ou a grandes tragadas.

Também não sei se nosso caso é reencontro ou coisa inédita. O que sei é que os grandes arroubos de amor acontecem no guichê de pessoas ou objetos perdidos. Não sei bem se alguma vez nos perdemos; se foi o caso, quero viver para nos recuperarmos.

Tomás

A primeira coisa em que Amélia pensou foi numa velha frase que costumava dizer em sua juventude: "Não brinque com meu coração, para isso eu tenho o clitóris". Contudo, leu a mensagem mais uma vez. Tomás sabia escrever, disse a si mesma, mas também sabia ser brega; para seu pesar, estava comovida. Certamente não se via como um colibri, mas agradeceu o elogio: com mais frequência se percebia como uma vespa que irritava a indolência das pessoas, seus preconceitos e conformismos. Viu-se acordando todos os dias com Tomás e sua mente reduziu a imagem aos fins de semana. No entanto, adorou a possibilidade de fazer amor de manhã, embora depois não coçasse suas costas, e sim comentasse a revista do *El País* do domingo sobre uma xícara de café ou praguejassem juntos por conta da última infâmia do governador da vez. Queria entretecer cumplicidades cotidianas com Tomás; contudo, não queria se apaixonar por ele: os sentimentos de seu amigo eram como os álamos, com raízes longas e espalhadas, mas muito pouco profundas. Isso, sim, seria uma atividade pouco recomendável para o coração. Caralho, disse Amélia a si mesma, a prudência não era sua maior virtude.

Decidiu tomar um banho para clarear a mente, mas a água quente e o sabonete que deslizava por seu corpo acabaram de fazer o que a mensagem de Tomás havia começado. Saiu do chuveiro nua, com os mamilos eretos, e pingando caminhou até o telefone do quarto.

– Olá – disse Tomás com voz alcoólica.

– Bom texto – cumprimentou ela, cautelosa.

– Amélia, desculpe, eu não tinha o direito... Depois conversaremos com calma; ontem foi um dia muito intenso, muito emocional. O álcool talvez explique…

– Tomás – interrompeu ela. – Cale-se e venha fazer amor comigo.

Quinta-feira, 5 de dezembro, 7h30.

Tomás e Jaime

Tomás entrou no chuveiro envolvido por emoções contraditórias. O desejo provocado pelo encontro iminente com Amélia; o relaxamento plácido deixado pela satisfação de uma tarefa concluída; a dor de cabeça pungente, sequela etílica da noite anterior; um nervosismo soterrado e indefinido por conta dos riscos que poderia enfrentar. E ainda havia a conversa pendente com Jaime.

Sentiu a primeira tontura enquanto secava as costas. Suas tendências hipocondríacas o fizeram temer por seu coração e sorriu com uma careta de dor quando recordou que pelo menos teve a oportunidade de publicar a coluna e confessar seu amor a Amélia. Mas seu peito continuou palpitando com regularidade, indiferente ao desenlace dramático que Tomás começou a contar a si mesmo.

Pouco depois concluiu que havia tido um ataque de ansiedade ou o que fosse, mas estava claro que ia sobreviver. Melhor; Tomás não conseguia imaginar um mundo sem Tomás: depois de seu funeral, sobre o qual podia conjecturar, o resto do filme entrava em uma bruma difusa.

Vestiu-se pensando em Amélia. Sua melhor cueca, um jeans justo escolhido por Jimena, uma camisa azul de listras finas, um suéter leve azul-marinho e uma jaqueta de motociclista de couro. Olhou-se no espelho e se sentiu otimista; se não bonito, pelo menos limpo. Disse a si mesmo que, já que ia sobreviver a Salazar, aos traficantes e à arritmia, garantiria que valesse a pena. Hoje poderia ser o primeiro dia de um novo ciclo, um ciclo que não poderia imaginar duas semanas antes, quando começara todo o escândalo.

Nesse momento experimentou a segunda vertigem; sentiu-se sufocar e um suor frio brotou em sua fronte. Sentou-se na cama e esperou até que sua respiração se estabilizasse de novo. Tomás entendeu o que estava acontecendo; havia tentado empurrá-lo para o fundo da lista de suas preocupações, mas o assunto estava começando a fazê-lo adoecer. Não teria mais remédio exceto enfrentá-lo.

Decidiu adiar a visita a Amélia, chamou o táxi executivo e, sem aviso prévio, apareceu na casa de Jaime, em Lomas. Um guarda exigiu sua identificação no portão de entrada antes de permitir o acesso, e outro guarda-costas o guiou até a sala da casa e o convidou a se sentar. Embora não se atrevessem a revistá-lo, os olhos de um dos leões de chácara pareciam escanear a silhueta de Tomás em busca de algum volume suspeito. O mordomo de Jaime, Artemio, interveio e disse que os deixassem sozinhos, informando que se tratava de alguém muito próximo da família.

Tomás notou que no terraço havia uma mesa posta para o café da manhã, apesar do frio matutino de dezembro. Jaime sempre tivera costumes espartanos. O jornalista aceitou o convite do mordomo de acompanhar seu patrão no café da manhã, mas foi advertido de que se tratava só de café, frutas e uma vitamina com proteína.

Seu amigo apareceu depois da sauna e de sua costumeira sessão de academia; recebeu Tomás de braços abertos, com um sorriso extraordinariamente expressivo.

– Tomás, que honra recebê-lo em casa bem no dia mais importante de sua vida – disse enquanto com um gesto o convidava a ocupar um lugar à mesa do terraço.

– Ah, filho da mãe, se houvesse me avisado, eu teria me perfumado e passado talco antes de sair de casa – disse Tomás, sentando-se.

– Você não sabe?

– O quê?

– Que incendiou o país?

As palavras de Jaime lhe causaram um incômodo *déjà vu*: Mario dissera algo parecido no dia em que o acordara dizendo que havia incendiado a pradaria, e Jaime, assim como Mario naquela ocasião, estava testando sua paciência.

– Não vamos brincar de adivinhar. O que aconteceu? – perguntou Tomás com brusquidão.

Jaime o olhou com surpresa, assentiu e mudou o tom.

– Há uma hora me informaram que Salazar deu um tiro na própria cabeça.

Tomás ficou petrificado. Não sabia se se alegrava ou se lamentava, então preferiu desviar o olhar para o jardim. Um pássaro havia pousado em um galho próximo e cantava com o peito inflado. Imaginou o pequeno coração da ave batendo a um ritmo vertiginoso; pensou no seu, que julgava colapsado apenas meia hora antes, e no de Salazar, quieto e seco para sempre.

– Não seja hipócrita nem finja bons sentimentos, que não combinam com você – disse Jaime. – Queríamos derrubá-lo, não? E sabe o que aconteceria se você houvesse tido sucesso, mas ele continuasse vivo? O velho se tornaria uma ameaça eterna e pode ter certeza de que cedo ou tarde teria acabado com você e com todos os Azuis. De modo que esse é o melhor desenlace possível.

– Talvez, mas um tiro na cabeça é algo que não desejo a ninguém – respondeu Tomás, hesitante.

– Fodam-se vocês. Querem brincar de política e depois ficam com nojo das consequências de seus atos – disse Jaime com desprezo.

Chamou a atenção de Tomás a veemência de seu amigo e recordou o que o havia levado até ali.

– E pensar que tudo começou com uma frase de Coronel: "uma informação boa demais para ser ignorada" – disse Tomás, fazendo aspas com os dedos.

Jaime o escutou em silêncio; entendia que Tomás queria chegar a algum lugar. De fato, o jornalista prosseguiu:

– Não se lembra, não é? Você usou exatamente a mesma frase dias depois em minha varanda. Só ontem me lembrei e entendi que foi isso que você falou para o Coronel me dizer; nunca pensou que ele ia me transmitir a mensagem literalmente.

– E daí? Aonde quer chegar com isso?

– Não é óbvio? Até entendi por que Chapo queria matá-lo.

– Explique-se, e agora pare de brincar de adivinhar – disse Jaime, exasperado.

– Por que matou Pamela Dosantos?

Jaime observou seu amigo com atenção. Tomás sustentou o olhar apesar de se sentir alvo de um exame desagradável. Jaime parecia avaliar o grau de ameaça que o jornalista podia representar. Depois de um instante, o semblante do anfitrião relaxou; deu um longo suspiro e começou a falar.

– Detectamos há quase seis meses que Joaquín Plascencia, primo de Pamela, era o canal da atriz para transmitir relatórios confidenciais ao cartel de Sinaloa. O assunto parecia grave por ela ser amante de Salazar, mas, conhecendo o velho, imaginei que ele não diria nada mais que frivolidades e assuntos de pouca monta. Mas, há quatro meses, minha gente e eu interceptamos um e-mail que revelava o conteúdo de um desses relatórios. Ao que parece, Chapo estava em algum lugar da América do Sul, e seus colegas em Culiacán acharam de tal gravidade a informação que decidiram consultar seu chefe e enviaram o relatório a ele. Então, percebi que se tratava de verdadeiros segredos de Estado, vazados diretamente da mesa de trabalho de Prida.

– Faz um ano que você saiu do Cisen e do governo. Quando fala de sua gente, a quem se refere? Para quem você trabalha?

– A empresa é minha, Tomás, e trabalho para quem me contratar. No fundo, continuo fazendo o mesmo que fazia no Cisen, só que agora por minha conta: inteligência e contrainteligência a fim de antecipar ameaças e riscos para o país, muitos deles provenientes das malditas elites que nos governam. Mas permita-me continuar. Uma vez alertado sobre a espionagem de que Salazar era vítima, fiz todo tipo de buscas e coloquei *hackers* para trabalhar nos nós da estrutura do cartel, de Pamela até Chapo. Por fim pude pôr as mãos no conteúdo de mais dois relatórios. O material era gravíssimo. A partir desse momento, a sorte de Dosantos estava lançada.

– Mas matá-la, Jaime? Desde quando você é assassino?

– Deixe de falsa moral e ouça. A espionagem não podia continuar, e também não havia outra saída. Informar Salazar? Pamela teria negado e o ministro teria acreditado nela; ou talvez não, e deteria Pamela. Só que antes me apagava do mapa para que o fato não ficasse conhecido.

– E se recorresse à opinião pública, se denunciasse o fato?

– Menos ainda. Primeiro, porque eu não tinha os arquivos que sua coluna descreve. Depois você me conta como os conseguiu; nunca soube que

Pamela fazia uma cópia para si mesma. Segundo, porque não queria que o país passasse por essa vergonha. Os gringos já nos veem como república das bananas em matéria de segurança. Imagine só, "uma Mata Hari em Los Pinos", como você disse.

– Pois, no fim, chegamos a isso, de qualquer maneira: ao escândalo público. Na realidade, não teria sido necessário assassinar Pamela.

– Minha solução era melhor. Sem Pamela, o mal acabava e ninguém ficava sabendo, nem mesmo Salazar. Mas não resisti à tentação de lhe causar dor de cabeça com o propósito de amenizar a arrogância do governo: por isso passei a você a informação do terreno baldio onde colocamos o cadáver.

Tomás recordou as fotos do corpo mutilado da atriz e não pôde impedir um estremecimento.

– Quem a matou?

– Para que quer saber? Tanto faz – disse Jaime e, depois de uma pausa acrescentou: – O mesmo que executou Restrepo ontem para salvar Vidal. De qualquer maneira, eu me assegurei de que fosse uma morte não violenta. Tomás, convença-se: Pamela sabia que estava brincando com fogo e que cedo ou tarde teria um final trágico. Sua morte era necessária. Razões de Estado. Ponto.

– E a morte de Coronel? E da família Alcántara? Também razões de Estado?

– O caso de Pamela foi uma obrigação dolorosa; o de Coronel, uma depuração necessária e aceitável. Ele era um canalha, sabia? E, por favor, não me atribua a morte dos Alcántara, porque vai acabar me responsabilizando pelos 70 mil mortos da guerra contra o narcotráfico.

– Não brinque, Jaime. Desde quando você faz essas coisas?

– Você devia ver sua cara ao dizer "essas coisas". Não percebe que ninguém é inocente? Sua coluna o torna responsável pela morte de Salazar tanto quanto se você houvesse disparado a bala que destruiu seu cérebro. Tem consciência disso?

– Matar Pamela e escrever uma coluna são duas coisas muito diferentes. Não me compare com você.

– No fundo, não somos tão diferentes. Você se sente heroico por se atrever a escrever um texto desafiador, mas acabou causando uma morte. Eu eliminei o pior vazamento de informação montado pelo narcotráfico contra o Estado mexicano, sabendo que seria caçado pelo cartel. E, como você bem deve recordar, isso quase me custou a vida. De modo que não venha me dar lição sobre o que é bom e o que é ruim.

– Nenhum de nós dois é santo, mas não sou assassino. E Deus sabe quando você começou a ser.

– Não se trata de assassinatos, e sim de dar uma oportunidade a este país. Você não tem ideia do que enfrentamos. Sabe por que os Alcántara morreram e por que fomos atacados no Reina Victoria? Pela capacidade de inteligência e de infiltração que possui o crime organizado em todos os níveis, inclusive no ciberespaço. Levaram só uma semana para descobrir meu papel no sumiço de Pamela; Salazar, com todo o poder do Estado, nunca conseguiu descobrir. Todos os dias morrem executadas trinta pessoas, em média, no México, 10 mil só este ano. O governo simplesmente não pode deter os cartéis.

– Você está começando a me preocupar seriamente, Jaime: do assassinato de uma atriz passou a planos messiânicos. Quer dizer que agora você é que vai salvar o México.

Jaime olhou-o exasperado. Algumas vezes pensara em explicar aos Azuis o que fazia pelo país: poderiam não concordar com ele, mas confiava que compreenderiam suas razões e no fundo admirariam sua habilidade. Havia montado uma organização capaz de penetrar os recantos dos armários dos poderosos e detectar o que antes se fazia nas sombras, ou dar golpes estratégicos nas operações do crime organizado. Podia influenciar as redes sociais de maneiras insuspeitadas e desencadear tempestades políticas sobre os atores públicos, e conseguiria ainda mais se Amélia e Tomás se juntassem a ele. Contudo, o olhar de reprovação que viu em seu amigo o fez pensar que não estavam prontos.

– Acho que não vamos concordar, Tomás. Outro dia discutimos isso.

– É melhor – concordou Tomás.

Sentiu um desejo urgente de sair dali, de se encontrar com Amélia, de se reconciliar com a possibilidade de um mundo melhor por outros meios.

– Só vou lhe pedir um favor: não conte nada disso a Amélia. Isso machucaria todos nós, e a ela em primeiro lugar. Deixe que eu conte a ela quando me sentir preparado – exigiu Jaime.

– Tudo bem – respondeu Tomás, levantando-se para sair. – Mas, antes, responda-me uma coisa.

– O quê? – perguntou Jaime com desconfiança.

– Quanto da decisão de matar Pamela teve a ver com o benefício ao país e quanto teve a ver com machucar seu pai?

Jaime o olhou agora com ressentimento. Tentou se livrar da xícara de café que segurava, talvez para socar Tomás, mas colocou-a na beira da mesa e ela caiu no chão, despedaçando-se. Os dois olharam os pedaços quebrados expostos aos primeiros raios do sol.

– Não precisa responder – disse Tomás e saiu da casa.

Sexta-feira, 6 de dezembro.

Todos

Maria Cristina decidiu tirar o dia de folga no estúdio fotográfico onde trabalhava para ficar em casa. Desde o dia anterior o estado de ânimo de seu pai, que já era deplorável, havia declinado visivelmente. Os meios de comunicação não falavam de outra coisa além do suicídio do ministro do Interior após a revelação dos arquivos de Pamela Dosantos, a Mata Hari de Sinaloa. A filha temia que o escândalo acabasse esgotando o fraco coração do velho jornalista criminal.

Às nove da manhã decidiu entrar no quarto do velho, depois de bater duas vezes na porta, sem resposta. Maria Cristina temeu o pior; bateu na porta com os nós dos dedos, girou a maçaneta, entrou no quarto e a cena a pegou de surpresa: Plutarco Gómez se olhava no espelho enquanto ajeitava o nó de uma gravata tão larga que fazia pensar em uma faixa presidencial. Ela não recordava a última vez que seu pai vestira terno e gravata, assobiara uma canção ou se perfumara profusamente com sua velha loção Yardley.

– Seja boazinha, minha filha, e me faça uns ovos rancheiros, sim? – pediu ele ao notar a presença de Maria Cristina.

– Tem certeza? O médico proibiu coisas picantes – disse ela, ainda surpresa com a cena.

– E uma vitamina de banana. Preciso de um bom café da manhã porque vou ter um dia atarefado.

– E aonde você vai? O que vai fazer? – perguntou a filha com melhor disposição.

– Hoje começo a escrever o livro sobre Pamelita. Meus colegas não entenderam o que ela estava tentando fazer. O arquivo que encontraram com certeza era a grande denúncia que ela preparava para despir a classe política como ninguém jamais fez neste país, mas foi descoberta e a mataram, e agora estão enlameando sua memória. Não perdoam suas origens. Eu vou lhes mostrar como foram as coisas.

– E por que se vestiu para sair? – disse ela, ainda não muito segura de que seu pai estava em condições de andar pela rua.

– Preciso falar com Carmelita. Esse será o começo de minha investigação – disse Plutarco, afinando com ambas as mãos as pontas de seu bigode.

A 3.480 quilômetros de distância, Carmela Muñoz via Agustín através do vidro, feliz entre seus amigos na grande sala de jogos. Quase todas as crianças eram norte-americanas, com certeza por conta do alto preço das mensalidades. Seu filho não falava mais que uma dúzia de palavras em inglês, mas isso não parecia ser uma limitação entre as outras crianças com síndrome de Down. Carmela gostaria que os adultos fossem como eles: o resto dos pais esperava o fim da aula conversando animadamente enquanto ela ficava isolada em um canto da sala de espera.

Uma amiga havia conseguido um horário na escola para crianças com deficiência, a Children Up, em San Juan, Porto Rico. Ainda estavam hospedados em um hotel, mas nesse mesmo dia começaria a visitar alguns apartamentos. Dinheiro não seria problema, mas teria que fazer alguma coisa ou acabaria morrendo de saudade.

Talvez sua amiga, que era uma respeitada assistente de produção em *design* de vestuário, pudesse lhe arranjar um emprego em algum dos projetos de filmagem que chegavam à ilha em busca de isenções fiscais.

Carmelita olhou de novo para seu filho e tentou se convencer de que poderiam ser felizes em seu exílio; o sorriso que lhe dirigiu uma mãe no fundo da sala confirmou seu tímido otimismo. Voltou a pensar na busca de um novo lar e decidiu que seria melhor optar por uma casa: algo amplo, com um jardim no qual Agustín pudesse brincar. Animou-se pensando em uma residência grande com uma sala iluminada para costura e, por que não, com um estúdio cheio de livros para que Mario pudesse ler nos fins de semana quando a visitasse. Recordou o último beijo de seu amado, respondeu com um sorriso largo à mulher do fundo da sala e pensou que, afinal de contas, existia vida após a morte de Pamela. Resoluta, pegou seu celular, digitou *Seu canarinho o espera* e enviou a Mario. Guardou o telefone e o rubor venceu a lividez de seu rosto.

O celular de Mario havia ficado sem bateria em algum momento durante as longas horas passadas ao lado da cama de hospital onde descansava Vidal. Agora, com a luz da manhã, contemplava a respiração pausada de seu filho, que dormia calmamente sob o influxo dos sedativos. A vista da mão enfaixada que repousava sobre o ventre do jovem torturava o pai. Desconheciam todos os detalhes, mas a camisa com que Vidal chegara ao hospital estava encharcada de um sangue que no fim não era dele. Pediria a Jaime a recomendação de algum psicólogo especializado em estresse pós-traumático para evitar maiores sequelas depois do inferno pelo qual seu filho passara.

Pensar em Jaime o levou a refletir sobre os Azuis. Não sabia se ainda existiriam como tais depois dos últimos acontecimentos: via crescer a desconfiança de Amélia e Tomás em relação a Jaime, e até certo ponto entendia; mas ele mesmo, por alguma razão, nunca se sentira tão perto de Jaime quanto nesse momento. A angústia que o estado de saúde de seu filho provocara em seu amigo quando chegaram ao hospital comovera-o profundamente. Também percebia que algo novo estava acontecendo entre Tomás e Amélia, pelas costas deles, algo que dividia os Azuis ao meio; e, apesar de tudo, sabia que ele e Tomás continuariam unidos. Assim havia sido ao longo de trinta anos, para além do acidente e de seus respectivos casamentos, filhos, enfados e desenfados; e isso, disse Mario a si mesmo, nada poderia mudar.

Olga entrou no quarto com passos sussurrantes, aproximou-se de seu marido e pôs em suas mãos um copo de papel com café fumegante. Nenhum dos dois havia dormido muito nas últimas 36 horas, mas estavam juntos e relativamente saudáveis e salvos, pensou ela enquanto mexia com carinho no cabelo bagunçado de Mario.

– O médico disse que vamos ter que ficar pelo menos mais cinco dias – murmurou no ouvido de seu marido.

Mario assentiu com a cabeça. Tinha no colo um exemplar do *El Mundo* com uma imensa foto de arquivo de Salazar e Pamela em melhores dias.

Olga havia acabado de ouvir na televisão da lanchonete um intenso debate sobre a obrigação que Tomás Arizmendi tinha de entregar os arquivos da atriz às autoridades. Pensou que devia comentar com Mario, mas decidiu que contaria mais tarde. Nesse momento, achava que ambos estavam tão entorpecidos quanto o braço de Vidal; e também sentia uma espécie de tranquilidade que não queria perturbar. A cena a fez recordar os anos em que contemplavam da porta do quarto o berço de Vidal e o bebê de alguns meses que finalmente dormia depois de uma longa sessão de choro; gostaria de ter prolongado esse momento indefinidamente.

Vidal a interrompeu. Abriu os olhos como se suas pálpebras fossem pesadas cortinas metálicas e olhou para seus pais. Com poucas intermitências, estivera sedado e mergulhado em um sono profundo durante quase um dia e meio. Fez uma careta de dor ao recordar onde estava: o ardor em sua mão havia desaparecido, mas o curativo lhe confirmou que a amputação do dedo não era um pesadelo.

Olga e Mario rodearam a cama do jovem. Seu pai o informou da cirurgia, das altas probabilidades de que o enxerto fosse um sucesso e de que sua mão recuperasse a mobilidade. Vidal se perguntou se Marina teria sabido o que lhe acontecera; disse a si mesmo que devia falar com ela tão logo se sentisse melhor. A imagem da garota inclinada sobre sua cama acariciando seu braço saudável foi em si uma carícia.

Depois, recordou o tiro e seus olhos esqueceram o peso das pálpebras para se abrir, angustiados ao perguntar sobre Luis. Mario mentiu, assegurando que estava muito melhor que ele; na verdade, ainda estava fazendo exames para saber que tipo de sequelas físicas a lesão no osso da perna deixaria. Vidal se tranquilizou com as notícias recebidas e disse a seus pais que convidaria seu amigo a se juntar a ele, Manuel e Nicolás para desenvolver juntos o aplicativo que os deixaria ricos. Preferiram não lembrá-lo de que Nicolás havia morrido cinco dias antes.

– Com a ajuda de Luis, *Piarañas* será um sucesso mundial – sentenciou Vidal.

A dois quartos de distância Luis também pensava em computadores, mas não exatamente em um jogo. Sob os efeitos dos antibióticos e analgésicos que haviam administrado nele, sua mente estava perdida na criação de estratégias truculentas para derrubar a empresa Lemlock e seu proprietário,

Jaime Lemus. Recordava os acontecimentos de dois dias antes e a ameaça de morte iminente nas mãos de Restrepo e seu capanga, mas, desde a queimação em sua perna e o sangue perdido, suas recordações flutuavam intumescidas em uma densa bruma. Retinha o cheiro de suor ácido que o gordo exalava quando o carregara para o carro a fim de levá-lo ao hospital, porque era o mesmo que percebera quando o imobilizara em Guadalajara. Um cheiro que nunca esqueceria: era o primeiro que aspirava com desespero quando tiravam o saco plástico de sua cabeça depois de uma sessão de asfixia.

Lembrou-se do ferimento na perna e disse a si mesmo que devia indagar a gravidade do dano. Ainda faltavam três semanas para a maratona; o incidente retardaria seu programa de preparação, mas pensou que poderia acelerá-lo quando a data se aproximasse. Abriu os olhos e viu seu pai de costas, olhando pela janela. As rugas de sua camisa de linho e o cabelo branco alvoroçado mostravam os estragos de uma noite no sofá. Ia falar com ele, mas decidiu que ainda estava muito cansado. Preferiu fechar os olhos e continuar pensando em modos de arruinar Jaime Lemus por completo.

– É absolutamente imprescindível que Tomás e Amélia estejam a salvo de qualquer ameaça de ataque – disse Jaime aos quatro colaboradores que o cercavam na mesa da sala de reuniões de seu escritório, a apenas quatro quilômetros de onde estava Luis. – Não me importa que recursos nem pessoas tenhamos que investir nisso. Aluguem um apartamento em frente ao edifício onde Tomás mora, quero uma equipe de intervenção ali 24 horas por dia, a semana toda; coloquem sensores e microfones, interceptem ligações, varram todas as comunicações do narcotráfico e levantem as orelhas para detectar o que possa envolver meus amigos. Acompanhem em pares a movimentação de Tomás. Eles ainda têm os rádios que lhes dei. Sigam-nos com o GPS.

– E o que faremos no caso de dona Amélia? Ela tem guarda-costas federais.

– Comprem um deles, se possível o chefe: ofereçam 3 mil dólares por mês para que colabore com a vigilância. Expliquem que ela é minha amiga, mas é orgulhosa demais para aceitar ajuda. Têm que convencê-lo de que é em benefício dela, assim se sentirá melhor quando embolsar o dinheiro. E lembrem-se: os dois próximos meses são cruciais; depois disso, vamos revisar toda a operação.

Quando terminou a reunião, Jaime pediu a sua secretária que fizesse uma ligação. Sabia que, se o cartel de Sinaloa quisesse atentar contra Tomás ou

Amélia, a segurança que ele ou qualquer um pudesse oferecer seria insuficiente; de qualquer forma, os recursos que estava disposto a oferecer em benefício de seus amigos, mesmo sem que soubessem, faziam que se sentisse melhor. A seus olhos, era a mais palpável demonstração de que era ele quem vivia no mundo real, ao passo que seus amigos flutuavam em uma romântica nuvem de convicções, infantis e nada práticas.

No fundo, Jaime sabia que a única maneira de neutralizar uma ameaça contra Tomás era negociar com o cartel, uma espécie de adendo ao que ele conseguira antes.

– Senhor Jaime, tenho uma ligação do ex-governador Zendejas – disse sua secretária.

– Agustín, que prazer em ouvi-lo, meu irmão.

– O prazer é meu, Jaime. Como posso ajudá-lo?

– Excelentes as garrafas que me enviou. Quero arranjar outra caixa e vou lhe fazer uma proposta que você vai achar irresistível. Quando podemos nos ver?

– Homem, deixe-me verificar com nosso anfitrião e proponho o dia. Um abraço, irmão.

Jaime desligou e ficou pensativo: teria que oferecer alguma coisa ao cartel em troca da tranquilidade de Tomás. O comandante em chefe das patrulhas rodoviárias do Estado de Puebla lhe devia o cargo, uma pérola que com certeza os sinaloenses saberiam apreciar.

Porém Tomás e Amélia nunca valorizariam o que fazia por eles, pensou. Talvez estivesse salvando a vida do jornalista. Sentiu-se generoso e, por que não, até moralmente superior aos dois. Deixaria passar alguns meses e depois confiaria que a força do passado tornasse a uni-los. Achava que cedo ou tarde Tomás arruinaria o que quer que estivesse acontecendo entre ele e Amélia, e sabia que seu pai havia muito deixara de competir nesse terreno. Um dia Amélia poderia ser sua.

A recordação de seu pai fez que se perguntasse como o grande Carlos Lemus estaria lidando com a perda de Pamela. Graças às comissões que entregava aos respectivos gerentes da floricultura e da joalheria preferidas de seu progenitor, Jaime soubera do presente que Lemus enviara a Pamela uma semana antes de sua morte: uma pulseira de brilhantes e a mensagem *Os diamantes são eternos, nós não; vamos parar de fingir*. Carlos Lemus viveria torturado por uma resposta que nunca haveria de chegar.

Carlos recebeu com sentimentos contraditórios a notícia da morte de Salazar. Não se surpreendeu com o desenlace depois de ler a coluna de Tomás sobre os arquivos secretos de Pamela. Era a única coisa que o ministro podia ter feito depois do anúncio da vergonhosa espionagem de que fora vítima. Seu falecimento gerava em Lemus um enorme alívio por razões tanto de ordem política quanto de segurança pessoal.

Contudo, a revelação do arquivo que Pamela guardava sobre seus ex-amantes o enchia de inquietude. Primeiro, tentou se convencer de que o que havia acontecido entre eles fora especial; Pamela nunca o teria incluído em seus relatórios. Mas logo recordou a postura de Amélia no dia anterior, que na ocasião lhe parecera desproporcional. Sua raiva só podia se dever ao fato de ter sabido de seu caso com a atriz.

O desgosto de Amélia o preocupava menos que o risco de que sua relação com Pamela se tornasse pública; tudo o que estivesse relacionado com os arquivos da atriz seria execrado pelo resto da vida. Carlos tentou se acalmar traçando uma estratégia de ação: procuraria Tomás para conhecer o conteúdo do relatório sobre sua pessoa, caso houvesse um. Teria que convencer o jornalista a destruir esse documento. A seguir, voltaria a falar com mais frequência com Amélia; disse a si mesmo que havia uma grande trama de cumplicidades e recordações que facilitaria recuperar a amizade entre eles.

Contudo, primeiro tinha que recuperar a pulseira e, mais importante ainda, o cartão que a acompanhava. Mandara-o sem iniciais, mas a compra da peça poderia ser rastreada até ele. Decidiu convocar o comandante Miguel Ordorica para pedir que ele nessa mesma noite entrasse no apartamento de Pamela e subtraísse a joia. Salazar estava morto, mas não seus colaboradores; com certeza Gamudio e companhia tentariam eliminar do apartamento da atriz todo rastro comprometedor sobre seu chefe e eles mesmos.

Wilfredo Gamudio não estava pensando em Pamela nessa sexta-feira de manhã, um dia depois da tragédia; o que Willy fazia era tentar recordar se a gravata cinza do ministro havia se manchado de sangue. Estava com Maricruz dentro do enorme quarto de Salazar escolhendo a roupa para vestir o corpo do ministro. O Ministério Público lhes entregaria o corpo depois da autópsia de praxe, que o presidente não quis dispensar.

O dia anterior fora vertiginoso entre ligações de familiares e amigos pessoais do ministro, o assédio de jornalistas e noticiários, e telefonemas de Los Pinos – que exigiam um inventário dos assuntos mais urgentes na agenda do ministério. Ontem mesmo um dos subsecretários havia sido encarregado do despacho no gabinete e se esperava a nomeação de um novo ministro a qualquer momento.

As gravatas eram incontáveis, mas Gamudio achava que a cinza do dia anterior era a mais apropriada para vestir o corpo em sua última aparição em público. A governanta o fez notar que o terno preto preferido de Salazar era justamente o que ele havia usado ontem. Gamudio se perguntou por que razão os suicidas estragavam sua melhor roupa vestindo-a antes de se matar, em vez de deixá-la intacta para vestir pelo resto da eternidade, mesmo que dentro de um féretro.

Optou por levar duas opções de cada peça de roupa para que os familiares, a irmã e os sobrinhos recém-chegados de Tampico tomassem a decisão final. Ao passar pelo escritório, não resistiu à tentação de se aproximar da escrivaninha. Uma mancha redonda de sangue seco sobre o fundo claro da madeira havia criado uma curiosa marca: um distorcido *yin-yang* com dois pesos de papel a modo de rebites.

Gamudio se sentou na cadeira e observou a mancha que o ministro raspara com a unha no dia anterior. Observou com satisfação que havia desaparecido e que o sangue respeitara essa parte. A seguir, fez uma coisa estranha: recostou a cabeça na mesa e adotou a posição em que encontrou Salazar. Nesse momento, começou a soluçar, e continuou soluçando durante um longo tempo.

Finalmente se levantou e caminhou até o banheiro para lavar o rosto. Colocou a mão nos bolsos de seu paletó em busca de algum lenço descartável e tocou os papéis amassados que pegara na mesa na manhã da tragédia. Só nesse instante percebeu que nessa manhã havia posto uma camisa limpa, mas mantivera o mesmo terno da véspera. Apoiado na pia, releu as notas truncadas de Salazar. Gamudio pensou que, como o resto de seus discursos, ele mesmo devia ter supervisionado a redação de uma nota suicida mais apropriada. Finalmente abriu a folha dobrada e leu em voz alta os nomes dos três sentenciados à morte: Jaime Lemus, Tomás Arizmendi, Carlos Lemus. Soluçou uns instantes, limpou nariz e olhos com um lenço descartável e com ele jogou todos os papéis no vaso sanitário. Deu descarga e observou as paixões de Salazar desaparecerem com a água.

As paixões de Amélia e Tomás, porém, misturavam-se gozosas em um leito que ela pensou que não tornaria a compartilhar com ninguém. Tivera companheiros ocasionais nos últimos anos, mas nunca os recebia em casa; temia que algo deles ficasse entre os lençóis ou em seu banheiro e contaminasse de alguma forma o espaço íntimo que reservava para estar consigo mesma. Preferia viajar ou pernoitar em casa alheia, porque isso lhe permitia retirar-se no momento que escolhesse.

No entanto, não havia nada invasivo na presença de Tomás. Era como um desdobramento de si mesma; um pedaço do passado que fazia parte de sua biografia da mesma maneira que a pinta avermelhada de seu lábio, ou seu olfato que dava ordem e nomenclatura às coisas do mundo.

Pela primeira vez, haviam feito amor com as cortinas abertas e à luz do dia, sem a urgência das ocasiões anteriores; menos a ver com o apetite do espoliador que pisa em um território ao qual poderia não voltar, e mais a ver com o ânimo paciente do colonizador que chega a um local onde pretende se estabelecer.

Eram 13h55 da primeira sexta-feira de dezembro. Compartilhavam uma cerveja para repor os fluidos perdidos entre os lençóis do leito. O quarto exalava o cheiro dos corpos com uma intensidade que pareceria ofensiva a qualquer um que não fosse eles.

Tomás pensou que havia levado trinta anos, mas, agora que estavam juntos, tinham a vida toda pela frente. Pensou com alívio que deixaria para trás a vida errante e incerta do solteiro facilmente apaixonável e construiria com Amélia uma na qual pudessem envelhecer com a dignidade que só aqueles que se sentem eternamente mimados pela pessoa querida têm.

Amélia refletiu sobre os amores de Tomás; em mais de uma ocasião havia sido confidente do coração partido ou da paixão inquebrantável de seu amigo. Intuía que havia algo mais que uma paixãozinha no que estava acontecendo com eles, mas conhecia muito bem a fragilidade dos hormônios de Tomás e a inconsistência de seus apegos. Enfim, tinham o final de semana pela frente e umas férias de dezembro em perspectiva; o resto, a vida diria. Se o futuro lhe reservava uma decepção, decidiu que se vingaria antecipado bebendo todas que o presente oferecia.

Resolveram se refugiar na casa dela pelo resto do fim de semana e esquecer durante algumas horas Pamela, a classe política, os cartéis, as redes sociais e os noticiários. Tinham uma pilha de livros no criado-mudo para ler, o último ciclo de filmes de Woody Allen e a mais recente temporada de *Mad Men*. Amélia estava pintando um grande afresco na parede de seu estúdio e Tomás lhe pediu que o ensinasse a combinar cores; em troca, ele lhe explicaria como dançar salsa linear.

Amélia ligou para seu escritório para cancelar sua agenda e Tomás ligou por um instante o telefone para transferir para segunda-feira seu encontro dominical com Jimena. Haviam se acumulado centenas de mensagens e chamadas perdidas no celular desligado de Tomás desde o dia anterior: todos os noticiários e muitos políticos queriam falar com ele. O país estava curioso para saber do resto dos arquivos dos amantes de Pamela e só o jornalista parecia ter as chaves do segredo.

Contudo, antes que pudesse digitar o número da filha, recebeu a ligação de Rosendo Franco, dono do *El Mundo*.

– Querido Tomás, que bom que o encontrei.

– Senhor Rosendo – disse Tomás enquanto cobria o sexo com uma ponta do lençol.

Com um gesto animado, chamou a atenção de Amélia e colocou o telefone entre a cabeça dos dois para que ela escutasse.

– Sei que está acabrunhado, todos querem entrevistá-lo. Só queria lhe dizer que você acertou um golpe no coração da corrupção política deste país. Não sabe quão orgulhosos estamos com seu trabalho de investigação. Foi para publicar matérias como a sua que fundei este jornal, e é o que me faz me arrastar até o escritório a cada dia, apesar de minha idade.

– Obrigado, senhor Rosendo, é muito gentil.

– Bom, não vou incomodá-lo mais. Veja quando pode vir jantar em casa; Claudia também tem muita vontade de vê-lo. E ouça, entre amigos: se aparecer alguém próximo nos arquivos de Pamela, vamos conversar antes, está bem?

Tomás desligou e os dois soltaram uma gargalhada.

– Nossa – disse Amélia –, quem, diabos, Pamela não pegou?

– Eu – queixou-se Tomás.

– Podemos compensar isso, meu cavaleiro – respondeu ela.

A três bairros de distância, Jaime olhou pela enésima vez a tela de seu computador; dois pontinhos vermelhos continuavam um sobre o outro. Incomodado, pegou o telefone no bolso e ligou para Tony Soprano.

Nota final do autor

Em novembro de 2008, caiu o avião em que viajava Camilo Mouriño, ministro do Interior e braço direito do então presidente Felipe Calderón. O mesmo cargo que ostenta nosso personagem Augusto Salazar. Em novembro de 2011, José Francisco Blake, que havia substituído Mouriño, faleceu quando o helicóptero em que viajava desabou. Qualquer escritor que houvesse utilizado duas vezes o mesmo recurso, um acidente aéreo, para *matar* dois ministros do Interior no mesmo período presidencial teria sido tachado de fantasioso e seu roteiro, de inverossímil. É que, de fato, a política real costuma ser inverossímil.

Com isso quero dizer que a trama deste romance ainda fica devendo em relação ao que realmente acontece nas esferas do poder no México e em qualquer outro país. Grande parte das situações aqui descritas é absolutamente verdadeira. Os nomes e os lugares onde ocorreram foram trocados, evidentemente. Mas as descrições sobre a classe política, os escândalos e a análise dos processos históricos derivam, em grande medida, da experiência de meu exercício como jornalista durante mais de vinte anos.

A propósito, tais experiências e testemunhos não são só meus. Agradeço a Lydia Cacho por seu carinhoso apoio e acompanhamento para me decidir a iniciar este livro. Ricardo Raphael e Alejandra Cullen fizeram contribuições substanciais para a construção de algumas figuras políticas. Guillermo

Zepeda cuidou para que os disparates gramaticais não envergonhassem a família. Mariana Gallardo foi uma fada madrinha que revoou em volta de meu teclado esbanjando alegria e sugestões. Camila Zepeda aplicou seu costumeiro e severo filtro aos produtos que emanam de seu pai e melhorou esta obra dos pés à cabeça. Carmina Rufrancos e Gabriel Sandoval foram editores generosos e entusiastas. Estou em dívida com todos eles por tornarem possível *Os corruptores*. Ameaço continuar incomodando-os para escrever outro episódio dos Azuis.

México, D.F., abril de 2013.

Este livro foi composto em Adobe Caslon
para a Editora Planeta do Brasil
em abril de 2014